DONGSUH MYSTERY BOOKS 114

THE SCARLET PIMPERNEL
빨강 별꽃
에무스카 바로네스 오르치/남정현 옮김

동서문화사

옮긴이 남정현(南廷賢)

문예지 〈자유문학〉에 단편 《경고구역》《굴뚝 밑의 유산》 등으로 추천을 받고 문단에 나온 뒤 중편 《너는 뭐냐》 단편 《현장》《부주전상서》《분지》 등을 발표. 1961년 중편 《너는 뭐냐》로 제6회 동인문학상을 수상하다.

DONGSUH MYSTERY BOOKS 114

빨강 별꽃

에무스카 바로네스 오르치 지음/남정현 옮김
초판 발행/1977년 12월 1일
중판 발행/2003년 9월 1일
발행인 고정일/발행처 동서문화사
창업 1956. 12. 12. 등록 16-345(윤)
서울강남구신사동 540-22 ☎ 546-0331~6 (FAX) 545-0331
www.epascal.co.kr

*

편찬·필름·제작 일체 「동판」 자본으로 이루어짐에 따라
출판권 소유권자 「동판」에서 제조출판판매 세무일체를 전담합니다.
사업자등록번호 211-90-02201
ISBN 89-497-0210-X 04840
ISBN 89-497-0081-6 (세트)

빨강 별꽃

차례

등장인물

마르그리트 블레이크니 부인 처녀 때의 성은 생 제스트. 코미디 프랑세즈의 가장 인기 있는 여배우였다. 미모와 재치로 런던 사교계에 유명함.

퍼시 블레이크니 마르그리트의 남편. 영국에서 으뜸가는 큰 부호.

아르망 생 제스트 마르그리트의 오빠. 공화주의자.

프린스 오브 웨일즈 영국의 황태자.

윌리엄 피트 영국의 수상.

글렌빌 영국의 외상.

앤토니 듀하스트
앤드류 포크스 } 영국의 젊은 귀족. '빨강 별꽃'의 충실한 부하.

쇼블랑 프랑스 공화정부의 전권대사.

드 튀르네 백작 부인 '빨강 별꽃'에게 구출된 프랑스의 귀족.

수잔 드 튀르네 백작 부인의 딸. 마르그리트의 친구.

젤리밴드 도버에 있는 '어부의 집'의 주인.

파리, 1792년 9월

    요란스레 소용돌이치고, 솟구치고, 밀치락거리는 군중. 인간이라고 하기에는 이름뿐인, 비열한 욕망과 격렬한 복수와 증오로 타오르는 그들의 그 형상과 외침 소리는 바로 야수 그것이었다.

    때는 해질녘에 가까웠고, 장소는 서쪽 바리케이드. 이곳은 10년 뒤에 승리를 뽐낸 폭군 나폴레옹이 국민의 영광과 자기 자신의 허영을 위해 저 불후의 기념비 개선문을 세운 곳이다.

    그날 하루 종일, 길로틴은 계속 끔찍한 작업에 몰리고 있었다. 과거 여러 세기에 걸쳐 프랑스가 자랑해 온 문벌과 이름 있는 집안은 모조리 자유와 박애를 구하는 프랑스 혁명의 희망을 위해 숙청되고 말았다. 그 늦은 시각이 되어 가까스로 대량 학살이 끝난 참이었다. 그렇다고는 해도 바리케이드의 문이 닫히기 바로 전에 구경꾼에게는 흥미진진한 광경이 전개되는 것이었다.

    그 때문에 군중은 이 재미있고 통쾌한 광경을 보려고, 사형 집행을 볼 수 있는 플라스 드 라 글레이브로부터 사방의 바리케이드로 물밀 듯이 밀어닥쳤다.

이것도 매일 볼 수 있는 광경이었다. 아무튼 귀족들은 정말 어지간히 바보스러우니까!

본디부터 귀족들은 인민에게 있어서는 반역자인 것이다. 남자, 여자, 어른, 아이 할 것 없이 저 십자군 이래 프랑스의 영광이 되어 온 높으신 분들, 다시 말해서 프랑스 옛 귀족의 자손으로 태어난 사람은 모조리 반역자인 것이다. 그들의 선조는 인민을 괴롭히고, 아름다운 버클이 달린 빨간 구두로 인민을 짓밟아 왔다. 그러나 바야흐로 인민이 프랑스의 지배자가 되었다. 그리고 이번에는 반대로 그전의 지배자를 짓밟는 것이다──다만 구두 뒤꿈치로 짓밟는 것은 아니다. 그 즈음 인민은 대개 맨발로 돌아다니고 있었기 때문이다──그 대신 좀더 효과적인 무게를 갖는 길로틴의 칼날 아래 죽어 버렸던 것이다.

날마다 시시각각으로 이 괘씸한 살인 기계는 수많은 희생자를 계속 찾았다. 노인, 젊은 여성, 어리고 순진한 어린이들, 끝내는 국왕과 아름답고 젊은 왕비의 목까지 요구하게 되었다. 그러나 이것은 당연한 일이었다. 바야흐로 프랑스의 지배자는 인민이 아닌가. 귀족이라면 누구나 다 반역자인 것이다. 최근 200년 이래 프랑스의 인민은 궁정의 지칠 줄 모르는 사치를 충당하기 위해 피땀 흘려 일을 계속했고 줄곧 굶주려 왔던 것이다. 그리하여 여러 대에 걸쳐 궁정에 광채를 더해 온 이러한 귀족의 자손들이 겨우 목숨만 남아서 몸을 감추어야만 하게 된 것이다. 때는 좀 늦었지만 권리를 되찾은 인민 대중의 복수를 피하기 위해서는 도망다녀야만 했던 것이다.

귀족들은 몸을 감추려고 했다. 탈출하려고 했다. 그것이야말로 무엇보다도 재미있는 광경이었다. 날마다 오후의 문 닫는 시간 전, 시장의 짐마차가 줄지어 여기저기의 바리케이드 문에서 나갈 무렵이 되면 인민 공안위원회 갈고랑이의 일격에서 달아나려는 바보 귀족이 한

두 사람쯤 반드시 나타났다. 갖가지 모습으로 꾸미고 여러 가지 구실을 생각해 내어, 혁명 정부의 시민병이 엄중히 지키고 있는 검문소를 빠져나가려고 하는 것이다. 남자가 여자의 옷을 입기도 하고, 여자는 남장을 하기도 하며, 아이들은 거지가 입는 것 같은 누더기를 걸쳤다. 달아나려는 이들 가운데는 온갖 신분의 사람이 다 있었다. 전백작, 전후작, 그뿐만 아니라 대공까지 있었다. 프랑스를 빠져나가 영국이나 그 밖의 다른 나라로 몰래 도망쳐 외국인들에게 이 프랑스의 빛나는 혁명에 대한 반감을 부추긴 괘씸죄로 현재 대성당에 유폐되어 사형 집행을 기다리고 있는 불쌍한 수인(囚人)들. 전에는 프랑스의 군주라고 나섰던 사람들을 해방시키기 위하여 반혁명의 군사를 일으키고 싶다고 생각하고 있는 것이다.

그러나 그들은 대개 성문께에서 붙잡히는 것이었다. 특히 서문(西門)의 비보 중사는 아무리 교묘하게 변장하고 있는 귀족이라도 귀신같이 알아내고 만다. 더구나 그 다음이 재미있었다.

고양이가 쥐를 빤히 알아보듯이 비보는 자신의 먹이를 바라다본다. 때로는 15분이나 상대를 놀려 줄 생각으로 매우 귀하신 전후작님과 백작님이 정체를 감추기 위해 애쓴 변장이나 가발, 그 밖의 여러 가지 광대 같은 분장에 보기 좋게 걸려드는 체해 보인다.

정말이지 비보의 능청스런 연기는 너무 재미나다! 그러니까 서쪽 바리케이드 부근으로 밀고 나와 인민의 복수의 손길에서 달아나려고 하는 귀족들을 최후의 순간에 붙잡는 것을 구경하지 않을 수 없는 것이다.

어떤 때는 비보가 자기의 먹이를 일부러 성문 밖으로 내보내 주는 일도 있다. 이제 파리를 빠져나왔으니 무사히 영국의 해안으로 안전하게 달아날 수 있을 것이라고 적어도 2분 동안은 헛된 기쁨을 갖게 해준다. 그러나 비보는 그 불운한 바보께서 자유로운 시외를 향해 20

미터 가량 간 순간에 두 병사를 보내어 완전히 변장을 벗겨 버리고 다시 데려오게 한다.

이 또한 매우 유쾌한 구경거리였다. 어찌 되었거나 변장을 벗겨 보았더니 여자였다는 둥 하는 일화도 있었다. 어떤 거만한 후작 부인이 마침내 비보의 갈고랑이에 걸린다. 이튿날은 즉결 재판, 그 다음에는 길로틴이 부인의 다정한 포옹을 기다리고 있다는 것을 알게 되었을 때의 말할 수 없이 우스꽝스러운 모습……

활짝 맑게 갠 9월의 어느 날 오후. 비보의 바리케이드 문에 떼를 지어 있는 군중이 와자지껄 열광하고, 완전히 흥분했던 것도 이상할 것은 없다. 피를 요구하는 욕망은 채워지면 채워질수록 더 심해지는 것이었다. 그것은 싫증날 줄을 몰랐다. 군중은 오늘도 100명이나 되는 귀족의 목이 길로틴 아래로 떨어지는 것을 보고 있었다. 이튿날도 또 100개의 목이 떨어지는 것을 보고 싶어할 것이다.

비보는 바리케이드 문 옆에 딱 붙여져 거꾸로 엎어 놓은 빈 통에 버티고 앉아 있었다. 시민병 한 소대가 그의 지휘 아래 놓여 있다. 일은 요즘 들어 눈에 띄게 늘어나 있었다. 그 저주할 귀족들은 공포에 떨며 필사적으로 파리를 탈출하려 하고 있었다. 먼 선조라 할지라도 저 극악무도한 부르봉 왕조를 섬긴 사실이 있으면, 그 자손은 남자나 여자나 어린아이들이나 모두 반역자이며 당연히 길로틴의 밥이 된다. 비보는 날이면 날마다 왕당파인 도망자들의 가면을 벗겨, 저 애국 시민인 휘케 탕비르를 위원장으로 하는 인민 공안위원회로 보내어 심리를 받게 하는 데 만족을 느끼고 있었다.

로베스피에르도 당통도 모두 비보의 열성을 칭찬했고, 비보 자신도 자기 혼자의 힘으로 적어도 50명이나 되는 귀족들을 길로틴에 보낸 것을 자랑스러워하고 있었다.

그런데 오늘은 사방의 성문을 굳게 지키고 있던 지휘 책임자 모두들에게 특별한 명령이 내려져 있었다.

최근의 일로서, 굉장한 숫자에 이르는 귀족들이 프랑스를 탈출하여 무사히 영국에 도착하는 데 성공하고 있었다. 이러한 탈출에 대해 이상하고 괴이한 소문이 퍼지고 있었다. 탈출은 매우 활발해졌으며 또한 이를 데 없이 대담하게 되어 가고 있었다. 민중의 관심도 이상하게 높아져 갔다. 그로스피에르 중사는 어떤 귀족의 가족을 모조리 북문 바로 코앞에서 놓쳐 버렸기 때문에 스스로 길로틴에 올라가는 형편이었다. 이러한 탈출은 대담무쌍한 어떤 한 무리의 영국인에 의해 조직적으로 행해지고 있는 것이 틀림없었다. 이 패거리는 자기들에게는 아무런 관계도 없는 일인데도 그야말로 공연한 참견으로 손을 대어, 틈을 보아서는 길로틴의 정당한 희생이 될 운명 아래 놓인 사람들을 빼앗아 가는 것이었다. 이러한 소문은 순식간에 퍼져서, 어디에서나 그 소문으로 웅성거렸다. 이 참견꾼인 영국인 패거리가 실제로 존재하고 있는 것은 의심할 나위도 없었다. 뿐만 아니라 굉장히 용감하고 대담한 사람이 우두머리로 앉아 있는 모양이었다. 이 사람은 자기가 구출한 귀족들을 데리고 성문에 이르러서는 홀연히 모습을 감춘다. 정말 초자연적인 힘으로 보기 좋게 탈출하고 만다는 기기괴괴한 소문이 퍼지고 있었다.

이 신기한 영국인을 본 사람은 없었다. 하물며 그 우두머리에 이르러서는 자칫 말을 잘못하기만 해도 미신 같은 으스스함이 느껴졌다. 혁명파인 휘케 탕비르는 사건이 일어나는 날에는 반드시 누가 보냈는지 알 수 없는 편지를 받는 것이었다. 우연히 자기의 윗옷 주머니 속에서 그 종이를 발견하는 수도 있었고, 인민 공안위원회로 나가는 도중 혼잡한 사람들 속에서 누구인지 알 수 없는 사람으로부터 받게 되는 일도 있었다.

그 종이에는 참견꾼인 영국인들이 일에 착수했다는 간단한 통지가 씌어져 있었다. 그리고 언제나 빨간 색으로 그린 꽃무늬——작은 별 모양의 꽃으로 영국에서 '빨강 별꽃'이라고 부르는 꽃무늬가 그려져 있었다. 이 뻔뻔스러운 통고를 받고 몇 시간 뒤에 인민 공안위원회 사람들은 굉장한 수의 왕당파 귀족들이 바닷가로 무사히 도망가서 영국으로 향하고 있다는 보고를 받는 것이었다. 각 성문의 경비는 곱절로 늘어났다. 지위에 임하는 중사는 잘못 실수하면 사형이라는 말에 떨었다. 한편 이 대담무쌍한 영국인들의 체포에 막대한 현상금이 걸렸다. 이 기괴하고 자유자재로 출몰하는 '빨강 별꽃'을 잡는 사람에게는 5천 프랑의 거액이 약속되었다.

누구나가 비보야말로 그 명예에 빛나는 사나이임에 틀림없다고 생각했고, 비보 자신도 사람들이 그렇게 믿도록 내버려 두었다. 그리하여 민중들은 비보가 망명하는 귀족을 잡을 때 어쩌면 그 신기한 영국인을 함께 잡을지도 모른다고 생각하여, 그것을 보고 싶은 마음에 날마다 서문 쪽으로 밀려갔던 것이다.

"여보게!" 비보는 믿을 만한 심복 부하인 하사를 불렀다. "그로스피에르는 바보였어! 지난 주일 북문에 있었던 게 나였더라면……."

비보는 땅바닥에 침을 뱉어 동료의 실수를 경멸해 보였다.

"어떻게 되었을까요?" 하사가 물었다.

"그로스피에르 녀석은 문에 있었다네. 잘 감시하면서 말이야."

군중들이 그의 이야기를 들으려고 열심히 에워싸기 시작했으므로 비보는 거드름을 피웠다.

"우리는 이 건방진 참견꾼인 영국놈 '빨강 별꽃'에 대해 벌써 알고 있었지. 놈이 악마라면 또 모르지만 내가 지키는 이 서쪽 문으로는 절대로 못 지나갈걸! 그런데 그로스피에르는 좀 모자라는 녀석이었어. 시장에 다니는 짐수레가 문을 지나고 있었지. 그 가운데 나무통을 실은 수레가 있었는데, 영감이 혼자 남자아이를 곁에 앉히고 그 짐수레에 앉아 있었다는군. 그로스피에르는 한잔 마시고 있었는데, 자기 딴에는 훌륭하게 머리가 잘 돈다고 생각한 모양이야. 통을 조사했지——적어도 대충은 조사했어——텅 빈 것으로 보고 그 짐수레를 그대로 통과시켜 버리고 말았거든.”

비보를 에워싸고 있는 군중 사이에서 노여움과 경멸의 웅성거림이 일었다.

“30분쯤 지나서,” 하고 중사는 계속했다. “12명의 경비병을 데리고 대장이 나타나더니 ‘저 짐수레를 통과시켰는가?’ 하고 가쁜 숨을 헐떡거리며 그로스피에르에게 묻더라는 거야. ‘네, 아직 30분도 채되지 않았습니다만’ 하고 그로스피에르는 대답했지. ‘그렇다면 자네가 도망 보낸 거야!’ 대장은 미친 듯이 화를 내며 고함쳤지. ‘그 상으로 네 놈을 길로틴에 보내 줄 테다. 중사! 저 짐수레에는 전공작이었던 드 샬리와 가족 모두가 숨어 있었단 말이다!’ ‘아차! 실수했군!’ 그로스피에르는 깜짝 놀라 고함쳤지. ‘더욱이 저 마부 영감이야말로 다름 아닌 저주스러운 영국 놈 ‘빨강 별꽃’이었단 말이야!’

이 이야기에 와아 하고 저주에 찬 고함 소리가 울렸다. 그로스피에르는 자신의 큰 실수 덕분에 길로틴의 이슬로 사라졌다. 어쩌면 그다지도 어리석단 말인가! 제기랄! 바보짓도 어지간히 해야 할 게 아닌가!”

비보는 자기의 이야기에 껄껄 웃기 시작하여, 한참 동안이나 이야기를 계속할 수 없을 정도였다. 조금 뒤에 비보는 입을 열었다.

“‘그놈들을 쫓아라, 모두!’ 하고 대장이 소리쳤어. ‘상금을 잊지 말라, 쫓아라, 뒤를 쫓아! 아직 멀리 가지는 못했을 것이다!’ 대장은 12명의 부하를 이끌고 문 밖으로 우르르 몰려나갔지.”

군중들이 열광하여 외쳐댔다.

"그렇지만 너무 늦었다!"

"못 잡을 걸!"

"그로스피에르, 얼빠진 놈!"

"길로틴에 죽어도 당연하고말고!"

"나무통을 똑똑히 조사하지 않았다니 정말 어이가 없군."

이러한 욕지거리가 비보에게는 몹시 유쾌해서 견딜 수 없는 모양이었다. 껄껄거리며 웃어댔기 때문에 옆구리가 아파서 눈물이 뺨을 타고 흘러내릴 정도였다.

"그렇지 않았어!" 가까스로 비보는 입을 열었다. "귀족들은 그 짐수레 속에 있지 않았어. 마부도 '빨강 별꽃'이 아니었어."

"뭐라고요?"

"그것은 실수였어. 그 경비병 대장이야말로 변장한 영국인 녀석이었단 말이야. 그리고 그 부하들이 모두 귀족이었다니, 원 참!"

이번에는 군중들이 할 말을 잃었다. 이 이야기에는 확실히 사람의 능력을 초월한 그 무엇이 있다. 혁명 정부는 신을 추방했지만, 민중의 마음에 깃들어 있는 초자연에 대한 공포심마저 없애 버리지는 못한 모양이다. 역시 그 영국인은 악마였단 말인가!

해는 서쪽으로 지려 하고 있었다. 비보는 성문 닫을 준비를 하기 시작했다.

"짐수레는 앞으로." 그가 말했다.

12대쯤 되는 포장마차가 한 줄로 늘어섰다. 가까운 교외에서 야채며 그 밖의 물건을 사들여서 이튿날 아침 시장으로 실어가기 위해 거리를 떠나려 하고 있다. 비보는 이러한 포장마차라면 대개 모두 알고 있었다. 날마다 왕복 두 번씩 이 문을 지나기 때문이었다. 짐수레를 움직여──대부분 여자였다──한두 사람에게 말을 걸면서 수레 안을 열심히 조사하고 다녔다.

"잘못 보면 안돼" 하고 비보는 스스로 말했다. "나는 바보 그로스 피에르처럼 실수를 하는 녀석과는 달라."

짐수레를 다루는 여자들은 언제나 형장의 길로틴 대 아래에서 뜨개질을 하거나 세상 이야기를 하면서, 날마다 공포 정치의 희생자들을 태운, 수인을 호송하는 마차가 줄지어 오는 것을 바라보며 산다. 귀족들이 길로틴 부인들의 환영 잔치에 모셔지는 것을 바라보는 것은 매우 즐거운 일이었다. 덕분에 단두대 맨 앞의 관람석에서는 자리다툼이 벌어지게 된다.

비보는 낮에는 형장인 광장에 나갔다. 그곳에서 '뜨개질 할머니'라고 불리는 이 할머니들은 대개 낯이 익었다. 할머니들이 앉아서 뜨개질을 하는 동안에 차례차례로 길로틴 칼날 밑으로 머리가 굴러 떨어져, 할머니들은 저주받은 귀족들로부터 튀는 피를 뒤집어쓰기도 하였다.

"여어, 어머니!" 비보는 그러한 무서운 할머니 가운데 한 사람에게 말을 건넸다. "거기에 무엇을 가지고 있지요?"

낮에 이 할머니가 뜨개질감과 마차의 채찍을 곁에 놓고 오도카니 앉아 있는 것을 보았었다. 지금도 채찍의 손잡이에 금발, 은발, 붉은 머리, 밤색 머리, 색색가지의 머리카락 묶음을 주렁주렁 붙들어 매고는 비보를 향해 히죽 웃으면서 큼직하고 뼈가 앙상한 손으로 쓰다듬고 있었다.

"나는 길로틴 부인의 애인과 아주 친하다오." 할머니는 히히 하고 소리 내어 웃으면서 말했다. "목이 굴러 떨어질 때마다 머리카락을 잘라 주기 때문이라오. 내일도 또 조금 잘라 두었다가 나에게 주겠다고 약속했지만, 다른 날처럼 맨 앞자리에 갈 수 있을지 모르겠구려."

비보는 물었다.

"헤에! 그건 또 어째서지요, 할머니?"

본디 피도 눈물도 없는 그였지만, 여자라고는 모습뿐인 무섭게 생긴 괴물이 채찍 손잡이에 무시무시한 죽은 사람의 머리카락을 붙들어 맨 것을 보니 오싹 소름이 끼쳤다.

"손자가 천연두에 걸렸지 뭐요." 할머니는 엄지손가락으로 수레 안을 가리켰다. "페스트가 아니냐고 하는 이도 있다오! 하지만 페스트라면 나는 파리에 나올 수가 없지."

천연두라는 말을 들은 순간 비보는 기겁을 하고 뒤로 물러섰으며, 할머니가 페스트라는 말을 꺼냈을 때에는 다시 허둥지둥 온 쪽으로 도망치기 시작했다.

"빌어먹을 할망구 같으니라구!" 그는 중얼거리듯 말했다.

가까이에 있던 군중들도 헐레벌떡 앞을 다투어 달아났다. 뒤에는 짐수레만이 한복판에 외로이 남았다. 노파는 소리 내어 웃었다.

"잘도 그런 소리를 지껄이는군. 당신네들 같은 겁쟁이들은 바람에 날려 버려야겠어." 노파가 말했다. "뭐난 말야! 남자인 주제에 병 따위가 무에 무서워."

"와아! 페스트다!"

이 무서운 병에 기겁을 하여 군중들은 소리를 삼켰다. 이 병만은 아무리 야만적이고 짐승 같은 사람들에게도 공포와 혐오감을 일으키게 하는 힘이 있었다.

"할멈도, 페스트에 걸린 애새끼들도 빨리 꺼져 버려!"

쨍쨍거리는 목소리로 비보는 고함쳤다.

거친 웃음소리를 내고 천한 농담을 지껄이면서 노파는 비루먹은 말에 채찍을 휘둘러 짐마차를 타고 성문 밖을 향해 나갔다.

이 사건으로 오후의 구경은 망쳐 버렸다. 사람들은 천연두와 페스트라는 두 가지의 끔찍스러운 병——치료 방법이 없어, 비참하고 외로운 죽음을 당하게 되는 두 가지의 고약한 병 앞에 몸을 떨었던 것이다.

한참 동안 침울한 얼굴로 아무 말도 하지 못하고, 무서운 역병이 이미 자기들의 한복판에 버티고 앉은 것이나 아닐까 하고 본능적으로 서로를 살피는 듯한 눈초리가 되어, 서로 눈길을 피하면서 문께를 어슬렁거리고 있었다. 그러자 그로스피에르의 경우처럼 경비대장이 불쑥 나타났다. 그러나 비보는 그 대장을 알고 있었으므로 교활한 영국인이 대장으로 변장했으리라는 염려는 없었다.

"짐수레는……." 성문에 채 닿기도 전에 가쁜 숨을 헐떡이면서 대장은 고함을 쳤다.

"어떤 짐수레 말씀입니까?" 비보는 거친 말투로 되물었다.

"할멈이 타고 있던 짐수레 말이다…… 수레……포장마차……."

"여럿이었는데요……."

"손자 놈이 페스트라고 말한 할멈 말이다!"

"아아……."

"설마 밖으로 내보내지는 않았겠지?"

"제기랄!" 비보가 말했다. 불그레하던 뺨이 두려움으로 파리해졌다.

"그 짐수레에는 전백작 부인 드 튀르네와 아이가 둘 숨어 있었어. 셋 다 인민에 대한 반역자로서 사형 선고를 받았단 말이다."

"그러면, 마차를 다루던 사람은?" 등줄기에 무엇인지 알 수 없는 서늘함이 달리는 것을 느끼면서 비보가 물었다.

"무슨 멍청한 소리를!" 대장이 소리쳤다. "저 괘씸한 영국 놈……'빨강 별꽃'이지. 그런 혐의가 있어."

도버, '어부의 집'

　부엌에서 샐리는 눈이 핑핑 돌 만큼 바빴다——스튜 냄비며 프라이팬을 커다란 화덕 위에 즐비하게 늘어놓고, 큼직한 수프 냄비는 한쪽 구석에 놓았다. 그리고 고기를 굽는 꼬챙이로 조심스럽게 천천히 불 위의 고기를 뒤적인다. 심부름하는 젊은 여자 둘이 소란을 떨면서 부엌일을 돕고 있었다. 땀에 흠뻑 젖은 채 숨을 헐떡이며, 통통한 팔꿈치의 움푹 들어간 곳까지 무명옷 소매를 걷어 올리고 있었다. 샐리가 뒤돌아서자, 그들은 틈을 노려 둘만의 비밀로 되어 있는 농담을 주고받으며 킥킥 웃어댔다.

　또 한 사람, 얼굴이 우둥퉁하고 보기 흉한 몸매를 한 젬마 노파는 줄곧 투덜투덜 불평을 하면서 불 위로 몸을 구부려 냄비 속의 수프를 휘젓고 있었다.

　"여봐요, 샐리！" 명랑하지만 아무래도 그다지 음악적이지는 못한 목소리가 바로 옆방인 식당에서 들려왔다.

　"네에, 지금 곧 가요！" 샐리는 상냥한 웃음소리를 내면서 대답했다.

"이번에는 무슨 주문일까? 정말!"

"그야 물론 맥주지요, 저 지미 피트킨이 한 잔만으로 그만둘 리가 있나." 젬마 노파가 투덜거렸다.

"엘리 씨도 무척 목이 마른 모양이야." 젊은 부엌 하녀 마더가 킥킥 웃으면서 말했다. 구슬 같은 검은 눈이 또 다른 하녀의 눈과 마주치자 의미심장하게 깜박거려 보이며 웃었는데, 허둥지둥 웃음을 씹어 삼켰다.

샐리는 조금 불쾌한 얼굴이 되어서, 무엇을 생각했는지 날씬한 허리에 두 손을 슬쩍 미끄러뜨렸다. 아무래도 마더의 장밋빛 뺨을 한 대 철썩 때리고 싶어 근질근질한 것 같았다. 그러나 타고난 상냥한 마음씨 때문인지 입을 삐죽이 내밀고 어깨를 으쓱 쳐들었을 뿐, 포테이토 프라이 쪽으로 주의를 돌렸다.

"여봐요, 샐리! 이봐, 샐리!"

기다리기가 지루하다는 듯 놋쇠와 납의 합금인 술잔으로 일제히 식당의 떡갈나무 식탁을 두드리는 소리가 들려왔다. 이 가게 주인의 귀여운 딸을 부르는 소리가 계속되었다.

"샐리!" 전보다도 좀더 집요한 목소리가 말했다.

"거기서 맥주와 밤을 새우는 건가?" 샐리는 종알거렸다.

"맥주쯤은 아버지가 가지러 와 주시면 좋을 텐데."

젬마는 둔감한 표정으로 아무 말없이 거품이 솟아오르는 맥주 조끼 2개를 선반에서 내려, 찰스 왕이 살아 있을 때부터 있던 이 '어부의 집' 명물인 이곳에서 직접 빚어 만든 맥주를 몇 개의 합금 컵에 따르기 시작했다.

"우리가 얼마나 바쁜지 아버지도 다 아시면서."

젬마가 입속으로 투덜거렸다.

"영감님은 헨프시드 씨와 정치 이야기에 열중해서 샐리 아가씨나 부엌 일 따위는 생각지도 않아요."

샐리는 부엌 구석에 걸려 있는 작은 거울 앞으로 갔다. 그녀는 서둘러 머리를 쓸어내렸다. 가장자리에 장식이 달려 있는 모자를 까맣고 숱 많은 곱슬머리 위에 가장 어울리는 각도로 써 보았다. 그리고 햇빛에 그을린 물 일에 익숙한 손에 컵의 손잡이를 3개씩 잡자, 얼굴을 붉히고 웃음을 지은 채 종알거리며 식당으로 가지고 갔다.

바로 옆 부엌에서는 불을 쓰기 때문에 뜨거워서 네 여자가 땀을 뻘뻘 흘리며 일하지만, 이 식당에는 전혀 그런 기색이 없었다.

지금 이 '어부의 집'은 관광 명소 가운데 하나가 되어 있었다. 그러나 18세기 끝 무렵인 1792년에는, 그로부터 100년 동안에 걸친 세월과 시대의 광란으로 얻은 나쁜 뜻으로의 유명함이나 또는 중요성이라는 것은 아직 없었다. 그러나 그 무렵에도 이미 낡은 장소였던 것이다. 아무튼 떡갈나무로 만든 서까래며 대들보는 세월이 오래 지나 새카매져 버렸다. 벽에 직접 기댈 수 있는 키가 큰 널빤지 의자며, 그 의자들 사이에 놓여져 있는 반들반들하게 닦인 긴 식탁——그 위에는 합금 컵의 크고 작은 자국이 뒤섞여 여러 가지 동그라미를 만들어 기묘한 무늬를 남기고 있다——이것 또한 시대를 느끼게 하는 물건이었다.

훨씬 위쪽에 열려 있는 납으로 된 창턱이 달린 창문에는 새빨간 제라늄과 파란 비련초 화분이 죽 놓여져, 침울한 기분이 도는 떡갈나무 재목 내부에 밝은 색채감을 던져두고 있었다.

도버 항구에서 '어부의 집'을 경영하는 젤리밴드가 돈의 융통이 자유롭다는 것은 누구나 한눈에 알 수 있었다. 훌륭하고 낡은 찬장에 죽 늘어서 있는 합금물, 육중한 난로 위의 놋쇠는 금과 은처럼 빛나고, 빨간 벽돌을 깔아 놓은 바닥은 창문에 놓여 있는 빨간 제라늄 못지않게 색채가 고왔다. 이것은 이곳에서 일하는 사람들이 예의범절을 잘 갖추었고, 사람도 많으며 손님의 발길이 끊이지 않는다는 것과 이 식당의 점잖음과 차분함 등 높은 수준의 질서 같은 것들을 말해 주는 것이었다.

샐리가 이맛살을 살짝 찡그리면서도 하얀 잇바디를 보이며 들어서자, 저마다 한 마디씩 말을 걸어오기도 하고 박수를 치며 환영하기도 했다.

"여어, 샐리가 왔다! 이봐, 샐리! 만세, 만세, 귀여운 샐리!"

"부엌에서 귀가 멀었나 하고 걱정했지." 바삭바삭하게 마른 입술을 손등으로 쓱 문지르면서 지미 피트킨이 우물거리는 목소리로 말했다.

"네! 네!" 하고 대답하면서 샐리는 지금 막 가져온 컵을 테이블 위에 놓았다. "어머나, 어째서 그렇게 성급하게 보채시는 거지요? 할머니께서 숨이라도 넘어가려고 해서 죽기 전에 만나 보러 달려가려는 건가요? 이렇게 보채시는 분은 처음 봤어요!"

이런 농담에 와 하고 요란한 웃음소리가 터졌다. 한동안 여기에 있던 사람들 사이에서 차례로 농담이 계속되었다. 샐리는 이제 냄비며 접시 일로 돌아가지 않았다. 곱슬곱슬한 금발 머리에 정열적이며 밝고 파란 눈을 가진 청년에게 샐리의 주의가 완전히 쏠렸다. 좀처럼 그것을 떠나려 하지 않았다. 지미 피트킨에게는 할머니가 없었다. 그래서 이미 없는 할머니에 대한 일들이 조심성 없는 농담거리가 되어 독한 담배 연기 속으로 녹아들어갔다.

난로를 향해 한가로이 두 다리를 뻗고 기다란 사기 파이프를 입에 문 이 집 주인인 존경할 만한 젤리밴드——'어부의 집'을 경영하는 사람이 서 있었다. 그의 아버지도 할아버지도, 그리고 또 증조부도 역시 이 '어부의 집' 주인이었다. 당당한 몸집, 겁쟁이 같은 표정, 조금 머리가 벗어진 젤리밴드는 실로 그 무렵 영국 지방인의 전형이라

해도 좋을 듯했다. 그 무렵 영국은 섬나라 근성이 정점에 이르러, 귀족이며 식자들이며 농민──아니, 영국인이라는 영국인은 모두 유럽 대륙은 부도덕의 소굴이며 유럽 이외의 세계는 야만인과 식인종만이 득실글거리는 미개지라고 믿고 있었던 것이다.

그런데 우리의 존경하는 젤리밴드 역시 다리에 힘을 꽉 주어 버티고 서서, 사기로 만든 긴 파이프를 뻐끔뻐끔 피워 대며 이 나라 안의 어느 것 하나도 무서운 줄 모르며 외국인은 모두 경멸할 만한 존재라고 여기고 있었다. 그는 그 무렵 유행한 번쩍거리는 놋쇠 단추가 달린 멋쟁이 조끼를 입고 있었다. 코듀로이 바지, 잿빛 털실로 짠 양말에 멋진 장식용 쇠붙이가 달린 구두, 이것이야말로 그 즈음 대영 제국에서 적어도 여인숙을 경영하는 이의 옷차림이었다. 그리고 어머니 없이 자란 사랑스러운 딸 샐리의 아리따운 어깨를 네 사람 몫의 튼튼한 일손이라도 모자랄 정도의 일거리가 내리누르고 있는데도, 우리의 존경하는 젤리밴드는 평소에 특별 취급하는 단골손님들과 온 세상의 국가에 대해 토론하고 있는 것이었다.

천정의 서까래에는 잘 닦인 램프가 2개 늘어져 있어 밝은 식당은 아주 명랑하고 쾌적했다. 방 안 구석구석까지 감돌고 있는 짙은 담배 연기 속에서 손님들의 얼굴은 보기에도 기분 좋게 빛나고 있었다. 손님이나 주인이나 모두 아주 태평스러워 보였다. 방 안 여기저기에서 커다란 웃음소리가 일고, 그다지 지적이라고는 할 수 없지만 유쾌한 이야기의 꽃을 피운다. 그 속에서 샐리의 웃음소리가 들리는 것은 조금이라도 틈이 생겨서 곧 해리 웨이트 옆에 가 있다는 증거였다.

젤리밴드의 식당을 좋게 여기고 있는 사람들은 주로 어부들이었다. 어부는 술에 대해선 전혀 식견이 없다. 그들은 바다에 나가 바닷바람을 마신다. 그리고 뭍에 오르면 목구멍이 칼칼해진다.

그런데 '어부의 집'에 이처럼 꾸밈없고 검소한 사람들만이 모이는 것은 아니었다. 런던과 도버 사이를 오가는 역마차가 이 여인숙에 날마다 나타났고, 영국 해협을 건너온 선객들과 이제부터 유럽으로 길을 떠나갈 사람들은 모두 젤리밴드가 프랑스에서 직접 사들여온 술이며 그의 집에서 직접 빚어 만든 맥주를 즐기는 것이었다.

1792년 9월 끝 무렵, 그달 내내 쾌청하고 더운 날이 계속되었는데 어느 날 갑자기 날씨가 나빠졌다. 이틀 동안 폭포수처럼 퍼붓던 비가 영국 남부를 덮쳐 사과며 배며 늦게 열리는 복숭아를 제대로 익기도 전에 떨어뜨리고 가지를 찢어놓아 전멸시키려 하고 있었다. 비는 가장자리에 납으로 둘러쳐진 창문을 때리고 굴뚝으로 쏴 들이퍼부어, 활활 타고 있는 벽난로의 장작불을 찌이찍 소리나게 하기도 했다.

"원 참! 9월인데도 정말 굉장히 퍼붓는군요, 그렇지 않습니까, 젤리밴드 씨?" 헴프시드가 물었다.

이 헴프시드라는 사람은 난로 안쪽의 자리에 앉아 있던 인물이다. 젤리밴드의 정치 이야기에는 언제나 정해 놓고 상대역이 되어 주었으므로 이 '어부의 집'에서는 꽤 권위가 있는 중요한 인물이었다. 부근 일대에서도 역시 그랬다. 학문, 특히 성서에 대한 지식이 풍부하여 굉장한 존경까지 받고 있었다. 해진 곳을 기운 꽤나 오래 입은 낡아빠진 윗옷 밑의 코듀로이 바지에 달린 큼직한 주머니에 한 손을 집어넣고, 다른 한쪽 손에는 파이프를 쥔 채 헴프시드는 유리창에 흘러 떨어지는 빗물을 정떨어지는 얼굴로 바라보면서 앉아 있었다.

"정말 내 평생에 처음 보겠는걸." 젤리밴드는 분명하게 말했다. "이 나이가 되기까지…… 이 고장에서 60년 가까이 살았지만 말이오."

"그러시겠지요! 그러나 그 60년의 처음 3년 동안은 기억이 없으시겠지요?" 헴프시드는 조용하게 말했다. "갓난아기가 날씨에 대해 걱정을 한다는 말은 여지껏 들은 적이 없으니까요. 적어도 이 고장에

서는 말이오. 나는 그럭저럭 75년이나 여기서 살고 있지요, 젤리밴드
씨."

듣고 보니 그 말이 옳았으므로 정평 있는 젤리밴드의 웅변도 한순
간 아무 소용이 없었다.

"이건 9월이라기보다 4월이라고 하는 편이 좋겠군, 어떻소?" 쏴
하고 쏟아지는 빗물이 불 속에 지지직 떨어지는 것을 보고, 헨프시드
는 못마땅한 듯이 말했다.

"정말입니다." 존경할 만한 주인은 고개를 끄덕여 보였다. "하지
만 헨프시드 씨, 현재의 이런 정부에 무엇을 기대할 수 있겠소. 그렇
지 않습니까?"

헨프시드는 영국의 기후와 정부에 대한 뿌리 깊은 불신감을 담아서
제법 약은 체하며 고개를 내저었다.

"아무것도 기대하지 마시오, 젤리밴드 씨. 우리 가난한 사람들의
일을 런던 같은 데서 문제나 삼던가요? 그러니 이제 새삼스레 불
평한들 무슨 소용 있겠소. 게다가 9월에 이렇게 큰비가 오고 있소.
우리의 과일은 완전히 썩고 말겠지요. 오렌지니 뭐니 하는 정체를
알 수 없는 외국 과일로 유대인이나 행상인들이 크게 돈벌이를 할
테지요. 영국의 사과나 배가 잘 열려 준다 한들 비에 물러터진 그
런 것을 누가 사겠소. 성서에 이르기를……."

"말씀대로입니다, 헨프시드 씨." 젤리밴드가 말을 가로막았다.

"그러니까 지금 말씀하신 것처럼 과연 정부에 무엇을 기대할 수 있
겠는가 하는 것이지요. 해협의 건너편에서는 프랑스 녀석들이 자기
네 임금이며 귀족을 뎅겅뎅겅 목 쳐 죽이고 있습니다. 우리나라에
선 정치가인 작은 피트, 폭스, 버크라는 사람들이 서로 머리가 터
지도록 싸우고 있소. 만약 우리 영국인이 그런 끔찍한 혁명 소동을
언제까지나 못 본 체 내버려 두면 어떻게 되겠습니까? '멋대로 죽

이게 내버려 둬!' 하고 작은 피트는 말합니다. '못하게 해야 해!'
라고 버크는 말하고."

"멋대로 죽이게 내버려 두라고 나도 말하겠소. 그런 놈들은 모두
죽여 버리는 게 좋아요." 헨프시드는 힘주어 말했다. 그는 친구 젤리
밴드의 정치 이야기가 별로 마음에 들지 않았다. 정치 이야기로는 도
저히 맞싸울 수가 없었기 때문이다.

그의 학문적 소양은 이 부근 일대에 잘 알려져 있어서, 덕분에 '어
부의 집'에서 여러 사람들로부터 맥주를 큰 조끼로 몇 번이나 얻어먹
은 일도 있었는데, 젤리밴드를 상대로 정치 이야기를 하게 되면 모처
럼의 학문도 자랑할 수 없는 것이었다.

"놈들에게는 마음껏 죽이게 내버려 두는 거요." 그는 되풀이했다.

"그러나 9월에 이렇게 큰비는 오지 않도록 해야 하오. 왜냐하면 이
것은 법과 성서에 어긋나거든. 본디 성서에는……."

"아이, 앨리. 싫어요. 전 참을 수 없어요!"

헨프시드가 자랑으로 삼는 성서를 암송하기 시작하려고 호흡을 가
다듬은 순간 샐리가 이런 어리광스러운 말을 한 것은, 샐리에게 있어
서나 그녀의 단정하지 못한 유치한 태도에 있어서나 참으로 기회가
나빴다. 왜냐하면 샐리의 귀여운 머리 위에 무서운 기세로 아버지의
천둥소리가 떨어졌기 때문이다.

"아니, 샐리. 뭐냐, 넌!" 기분 좋은 얼굴을 억지로 굳히면서 아버
지가 말했다. "그런 새파란 플레이보이와 장난치는 것은 그만두고 얼
른 일이나 해."

"일은 이제 됐어요, 아버지."

그러나 젤리밴드의 태도는 참으로 엄격했다. 그는 이 탐스럽고 오
동통한 딸, 머지않아 적당한 시기에는 이 '어부의 집'의 경영자가 될
소중한 외동딸에 대해서, 그물 하나로 불안정하게 살고 있는 이런 젊

은이들 가운데 한 사람과 살게 하기보다는 좀더 다른 생각을 가지고 있었다.

"아버지가 한 말을 들었느냐, 샐리?" 집안 사람에게 아무 소리도 못하게 하는 저 묘하게 억누르는 말투로 그는 말했다. "앤토니 경의 식사를 준비하도록 해. 특별히 솜씨를 부려서 잘 만들어야지. 마음에 드시지 않는 일이라도 있다면 그냥 두지 않을 테다, 알겠느냐?"

샐리는 마음이 내키지 않았지만 하는 수 없이 아버지의 말에 따랐다.

"오늘 저녁에는 누군지 특별한 손님이 오시는 모양이군요, 젤리밴드 씨." 샐리가 이 방에서 쫓겨나가는 그 일에서 젤리밴드의 마음을 다른 데로 돌리려는 생각으로 지미 피트킨이 물었다.

"으음! 그렇다네." 젤리밴드는 대답했다. "앤토니 경이 잘 아시는 분들이지. 공작이며 공작 부인들이 바다 저쪽에서 오신다네. 앤토니 경의 친구인 앤드류 포크스 경과 그 밖의 젊은 귀족들이. 이분들을 살인자인 악마의 손아귀에서 구출해 낸 것이지."

그러나 이것은 원기왕성하고 불평에 가득 찬 인생관을 가진 헴프시드에게는 참을 수 없는 일이었다.

"헤에!" 그는 말했다. "무엇 때문에 그런 짓을 하지요? 다른 사람의 일에 목을 디밀 필요는 없을 텐데, 성서에도 있는 바와 같이……."

"그럴 테지요, 헴프시드 씨." 젤리밴드가 매우 신랄하게 가로막았다. "헴프시드 씨는 피트 씨와는 개인적인 교제가 있을 것이고, 더욱이 폭스 씨와 마찬가지로 '놈들을 죽이도록 내버려 두라!'고 말씀하시는 분이니까요."

"하지만 젤리밴드 씨." 더 이상 버틸 힘이 없어진 듯 헴프시드가 이의를 말했다. "내가 그런 사람이 아니라는 것을 잘 아실 텐데요."

그러나 젤리밴드는 마침내 그가 자랑하는 논법에 상대를 얽어 넣은 셈이므로 그렇게 쉽게 물러서지 않았다.

"그렇지 않으면 헴프시드 씨는 놈들의 살인을 우리 영국인으로 하여금 찬성하게 하려고 이쪽으로 건너온 프랑스 사람들 가운데 누군가와 가까워지기라도 하셨나요?"

"잠깐만 기다리시오, 젤리밴드 씨." 또다시 헴프시드는 나지막하게 말했다. "내가 알고 있는 일이라면……."

"내가 알고 있는 일이라면," 큰소리로 주인이 덮어 씌웠다. "내 친구 가운데 페파콘이라는 사나이가 있는데 '블루 페이스드 보어(파란 얼굴의 멧돼지)'라는 가게 주인이지요. 그런데 이 녀석, 나라 안을 두루 둘러보아도 성실하고 충성스러운 영국인은 오직 자기뿐이라는 듯한 얼굴이었소. 그런데 바로 그 녀석이 저 개구리를 먹는 프랑스 놈들과 친해져서 놈들이 신을 버린 부도덕한 외국의 스파이라는 것도 잊고, 마치 같은 영국인인 것처럼 사귀고 있단 말이오. 그런데 그런 다음 어찌 되었다고 생각하오? 페파콘 놈, 자, 혁명이다, 자유다, 귀족을 쓰러뜨려라 하고 기염을 토하는 거였소. 마치 여기에 계시는 헴프시드 씨와 똑같이."

"하지만 젤리밴드 씨." 또다시 헴프시드가 끼어들었다. "나는 도무지 기억이……."

젤리밴드는 둘러앉아 있는 사람들을 향해 말했다. 사람들은 모두 무시무시한 듯 입을 멍청하게 벌린 채 페파콘의 배신 내막을 듣고 있었다. 한 테이블에서 도미노 내기를 하고 있던 두 사람의 손님——옷차림으로 보아서 분명히 신사 계급의 인물인 듯했다——이 내기를 옆으로 밀어 놓고 젤리밴드의 국제 정세에 대한 의견을 한참 동안 매우 흥미롭게 듣고 있었다. 그중 한 사람은 표정이 풍부한 입매에 남모르게 빈정거리는 미소를 띠면서 방 한복판에 서 있는 젤리밴드 쪽을 향했다.

"당신은 성실한 분으로 보이는데" 하고 그는 조용한 어조로 말했다. "그 프랑스 사람들이——당신의 말로는 스파이인 모양인데——당신의 친구 페파콘의 의견을 교묘히 설복시키고 만 것을 매우 기민하다고 생각하는 것 같군요. 대체 어떻게 했다고 생각하시지요?"

"그야 물론 놈들이 페파콘을 설복했다고 생각하고말고요. 사람들의 이야기로는 이 프랑스 인들은 본디 말재주가 좋은 사람으로 태어나……아니, 여기에 있는 헨프시드 씨라면 프랑스 놈들이 어떻게 그토록 사람을 교묘하게 농락할 수 있는지 설명해 줄 수 있을 것이오."

"아아, 그래요? 그렇습니까, 헨프시드 씨?"

낯선 손님이 공손하게 물었다.

"원, 천만의 말씀." 헨프시드는 분연히 대답했다. "물으시는 일에 대해서는 뭐라고 대답해 드릴 수가 없습니다."

"그렇습니까? 그럼 주인, 이 영리한 스파이들이 당신의 한결같은 국수주의의 의견을 뒤집어엎지 않도록 부탁합니다."

그러나 이런 말을 들으니 젤리밴드로서도 기분 좋게 차분히 앉아 있을 수는 없었다. 그는 껄껄 웃기 시작했다. 순식간에 다른 사람들도 웃기 시작했는데, 그것은 이따금 그에게 외상 빚을 지는 사람들이었다.

"하하하! 호호호! 히히히!" 하고 함부로 여러 가지 모양으로 웃는 것이었다. 웃고 웃고 또 웃었기 때문에 옆구리가 아파서 눈물이 줄줄 흐르는 형편이었다.

"내 생각을 바꾸게 한다고? 농담 마시오. 프랑스 녀석들이 내 의견을 뒤집어 놓는다고 이분께서 하신 말씀을 모두들 들었나? 원, 어림없는 말씀을 다 하시는군요."

그러자 헨프시드가 또렷한 말투로 말했다.

"아무튼 젤리밴드 씨, 성서에도 있지 않던가요? '스스로 서려고 생각하자. 쓰러지지 않도록 하라'라고."

"하지만 들어 보시오, 헨프시드 씨." 젤리밴드는 아직 웃음이 멎지 않아 옆구리를 누르면서 되받았다. "성서는 나라는 사람을 모를 텐데. 그리고 여보시오, 나는 그 살인자인 프랑스 사람들과 맥주도 한 잔 마신 일이 없다오. 그런데 어떻게 내 의견을 뒤엎을 수 있겠느냔 말이오. 전에 들은 바로는 개구리를 먹는 프랑스 사람들은 표준 영어를 한 마디도 못 한다지 않소? 그러니까 그런 형편없는 프랑스 말로 말을 하게 되면 놈들이 프랑스 사람임을 알아채고 말 거요. 보시오, '경계는 즉 경비이니라'라고 속담에도 있지 않소?"

"그렇고말고요!" 낯선 손님이 쾌활하게 찬성하는 뜻을 나타냈다. "당신은 매우 눈치가 빨라서 당신 혼자 프랑스 인 20명쯤 쉽게 상대할 수 있다는 것을 알았소. 자, 주인. 이 병의 술을 함께 마십시다. 당신의 건강을 축하하고 싶소."

"이거 참, 황송하군요." 젤리밴드는 너무 웃어서 아직도 흐르고 있는 눈물을 닦으면서 말했다. "받겠소."

낯선 손님은 2개의 큰 잔에 넘치도록 술을 따라서 하나는 주인에게, 또 하나는 자기가 들었다.

"우리 충성스러운 모든 영국인이여!" 사나이는 얄팍한 입술 가에 아까와 마찬가지로 우스워 못 참겠다는 듯한 미소를 띠면서 말했다.

"우리는 충성스럽지만 이 술만은 프랑스에서 우리에게로 온 고마운 선물이라고 해야 할 거요."

"정말이오! 그것은 아무도 부정하지 않습니다" 하고 우리의 주인도 찬성했다.

"그리고 영국에서 으뜸가는 여인숙 주인인 우리 젤리밴드 씨의 건

강을 축복합니다." 손님은 한층 더 소리를 높여 말했다.

"만세! 만세!" 그 자리에 있던 사람들이 일제히 소리쳤다. 계속해서 요란한 박수가 일고, 이렇다 할 의미도 없는 일로 와아 웃어 대면서 술잔이며 컵이 테이블 위에서 명랑한 음악을 연주했다. 그런 속에서 젤리밴드가 우스꽝스럽게 토막토막 말을 끊으며 외치는 소리가 들렸다.

"원 참, 내가 신의 버림을 받은 외국인들에게 설복당하다니…… 글쎄, 어떨까…… 정말 나리, 당신은 재미있는 말씀을 하시는군요."

정말 당연한 사실에 낯선 손님은 진심으로 동의했다. 온 유럽 대륙에 사는 사람은 모두 하찮은 존재라는 젤리밴드의 뿌리 깊은 생각을 누군가가 뒤엎을 수 있으리라고는 도저히 생각할 수도 없는 일이었다.

망명자들

이 무렵, 프랑스 사람과 그들의 행동에 대한 영국 각지의 감정은 실로 악화의 길을 더듬고 있었다. 프랑스와 영국의 해안을 오가는 밀수업자며 상인들이 도버 해협을 사이에 둔 대륙에서 여러 가지로 뉴스를 모아 왔는데, 그 말을 들으면 영국인이라는 영국인들은 온 몸의 피가 부글부글 끓는 것 같았다. 혁명 소동을 일으키고 있는 프랑스인들에게 '호된 꼴을 보여 주고 싶다'고 생각했던 것이다. 아무튼 프랑스는 왕과 왕의 일족을 가두고, 여왕이며 왕자 왕녀들에게 죽지 못해 견딜 만큼의 모욕을 주었을 뿐만 아니라, 바야흐로 모든 부르봉 왕가와 그 모든 여당의 피를 거친 목소리로 요구하고 있었던 것이다.

마리 앙트와네트 왕비의 젊고 아름다운 친구인 드 랭바유 왕녀의 처형은 모든 영국인의 마음을 이루 헤아릴 수 없는 공포로 가득 차게 했다. 귀족의 이름을 지니고 있다는 이유만으로 날마다 몇 십 명씩 왕당파 사람들이 계속 처형되는 것은 유럽의 문명국 여러 나라에 대해 한결같이 복수를 퍼붓는 것 같았다.

그럼에도 불구하고 어느 나라도 감히 간섭하려고는 하지 않았다.

버크는 열변을 토하여 영국 정부에 프랑스 정부를 압살해야 한다고 외쳤으나, 작은 피트는 타고난 신중한 성품으로 우리나라가 수고만 많고 이익이 적으며 국비도 막대하게 드는 전쟁에 나서기에는 아직 시기가 이르다고 보고 있었다.

오스트리아야말로 솔선하여 행동을 개시해야만 하지 않겠는가. 오스트리아의 그 가장 아리따운 왕녀는 요란하게 비난을 퍼붓는 군중 때문에 왕녀의 자리에서 끌어내려지고, 지금은 유폐되는 역경을 당하여 굴욕을 받고 있었다. 그러므로 일부의 프랑스 인이 다른 프랑스 인을 죽이려 한다고 해서 영국 국민 전체가 무기를 들고 궐기할 필요는 없다고 정치가 폭스는 말했던 것이다.

젤리밴드와 동료인 영국인들은 외국인이라면 모두 밉살스러운 경멸의 눈으로 바라보고 있었다. 그러면서도 하나도 남김없이 왕당파이고 반혁명파였다. 그러므로 작은 피트의 신중성과 무사주의에 대해 굉장히 화를 내고 있었다. 물론 이 위대한 정치가가 취하고 있는 외교 정책의 참다운 뜻은 알 턱이 없었지만.

그런데 이때 샐리가 몹시 흥분하여 정신없이 달려 들어왔다. 식당에서 아주 좋은 기분으로 있던 사람들은 밖에서 나는 소리를 듣지 못했지만, 샐리는 비에 흠뻑 젖은 기수가 '어부의 집' 문 앞에 말을 세우는 소리를 들었던 것이다. 그리고 마부인 소년이 말을 돌보려고 뛰어나갔기 때문에 사랑스러운 샐리는 이 소중한 손님을 맞이하기 위하여 현관으로 나갔다.

"저 가운뎃뜰에 있는 것은 앤토니 경의 말 같아요, 아버지."

샐리는 식당을 달음박질하여 가로질러 가면서 말했다.

이때 문이 밖에서부터 활짝 열리고, 검은 갈색 천으로 싼 팔이 억수같이 퍼붓는 빗방울을 뚝뚝 떨어뜨리면서 순식간에 안으로 들어와 사랑스러운 샐리의 허리를 재빨리 감았다. 사랑을 담은 목소리가 식당의 잘 닦인 서까래에 울려 퍼졌다.

"그대의 갈색 눈은 매우 활기에 차 있군, 나의 귀여운 샐리."

한편 우리의 젤리밴드는 이 여인숙의 으뜸가는 손님이 온 것을 보고 어찌할 바를 몰라하며 허둥지둥 달려갔다.

"여어, 샐리!" 앤토니 경은 샐리의 장밋빛 뺨에 입술을 가져갔다. "그대는 볼 때마다 더욱 더 아름답게 세련되어 가는군. 그러고 보니 나의 성실한 벗 젤리밴드, 당신 따님의 이렇듯 날씬한 허리에 이리 떼들이 접근하지 못하도록 하기 위해 무척 애쓰시겠구려. 어떻소, 웨이트?"

웨이트로서는 앤토니 경을 존경하기는 하지만 이런 농담은 달갑지 않았으므로 다만 모호하게 투덜거렸을 뿐이었다.

앤토니 듀하스트 경은 엑세터 공작의 아들 가운데 한 사람으로 그즈음의 아주 전형적인 영국 청년 신사였다. 훤칠한 키에 균형잡힌 몸매, 떡 벌어진 어깨, 밝은 표정, 그리고 높은 웃음소리는 그가 가는 곳마다 울려 퍼졌다. 뛰어난 스포츠맨, 이야기 상대로서 아주 즐겁고 예의바르며 세련되어 있을 뿐 아니라 좋은 의미로 세상도 잘 알고 있었다. 너무 영리한 나머지 까다로워지는 일도 없었다. 런던 사교계에서나 외딴 시골 여인숙 식당에서나 한몸에 인기를 모으고 있었다. '어부의 집'에서도 모든 사람들을 잘 알고 있었다. 그것은 프랑스 여행을 퍽 좋아하는 이 사람이 오가는 길에 언제나 이 젤리밴드의 여인숙에서 하룻밤씩 머물기 때문이었다.

앤토니 듀하스트 경은 간신히 샐리의 허리에서 손을 떼고 웨이트며 피트킨이며 그 밖의 사람들에게 고개를 끄덕여 보이면서 젖은 몸을 말리기 위해 방을 가로질러 난로가로 다가갔다. 그는 방을 가로질러 가면서, 조용하게 도미노를 계속하고 있는 두 손님에게 재빨리 수상쩍은 눈길을 보냈다. 한순간, 깊고 진지하며 어딘지 걱정스러워 보이는 표정이 젊디젊은 그의 얼굴을 스쳤다.

그러나 그것도 잠깐 동안이었다. 다음 순간 공손하게 이마에 손을 대어 경의를 표하고 있는 헨프시드 쪽을 향하고 있었다.

"여어, 헨프시드 씨. 과일 농사는 어떠시오?"

"형편없습니다, 나리. 아주 흉작입지요." 헨프시드는 침울한 목소리로 대답했다. "그러나 자기네 임금과 귀족들을 모두 죽이려는 나쁜 프랑스 사람들을 돕고 있는 우리나라 정부의 일을 아울러 생각하면 이것도 하는 수 없는 일이지요."

"못 견딜 거요." 앤토니 경이 대답했다. "모두 당하고 말겠지. 헨프시드, 적어도 붙잡힌 사람들은 모든 것이 끝장이오. 불쌍하게도. 그러나 오늘 밤 이곳에 도착하는 사람들은 어떻게든 놈들의 갈고랑이를 피한 셈이지요."

그리고 나서 문득 이 청년은 한쪽 구석에 조용히 앉아 있는 손님들에게로 의심스러운 눈길을 던졌다.

"그것도 다 당신과 친구분들의 덕분이라고 말씀 듣고 있습니다."

젤리밴드가 말했다.

순식간에 앤토니 경은 손을 뻗쳐 주인의 팔을 꽉 잡았다. 경계하는 빛이 보였다.

"쉿!" 명령하듯이 말하고, 그는 저도 모르게 또다시 그 손님들에게로 눈길을 돌렸다.

"아아, 저분들이라면 염려 없습니다." 젤리밴드가 대답했다. "걱정하실 것 없습니다. 마음을 터놓을 수 있는 분들이 아니라면 좀처럼 이야기를 하지 않습니다. 저기에 계시는 분은, 감히 말씀드립니다만, 나리와 마찬가지로 조지 국왕 폐하의 믿을 만한 충성된 신하지요. 최근에 도버로 옮겨오셨는데, 이 고장에서 일을 시작하려고 하시는 참입니다."

"일? 하긴 그렇겠군. 그렇다면 장의사라도 한다는 건가? 저렇게 음울한 얼굴은 처음 보겠는걸."

"아닙니다, 나리. 부인을 잃으신 탓일 겁니다. 틀림없이 그래서 저토록 우울하신 겁니다. 하지만 저분들을 걱정할 필요가 없다는 것은 내가 보증하겠습니다. 나는 손님을 척 보면 인품을 알아맞히지요. 번창하고 있는 여인숙 주인이 누구보다도 그런 일에 능란하다는 것은 나리께서도……."

"으음, 그렇다면 좋소. 우리 편이라면 말이오." 앤토니 경이 말했다. 아무래도 이런 일로 주인과 서로 이야기하고 싶지 않은 모양이었다. "그러나 그 밖에는 여기 머물고 있는 사람은 없을 테지요?"

"아무도 없고, 머무를 예정이신 분도 안 계십니다. 적어도……."

"적어도?"

"나리께서 반대하실 만한 분은 아니시기 때문에……."

"누가 있소?"

"네, 퍼시 블레이크니 경 부부께서 머지않아 도착하실 예정입니다만 주무시지는 않을 것입니다……."

"블레이크니 부인이라고?"

왠지 모르게 놀라움을 보이며 앤토니 경이 되물었다.

"네, 퍼시 경의 일을 맡아하고 있는 선장이 조금 전 이곳에 왔습니다. 부인의 오라버니께서 퍼시 경의 요트 '백일몽'호를 타고 프랑스로 출발하시기 때문에 퍼시 경 부부께서 일부러 여기까지 전송하러 오신다는 겁니다. 기분이 언짢아지셨습니까, 나리?"

"아니, 그렇지 않소. 언짢아할 필요가 없지. 다만 저녁 식사에 미스 샐리가 특별히 솜씨를 내어 장만한 음식을 내오지 않거나, '어부의 집'의 으뜸가는 것을 만들 수 없으면 그때는 이야기가 다르지만."

"그런 염려는 하지 마십시오, 나리."

두 사람이 이야기를 하는 동안 샐리는 바쁘게 식탁을 꾸미고 있었다. 큼직하고 눈부신 달리아 꽃다발을 한복판에 놓고 번쩍번쩍하는 합금 술잔과 파란 사기그릇을 곁들인, 보기에도 화려하고 즐거운 식탁이었다.

"몇 분이나 오시나요?" 샐리가 물었다.

"다섯 분이야, 샐리. 그러나 식사는 넉넉히 열 사람 몫이어야 할 걸. 우리 친구들은 몹시 지치고 허기져 있을 테니. 나도 오늘 저녁 엔 로스트를 단숨에 먹어치울 거야."

"아아, 오신 모양이에요." 샐리가 흥분하여 말했다. 희미하게 들려오던 말발굽 소리와 덜컹거리는 마차의 바퀴 소리가 이제 또렷하게 들려왔다.

식당 사람들도 엉거주춤 일어났다. 모두들 해협을 건너 도망쳐 온 앤토니 경의 고귀한 친구들을 보고 싶어하는 것이었다. 샐리는 벽에 걸린 작은 거울 쪽으로 한두 번 흘끔 눈길을 보냈다. 존경하는 젤리밴드는 이 고귀한 손님들에게 맨 먼저 인사를 드려야겠다고 생각하며 허둥지둥 밖으로 나갔다. 구석에 앉은 두 사람만이 흥분과 동떨어져 있었다. 이 두 사람은 차분히 앉아 도미노를 계속하며 문으로 눈길을 돌리려고도 하지 않았다.

"곧장 오십시오, 백작 부인. 오른쪽 문입니다."

밖에서 들뜬 목소리가 들렸다.

"아아, 왔구나. 이제 마음이 놓이는군." 앤토니 경은 기쁜 듯이 말했다. "내 귀여운 샐리. 빨리 수프를 준비해 줘."

문이 크게 열리고 꾸벅꾸벅 절을 하며 줄곧 환영의 인사말을 떠벌리고 있는 젤리밴드를 앞세우고 네 사람——두 부인과 두 신사가 식당으로 들어왔다.

"잘 오셨습니다! 우리 영국으로 잘 와 주셨습니다!" 앤토니 경은 진심 어린 목소리로 말하고 두 팔을 벌려 새로 온 사람들을 맞았다.

"아아, 당신이 앤토니 듀하스트 경이십니까?"

한 부인이 억센 외국 사투리로 말했다.

"무슨 일이고 말씀해 주십시오, 부인." 앤토니 경은 두 부인의 손에 공손히 키스하고, 다시 신사들 쪽을 향해 두 사람의 손을 따뜻하게 잡았다.

샐리는 부인들의 여행 외투를 벗겨 주었다. 두 부인은 추위에 떨면서 활활 타오르는 난로로 몸을 돌렸다.

식당 사람들은 일제히 자리에서 일어섰다. 샐리는 급히 부엌으로 뛰어갔다. 젤리밴드는 아직도 굽신굽신 절을 하면서 난롯가에 의자를 몇 개 가져다 놓았다. 헨프시드는 이마에 손을 갖다대면서 얌전하게 난롯가에서 물러났다. 모두들 호기심에 찬 눈빛으로, 그러나 예의를 갖추어 이 외국인들을 바라보고 있었다.

"아아, 여러분! 뭐라고 말씀드리면 좋을까요?" 나이 많은 귀부인이 자신이 귀족임을 뚜렷이 말해 주는 듯한 아름다운 두 손을 따뜻한 불에 쬐면서 다할 수 없는 감사의 표정을 우선 앤토니 경에게, 이어서 자기네들과 함께 온 한 청년에게로 돌렸다. 이 청년은 그때 비에 젖어 무거워진 케이프가 달린 코트를 벗으려 하고 있었다.

"오직 영국에 도착하신 것만을 기뻐해 주십시오, 백작 부인." 앤토니 경은 대답했다. "그리고 괴로운 배 여행에도 그다지 피로하시지 않았노라고 말씀해 주신다면 더 이상 기쁜 일이 없겠습니다."

"정말이에요, 정말이고말고요. 우리들은 영국에 온 것을 기쁘게 생각하고 있습니다." 부인은 눈에 눈물이 가득 괴었다. "지금까지의 고생도 이젠 다 없어졌어요."

그 목소리는 음악적이고 차분했다. 조용한 기품과 더불어 고상하게 견디어 온 갖가지 고생의 흔적이 그 아름답고 기품 있는 얼굴에 새겨져 있었다. 흰 눈으로 착각할 듯한 윤기 있는 흰 머리는 그 무렵의 유행을 따라 머리 위로 높이 묶어 올렸다.

"앤드류 포크스 경이 여행의 길동무로서 잘 살펴 드렸으리라고 생각합니다만."

"네, 네, 앤드류 경께서는 정말 친형제처럼 말할 수 없이 애써 주셨답니다. 아이들이나 저나 여러분께 뭐라고 말씀을 드려야 할지, 그저 고마움으로 벅찰 뿐입니다."

이 귀부인의 동행은 아직 소녀와 같은 연약한 몸매였으며, 피로와 슬픔 때문에 순진하고 안쓰러운 표정을 짓고 있었다. 그녀는 아무 말도 하지 않고 난롯가에 앉아 있더니, 눈물이 가득 괸 큼직한 갈색 눈을 들어 앤드류 포크스 경을 찾았다.

앤드류 경은 난롯가에 있는 소녀에게로 가까이 다가갔다. 그 순간두 사람의 눈길이 얽혔다. 그의 눈길은 자기 앞의 얌전한 얼굴에 대해 역력히 감탄하는 빛을 감추지 않았다. 그러자 그렇게 보아서 그런지 창백한 소녀의 뺨에 희미하게 붉은 빛이 감돌았다.

"정말 여기가 영국이군요." 소녀는 어린아이 같은 호기심을 담아, 큰 개방식 난로며, 떡갈나무로 만든 서까래며, 스스로 정성스레 마련한 작업복을 입고 있는 심약한 붉은 얼굴의 영국 지방인들을 둘러보았다.

"영국의 일부입니다, 아가씨."

앤드류 경은 미소 지으면서 대답했다.

젊은 아가씨는 다시금 얼굴을 붉혔다. 그러나 이번에는 밝은 미소가 가냘프게 응석을 부리는 것처럼 그 우아한 얼굴을 빛나게 했다. 앤드류 경도 더이상 입을 열지 않았다. 그러나 분명히 이 젊은 두 사람은 서로 마음이 통하고 있는 듯하였다. 온 세계의 젊은 사람들만이 알고 있는 침묵 속에 서로 접근하는 방법으로, 그리고 천지개벽 이래 줄곧 계속되어 온 것처럼.

"아 참, 그렇군. 먼저 식사를 해야지!" 이윽고 앤토니 경의 명랑한 소리가 튀어나왔다. "식사합시다, 젤리밴드. 당신의 아름다운 따님과 수프는 어디로 갔소? 이봐요, 대장. 그런 데서 멍청하니 입을 벌리고 부인들에게 넋을 잃고 있는 동안 여러분들께서는 배가 고파 쓰러져 버리겠소."

"아아, 네. 지금 곧 준비하겠습니다, 나리." 젤리밴드는 부엌으로 통하는 문을 홱 열면서 유달리 굵고 거친 목소리로 외쳤다. "샐리! 이봐, 샐리! 다 되었느냐, 응?"

샐리는 이미 모든 준비를 갖추고 있었다. 다음 순간, 그녀는 무럭무럭 김이 오르고 맛있는 냄새가 풍기는 큼직한 수프 그릇을 들고 나타났다.

"야아, 간신히 저녁이로군!" 앤토니 경은 즐겁게 떠들며 백작 부인에게로 점잖게 팔을 뻗쳤다. "실례합니다" 하고 그는 공손히 말하면서 부인을 식탁으로 이끌고 갔다.

식당은 갑자기 소란해졌다.

헴프시드며 농민과 어부들은 대부분 '상류 사회의 분들'에게 사양하여 다른 곳에서 담배라도 피워야겠다고 생각하며 나가 버렸다. 다만 낯선 두 손님만은 그대로 남아 주위에는 조금도 관심이 없는 듯한 태도로 도미노 내기를 계속하며 술을 조금씩 마시고 있었다. 또 다른 테이블에서는 해리 웨이트가 몹시 흥분한 얼굴로 테이블 주위를 바쁘게 돌아가는 샐리를 물끄러미 지켜보고 앉아 있었다.

샐리는 영국 전원 생활의 풍류적인 한 폭의 그림과도 같았다. 다감한 프랑스 청년 드 튀르네 자작이 그녀의 아리따운 얼굴에서 눈을 떼지 못하고 있는 것도 무리가 아니었다. 그는 겨우 19살이 될까말까 하며, 귀족의 수염을 기르지도 않았고 그의 조국에서 상연되고 있는 끔찍스러운 비극에 대하여 마음이 동요하지도 않는 것 같았다. 그는 우아한 데다 플레이보이같이 보일 만한 옷차림을 하고 있었다. 일단 무사히 영국으로 망명해 오자, 영국에서 생활하는 기쁨 덕분에 혁명의 공포 따위는 완전히 잊어버리고 만 듯했다.

"아, 진정 이것이 영국이라면 행복하군요." 역력히 만족한 빛을 보이며 그는 자꾸만 샐리에게 묘한 웃음을 지어 보이는 것이었다.

이때 해리 웨이트가 굳게 다문 잇새로 외침 소리를 내었는데, 그 소리를 그대로 여기에 적는 것은 불가능할 것이다. 다만 '고귀한 분들', 그 가운데서도 특히 앤토니 경에 대한 존경심에서 금방이라도 폭발할 것 같은 이 외국의 젊은 플레이보이에 대한 반감을 억누르고 있었다.

"정말로 이것이 영국입니다, 젊으신 플레이보이님." 앤토니 경은 웃으면서 말참견을 했다. "어느 나라보다도 가장 도덕이 견고한 이 나라에 당신네들의 방탕한 프랑스 식 행동을 가져오지 않도록 해 주기 바라오."

앤토니 경은 백작 부인의 오른쪽 식탁에 앉아 있었다. 젤리밴드는 술을 따라 주기도 하고 의자를 바로 놓아 주기도 하며 부지런히 돌아다니고 있었다. 샐리는 수프를 따라 주려고 기다리고 있었다.

해리 웨이트의 친구들은 가까스로 웨이트를 식당 밖으로 데리고 나왔다. 그것은 웨이트가 플레이보이 자작이 샐리에게 나타내는 노골적인 관심을 보고 자꾸만 자극을 받았기 때문이었다.

백작 부인이 엄하게 명령하는 것 같은 목소리로 말했다.

"수잔."

수잔은 또 뺨을 붉혔다. 그녀는 난롯가에 서서 핸섬한 영국 청년이 자기의 단정한 얼굴을 뚫어지게 바라보는 대로 내버려 두고 있었으며, 그의 손이 문득 무의식적인 것처럼 살그머니 그녀의 손에 포개어져 왔으나 때와 장소에 대한 그녀의 분별심은 어디론가 사라지고 없었다.

이윽고 어머니의 목소리에 자기도 모르게 현실로 돌아온 수잔은 다소곳이 "네, 어머니"라고 대답하고 만찬 자리에 앉았다.

빨강 별꽃 조직

그들이 식탁을 에워싸고 앉아 있는 모습은 자못 즐겁고 행복한 모임처럼 보였다. 앤드류 포크스 경과 앤토니 듀하스트 경——명문 출신답게 잘생기고 기품 있는, 이 1792년 무렵의 대표적인 영국 신사 두 사람과, 그리고 무서운 위난을 피하여 보호자인 영국의 해안에서 간신히 안전한 피난 장소를 발견한 프랑스의 기품 있는 백작 부인과 두 아이들.

구석 자리에서는 낯선 두 손님이 도미노를 끝낸 모양이었다. 한 사람은 자리에서 일어나, 즐겁게 식탁에 앉아 있는 사람들 쪽으로 등을 돌리고 큰 트리플케이프가 달린 코트를 천천히 입었다. 그는 갑자기 주위에 재빨리 눈길을 보냈다. 모두들 웃고 떠들며 정신없이 이야기를 나누고 있었다. 코트 사나이는 "염려 없어!" 하고 중얼거리듯 말했다. 그러자 또 한 사람은 오랜 수련으로 몸에 밴 재빠른 동작으로 몸을 숙였는가 싶자, 눈 깜짝할 사이에 소리도 없이 떡갈나무 긴의자 밑으로 기어들어갔다. 코트를 입은 손님은 커다란 목소리로 "안녕히들 주무시오"라고 말하며 식당에서 나갔다.

식탁 사람들은 어느 누구도 이 기묘하고 전혀 소리를 내지 않은 행동을 알아차리지 못했다. 뿐만 아니라 손님이 나가고 식당 문이 닫히자 자기도 모르게 후유 하고 안도의 한숨을 내쉬었다.

"이제야 겨우 우리만 있게 되었습니다."

앤토니 경은 즐거운 듯이 말했다.

그때 젊은 드 튀르네 자작이 잔을 들고 일어나, 이 시대 특유의 우아한 동작으로 잔을 높이 쳐들면서 서투른 영어로 말했다.

"영국 국왕 조지 3세 폐하께, 우리들 가엾은 프랑스 망명자를 도와주신 데 대하여 신의 축복이 있으시기를!"

"국왕 폐하께!"

앤토니 경과 앤드류 경도 함께 외치며 공손히 건배했다.

"프랑스의 루이 국왕 폐하께." 엄숙하게 앤드류 경이 계속했다.

"신의 가호가 있으시기를. 그리하여 적을 무찌르고 승리를 얻으시옵기를."

모두들 일어나 침묵 속에서 건배했다. 지금 자신의 국민에게 잡힌 몸이 되어 있는 불운한 프랑스 왕의 운명은 젤리밴드의 명랑한 얼굴에도 어떤 어두운 그늘을 드리우게 했다.

"그리고 파슬리브의 드 튀르네 백작께." 앤토니 경은 즐거운 듯이 말했다. "오래지 않아 백작을 영국으로 모셔 오실겁니다."

"저어, 앤토니 경." 백작 부인이 희미하게 떨리는 손으로 잔을 입가에 가져가면서 말했다. "저에게는 이제 그러한 소망이 더 이루어지지 않을 거예요."

그러나 이때 앤토니 경이 수프를 식탁에 내려놓고 있었기 때문에 잠깐 동안 대화가 끊어졌다.

젤리밴드와 샐리가 요리 접시를 돌리는 사이에 식사가 시작되었다.

"부인!" 조금 뒤 앤토니 경이 말했다. "나의 건배는 진정입니다.

부인께서도, 마드모아젤 수잔도, 그리고 나의 친구인 이쪽에 계신 자작께서도 무사히 영국에 도착하신 것을 보시면 백작의 운명에 대해서도 안심하시리라고 생각합니다만……."

"아아, 앤토니 경." 백작 부인은 깊은 한숨을 쉬면서 말했다. "나는 모든 것을 신께 맡기고 있어요. 다만 기도드리고 희망을 품으며……."

"그렇고말고요, 부인!" 여기서 앤드류 포크스 경이 끼어들었다.

"부디 신을 믿으십시오. 그리고 부인의 영국 친구들도 조금은 믿어 주시기 바랍니다. 여러분을 오늘 이곳으로 모셔 왔듯이 백작도 무사히 해협 건너에서 모셔 올 것을 맹세하겠습니다."

"네, 나는 물론 당신이나 친구분들께 모든 것을 맡기고 있습니다. 당신의 이름은 온 프랑스 안에 널리 알려져 있답니다. 내가 잘 아는 몇몇 사람들이 그 끔찍한 혁명 재판의 갈고랑이에서 도망칠 수 있었던 것은 오직 기적이라고밖에 말씀드릴 수 없습니다. 더욱이 그 모든 일이 당신과 친구 분들의 덕분이니……."

"저희들은 다만 하부 조직에 지나지 않습니다, 백작 부인."

"하지만 내 남편은……." 백작 부인은 눈물을 억누른 듯한 목소리로 말했다. "무시무시한 위험 속에 계십니다…… 나는 남편에게서 절대로 떠나지 않으려고 했는데 아이들이 있어서…… 남편에 대한 의무와 아이들에 대한 의무 사이에 놓이게 되었습니다……. 아이들은 저와 함께 가지 않으면 달아나지 않겠다고 하고…… 게다가 당신이나 친구분들도 남편에 대해서는 마음 놓으라고 굳게 말씀해 주셨기 때문에…… 하지만 아아! 나는 이렇게 당신네들과 함께 이 아름답고 자유로운 영국에 있으니까 그 위험 속에서…… 비참한 짐승처럼 쫓기며 간신히 살아남아 목숨을 걸고 도망 다니고 있는 남편 생각이 나서…… 아아! 남편을 두고 오는 것이 아니었어요! ……남편을 내버려 두고 오다니!"

안쓰럽게도 이 부인은 완전히 풀이 죽어 있었다. 피로와 슬픔과 걱정이 여느 때의 엄격한 귀족적 태도를 지키지 못하게 해 버렸던 것이다. 부인이 소리 없이 울자 수잔은 어머니에게로 달려가 그 눈물을 입술로 닦아 주려고 했다.

앤토니 경과 앤드류 경은 백작 부인이 이야기를 하는 동안 잠자코 있었다. 두 사람이 부인에게 깊이 동정한 것은 말할 필요도 없다. 두 사람의 침묵이 그것을 증명하고 있다. 그러나 건국 이래 어느 시대건, 영국인들은 자신의 감정이나 동정을 노골적으로 드러내 보이는 것을 부끄러운 일로 여긴다. 그래서 이 두 청년도 말은 하지 않고 한결같이 자기 감정만 감추려 애썼으므로 매우 어색하고 거북해 보였다.

"전 말예요." 수잔이 별안간 숱 많은 밤색 곱슬머리 사이로 앤드류 경에게 눈길을 보내며 말했다. "전, 당신을 절대로 믿겠어요. 오늘 우리를 데려다 주신 것처럼 아버지도 무사히 영국으로 데려다 주실 것으로 믿고 있어요."

이 말에는 무한한 신뢰와 벅찬 희망과 신념이 담겨 있었으므로, 마치 마술처럼 어머니의 눈물을 마르게 하고 모든 사람의 입가에 미소가 되살아나게 했다.

"부끄럽습니다, 아가씨." 앤드류는 겸연쩍어했다. "제 목숨은 아가씨께 바치겠습니다. 그러나 저 같은 것은 우리의 위대한 지도자의 하찮은 도구에 불과합니다. 당신들의 탈출을 계획하여 훌륭히 해낸 것은 다름 아닌 그분이지요."

앤드류가 보통이 아닌 열성으로 이야기했기 때문에 수잔은 놀란 눈길로 그를 뚫어지게 바라보았다.

"당신들의 지도자라고요?" 백작 부인은 열띤 음성으로 말했다.

"아아! 물론 지도자가 계시겠지요. 그렇지만 나는 이제까지 그런 것을 생각지도 못했어요! 그래, 그분은 어디에 계시나요? 당장에라도 만나 뵙고 아이들과 함께 그분의 발밑에 엎드려 감사의 말씀을 드려야겠어요."

"아닙니다, 부인. 그것은 안 됩니다." 앤토니 경이 말했다.

"안 된다고요? 어째서지요?"

"왜냐하면 '빨강 별꽃'은 보이지 않는 곳에서 일하므로, 절대 비밀이라는 굳은 맹세 아래 직속 부하들에게만 신분을 밝히고 있기 때문이지요."

"어머나, '빨강 별꽃'?" 수잔이 우습다는 듯이 말했다. "참 재미있는 이름이군요! 그 '빨강 별꽃'이란 무엇이지요?"

수잔은 호기심에 불타는 시선으로 앤드류 경의 얼굴을 뚫어지게 바라보았다. 청년의 얼굴은 마치 다른 사람처럼 되어 있었다. 눈은 열을 띠어 빛났고, 지도자에 대한 영웅적인 숭배와 사랑과 존경심이 한데 섞여 그 얼굴에 빛이 넘치는 듯하였다.

"'빨강 별꽃'이란 마드모아젤," 하고 그는 가만히 입을 열었다. "영국의 길가에 흔히 피는 가냘픈 꽃 이름입니다. 그러나 이것이야말로 온 세계에서 가장 뛰어난 용사의 신원을 감추기 위해 뽑힌 이름이지요. 그 숨긴 이름 뒤에 있는 것이, 그분께서 시작하신 고귀한 일을 해내는 데 편리하기 때문입니다."

"아아, 그렇군요." 젊은 자작이 끼어들었다. "난 이 '빨강 별꽃'이라는 이름을 들어 본 적이 있어요. 조그마한 꽃…… 빨강이었지요? ……그렇지요? 파리의 풍문으로는 왕당파가 영국으로 망명할 때마다 검사인 휘케 탕비르 녀석이 빨간 색으로 그린 그 조그마한 꽃을 받는 모양이던데요. 바로 그것이지요?"

"네, 그렇습니다." 앤토니 경이 말했다.

"그렇다면 오늘도 그런 종이를 받았겠군요?"

"물론이지요."

"어머나! 탕비르가 뭐라고 했을까요?" 수잔이 통쾌한 듯 말했다.

"듣자니 그 조그마한 빨간 꽃무늬가 무서워 견딜 수 없다고 한대요."

"네, 앞으로도 진저리가 날 만큼 그 조그마한 빨간 꽃 모양을 보아야겠지요." 앤드류 경이 말했다.

"아아!" 백작 부인이 한숨을 쉬고 말했다. "마치 소설 같은 생각이 들 뿐 무슨 일인지 모르겠어요."

"아시려고 할 필요도 없습니다, 부인."

"그렇지만 어째서 당신들의 지도자께서는…… 아니, 당신들 모두는…… 자신의 재산은 물론 목숨까지도 걸고…… 어쨌든 프랑스에 한 걸음만 들어가면 목숨이 위험하니까요…… 여러분과는 아무런 관계도 없는 프랑스 남자며 여자들을 위해 그토록 애를 쓰시지요?"

"스포츠입니다, 백작 부인, 스포츠." 앤토니 경은 쾌활하고 명랑한 목소리로 말했다. "우리는 스포츠를 즐기는 국민이지요. 요즘은 사냥개의 이빨 사이에서 들토끼를 낚아채어 오는 것이 유행이랍니다."

"어머나, 천만의 말씀이에요. 스포츠만은 아닐 거예요. 여러분이 하시는 훌륭한 일에는 틀림없이 고상한 동기가 있을 것이라고 생각해요."

"아닙니다, 부인. 그렇다면 그 동기라는 것을 찾아보십시오. 나 자신은 어떤가 하면, 역시 이 게임이 좋기 때문입니다. 아무튼 이토록 기막힌 스포츠는 일찍이 한 번도 겪어 보지 못했습니다. 아슬아슬한 마지막 순간의 탈출…… 목숨을 걸고!……모두들 함께 도망쳐 나오는!……그런 것입니다."

그러나 백작 부인은 아직 믿어지지 않는 듯 머리를 젓고 있었다. 이 젊은이들과 그 위대한 지도자는 모두들 자산이 풍족하며, 아마 집 안도 좋을 것이다. 게다가 이렇게 젊다. 그런데도 다만 스포츠를 즐 기는 동기만으로 저토록 끊임없이 무시무시한 위험에 부딪치고 있다 니, 참으로 어이없는 일같이 생각되었다. 그들이 영국인이라는 사실 도 일단 프랑스 땅을 밟으면 아무런 보장도 되지 않는다. 어느 국적 을 가진 자이건 혐의를 받고 있는 왕당파를 숨겨 주거나 도와주는 것 이 발각되면, 무참히 죄를 선고받고 그 자리에서 즉각 처형되는 것이 다.

그런데 이 젊은 영국인들은 부인이 아는 한에서는, 파리 시내에서 그 집요하고 피에 굶주린 혁명 재판을 상대로 유죄를 선고받은 희생 자들을 길로틴의 칼날 아래에서 보기 좋게 빼앗아 온다. 저도 모르게 몸서리가 쳐져 부인은 최근 며칠 사이에 일어난 일을 다시 돌이켜보 았다. 그녀는 두 아이들과 함께 파리를 빠져나왔다. 그들은 덜컹거리 는 짐마차의 포장 밑에 몸을 숨기고 있었다. 순무며 캐비지 더미 속 에 기어들어가 숨을 죽이고 있는데 그 끔찍스러운 서문에서 군중이 "귀족들을 교수형에 처하라!"고 고함치던 일.

모든 일이 마치 기적처럼 이루어져 갔다. 백작 부부는 자기들이 '용의자'의 리스트에 올라 있다는 것, 다시 말해서 두 사람의 재판과 죽음은 며칠은커녕 아마도 시간 문제라는 것을 잘 알고 있었다. 바로 그때 구원의 희망이 나타났다. 수수께끼 같은 빨간 꽃무늬로 서명한 이상한 편지. 명확하고 꼼짝없이 따르게 하는 지시. 드 튀르네 백작 과의 이별(그 때문에 부인은 가슴이 터질 것 같은 심정이었다). 그리 고 다시 만날 희망. 두 아이들과 함께 떠난 도피행. 짐마차의 여행. 채찍 자루에 소름이 끼칠 듯한 전리품을 매단 무시무시하고 악마 같은 그 노파!

백작 부인은 자연의 멋이 풍기는 예스러운 영국의 여인숙과, 공민권과 신앙의 자유가 확립되어 있는 이 나라의 평화를 새삼스럽게 둘러보았다. 부인은 눈을 감고 머릿속에서 사라질 줄 모르는 저 서쪽 바리케이드에서 본 끔찍스러운 정경과 노파가 페스트라고 외친 한 마디로 공포에 떨며 달아나던 군중의 모습을 떨쳐 버리려고 했다.

그 짐마차 안에서 부인은, 당장에라도 탄로가 나서 그들에게 붙잡혀 아이들과 함께 재판에 붙여져 단죄될 것도 각오했던 것이다. 그런데 이 영국의 젊은이들은 용감하게 어떤 사람인지도 알 수 없는 지도자의 지휘 아래 모자 세 사람을 구해 내기 위해 자신의 목숨을 걸었다. 이제까지도 수많은 사람들을 구출해 오긴 했지만.

이것이 그냥 스포츠를 위한 것일까? 설마! 수잔의 눈길이 앤드류 경의 눈길을 찾았을 때, 이 사람만은 앤토니 경이 주장하는 것보다 훨씬 숭고한 동기에서 프랑스의 동포를 터무니없는 죽음으로부터 구해 내려 하고 있는 것이라는 그녀의 확신을 분명하게 말해 주고 있었다.

"당신네들의 용감한 조직원은 얼마나 되지요?"

수잔이 겁먹은 얼굴로 물었다.

"모두 20명입니다" 하고 그는 대답했다. "한 사람이 지휘를 하고, 남은 19명이 그 지휘에 따르지요. 한 사람도 남김없이 영국 사람으로 모두가 똑같은 대의(大義)…… 우리의 지도자를 따르며 죄없는 사람들을 구출한다는 맹세를 하고 있습니다."

"여러분 위에 신의 가호가 있으시기를!"

백작 부인은 열성을 담아 말했다.

"지금까지 줄곧 보호해 주셨습니다, 부인."

"정말 훌륭해요, 훌륭하고말고요! 여러분이 그토록 용감하고, 그토록 우리 동포를 위해 몸과 생명을 걸고 계시며, 더욱이 여러분이 모두 영국분이시라니! 그런데 프랑스에서는 배신이 아주 당연한 일인 것처럼…… 그것도 자유와 박애라는 이름 아래 행해지고 있답니다."

"프랑스에서는 남자들보다도 여자들이 더 우리 귀족들에게 잔혹한 짓을 합니다." 한숨을 쉬며 자작이 말했다.

"네, 그렇답니다." 백작 부인도 고개를 끄덕였다. 슬픔에 찬 눈에 한순간 깊은 멸시와 격렬한 증오의 빛이 나타났다.

"이를테면 마르그리트 생 제스트라는 여자가 있어요. 그런데 이 여자는 생 시일 후작과 그 일족을 그 무시무시한 혁명 재판에 고발했답니다."

"마르그리트 생 제스트?" 앤토니 경은 걱정스러운 눈길을 흘끗 앤드류 경에게로 돌렸다. "마르그리트 생 제스트입니까? 정말로?"

"네, 당신도 그분을 아시겠지요! 코미디 프랑세즈에서 으뜸가는 여배우로서 최근 영국인과 결혼했어요. 아시겠지만요……."

"알기만 하겠습니까? 블레이크니 부인을 모를 리가 없지요. 런던 사교계에서는 가장 인기가 높은 영국의 으뜸가는 부호의 부인이십니다. 물론 우리도 블레이크니 부인을 잘 알고 있습니다."

"전 그분과 파리 수도원에서 함께 공부를 했어요." 수잔이 끼어들었다. "영국 말을 공부하러 함께 영국에 온 일도 있었어요. 마르그리트는 아주 좋은 사람이에요. 그런 나쁜 짓을 했으리라고는 믿어지지 않아요."

"정말 믿어지지 않는데요." 앤드류 경이 말했다. "그 부인이 정말로 생 시일 후작을 고발했다는 겁니까? 어째서 그런 짓을 했을까요? 틀림없이 뭔가 잘못되었을 겁니다."

"잘못되었을 리가 없어요." 백작 부인은 싸늘하게 대답했다. "마르그리트 생 제스트의 오라버니는 유명한 공화파인데, 그 오라버니와 내 사촌오빠 생 시일 후작 사이에 무언가 개인적인 다툼이 있었던 모양이에요. 생 제스트 집안은 본디 평민이었고 공화 정부는 많은 스파이를 두고 있어요. 정말로 잘못 같은 것은 없답니다. 이런 일을 처음 들으세요?"

"네, 부인. 어쩌다 희미한 소문을 들은 일은 있습니다만, 영국에서는 아무도 믿지 않을 것입니다. 남편이신 퍼시 블레이크니 경은 굉장한 부호로, 사회적으로도 높은 지위에 계시고 황태자 전하의 친우이시기도 하며, 블레이크니 부인 또한 런던의 유행과 사교계를 두루 이끌어 가고 계십니다."

"그럴 테지요. 저희들은 이제 영국에서 매우 조용한 생활을 보내게 되겠지만, 이 아름다운 나라에 머무르는 동안 마르그리트 생 제스트를 만나지 않도록 기도드리겠어요."

식탁을 에워싼 이 즐겁고 조촐한 모임에 뜻밖의 소문이 물에 흠뻑 젖은 담요처럼 분위기를 무겁게 짓눌렀다. 수잔은 슬픈 듯 입을 다물어 버렸다. 앤드류 경은 불안스럽게 포크를 만지작거리고, 한편 백작 부인은 귀족적인 편견이라는 갑옷을 단단히 입고 굳은 표정과 자세로 등받이가 똑바른 의자에 앉아 있었다. 앤토니 경은 앤토니 경대로 매우 불쾌한 모습으로, 그와 마찬가지로 불쾌한 빛을 보이고 있는 젤리밴드를 한두 번 염려스럽게 바라보는 것이었다.

"언제쯤 퍼시 경 부부가 도착하오?" 다른 사람이 눈치 채지 못하도록 앤토니 경이 주인에게 물었다.

"글쎄요, 이제나저제나 하고 기다리고 있습니다만."

젤리밴드도 소곤거리듯이 대답했다.

그러자 바로 그때, 마차 바퀴 구르는 소리가 희미하게 들려왔다. 점점 소리가 커져서 말을 모는 소리까지 때때로 들려왔다. 이윽고 말발굽이 울퉁불퉁한 자갈길에 따각따각 닿는 소리가 나고, 다음 순간 말 시중드는 소년이 식당문을 홱 열고 정신없이 뛰어 들어왔다.

"퍼시 블레이크니 경 부부께서 오십니다. 막 도착하셨습니다."

소년이 커다랗게 소리쳤다.

그리고 또 마부의 외침 소리며 달그락거리는 마구 소리, 돌에 닿는 말발굽 소리 등과 함께 네 마리의 훌륭한 말이 끄는 마차가 '어부의 집' 문 앞에 멎었다.

마르그리트

이 여인숙의, 떡갈나무 서까래로 지은 쾌적한 식당은 눈 깜짝할 사이에 구출할 길 없는 낭패와 곤혹의 도가니로 변했다. 말시중꾼 소년의 전갈을 들은 순간 앤토니 경은 최근 유행되고 있는 욕설을 퍼부으면서 의자에서 벌떡 일어났다. 그리고 당황하여 어찌할 바를 모르고 있는 가엾은 젤리밴드에게 순식간에 이것저것 재빠른 지시를 했다.

"젤리밴드, 부탁하오." 앤토니 경은 난처한 표정으로 말했다. "블레이크니 부인을 어떻게든 지체시켜 주오. 그 사이에 부인들을 저쪽으로 모실 테니까. 쳇, 이런 거북한 일이 어디 있담!" 그는 좀더 심한 욕지거리를 내뱉었다.

"빨리, 샐리! 불을!" 젤리밴드는 소리쳤으나, 번갈아 가며 한쪽 다리로 껑충껑충 뛰어다니는 형편이었다. 이것으로 모두들 한층 더 흥분했다.

백작 부인도 일어나 있었다. 몸을 똑바로 펴고 굳은 표정으로 마음속의 동요를 눌러 가장 귀부인다운 냉정한 태도를 취하려고 애쓰며, 바보가 한 가지밖에 기억하지 못하는 것처럼 같은 말을 되풀이하고 있었다.

"난 그 여자를 만나지 않겠어요! 그 여자를 만나지 않습니다!"

밖은 또 바깥대로 특별히 귀중한 손님이 도착했다면서 떠들썩해지고 있었다.

"참 잘 오셨습니다, 퍼시 경. 부인께서도 참으로 잘 오셨습니다. 뭐든지 분부만 내리십시오, 퍼시 경!"

저마다 한 마디씩 인사하는 목소리가 언제까지나 이어지고, 그것에 섞여 말할 수 없이 약하디 약한 목소리도 들려왔다.

"불쌍한 장님입니다! 부디 한 푼 보태 주십시오, 마님, 주인 어른."

그러자 그 왁자지껄한 소란 속에서 갑자기 유난히도 두드러지게 아름다운 목소리가 들렸다.

"그 불쌍한 사람을 쫓아 버리지 말아요. 내가 대신 돈을 줄 테니, 뭐든 식사를 하게 해 드려요."

낮고 음악적인 목소리로, 자음의 발음에 얼마쯤 외국 사투리가 울렸다.

식당 사람들은 그 목소리를 듣자 저도 모르게 걸음을 멈추고 한순간 그 목소리에 귀를 기울였다. 샐리는 반대쪽의 2층 침실로 이어지는 문앞에 불을 들고 서 있었다. 백작 부인은 이렇듯 아름답고 음악적인 목소리를 지니고 있는 적이 나타나기 전에 물러가려 하고 있었다. 그러나 수잔은 자기가 무척 좋아하던 옛날의 학교 친구를 만나고 싶었으므로, 유감스러운 듯이 자꾸만 문 쪽을 보면서도 하는 수 없이 어머니를 따라 나가려고 하고 있었다.

젤리밴드는 문을 활짝 열고, 어떻게든지 하여 눈는 냄새가 나는 비극적인 파국을 피하려고 아직도 바보처럼 이리 왔다 저리 갔다 하며 어찌할 바를 몰라했다. 거기에 조금 전의 낮고 음악적인 목소리가 밝은 웃음소리와 함께 한층 더 호들갑스럽게 놀란 듯 들려왔다.

"호호호, 어머나……난 마치 물고기처럼 흠뻑 젖었어요. 정말로 이렇게 언짢은 날씨는 처음이에요."

"수잔, 얼른 오너라. 어머니의 명령이야."

백작 부인이 엄하게 말했다.

"아아! 어머니!" 수잔은 애원하듯이 말했다.

"부인……아……흐음!……부인!……."

젤리밴드의 약하디 약한 목소리가 들렸다. 그는 길을 가로막는 듯 한 보기 흉한 모습으로 서 있었다.

"어머나, 이봐요. 나를 못 가게 하실 생각인가요? 칠면조처럼 한 발로 껑충거리고 있으니 말이에요. 불 있는 데로 가게 해줘요. 추워 죽겠어요." 블레이크니 부인은 좀 속상한 듯이 말했다.

다음 순간, 주인을 부드럽게 밀어젖히고 블레이크니 부인이 식당으로 쑥 들어왔다.

마르그리트 생 제스트——이때에는 블레이크니 부인이었는데, 그 즈음의 그녀를 그린 초상화며 세밀화는 많다. 그러나 그 가운데 어느 것이 그녀의 뛰어난 아름다움을 그대로 나타내고 있는지는 의문이다. 보통 이상으로 키가 크고 위엄 있는 태도, 당당한 외모, 그 매력이 넘치는 모습에 백작 부인까지도 등을 돌리려던 순간에 자기도 모르게 걸음을 멈추고 멍하니 바라보았을 정도였다.

마르그리트 블레이크니는 그때 채 25살도 안 되어, 그 아름다움은 실로 눈부실 만큼 절정에 달해 있었다. 오늘만 해도 파우더의 힘을 조금도 빌리지 않은 밤색 머리가 빛의 동그라미를 만들고 있는 빼어 난 이마에, 테가 넓은 모자의 깃털 장식이 휘어질 정도로 하느작거리 며 부드러운 그림자를 던지고 있었다. 아름답고 앳되어 보이는 입매, 오똑한 코, 동그스름한 턱, 미끈한 목, 모든 것이 시대색이 풍부한 그림과도 같은 의상으로 한층 더 돋보였다. 호화로운 파란색 비로드 옷에 싸인 얌전한 몸의 선이 어디라고 할 것 없이 뚜렷이 나타나 있었다. 또 큼직한 리본 다발로 꾸민 긴 산책 스틱——이것은 그 무렵의 상류 숙녀들 사이에 유행하던 것이었다——을 조그마한 한 손에 든 모습은 저절로 고귀함을 풍기게 하였다.

마르그리트 블레이크니는 방 안을 한 바퀴 둘러보았을 뿐인데도 이 자리에 있는 사람들을 고스란히 머리에 새겨 넣었다. 앤드류 포크스 경을 보자 기쁜 듯이 머리를 가볍게 숙여 보이고는 앤토니 경에게로 손을 내밀었다.

"어머나, 웬일이세요! 앤토니 경께서 계시다니……이런 도버 같은 곳까지 무슨 볼일이 있으시지요?" 부인은 밝은 어조로 물었다.

그리고 그 대답도 기다리지 않고 휙 몸을 돌리자 마르그리트와 수잔의 눈길이 부딪쳤다. 그러자 마르그리트의 얼굴이 순식간에 한층 더 빛나며, 두 손을 젊은 아가씨에게 내밀었다.

"어머나! 거기에 있는 건 내 작은 수잔! 어머나, 수잔. 어떻게 영국에? 게다가 백작 부인까지!"

그 행동이며 그 미소에는 조금도 기세가 꺾인 모습이 없었으며, 마르그리트는 진심으로 기쁜 듯이 두 사람에게로 걸어갔다. 앤토니 경과 앤드류 경은 이 정경에 자기도 모르게 가슴이 덜컹하여 지켜보고 있었다. 두 사람 다 영국인이지만 가끔 프랑스로 건너가 프랑스 인과도 친교가 있었으므로, 프랑스의 옛 귀족이 자기들을 파멸로 쫓아 보내는 것을 도운 사람들에 대해 얼마나 깊은 멸시와 강한 증오를 갖고 바라보는지 너무나 잘 알고 있었다.

아름다운 블레이크니 부인의 오라버니 아르망 생 제스트는 과격하지 않은 온전한 의견을 가진 사람으로 알려져 있었지만, 열성적인 공화주의자였다. 그와 옛 명문 집안인 생 시일 사이의 반목——어느 쪽이 옳은지 당사자 외에는 아무도 모르지만——은 결국 생 시일의 패배, 아니 그 이상의 전멸로 끝났다. 프랑스에서는 생 제스트와 그 일파가 승리를 거두었다. 그리고 이곳 영국에서는 그의 누이동생이 조국에서 쫓겨나 몇 세기에 걸친 모든 영화를 빼앗기고 가까스로 목숨만 살아남아 빠져나온 세 망명 가족과 얼굴을 마주보았는데——이 여자야말로 국왕을 왕좌에게 끌어내리고 조상이 몇 세기 전인지 알 수 없을 만큼 아득한 옛날부터 계속되고 있는 귀족 계급을 뿌리째 뒤엎어 버린 저 공화주의 일가의 아름다운 자손이 아니겠는가.

무의식적으로 주위를 물리치는 듯한 아름다운 모습으로 이 부인은 모든 사람 앞에 서 있었다. 지난 10년 동안의 갈등과 유혈을 이 행위 하나로 밟고 넘으려 하는 것처럼 우아한 손을 내밀었다.

"수잔, 그 여자와 말을 해서는 안돼."

백작 부인이 딸의 팔을 잡고 엄하게 말했다.

백작 부인은 영어로 이야기했다. 그렇게 함으로써 두 영국 신사를 비롯하여 여인숙 주인이며 딸에 이르기까지, 그 자리에 있던 사람들이 모두 똑똑히 듣고 사정을 잘 알 수 있도록 했던 것이다. 여인숙 사람들은 이러한 외국류의 교만함에 제대로 숨도 쉬지 못했다. 현재 퍼시 경의 부인인 이상 영국인이며, 더욱이 황태자비의 친구이기도 한 부인의 눈앞에서 이렇듯 거만하다니 무슨 짓이란 말인가.

앤토니 경과 앤드류 포크스 경만 해도 이러한 까닭 없는 모욕을 똑똑히 보고 너무나도 두려운 나머지 심장이 멎어 버릴 것 같았다. 한 사람은 호소하는 듯한 외침 소리를 지르고, 두 사람은 모두 본능적으로 당황하여 문으로 눈길을 주었다. 그때 얼빠지고 지루한 듯한, 그러나 매우 즐거움에 찬 목소리가 들려왔다.

그 자리에 있던 사람들 가운데서 마르그리트 블레이크니와 드 튀르네 백작 부인만이 겉으로는 태연한 것처럼 보였다. 드 튀르네 백작 부인은 몸을 딱딱하게 굳힌 채 자세를 똑바로 하고서 아직도 의연하게 딸의 팔에 한 손을 올려놓고 있었는데, 그 모습은 굽히지 않는 자부심 그대로인 듯하였다. 한순간 마르그리트의 아름다운 얼굴이 목에 두르고 있는 부드러운 스카프처럼 새하얘졌다. 그리고 주의 깊은 사람이라면 깨달았을지도 모르겠지만, 리본으로 꾸민 긴 스틱을 든 손에 꽉 힘을 주었다. 그 손이 희미하게 떨리고 있었다.

그러나 그것도 아주 짧은 동안이었다. 다음 순간 우아하고 아름다운 눈썹이 조금 치켜 올라가고, 입술은 듬뿍 야유를 담아 쑥 올라갔으며, 맑고 파란 눈은 몸이 굳어 있는 백작 부인을 똑바로 바라보았다.

"오오, 새로이 평민이 되신 부인." 그녀는 어깨를 살짝 들어올리며 쾌활하게 말했다. "대체 뭐가 그토록 마음에 안 드시지요?"

"우리는 지금 영국에 있어요, 부인." 백작 부인이 싸늘하게 대답했다. "딸아이가 친구로서 부인의 손을 만지는 것을 금하는 것은 내 자유예요. 자, 어서 오너라, 수잔."

백작 부인은 아가씨를 손짓하여 부르고는, 마르그리트 블레이크니에게는 눈길도 주지 않는 채 다만 두 청년에게 옛날식으로 깊이 허리 굽혀 절을 하고 위풍당당하게 방에서 나갔다.

백작 부인의 옷자락 스치는 소리가 복도 끝에서 사라진 뒤에도 낡은 여인숙의 객실에는 한참 동안 침묵이 이어졌다. 마르그리트는 조각상처럼 꼼짝도 하지 않았다. 험악하고 착 가라앉은 눈으로, 몸을 뒤로 젖힌 모습이 문에서 사라져 가는 것을 바라보고 있었다. 그러나 얌전하고 순한 수잔이 어머니의 뒤를 따라가려 했을 때, 험악하게 굳었던 표정이 갑자기 사라지고 그리운 듯한 어린아이 같은 표정이 블레이크니 부인의 눈에 어른거렸다.

그 표정을 '작은 수잔'도 알아보았다. 소녀의 다정한 마음은 자기보다 조금 나이가 많은 아름다운 여성에게로 쏠렸다. 딸로서의 복종은 처녀다운 동정 앞에서 없어져 버린 것이다. 문께에서 뒤돌아보는가 싶더니 별안간 마르그리트에게로 달려와 두 팔로 끌어안고는 정신없이 키스를 퍼부었다. 그런 다음 어머니의 뒤를 따랐다. 샐리는 보조개가 파인 얼굴에 즐거운 미소를 띠고서 블레이크니 부인에게 절을 하고 그 뒤를 따랐다.

수잔의 다정하고 아름다운 충동이 불쾌한 긴장을 풀어 주었다. 앤드류 경의 눈은 수잔의 사랑스러운 모습이 완전히 보이지 않게 될 때까지 가만히 바라보고 있었다. 그는 마음속으로부터 즐거운 표정을 띠고 블레이크니 부인을 마주 보았다.

마르그리트는 문으로 사라져 가는 귀부인들의 등에 대고 매우 우아한 동작으로 키스를 던졌는데, 문득 장난스러운 미소가 입가에 떠올랐다.

"결국은 이러한 것이로군요, 그렇지요?" 마르그리트는 명랑하게 말했다. "앤드류 경, 저런 밉살스러운 사람을 보신 일 있어요? 난 나이가 들어도 저렇게 되고 싶지는 않아요."

마르그리트는 옷자락을 걷어쥐고 위엄을 부리면서 난롯가로 다가갔다.

"수잔, 그 여자와 말을 해서는 안돼." 마르그리트는 백작 부인의 음색을 흉내 내어 말했다.

이런 장난을 보고 사람들은 웃음을 터뜨렸으나, 마르그리트의 태도에는 어딘지 모르게 꾸민 듯한 어색함이 있었다. 그러나 앤드류 경도 앤토니 경도 그것을 깨닫지 못했다. 그녀의 흉내는 그야말로 능란하여 목소리의 어조도 똑같았으므로, 청년들은 진심으로 유쾌해져서 "브라보!" 하고 외쳤다.

"아아, 블레이크니 부인! 코미디 프랑세즈에서는 당신께서 출연

하지 않으시니 얼마나 섭섭하겠습니까? 파리장들은 당신을 빼앗아 간 퍼시 경을 얼마나 미워하겠습니까?" 앤토니 경이 말했다.

"어머나, 무슨 그런 말씀을." 마르그리트는 우아한 어깨를 슬쩍 들어올리면서 말을 받았다. "퍼시 경을 원망하다니 당치도 않아요, 왜냐하면 그의 재치 있는 농담 한 마디라도 들으신다면 아무리 백작 부인이라도 기분이 좋아지실 테니까요."

위풍당당하게 물러가며 따라오라고 명령한 어머니의 분부를 받지 않은 젊은 자작은 이때 한 걸음 앞으로 나가, 만약 블레이크니 부인이 더 이상 백작 부인에 대해 빈정거리는 말을 퍼붓기라도 한다면 어머니를 위해 한바탕 싸움을 하려고 태세를 갖추고 있었다. 그러나 그가 항의하기보다 앞서, 매우 공허하지만 들뜬 웃음소리가 방 밖에서 들리고 이어서 유난히 키가 크고 참으로 호화스러운 옷차림을 한 인물이 문가에 나타났다.

1792년의 멋쟁이 신사

그 무렵의 기록에 의하면, 1792년에 퍼시 블레이크니 경은 30살이 되려면 앞으로 1, 2년쯤 남은 나이였던 모양이다. 영국인치고도 뛰어나게 키가 컸다. 어깨가 딱 벌어진 늠름한 몸집. 파란 눈 속에 감추어진 지루한 듯한 표정과 강한 느낌으로 빈틈없이 보이는 단정한 입매를 살짝 일그러뜨리는 얼빠진 웃음을 쉴 새 없이 흘리는 버릇만 없었다면 세상에 보기 드문 미남이라 해도 좋을 만했다.

영국에서도 으뜸가는 대부호 가운데 한 사람으로 온갖 유행은 그로부터 시작되었다. 황태자인 프린스 오브 웨일즈의 친구. 외국 여행을 갔다가 아름답고 매력에 넘치는 재기발랄한 프랑스 여성을 아내로 데리고 돌아와 런던과 파리의 사교계를 깜짝 놀라게 한 것은 벌써 1년 전쯤의 일이었다. 아름다운 여자를 지루하게 만들어 하품만 하게 하는 영국인들 가운데서도 가장 영국인의 전형인, 깨어 있는지 자고 있는지 알 수 없는 지루해질 대로 지루해진 그가 눈이 번쩍 띌 만한 아름다운 여자를 결혼 상대로서 획득해 온 것이었다. 더욱이 모든 기록 작가가 똑같이 단언하는 바에 의하면, 수많은 경쟁 상대가 있었다고 한다.

마르그리트 생 제스트가 파리 사교계에 등장한 것은 저 최대의 사회적 동란이 바야흐로 파리 시내에서 시작되었던 시기였다. 그녀는 겨우 18살이 될까말까 했고, 풍부한 미모와 넘치는 재능을 지니고 있었다. 보호자로서 젊고 헌신적인 오라버니를 가진 그녀는 곧 리슈류 거리의 아름다운 아파트에서 이른바 친구들에게 둘러싸이게 되었다.

이 사람들은 모두 재주꾼이었지만 동시에 배타적이기도 했다. 다시 말해서 꼭 한 가지 관점에서만 배타적이었다. 마르그리트 생 제스트는 사상적으로 신념에 찬 공화파였다. 사람은 태어나면서부터 평등하다는 것이 그녀의 생각이었다. 재산이 있는 사람도 있고 가난한 사람도 있는 이 불평등은 어쩔 수 없다. 그녀로서 보면 우연에 지나지 않는다. 그녀가 인정한 불평등은 태어나면서 재능을 타고난 사람도 있고 그렇지 못한 사람도 있다는 점 뿐이었다. "재산이나 칭호는 대대로 이어받을 수 있을지도 모르지만 두뇌만은 그렇게 되지 않는다"는 것이 그녀의 논법이었다. 그런 까닭으로 그녀의 훌륭한 살롱은 독창성과 지성을 위해, 재기발랄함과 기지를 위해, 머리가 좋은 남성과 재능 있는 여성을 위해서만 한정되었다. 이 살롱에 드나드는 것은 머지않아 지식 사회——그 무렵 한창 혁명 소동이 일고 있을 때에도 중추(中樞)는 어디까지나 파리에 있었다——에서 예술가로서의 장래가 보장된 것이라고 여겨지게까지 되었다.

지식인, 명사, 높은 지위에 있는 사람들까지도 코미디 프랑세즈의 이 매력적인 젊은 여배우를 에워싸고 끊임없이 화려한 무리를 이루고 있었다. 그녀는 유럽의 지식 사회에서도 가장 뛰어나고 가장 흥미 있는 사람들 모두를 이끌고 공화당의 파리, 혁명의 파리, 피에 굶주린 파리를 빛나는 혜성처럼 스쳐 갔다.

거기에 클라이맥스가 나타났다. 어떤 사람들은 거만한 미소를 띠며 예술가의 변덕이라고 했고, 또 어떤 자는 당시의 암운이 꽉 찬 파리의 갖가지 정세를 살펴본 현명한 방법이라고 했다. 그러나 누구에게 있어서나 이 클라이맥스의 진정한 동기는 끝내 수수께끼이며 이상한 일이었다.

아무튼 어느 맑게 갠 날, 마르그리트 생 제스트는 친구들과 친지들에게 아무런 예고도 하지 않고 약혼 발표며 야회며 약혼 만찬회 등 현란한 프랑스 사교계에 으레 따르기 마련인 잔치도 없이 퍼시 블레이크니와 결혼해 버렸다.

친구들이 입을 모아 '유럽의 으뜸가는 재녀'라고 부르고 있는 그녀. 그러한 그녀를 에워싼 지식인의 서클 속에 어떻게 저 얼빠지고 둔감한 영국인이 끼어들었는지는 아무도 상상조차 할 수 없었다. 황금 열쇠를 꽂아 넣으면 어떤 문이라도 열리는 법이지. 말 많은 사람들은 이런 말을 퍼뜨렸다.

어찌 되었든 두 사람은 결혼했다. 그리고 '유럽의 으뜸가는 재녀'는 '하찮은 바보' 블레이크니와 운명을 함께 하게 되었다. 그녀와 가장 가까운 친구도 이 알 수 없는 행동을 어이없는 호기심 탓이라고밖에는 생각할 수 없었다. 사정을 잘 알고 있는 사람들은 마르그리트 생 제스트가 세속적인 지위와 재산에 눈이 어두워, 그것이 탐나서 바보와 결혼했다는 소문을 비웃었다. 실제로 마르그리트 생 제스트가 재산이나 지위 따위에는 무관심하다는 것을 잘 알고 있었기 때문이다. 게다가 재산으로 말하자면, 블레이크니만은 못하지만 마찬가지로 명문이어서 마르그리트 생 제스트가 바라는 대로 어떠한 지위라도 줄 수 있는 남자가 이 국제적인 사교계에 적어도 6명쯤은 있었던 것이다.

퍼시 경 자신은 격에도 맞지 않게 터무니없는 대역을 맡았다는 것이 일반적인 의견이었다. 남편으로서의 주요한 자격이라면 그녀에 대한 맹목적인 숭배와 막대한 재산, 게다가 영국 황실로부터 보통이 넘는 신임을 받고 있다는 것 정도였다. 그러나 런던 사교계에서는 그의 지성의 한계를 생각해 보아서는 마르그리트만큼 매력도 없고 재기발랄하지도 못한 여자와 결혼하는 편이 결국은 자신을 위하는 일이 아니겠느냐는 평판이 자자했다.

최근에는 영국 사교계의 두드러진 존재가 되었었지만 청년 시절의 대부분을 외국에서 보낸 아버지 고(故) 알재논 블레이크니 경은 열렬히 사랑하던 젊은 아내가 겨우 2년 동안의 행복한 결혼 생활을 보낸 뒤 회복될 가망이 없는 정신병에 걸리는 비참한 일을 당했다. 당시 정신병이라면 절대로 나을 수 없는 불치병으로 한 집안 전체에 닥친 신의 저주라고까지 생각되었는데, 퍼시가 막 태어났을 때 블레이크니 부인은 이 끔찍스러운 병에 걸렸던 것이다.

알재논은 병든 부인을 외국으로 데리고 갔다. 퍼시도 그곳에서 교육을 받은 모양으로 성년이 될 때까지 미친 어머니와 비탄에 잠긴 아버지 사이에서 자랐다. 이 아버지와 어머니가 앞서거니 뒤서거니 세상을 떠났기 때문에 퍼시는 자유로운 몸이 되었다. 그 무렵 알재논 경은 어쩔 수 없이 조출한 은둔 생활을 하고 있었으므로 본디 막대했던 블레이크니 집안의 자산은 열 배로 늘어나 있었다.

퍼시 블레이크니 경은 젊고 아름다운 프랑스 태생의 부인을 데리고 돌아오기 전에 이미 여러 번 해외 여행을 하고 있었다. 그 즈음의 사교계는 두 팔을 벌려 두 사람을 맞았다. 퍼시 경은 부유하고 부인은 재원이므로, 프린스 오브 웨일즈도 두 사람에게 호의를 가지고 있었다. 반년도 채 되기 전에 부부는 유행과 스타일의 첨단을 걷는 리더로 여겨지게 되었다. 퍼시 경의 코트는 런던의 화제가 되었고, 그의 장난기 어린 말은 곧잘 인용되었으며, 그의 바보스럽기만 한 웃음은 올마크나 펠 멜의 재산가들의 방탕한 아들들이 흉내를 내는 형편이었다. 어떻게도 할 수 없을 만큼 바보라는 것은 아무도 모르는 사람이 없었지만, 본디 블레이크니 집안이 대대로 우둔하고 명예 높은 가문으로 그의 어머니가 정신병으로 세상을 떠난 일을 생각하면 이것은 그다지 신기할 것도 없었다.

이리하여 사회는 그를 받아들이고 사랑했으며 추켜올렸다. 어쨌거나 그가 갖고 있는 말은 영국에서도 으뜸가는 명마였고, 그의 연회와 술은 실로 호화스러웠다. '유럽의 으뜸가는 재녀'와의 결혼 또한 놀랍다! 필연적인 결과는 확실하고도 재빠른 발걸음으로 찾아온 것이었다.

아무도 동정하는 자는 없었다. 운명은 그 자신이 초래한 것이었으니까. 아무튼 영국에는 집안 좋고 아름답고 젊은 아가씨들이 쓸어버릴 만큼 많았다. 아가씨들은 그의 어리석은 장난질이며 마음 좋은 행동을 너그러운 미소로 바라보는 한편, 당사자와 함께 기꺼이 블레이크니 집안의 재산을 모조리 써 주려고 생각했다. 그런 까닭으로 동정받을 리가 없었다. 무엇보다도 동정받을 필요도 없는 것 같았다. 그는 재기발랄한 자기 아내를 적지않이 자랑스럽게 여기고 있었다. 아내가 그에 대해 분명히 느끼고 있는──불쾌감을 주지 않고 경멸을 감추려 하지 않는 것과, 남편인 자기를 이용하여 재미있는 이야기를 모든 사람에게 털어놓는 것조차 조금도 괴롭지 않은 모양이었다.

그러나 정말로 블레이크니는 아내가 그에게 퍼붓는 조롱을 깨닫지 못할 만큼 우둔한가. 아니, 이 화려한 젊은 파리지엔과의 결혼 생활은 그의 희망과 한결같이 그리던 꿈을 깨뜨리지나 않았는가. 세상 사람들은 다만 어렴풋이 상상할 수밖에 없었다.

리치먼드의 장려한 저택에서는 말할 수 없는 호인으로, 아름다운 부인이 하자는 대로 하고 있었다. 그가 아낌없이 주는 보석류며 온갖 사치품을 매우 당연하게 받아들이는 그녀는, 파리 지식층 친구들을 환영했던 것과 마찬가지로 이 넓고 훌륭한 저택에서도 자기 멋대로 손님을 접대했다.

용모에 있어서 퍼시 블레이크니 경은 틀림없는 미남이었다. 그 권태로운 듯하고 싫증난 듯한 모습만 아니라면, 언제나 나무랄 데 없는 옷차림이었다. 파리에서 직접 수입해 온 기상천외한 패션을 영국 신사 특유의 훌륭하고도 점잖은 솜씨로 입고 있었다.

이 기억할 만한 9월의 오후, 긴 마차 여행과 그동안에 만난 비와 진흙탕에도 불구하고 코트는 모양 좋은 어깨에 훌륭한 솜씨로 걸쳤고, 최상품인 메크린레이스 장식 주름이 달린 소맷부리에서 나와 있는 손은 여자의 손처럼 희었다. 또한 허리께를 한껏 좁힌 비단 코트, 라펠(접은 옷깃)이 넓은 조끼, 꼭 맞는 스트라이프 바지는 늠름한 몸매를 더욱 돋보이게 해 주고 있었다. 그가 잠자코 있는 모습을 보면, 모두들 이토록 훌륭하고 전형적인 영국 신사에게 감탄의 소리를 아끼지 않을 것이다. 그러나 단정하지 못한 태도, 마음에 거슬리는 몸놀림, 끊임없이 흘리는 공허한 웃음을 보면 퍼시 블레이크니 경에 대한 감탄의 마음도 순식간에 사라져 버린다.

그는 예스러운 여인숙 객실로 훌쩍 들어오더니 멋진 코트에서 빗방울을 털어 냈다. 그리고 금테 외눈 안경을 권태로운 듯한 파란 눈에 걸치고 한자리에 있는 사람들을 둘러보았다. 모두들 갑자기 맥 빠진 침묵 속으로 빠져들고 있었다.

"여어, 앤토니! 아아, 포크스도?" 두 청년을 보자 각각 악수를 하면서 말을 걸었다. "이게 어찌 된 일인가?" 가벼운 하품을 삼키면서 그는 말을 이었다. "이런 심드렁한 날은 없어. 이런 것을 거짓 명랑이라고 하지."

마르그리트는 좀 어색하고 절반쯤 경멸하는 듯한 웃음을 보이며 남편에게 눈길을 주었다. 그리고 밝고 파란 눈을 이상한 듯이 깜박거리면서 남편의 머리 위부터 발끝까지 훑어보았다.

"헤에에!" 아무도 입을 열지 않으므로 퍼시 경이 물었다. "자네들 모두 놀란 토끼 같구먼······무슨 일이 있었나?"

"아니오, 아무것도 아니에요." 마르그리트가 대답했다. 쾌활한 말투였지만 조금 부자연스럽게 울렸다. "별로 당신의 기분을 상하게 할 만한 일은 아니에요. 다만 당신의 아내가 모욕을 받았을 뿐이에요."

이렇게 말하고 부인은 웃었으나 이것은 퍼시 경에게 일의 중대함을 알리려고 한 것임에 분명했다. 그것이 통한 모양이었다. 왜냐하면 그 웃음에 대해 그가 조용하게 말대꾸를 했기 때문이다.

"아니, 그럴 수가! 무슨 일인가. 당신이 모욕을 받다니. 그런 괘씸한 자가 누구란 말이오, 응?"

앤토니 경이 가로막으려고 했으나 재빨리 젊은 자작이 선뜻 한 걸음 앞으로 나섰다.

"무슈." 자작은 연설을 하기 전에 먼저 매우 우아한 인사를 하고 서투른 영어로 말하기 시작했다. "이쪽 부인이 당신의 아내로군요, 잘 알았습니다. 그런데 기분 나쁘게 한 것은 제 어머니, 파슬리브의 드 튀르네 백작 부인입니다. 전 어머니를 대신해서 사과할 수는 없습니다. 어머니의 행동을 저는 옳다고 생각합니다. 그러므로 저는 남자끼리의 명예를 걸고 관례대로 하겠습니다."

청년은 가냘픈 몸을 한껏 폈다. 그리고 그는 매우 열정적이며 매우 흥분한 태도로 183센티미터는 넉넉히 되는 당당한 퍼시 블레이크니 경을 노려보았다.

"저것 좀 봐요, 앤드류 경." 마르그리트는 사람을 끄는 명랑한 웃음소리를 내면서 말했다. "저 예쁜 그림을 보세요. 영국의 칠면조와 프랑스의 챠보(당닭) 그림을 말이에요."

이 비유는 실로 잘 들어맞았다. 영국의 칠면조가 난처한 표정으로 프랑스의 챠보를 내려다보았다. 챠보는 기껏해야 칠면조의 주위를 짧은 다리로 빙빙 돌아다니고 있을 뿐이었다.

"호오!" 퍼시 경은 외눈 안경을 끼고 사뭇 프랑스 청년을 바라보더니 마침내 물었다. "뻐꾸기의 이름을 걸고, 당신은 어디서 영어를 배우셨소?"

"무슈!" 자작은 자기의 도전적인 태도를 이 둔중해 보이는 영국인이 아무렇지도 않게 받아들이므로 조금 당황하여 소리쳤다.

"놀랐는걸, 정말!" 퍼시 경은 꼼짝도 하지 않았다. "아니, 정말 놀랐습니다. 여보게, 앤토니, 어떤가? 나는 도저히 그 이상야릇한 프랑스 어를 지껄일 수가 없군."

"정말이에요. 제가 보증하겠어요. 당신의 프랑스 어는 그야말로 칼로 벤 것 같은 영어의 악센트인걸요." 마르그리트가 익살을 부렸다.

"무슈, 당신은 모릅니다. 전 신사끼리의 단 하나뿐인 방식으로 보상을 하겠습니다." 자작은 한층 더 서투른 영어로 열띠게 말했다.

"그건 무슨 말이지요?" 퍼시 경이 조용하게 물었다.

"나의 검(劍)입니다, 무슈." 자작은 어쩔 줄 몰라 쩔쩔매면서도 점점 흥분하기 시작한 모양이었다.

"당신은 스포츠맨이에요, 퍼시." 마르그리트는 즐거운 듯이 말했다. "90퍼센트쯤은 저 작은 챠보가 이길 거예요."

그러나 퍼시 경은 눈을 가늘게 뜨고 졸린 듯이 한동안 자작의 얼굴을 지켜보더니, 또다시 선하품을 씹어 삼키며 긴 팔다리를 마음껏 펴고 천천히 얼굴을 돌렸다.

"그거 참." 퍼시 경은 기분 좋게 중얼거렸다. "당신의 검이 나에게 무슨 소용이오?"

키가 큰 영국인으로부터 이토록 노골적인 모욕을 받은 순간 자작의 마음이 어떠했겠는가. 그것을 낱낱이 전하려면 여러 권의 책이 필요할 것이다. 그러나 말이 되어 나온 것은 단 한 마디였다. 다른 말들은 부글부글 끓는 분노로 막히고 말았던 것이다.

"결투입니다, 무슈." 가까스로 이 말만이 입 밖으로 나왔다.

블레이크니는 뒤돌아서 자기의 눈앞에서 화가 머리끝까지 나 있는 조그만 젊은이를 내려다보았다. 그래도 좀처럼 동요하지 않는 호인다움을 잃지 않았다. 언제나의 그 유쾌해 보이는 웃음소리를 내며, 마르고 긴 손을 코트 주머니에 깊숙이 찔러 넣으면서 조금도 서두르지 않고 말했다.

"결투? 이거 또 한 번 놀랐는걸! 왜 그러지요? 참, 시시한데! 당신은 피에 굶주린 작은 악당이오? 법을 따르는 사람에게 바람구멍을 낼 작정이오? 나는 절대로 결투는 거절하겠소." 그리고 그는 매우 침착하게 자리에 앉아 긴 다리를 쑥 상대의 앞으로 뻗쳤다. "기분 좋은 게 아니지요, 결투는. 그렇잖소, 앤토니?"

자작도 영국에서 신사들 사이에 유행하던 결투가 법률로 엄금되어 있다는 사실을 어렴풋이 알고 있었을 것이다. 그러나 여러 세기에 걸친 전통으로 지지되고, 사회 규범을 기반으로 하는 용기와 명예의 관념을 갖는 프랑스 인인 그로서는 당당한 신사가 정면으로 결투를 거절한다는 것은 크나큰 죄와도 같았다. 화가 치밀었다. 따귀를 올려붙이고 비겁자라고 욕을 해줄 것인가. 아니, 부인 앞에서 그런 짓을 했다가는 신사답지 못하다고 비난받지 않을까. 마음속으로 이것저것을 생각해 보았다. 그때 교묘하게 마르그리트가 끼어들었다.

"부탁이에요, 앤토니 경." 그녀는 다정하고 달콤하며 방울 굴리는 듯한 목소리로 말했다. "당신이 좀 나서 주세요. 이 사람은 화가 나서 곧 터질 것 같군요, 이런 정도면……." 싸늘하게 조롱을 섞어 가며 "우리 주인께 상처를 입힐지도 모르겠어요" 하고 부인은 비웃는 듯 낮은 소리로 웃었다. 남편은 조용한 모습을 조금도 흐트러뜨리지 않았다. "저 영국의 칠면조도 옛날에는 우쭐한 시대가 있었답니다. 퍼시는 달력에 이름이 나와 있는 성인(聖人)들을 모조리 화나게 하고도 자신은 언제나 싱글벙글하신답니다."

그러나 블레이크니는 여전히 기분이 좋아 자기를 놀려대고 있는 웃음소리에도 따라 웃었다.

"이거 참, 심하군." 그는 유쾌하게 자작에게로 얼굴을 돌리며 말했다. "아주 머리가 좋다오, 내 아내는. ……당신도 영국에 오래 살면 그 내력을 알게 될 거요."

"퍼시 경의 말씀이 옳아요." 이윽고 앤토니 경이 끼어들어 프랑스 사람인 청년 자작의 어깨에 다정하게 손을 얹었다. "영국 생활의 첫 연습으로 이분을 성나게 하여 결투하는 것은 안 됩니다."

자작은 아직도 망설이고 있었다. 이윽고 그는 이 안개 깊은 섬나라에서 행해지고 있는 괴상한 예의범절을 비웃는 것처럼 가볍게 어깨를 으쓱해 보이며 몸에 갖추어진 기품 있는 태도로 말했다.

"호오, 그렇습니까! 당신만 만족하신다면 전 불평할 게 없습니다. 당신은 우리의 보호자니까요, 제가 나쁘다면 물러나도 좋습니다."

"그렇소, 그렇소." 블레이크니는 만족한 듯이 긴 한숨을 쉬며 대답했다. "저리로 가시오, 젊은 사람은 곧잘 발끈하니까요." 그는 작은 소리로 덧붙였다. "여보게, 포크스, 만약 저것이……자네의 친구들이 프랑스에서 일부러 운반해 온 상품의 견본이라면 나는 충고하겠는데, 저것들을 도버 해협 한복판에 떨어뜨려 버리게. 그렇지 않으면 이 일에 관해 작은 피트를 만나 금지 관세를 물게 하겠네. 그렇게 되면 자네는 어떻게 할 도리가 없어져서 밀수꾼으로 전락하고 말 걸세."

"어머나, 여보, 당신의 기사도도 이상하시군요, 당신 역시 프랑스에서 상품을 한 보따리 수입하신 것을 잊고 계시나요?" 하고 그녀는 아양을 떨며 말했다. 다시 말해서 마르그리트 자신을 말하는 것이었다.

블레이크니는 천천히 일어서더니 아내 앞에 머리를 깊숙이 숙이고는 더없이 은근한 태도로 말했다.

"나는 장사에 대해서는 요령을 알고 있습니다, 부인. 이 눈은 틀림이 없습니다."

"당신의 기사도보다는 낫군요." 부인은 놀리듯이 대답했다.

"아니, 여보! 그게 무슨 말이오! 당신의 코 모양이 마음에 들지 않는다고 멋대로 지껄여대는, 개구리를 잡아먹는 한 사람 한 사람을 상대로 내가 몸을 내던지고 싸우기라도 할 줄 아오?"

"어머나, 퍼시!" 부인은 웃으면서 장난스러운 태도로 귀엽게 머리를 숙였다. "염려하실 것 없어요! 제 코 모양이 마음에 들지 않는 것은 나리가 아니시니까요."

"염려 말라고! 내 용기를 의심하는 거요, 당신은? 쓸데없이 권투의 패트런을 하고 있는 게 아니오, 안 그런가, 앤토니? 이래봬도 옛날엔 레드 샘과 겨뤄 본 일도 있어. 게다가 그 녀석도 나를 상대로 해서는 그렇게 멋대로 까불지 못했었지."

"네, 네, 그때의 모습을 뵙고 싶어요, 호호호! 굉장한 구경거리였을 거예요, 틀림없이……그러면서도……귀여운 프랑스의 도련님을 무서워하다니……호호호호호!" 마르그리트는 객실의 낡은 떡갈나무 서까래가 울릴 만큼 쾌활하게 웃어댔다.

"하하하! 하하하!" 퍼시 경도 기분 좋게 함께 웃었다. "부인, 영광으로 알겠소! 이봐, 포크스, 보았나? 마누라를 웃겼네! 유럽의 으뜸가는 재녀를! 이건 굉장한 일이지. 어디 축배를 들기로 할까! 퍼시 경은 가까이에 있는 식탁을 쾅 하고 두드렸다. "이봐, 젤리! 빨리 해! 여기야, 젤리!"

다시금 평화로운 공기가 되돌아왔다. 30분 동안 졸도할 것 같은 심정으로 이성을 잃고 있었던 젤리밴드도 가까스로 평정을 되찾았다.

"폰스를 한 잔 부탁해, 젤리. 뜨겁고 강한 것으로 말이야, 알겠나? 바로 지금 천하의 재녀를 웃긴 재치에 대해 건배해야지! 하하하, 급히 서둘러, 얼른!"

"아아, 이제 시간이 없어요, 여보." 마르그리트가 말참견을 했다.

"선장이 머지않아 이리로 올 거예요. 그러니까 오라버니는 곧 배에 타셔야 해요. 그렇지 않으면 '백일몽'호는 밀물 때를 놓치고 말아요."

"시간? 괜찮소, 신사가 축배를 들고, 밀물 때가 바뀌기 전에 배를 탈 만한 시간은 충분하오."

"저어, 마님." 젤리밴드가 공손하게 말을 걸었다. "젊으신 신사분이 지금 퍼시 경의 선장과 함께 이리로 오시는 것 같습니다."

"그럼, 됐어." 블레이크니가 말했다. "그렇다면 아르망도 유쾌한 축하 잔치에 낄 수 있겠군. 어떤가, 앤토니?" 그는 자작 쪽으로 얼굴을 돌리고 덧붙였다. "자네가 모시고 온 풋내기 선생도 한 잔 어떻겠나? 화해하는 표시라고 해 주게."

"여러분들은 무척 떠들썩한 친구들이시군요. 전 제 방에서 오라버니게 이별 인사를 드리고 오겠어요." 마르그리트가 말했다.

이것에 반대하는 것은 무례한 일이다. 앤토니 경도 앤드류 경도, 블레이크니 부인이 이 자리의 분위기에 맞지 않는다는 것을 느끼고 있었다. 오라버니 아르망 생 제스트에 대한 그녀의 사랑은 매우 깊었다. 아르망은 영국의 누이동생 집에서 2, 3주일 손님으로 묵고 있다가 지금 조국에 봉사하기 위해 귀국길에 오르려 하고 있었다. 그 열렬한 애국심에 대한 보답은 죽음이라는 것을 각오하고.

퍼시 경도 아내를 만류하려 들지 않았다. 그의 행동 하나하나에 으레 따르게 마련인 저 완벽하고 정중한 태도로 아내를 위해 식당 문을 열어 주었다. 아내가 무뚝뚝한 경멸의 눈길을 던지고 미끄러지듯이 방에서 나가자, 퍼시 경은 그 즈음의 관습대로 더없이 훌륭하게 절을 했다.

다만 수잔 드 튀르네를 만난 이래로 온갖 생각이 이제까지보다도 훨씬 예리하게 다정하고 깊은 감수성에 자극받게 된 앤드류 포크스 경만은——저 우둔하고 경박한 퍼시 경이, 빛나는 듯한 아내가 사라져 가는 모습을 바라보고 있을 때 격렬한 동경과 보답받을 길 없는 깊은 정열이 담긴 기묘한 표정을 깨달았던 것이다.

비밀의 과수원

떠들썩한 식당에서 한 걸음 밖으로 나가 어둑어둑한 복도에 혼자 서자 마르그리트 블레이크니는 후유 하고 안도의 숨을 내쉬었다. 오랫동안 감정을 짓누르고 괴로움을 참아 온 것처럼 깊은 한숨을 쉬고 나자 아무도 보지 않는다는 가벼운 마음에 문득 눈물이 뺨을 타고 떨어졌다. 몇 방울인가 눈물이 떨어지는 대로 내버려 두었다.

밖은 비가 맺어 있었다. 나는 듯이 달려가는 구름 사이로 폭풍우 뒤의 엷은 햇살이, 켄트의 멋진 하얀 바닷가 모래밭이며 애드미럴티 방파제 가까이에 즐비하게 늘어선 색다르고 울퉁불퉁한 집들 위에 쏟아지고 있었다. 마르그리트는 현관을 나와 바다를 바라보았다. 끊임없이 변화하는 바다를 배경으로 뚜렷이 그림자를 비친 아름다운 돛단배 한 척이 흰 돛을 달고 잔물결에 살랑살랑 흔들리고 있었다. 이것이야말로 퍼시 블레이크니 경의 소유인 '백일몽'호였다. 저 끓는 듯한 피비린내 나는 혁명──몇몇 사람들이 꿈꾸었을 뿐 어느 한 사람 실현할 만한 힘도 없었던 새로운 이상향을 전통의 잿더미 위에 새로이 세우기 위해 군주정부를 쓰러뜨리고 종교를 공격하며 사회를 파괴해

가고 있었는데——이 한창 이루어지고 있는 소용돌이 속으로 아르망 생 제스트는 돌아가려 하고 있었다.

아득히 먼 곳으로부터 '어부의 집'으로 가까이 다가오는 두 그림자가 있었다. 한 사람은 조금 나이 든 사나이로 둥글고 두툼한 턱가에 기묘한 잿빛 수염이 빙 둘러 나 있으며, 뱃사람 특유의 비틀거리는듯한 걸음걸이로 걸어왔다. 또 한 사람은 젊고 늘씬한 몸집에 진한 색의 케이프 달린 코트가 모양 좋게 어울렸다. 수염은 깨끗이 깎았고 검은 머리카락은 기품 있고 빼어난 이마에서 뒤로 보기 좋게 빗어 넘겼다.

"아르망!" 청년이 멀리에서 이리로 가까이 다가오는 것을 보자 마르그리트 블레이크니는 소리쳤다. 눈물에 젖은 사랑스러운 얼굴에 미소가 떠올랐다.

몇 분 뒤 남매는 서로의 팔에 꼭 안겨 있었다. 늙은 선장은 공손하게 곁에 모시고 서 있었다.

"앞으로 얼마나 시간이 있지요, 블릭스?" 블레이크니 부인이 물었다. "무슈 생 제스트가 배를 탈 때까지."

"앞으로 30분 안에 닻을 올려야만 합니다, 마님." 노인은 잿빛으로 바랜 앞머리를 잡아당기면서 말했다.

아르망의 팔에 매달리면서 마르그리트는 그를 벼랑 쪽으로 데리고 갔다.

"30분이래요." 슬픈 듯이 바다를 바라보면서 그녀는 말했다. "이제 30분만 지나면 제 곁에서 멀리 떠나가 버리는 거로군요, 아르망! 아아, 오라버니가 가 버리시다니 믿을 수가 없어요! 요 4, 5일 퍼시가 집을 비운 동안 오라버니와 단둘이 함께 있던 그날들도 꿈처럼 지나가 버렸군요."

"멀리 가 버리는 것은 아니야." 청년은 다정하게 말했다. "좁은 해협을 건너…… 몇 마일밖에 안 되는 곳에 갈 뿐이야…… 곧 돌아올게."

"아니에요. 거리 같은 것을 말하는 게 아니에요. 아르망, 저 끔찍스러운 파리……지금 그곳은……."

그들은 절벽까지 와 있었다. 바다를 건너는 산들바람은 마르그리트의 머리를 흐트러지게 했다. 부드러운 레이스 숄 끄트머리가 희게 흐느적거리는 뱀처럼 둘레에서 펄럭였다. 그녀는 먼 곳을 바라보았다. 아득히 멀리에 프랑스의 바닷가가 있다. 자신의 살을 도려내려 하고, 그 자식들 가운데서도 가장 뛰어난 자로부터 혈세를 빼앗아 내고 있는 저 가혹한 프랑스 바닷가.

"우리의 아름다운 조국이야, 마르그리트" 하고 아르망은 말했지만, 누이동생의 마음속에 있는 무언가를 알아차린 것 같았다.

"그 사람들은 좀 지나쳐요, 아르망." 누이동생은 격렬하게 말했다.

"오빠는 공화주의자고 나도 그래요…… 같은 사상을 갖고 자유와 평등을 위해 똑같은 정열을 기울여 왔었요…… 하지만 오빠도 저 사람들이 너무 과격하다고 생각하고……."

"쉿!" 아르망은 저도 모르게 걱정스러운 듯이 재빨리 주위를 둘러보았다.

"아아! 이렇게 말하는 것조차 안전하지 못하다고 생각하시는군요. 이 영국에서도 말예요!" 그녀는 별안간 심한, 거의 어머니와도 같은 애정을 느끼며 오라버니에게 매달렸다. "가지 마세요, 아르망!" 그녀는 애원했다. "프랑스로 돌아가시지 마세요! 난 어떻게 하면 좋아요. 만약……만약에 말예요……."

그 목소리가 흐느낌으로 지워지고, 파랗고 정다운 눈길이 호소하듯이 오빠의 얼굴을 뚫어지게 보았다. 아르망도 누이동생의 눈길을 강하게 받아 내고 있었다.

"너는 어떤 경우에도 나의 용감한 누이동생이지?" 그는 정답게 말했다. "조국이 위험에 맞닥뜨려 있는데, 그러한 때에 등을 돌리는 것은 프랑스의 아들들이 할 일이 아니라는 것을 알고 있겠지?"

아르망의 이야기가 채 끝나기 전에 벌써 저 사랑스러운 어린아이 같은 미소가 누이동생의 얼굴에 쓸쓸히 되살아났다. 그것은 눈물 속에 가라앉은 것처럼 보였으므로 매우 갸륵한 느낌을 주었다.

"아아, 아르망!" 마르그리트는 어딘지 모르게 깊은 생각에 잠긴 것처럼 부르짖었다. "난 가끔 오라버니가 그렇게 많은 훌륭한 점을 지니고 있지 않았더라면 좋았을 거라고 생각해요…… 작은 결점을 지니고 있는 편이 얼마나 위험하지도 않고 안전한지 모르는걸요, 하지만 조심하세요." 그녀는 당부의 말을 덧붙였다.

"될 수 있는 대로 조심하지…… 약속하겠어."

"부디 잊지 마세요, 오라버니만이……오직……내 생각을 해준다는 것……."

"하지만 네게는 지금 나보다 더 마음을 써 주는 사람이 있지 않니? 퍼시가 너를 걱정해 주고 있잖아?"

그러나 어쩐지 부족감을 느끼는 듯한 표정이 마르그리트의 눈 속에 살며시 깃들었다.

마그리트는 중얼거리듯 말했다.

"그랬어요……전에는."

"그렇지만 틀림없이……."

"아아, 아니에요, 내 걱정은 하지 마세요, 퍼시는 아주 잘 해주고 있어요."

"아니야!" 그는 격렬하게 말을 가로막았다. "네 일이 걱정이야, 나의 마르그리트, 알겠느냐. 이제까지는 나는 이런 말을 한 마디도 하지 않았어. 물어 보아야겠다고 생각한 일은 있지만, 언제나 뭔지는 모르나 나를 눌러 버리고 말았지. 그러나 이번에는 한 가지 묻고 싶은 말을 묻지 않은 채 너를 남겨 두고 떠날 수는 없을 것 같구나."
그는 갑자기 괴로운 듯한, 거의 불안에 가까운 표정이 누이동생의 눈길을 스치는 것을 알아차리고 덧붙였다.

"싫으면 대답하지 않아도 좋아."

"무슨 일인데요?"

"퍼시 블레이크니는 그 일을……다시 말해서 드 생 시일 후작을 체포하는 사건에서 네가 해낸 역할을 아느냐?"

누이동생은 웃었다. 비웃는 듯한 어둡고 괴로운 웃음이었다. 아름답고 음악적인 목소리에 섞인 한 가닥의 불협화음과도 같은 웃음.

"내가 생 시일 후작을 재판에 고발하여 결국 후작과 가족이 모두 길로틴의 이슬로 사라진 그 일? 네, 알고 있어요…… 결혼한 다음 퍼시에게 이야기했어요."

"그때의 사정을 모조리 이야기했겠지…… 네게는 비난받을 점이 조금도 없었다는 것을 증명하는 그 사정 말이다."

"'사정'을 이야기하기에는 너무 늦었어요. 그이는 다른 곳에서 이미 그 사건 이야기를 들었더군요. 그래서 내 고백은 이미 늦었던 모양이에요. 사정을 알아 달라고 말하고 싶지는 않았어요. 여러 가지로 변명하려고 비하하는 것은 싫으니까요……."

"그래서?"

"그래서 말이에요, 아르망. 지금은 저 영국에서 으뜸가는 멍청이가 아내를 몹시 업신여긴다는 것을 알고 난 아주 만족하고 있어요."

모래알을 씹는 듯한 말투로 마르그리트는 말했다. 누이동생을 열렬히 사랑하고 있는 아르망은 아픈 상처를 잘못 건드렸구나 하고 후회했다.

"그러나 퍼시 경은 너를 사랑하겠지, 마르그리트?"

"사랑하느냐고요? ……네, 그래요, 아르망. 한때는 사랑한다고 나도 생각했었어요. 그렇지 않았다면 결혼 같은 건 하지 않았겠지요."

몇 달 동안이나 괴롭혀 온 무거운 짐을 내려놓아 이제 좀 마음이 놓이는 듯 그녀는 재빨리 말했다.

"정말로 오라버니까지 다른 사람들처럼 내가 퍼시의 돈에 눈이 어두워 결혼했다고 생각하셨군요…… 하지만 그런 게 아니에요. 그이는 내 가슴을 꿰뚫는 듯 이상하게 강한 정열을 퍼부으며 나를 숭배하는 것 같았어요. 난 오라버니도 아시다시피 그때까지 아무도 사랑한 일이 없었고, 벌써 24살이니 자연히 연애 따위는 내 성격에 맞지 않는다고 생각했어요. 하지만 맹목적으로 열렬하게 온몸을 다 바쳐 사랑해 주니…… 정말로 숭배받는다는 것은 무척 멋진 일이라고 생각했어요. 그래서 퍼시가 멍청하고 둔감하다는 사실까지 내게는 하나의 매력이었어요. 그렇기 때문에 한층 더 필요 이상으로 나를 사랑해 주는 것이라고 생각했을까요? 영리한 남자라면 자연히 다른 일에 관심을 갖거든요. 야심가라면 다른 소망을 갖게 되지요…… 멍청한 사람이라면 오직 나를 숭배할 뿐 다른 생각은 일체 하지 않을 것이라고 생각했어요. 그래서 나도 기꺼이 그 사랑에 보답해 주어야겠다고 생각했어요, 아르망. 숭배해 주는 만큼 나도 한없는 애정을 쏟을 마음으로……."

마르그리트는 후유 하고 한숨을 쉬었다. 그 한숨에는 이루 다 말할 수 없는 환멸의 비애가 담겨 있었다.

아르망 생 제스트는 도중에 말참견도 하지 않고 다만 누이동생이 이야기하는 대로 내버려 두고 있었다. 그의 머릿속은 폭풍우처럼 흐트러져 있었다. 젊고 아름다운 한 여자가——부인이라는 이름이 붙은 것 말고는 아직 소녀인데——인생의 첫걸음을 막 내디딘 참에 희망을 잃고, 환상을 잃고, 자신의 청춘을 하나의 무한한 제삿날로 할 생각이었던 저 황금빛 나는 다채로운 꿈을 잃고 만 모습은 보기에도 무참했다.

그러나——누이동생을 열렬히 사랑했으므로——그는 이해할 수 있었다. 그는 갖가지 나라의 사람, 여러 연령층, 사회적이고 지적인 분야에서 온갖 지위에 있는 사람들을 연구해 왔다. 그러므로 마르그리트가 말하지 않는 일도 마음속으로는 이해하고 있었던 것이다. 비록 퍼시 블레이크니가 영리하지는 못하더라도 그 움직임이 둔한 마음 한구석에는, 지금도 옛 명문인 영국 신사의 후예라는 뿌리 깊은 자랑이 남아 있을 것이다. 블레이크니 집안의 어떤 사람은 보즈워드의 싸움터에서 쓰러졌고, 어떤 사람은 배신자인 스튜어트 집안 때문에 생명과 재산을 내던지고 있었다. 이와 같은 자랑이——공화주의자인 아르망으로서 보면 어리석고 편협한 자랑이라고 말하고 싶지만—— 마르그리트 블레이크니 부인 탓으로 된 죄를 들은 순간 매우 손상되었을 것이다. 그녀는 아직 나이도 어리고 무분별하여 잘못 생각했던 것이다. 아르망은 그것을 이해하고 있었다. 마르그리트의 젊음과 과격함과 경솔함을 이용한 사람들은 그것을 알고 있었던 것이다. 그러나 블레이크니는 머리가 좋지 않다. 그 동안의 '사정'을 들어 주려고 하지 않았다. 다만 사실만을 고집했는데, 그것으로 알게 된 것은 자신의 아내가 무자비한 재판에 한 동포를 고발했다는 것뿐이었다. 그러므로 비록 알지 못하고 저지른 죄라고 하더라도 그녀가 한 행위에 대한 경멸심이라든가 총명함이 조금도 섞여 있지 않은 오직 맹목적인 사랑을 말끔히 없애 버리고 만 것이다.

그러나 그는 누이동생에 대한 판단에 아직도 망설여지는 점이 있었다. 생명과 애정에는 이상한 변덕이 숨어 있는 법이다.

남편의 사랑이 퇴색함과 동시에 마르그리트의 마음에는 그에 대한 사랑이 싹텄다는 것인가. 사랑의 오솔길에서는 기묘한 양극단이 만나게 된다. 다시 말해서 그녀, 온 유럽 지식인의 절반 정도를 발밑에 무릎 꿇게 할 정도의 여자가 한 멍텅구리에게 사랑을 불태우고 있는 것이다. 마르그리트는 저물어 가는 저녁 해를 뚫어지게 바라보고 있었다. 바로 그때, 황금빛 놀에 한순간 반짝 빛나는 것이 그녀의 눈에서 솔로 떨어진 것 같았다.

그러나 그 문제를 누이동생을 상대로 하여 꺼낼 수는 없었다. 아르망은 유달리 격렬한 누이동생의 성격을 너무나 잘 알고 있었으며 또 그 솔직하게 개방적인 태도 뒤에 숨어 있는 조심스러움도 잘 알고 있었다.

이 남매는 언제나 함께였다. 부모는 아르망이 아직 소년이고 마르그리트가 어렸을 무렵에 세상을 떠났기 때문이다. 아르망은 8살쯤 위여서, 누이동생이 결혼할 때까지 모든 일에 후견인 노릇을 했다. 리슈류 거리의 집에서 살았던 화려한 몇 년 동안은 줄곧 부모 대신이었으며, 누이동생이 이곳 영국에서 새로운 생활로 들어가는 것을 깊은 슬픔과 어떤 불안한 예감을 가지고 지켜보아 왔다.

이번 영국 방문은 누이동생이 결혼한 뒤로 처음 있는 일이었다. 그러나 겨우 몇 달 동안 헤어져 생활한 것이 벌써 남매 사이에 희미하고 옅은 벽을 만들고 있었다. 깊고 강한 사랑은 둘 다 변함이 없었지만, 지금은 서로 들어설 수 없는 비밀의 과수원을 저마다 가지고 있는 것과도 같았다.

아르망 생 제스트에게도 누이동생에게 말할 수 없는 일이 많았다. 프랑스에서의 혁명 정치의 상황은 하루하루 달랐다. 옛날 그의 친구들의 손으로 행해진 폭행이 점점 더 끔찍하고 격렬한 것이 되어 감에 따라 자기 자신의 의견이나 감정이 어떻게 변해 왔는지, 누이동생으로서는 이해할 수 없을지도 모르는 일이 아니겠는가. 누이동생도 또한 오라버니에게 자신의 마음의 비밀을 털어놓을 수 없었다. 다른 사람 아닌 그녀 자신조차 그 비밀을 잡을 수 없게 되어 있었기 때문이었다. 자신은 다만 사치스럽기 이를 데 없는 나날을 보내면서 덧없는 불행을 느끼고 있다고밖에는 생각할 수 없었다.

지금 아르망은 떠나가려 하고 있었다. 누이동생은 오라버니의 몸을 걱정했다. 오라버니가 자기 가까이에 있어 주기를 바라고 있었다. 하지만 이 마지막 몇 분 동안 슬퍼하며 헤어지기를 아쉬워할 때에 자신의 이야기를 하여 기분을 상하게 해 주고 싶지는 않았다.

벼랑을 따라 조용히 오라버니를 안내하면서 잔물결이 찰랑이는 물가 쪽으로 내려갔다. 두 사람은 서로 팔짱을 꼭 끼고 있었다. 아직 자신들의 비밀의 과수원 바로 바깥에 있는 일만 하더라도 두 사람이 서로 이야기를 나눌 만한 것은 얼마든지 있었다.

전권대사

오후는 순식간에 지나가 버리고, 길고 을씨년스럽게 추운 영국의 여름날 황혼이 찾아와 녹색을 이룬 켄트 주의 풍경에 안개가 자욱이 퍼져 왔다.

'백일몽'호는 출범했다. 마르그리트는 혼자 한 시간이 넘도록 절벽 위에 서 있었다. 진정으로 자기에 관한 일을 걱정해 주고 자신도 진심으로 사랑하고 있는 사람, 믿을 수 있는 오직 하나밖에 없는 사람을 싣고 순식간에 멀리 떠나가 버리는 흰 돛을 뚫어지게 바라보면서.

조금 떨어진 왼편에는 '어부의 집' 식당에서 불빛이 새어나와 점점 짙어 가는 안개 속에 훤하게 누런 빛을 뿜고 있었다. 끝없는 소란, 명랑한 이야기 소리. 그녀의 민감한 귀를 끊임없이 괴롭히는 남편의 저 무의미한 웃음소리까지도 곤두선 신경에 가끔 들려오는 것 같았다.

퍼시 경에게는 그녀를 혼자 있도록 해줄 만한 아량이 있었다. 흰 돛이 몇 마일 밖의 희미하게 어두워진 수평선으로 사라져 버릴 때까지 혼자 있고 싶겠지 하고 둔감한 호인다운 마음으로 이해해 준 것인가 하고 마르그리트는 생각했다. 남편은 예의범절에는 지나칠 만큼 민감했지만 소리만 지르면 닿을 만한 거리에 하인을 데리고 가도록까지는 권하지 않았다. 남편의 이러한 태도를 마르그리트는 고맙게 생각했다. 언제나 변함없는 남편의 염려, 정말로 깊이를 알 수 없을 정도의 너그러움에 언제나 감사하려고 애썼다. 때로는 남편에 대하여 빈정대며 신랄한 생각을 누르려고 애써 보기도 했지만, 왠지 모르게 상대에게 상처를 주고 싶은 듯한 기분이 되어——그만 자기도 모르게——잔혹하고 모욕적인 말을 하고 만다.

그렇다! 남편의 마음에 상처를 주고 싶다. 그렇게 함으로써 그를 경멸하고 있다는 사실, 한 번은 그를 거의 사랑하게 되었던 사실 따위는 완전히 잊고 만 것을 알게 해 주고 싶다. 그런 무기력한 자를 사랑하다니! 기껏해야 넥타이를 매는 일이라든가, 새로운 제단의 코트를 입는 일밖에는 생각하지 못하는 멍텅구리. 아아, 싫다! 그러나 ……희미한 추억, 그토록 감미롭고 열렬한……이 평온한 여름의 황혼에 아주 잘 조화되는 추억이……가벼운 바닷바람의 눈에 보이지 않는 날개에 올라타고 그녀의 기억 속에 떠돌아 되살아났다. 처음 그녀를 숭배하던 무렵, 그는 노예처럼 자신을 바쳤다. 그 사랑에 담겨진 일종의 야릇한 격렬함이 그녀의 마음을 매혹시켰던 것이다.

그러다가 갑자기 개의 충실성을 생각케 하는 듯한 구혼 시절의 애정과 그 헌신이 흔적도 없이 사라지고 말았다. 생 로슈의 옛 사원에서 간단하고 조촐한 결혼식을 올리고 나서 24시간 뒤에——일찍이 그녀는 부주의하게도 생 시일 후작에 관한 어떤 일을 몇 사람의 남자들 이른바 친구들에게 이야기한 일이 있는데, 그들이 이 정보를 불행한 후작에게 불리하도록 이용하여 그 때문에 후작과 그 일족이 길로 틴에 보내지고 말았다는 그 경위를 마르그리트는 남편에게 고백했던 것이다.

마르그리트는 후작을 미워하고 있었다. 여러 해 전 사랑하는 오라버니 아르망이 안젤 드 생 시일을 사랑한 일이 있었다. 그런 생 제스트는 평민이었고 후작은 자기의 계급에 대한 자랑과 오만한 편견으로 뭉쳐져 있었다.

어느 날 참으로 존경스러운 소심한 연인인 아르망은 마음을 굳게 먹고 애틋한 그리움의 여인 안젤에게 격렬히 불타는 듯한 정열이 넘치는 시를 써 보냈다. 다음날 밤 그는 파리 근교에서 기다리고 있던 생 시일 후작의 하인들에게 심한 모욕을 당한데다가 뭇매를 맞았다. 평민인 주제에 귀족인 공주님에게 눈독을 들였다고 하여 개처럼 매를 맞아 반죽음이 되었던 것이다. 이러한 사건은 대혁명이 일어나기 2년쯤 전의 프랑스에서는 날마다 있는 일이었다. 이런 종류의 사건이 실은 피비린내 나는 복수로 인도되었던 것이며, 몇 년 뒤 이러한 오만한 귀족들의 대부분이 길로틴의 이슬로 사라진 것이다.

마르그리트는 이것을 잘 기억하고 있었다. 오라버니가 그 남자다운 성품과 자존심에 받은 상처는 몸서리쳐질 만큼 처절했을 것이다. 오라버니를 통해, 또 오라버니와 함께 받은 괴로움이 어떤 것이었는지 생각하기조차도 싫었다.

이윽고 마지막 심판의 날이 왔다. 생 시일과 그 밖의 그와 똑같은 구더기들은 이제까지 멸시해 온 평민들이 주인이 되는 것을 똑똑히 보아야 했다. 아르망도 마르그리트도 모두 지식인으로서 사물을 생각하는 사람이었다. 오래 전부터 저마다 온 정열을 기울여 혁명의 유토피아적 신조에 몸을 맡겼다. 반대로 생 시일 후작 문중은 자기들을 다른 사람들보다 사회적으로 높은 위치에 놓아 준 특권을 유지하기 위해 괴로움을 무릅쓰고 열중하고 있었다. 마르그리트는 충동적이고 무분별하여 자기가 부주의하게 이야기한 일의 결과 따위는 생각하지도 않고, 오라버니가 후작에게서 받은 심한 모욕을 아직도 잊지 못하고 있었다. 그런 때에 우연히——그녀의 '친구' 가운데의 누군가로부터——생 시일 일족은 오스트리아와 내통하여 황제의 지지를 얻어 자기네 나라 프랑스에 불어 닥친 혁명을 진압하려고 기도하고 있다는 이야기를 들었던 것이다.

그 무렵은 고발 하나로 이야기가 끝났다. 다시 말해서 생 시일 후작에 대한 마르그리트의 경솔한 두서너 마디가 24시간도 채 되기 전에 열매를 맺었다. 후작은 곧 체포되었다. 서류가 발견되었다. 파리 시민을 진압할 군대를 파견할 것을 비밀리에 약속한 오스트리아 황제로부터의 친서가 책상 속에서 발견되었다. 후작은 국민에 대한 반역죄로 길로틴에 보내졌다. 한편 그의 부인과 아들과 친척들도 비참한 운명을 함께 했다.

마르그리트는 자기의 경솔함으로 인해 생긴 이 끔찍스러운 결과를 알고 넋을 잃었지만, 이미 후작을 구할 만한 힘은 없었다. 그녀를 에워싼 사람들, 혁명 운동의 지도자들은 그녀를 여성의 영웅이라고 칭찬했다. 그러므로 그녀는 퍼시 블레이크니 경과 결혼했을 때, 부주의함에서 저질렀다고 하지만 아직도 마음을 무겁게 내리누르고 있는 죄를 남편이 얼마나 험악한 눈으로 보는지를 충분히 알지 못했다. 남편에게 모든 것을 고백하고, 자기에 대한 맹목적인 애정과 자기가 남편에 대해 갖고 있는 깊이를 알 수 없는 지배력에 의지하여 영국인으로서는 도저히 듣고 견딜 수 없을 것 같은 이 사건도 언젠가는 남편이 잊게 해주리라고 생각했던 것이다.

과연 그때는 남편도 조용히 받아들이는 것 같았다. 실제로 그녀가 이야기한 의미조차도 만족스럽게 알지 못하는 모양이었다. 그러나 그 뒤로 확실히 알게 된 것은 일찍이 그녀가 모조리 자기의 것이라고 믿었던 그 사람의 조각조차도 이미 사라져 버리고 말았다는 일이었다. 이때부터 남편과 아내는 완전히 따로따로 떨어져 버리고 말았다. 퍼시 경은 손에 맞지 않은 장갑을 내던지듯이 그녀에게 대한 사랑을 버리고 말았다. 그녀는 남편의 아둔함을 자신의 멋진 기지로 자극했다. 사랑을 일깨워 주자. 그렇게 할 수 없다면 하다못해 질투심을 자극해 보리라. 남편의 자신감을 위협해보리라. 그러나 모든 것이 헛수고였다. 그는 변함없이 언제나 은근하고 어디까지나 신사적이었다. 그녀는 재산가인 남편과 영화로운 세상이 아름다운 여자에게 줄 수 있는 것은 모조리 자기의 것으로 했다. 그러면서도 이 아름다운 여름날 황혼 무렵에 '백일몽'호의 흰 돛이 벌써 저녁 어스름 저편으로 사라져 버린 지금, 벼랑의 울퉁불퉁한 길을 다리를 질질 끌면서 터덜터덜 걷는 나그네보다도 더 심한 외로움에 사로잡혀 있었다.

또다시 깊은 한숨을 내쉬고, 마르그리트 블레이크니는 바다와 벼랑길을 등지고 '어부의 집'을 향해 천천히 걸음을 옮겼다. 가까이 다가감에 따라 연회의 소란스러움과 명랑하고 즐거운 웃음소리가 더욱 더 높게 똑똑히 들려왔다. 앤드류 포크스 경의 기분 좋은 목소리, 앤토니 경의 소란스러운 높은 웃음소리, 가끔 나른하고 둔하게 이야기하고 있는 남편의 목소리가 들렸다. 사람 그림자도 없는 쓸쓸한 길. 다가오는 초저녁의 어두움. 마르그리트는 문득 걸음을 빨리했다. 다음 순간 낯선 사람이 빠른 걸음으로 가까이 다가오는 것이 보였다. 마르그리트는 눈을 들려고도 하지 않았다. 조금도 두렵지 않았다. '어부의 집'은 소리를 지르면 들릴 만큼 가까운 곳에 있었다.

마르그리트가 종종걸음으로 가까이 오는 것을 보자, 낯선 사람은 걸음을 멈추고 그녀가 지나치려고 하는 순간 매우 조용하게 말을 걸었다.

"시트와이엔[市民] 생 제스트."

마르그리트는 이렇게 가까운 곳에서 자기의 그리운 처녀 시절의 이름을 듣자, 놀라지 않을 수 없었다. 그녀는 낯선 사람에게로 눈길을 돌렸다. 그리고 이번에는 진심으로 반가운 소리를 지르며 두 손을 내밀었다.

"쇼블랑!" 목소리가 컸다.

"여어, 부인. 오랜 간만입니다." 뜻하지 않았던 사람은 그녀의 손 끝에 정중히 입술을 갖다댔다.

마르그리트는 한참 동안 말도 하지 못하고, 눈앞에 서 있는 그다지 좋아할 수 없는 작은 몸집의 사람을 반가운 듯이 바라보고 있었다. 쇼블랑은 30대라기보다 40대에 가까운 듯했다. 그는 약삭빠르고 영리해 보이는 인품으로 움푹 들어간 눈에 여우 같은 표정을 담고 있었다. 이 인물이야말로 바로 한두 시간 전, 젤리밴드와 다정하게 술잔을 나누던 그 낯선 손님이었다.

"쇼블랑……당신을……." 나직이 한숨을 내쉬며 마르그리트가 말했다. "만나 뵈어서 기뻐요."

아무래도 마르그리트 생 제스트는 무엇 하나 부자유한 것이 없는 호사스러운 생활 속에서 격식을 갖춘 교제를 계속하며 파리의 그 행복했던 시절에 리슈류 거리의 지식인 친구들에게——여왕으로서———군림하던 무렵의 일을 생각나게 해 주는 얼굴을 보고 진심으로 기뻐하였다. 그러나 쇼블랑의 입가에 엷게 떠도는 짓궂은 미소는 깨닫지 못하는 듯했다.

"하지만 대체 이 영국에서 무얼 하시지요?" 마르그리트가 들뜬 말투로 물었다.

그녀는 다시금 여인숙 쪽으로 걸음을 옮겼다. 쇼블랑도 오던 길 쪽으로 돌아서서 그녀와 어깨를 나란히 했다.

"저야말로 그것을 여쭙고 싶습니다, 부인. 그 뒤로 어떠십니까?"

"어머나, 저요?" 그녀는 어깨를 움츠렸다. "심심해 죽겠어요. 그뿐이에요."

두 사람은 '어부의 집' 현관에 이르렀으나 마르그리트는 들어가고 싶지 않은 표정이었다. 폭풍우가 지나간 뒤의 대기는 상쾌했고, 게다가 아르망을 잘 알 뿐 아니라 그녀가 헤어져 온 즐겁고 화려한 모든 친구들의 이야기를 나눌 수 있는 파리의 숨결을 풍기는 사람을 발견했기 때문이었다. 그녀는 쾌적한 현관에서 꾸물거리고 있었다.

한편 불을 가득히 켜 놓은 식당 채광창으로부터는 웃음소리며, "샐리" 하고 부르는 소리며, "맥주 가져와" 하는 고함 소리며, 술잔이 서로 부딪치는 소리며, 주사위가 딸가닥거리는 소리에 섞여 퍼시 블레이크니 경의 공허하고 은근한 웃음소리가 들렸다. 쇼블랑은 마르그리트의 바로 가까이에 서 있었다. 연한 노란빛이 어린 그의 날카로운 눈은 조용한 영국의 어스름 빛 속에서 특히 다정하고 앳되게 보이는 아름다운 그녀의 모습을 찬찬히 지켜보고 있었다.

"뜻밖의 말씀을 하시는군요," 쇼블랑이 코담배를 코로 가져가면서 조용히 말했다.

"어머나, 그래요?" 마르그리트는 명랑하게 대답했다. "쇼블랑, 안개와 도덕만으로 되어 있는 영국의 공기가 마르그리트 생 제스트에게는 어울리지 않는다는 걸 당신이 꿰뚫어보실 줄 알았어요."

"아아, 네, 그 말씀인가요?" 쇼블랑은 일부러 깜짝 놀라는 듯한 얼굴로 되물었다.

"정말이에요. 아니, 훨씬 더 나빠요."

"이상하군요. 실은 아름다운 부인께서 영국의 전원 생활이 각별히 마음에 드셨을 줄 알았습니다."

"그렇겠지요, 저도 그렇게 생각했었어요." 마르그리트는 한숨을 폭 내쉬고 깊은 생각에 잠기며 말을 계속했다. "아름다운 여성은 영국에서는 즐겁게 지낼 수 있어요. 왜냐하면 재미있는 일은 모조리 금지되어 있으니까요, 아주 흔하고 사소한 일까지."

"하긴 그렇겠군요."

"도무지 믿어지지 않으시겠지요, 쇼블랑? 하지만 전 하루 종일——온종일 말예요——그다지 하는 일 없이 지내고 마는 날이 많아요."

"그렇다면 유럽의 으뜸가는 재녀도 심심해서 곤란하시겠는데요." 쇼블랑은 은근하게 말했다.

마르그리트는 그 음악적이고 작은 물결이 이는 듯한 앳된 웃음소리를 냈다.

"별로 재미있는 일은 아니에요, 그렇지요? 그렇지 않다면 당신을 만나도 이토록 기뻐하지 않을 거예요." 마르그리트는 장난스럽게 말했다.

"이것이 저 로맨틱한 연애 결혼을 하신 지 1년도 채 안 된 분의……."

쇼블랑은 조용히 놀리는 것처럼 말했다.

"그래요, 로맨틱한 연애 결혼을 한 지 1년째……그래서 더욱 난처해요."

"아아! 저 목가적인 열렬한 사랑은……겨우……몇 주일 동안밖에 계속되지 않았습니까?"

"목가적인 열렬한 사랑이란 오래 계속되는 것이 아니에요, 반가운 쇼블랑…… 홍역처럼 갑자기 걸렸다가……곧 나아 버려요."

쇼블랑은 코담배를 코로 가져갔다. 그 즈음 크게 유행했던 해로운 습관에 완전히 물든 모양이다. 아마도 자기가 대하는 사람의 마음속까지도 알아내려고 할 때의, 그 재빠르고 날카로운 눈길을 속이기 위한 알맞은 베일로써 코담배를 쓰고 있는 것이리라.

"그렇다면 유럽에서 으뜸가는 명석한 머리가 심심하실 것도 무리가 아니군요." 그는 여전히 정중한 말투로 되풀이했다.

"이 병에 무슨 좋은 처방을 모르세요, 반가운 쇼블랑?"

"퍼시 블레이크니 경조차도 실패하신 일을 어떻게 저 같은 사람이 잘 해결해 드릴 수 있겠습니까?"

"퍼시 경은 잠시 문제 밖으로 해 두어요." 무뚝뚝한 말투였다.

"이거 참! 부인, 용서하십시오. 그러나 실제로는 그렇지 않으리라고 생각합니다만." 쇼블랑은 빈틈없이 도사린 여우의 눈처럼 날카로운 눈초리로 또다시 마르그리트를 재빨리 살폈다. "아무리 중한 증세의 권태증이라도 반드시 고쳐 보이는 처방을 알고 있으므로 기꺼이 가르쳐 드리겠습니다만, 그러나……"

"그러나……어쨌다는 거지요?"

"퍼시 경께서 계십니다."

"그이와 무슨 관계라도 있나요?"

"네, 크게 관계가 있다고 생각합니다. 제가 제공하려는 처방은 부인, 매우 서민적인 이름의 것입니다. '일거리'이지요!"

"일거리요?"

쇼블랑은 오랫동안 가만히 음미하는 것처럼 마르그리트의 얼굴을 바라보고 있었다. 마치 저 날카로운 담황색 눈길이 그녀 마음속의 움직임을 남김없이 알아내려고 하는 것처럼 보였다. 그곳에는 두 사람뿐이었다. 저녁의 대기는 쥐죽은 듯 조용하여, 두 사람의 낮은 속삭임은 식당에서 흘러나오는 소란에 지워지고 말았다. 쇼블랑은 현관에서 두어 걸음 밖으로 나와, 주위에 날카롭게 눈길을 돌려 목소리가 들릴 만한 범위에 아무도 없음을 확인하고는 다시 마르그리트 가까이로 되돌아왔다.

"프랑스에 조금만 협력해 주지 않으시겠소, 동지?" 하고 그는 태도를 확 바꾸어 물었는데, 여우 같은 여윈 얼굴이 이상하게도 열기에 꽉 차 있었다.

"어머나!" 마르그리트는 품위 없는 말투로 대답했다. "어째서 그렇게 진지한 표정을 지으시지요, 갑자기?……프랑스에 협력할 수 있을지 어떨지 그런 것은 몰라요——아무튼 프랑스가——아니에요, 당신이 어떤 봉사를 구하고 있는지에 따라 다르지요."

"'빨강 별꽃'에 관한 말을 들어 본 일 없소, 생 제스트 동지?" 그는 불쑥 물었다.

"'빨강 별꽃'에 관한 말을 들어 본 일이 없느냐고요?" 마르그리트는 명랑한 목소리로 한참 동안 웃으면서 되받아 말했다. "이봐요, 우리는 벌써 어디를 가든 그 이야기로 꽃을 피워요…… '빨강 별꽃' 스타일의 모자를 쓰고, 말에는 '빨강 별꽃'이라는 이름을 붙여 주고, 바로 요전날 밤에도 황태자 전하의 만찬회에서는 '빨강 별꽃' 스프레가 나왔어요…… 아 참, 그래요! 요전에 단골 양장점에 초록빛으로 가장자리를 장식한 파란 드레스를 부탁했더니, 그것을 '빨강 별꽃' 스타일이라고 하겠다는 거예요." 그녀는 재미있다는 듯이 말했다.

마르그리트가 즐겁게 이야기하는 동안 쇼블랑은 꼼짝도 하지 않았다. 마르그리트의 음악적인 목소리와 어린아이 같은 웃음이 조용한 저녁나절의 대기를 울렸을 때도 그것을 막으려고 하지 않았다. 상대가 웃고 떠들어 대는데도 진지하고 열심인 태도를 허물어뜨리지 않았다. 조금 뒤 입을 열었을 때에도 그의 또렷하고 날카로운 굳은 목소리는 가까스로 들릴 정도로 낮은 것이었다.

"그럼, 저 수수께끼의 인물에 관해 들었다면…… 기묘한 별명으로 본색을 감추고 있는 사나이가 우리들 공화파 중에 있어, 프랑스에 있어…… 아르망 생 제스트와 같은 인물에게는 가장 무서운 적이라는 것을 상상하고 또 이해하고 있을 터인데요."

"글쎄요!……" 마르그리트는 기묘한 한숨을 내쉬며 말했다. "분명히 그래요…… 최근 프랑스에는 무서운 적이 가득히 생겨났어요."

"그러나 그대는 프랑스의 딸이오. 조국이 위급 존망에 처했을 때 자진해서 도와야만 하오."

"아르망 오라버니는 프랑스에 이미 목숨을 바치고 있어요." 그녀는 자랑스럽게 대답했다. "저로선 어떻게도 할 수가 없어요…… 이 영국에서는……."

"아니, 그대는……." 쇼블랑은 한층 더 열성적으로 설복하였는데, 여위어서 여우처럼 보이는 얼굴에 갑자기 뚜렷한 위엄을 띠기 시작했다. "이 영국에서, 알겠소?…… 그대만이 우리를 도울 수 있소…… 잘 들어요! 나는 공화 정부의 대사로서 이곳에 파견되었소. 내일, 런던에서 작은 피트에게 신임장을 바칠 작정이오. 여기서 갖는 임무의 하나는 '빨강 별꽃' 조직에 관한 것을 모조리 알아내는 일. 그들이 증오할 귀족들——자신의 조국을 배반한 인민의 적——을 죽을 죄로부터 구출하겠다고 맹세한 뒤로부터 프랑스에게 끊임없는 위협이 되고 있소. 그대도 알 것이오. 프랑스의 망명자가 이 영국으로 도망쳐 오는 날에는 공화 제도에 불리한 세상 여론을 선동하오…… 괘씸하게도 망명자들은 프랑스를 공격하는 사람이라면 어떠한 자와도 손을 잡고 떠들어 대오.

그런데 지난달 중에도 반혁명의 혐의자거나, 현재 국가 공안 재판에서 유죄 선고를 받은 자까지 합쳐서 수많은 망명자가 쉽사리 영국으로 도망쳐 왔소. 어떤 경우나 모두 이 괘씸한 쓰레기 같은 영국인들 일당이 계획하고 조직하여 실행하고 있소. 그 지도자의 기략이 풍부한 두뇌는 상상조차 할 수 없을 정도이오. 그가 누구이며 무엇하는 자인지도 전혀 알 수 없소. 나의 스파이들이 필사적으로 노력했지만 끝내 정체를 알아내지 못했소. 다른 일당들은 모두 앞잡이고, 이 기묘한 거짓 이름으로 프랑스에 대한 파괴 공작을 계획하고 있는 인물이야말로 그 우두머리인 것이오. 나는 이 지도자를 알아내어 잡고야

말겠소. 그러므로 그대의 힘을 빌리고 싶소. 이 남자만 잡으면 나머지 일당은 쉽게 요리할 수 있을 것이오. 목표물인 상대는 영국 사교계의 눈꼴사나운 풋내기임에 틀림없다고 보고 있소. 나를 위해 그 남자의 정체를 알아내 주오, 알겠소?" 그는 바싹 달라붙었다. "프랑스를 위해서 찾아내는 것이오."

마르그리트는 목소리를 삼키며 꼼짝도 하지 않고, 쇼블랑의 열성이 담긴 이야기를 숨을 죽여 듣고 있었다. 자기가 속해 있는 사교계가 이 알 수 없는 영웅 이야기의 주인공에 대한 소문으로 가는 데마다 떠들썩하다는 것은 바로 지금 이야기한 대로였다. 그전부터 수백 명이나 되는 목숨을, 무시무시하고 오직 잔인하기만 한 운명으로부터 구출한, 이름도 알 수 없는 용감한 사람에 대한 것을 생각하면 가슴이 두근거렸다. 파슬리브의 드 튀르네 백작 부인 같은 사람이 그 전형적인 예라고 할 수 있지만, 그러나 오만한 프랑스 귀족들의 우쭐한 계급 의식에 동정심을 가질 수는 없었다. 하지만 마르그리트는 공화 제도를 지지하고 자유주의를 받드는 젊은 혁명파가 스스로의 정치 체제를 확립하기 위해 선택한 수단에 대해 증오와 혐오를 느꼈다.

파리를 떠난 지도 벌써 여러 달이 된다. 저 9월의 학살에서 최고조에 이른 공포 시대의 비인도적이며 피를 흘리는 일도 해협을 사이에 두고는 희미한 메아리로 귀에 전달되어 오는데 지나지 않았다. 피비린내 나는 재판관이며 길로틴의 무자비한 지배자라는 새로운 옷을 입고 나타난 로베스피에르, 당통, 마라도 그녀는 아직 알지 못했다. 이렇게 과격하게 하는 것을 보면 오라버니 아르망까지도——온전한 공화주의자지만——언젠가 희생물이 될지도 모른다는 무서움에 전율을 느꼈다.

그러던 중, 순수한 인류애로 남녀노소를 막론하고 비참한 죽음으로부터 구출해 오는 젊은 영국의 정열적인 사람들의 일을 처음으로 들었을 때, 그녀의 마음은 그 사람들에 대한 자랑스러움으로 불타올랐다. 그리고 지금, 쇼블랑의 이야기에 귀를 기울이면서도 그녀의 마음을 사로잡는 것은 대담하기 그지없는 몇 사람 안 되는 그들의 일과, 더욱이 그들의 불가사의한 지도자에 관한 일이었다. 거의 날마다 위험에 직면하면서도 휴머니티를 위해 조그마한 이익도 바라지 않고 몸과 목숨을 아끼지 않는 사람.

쇼블랑이 이야기를 끝냈을 때, 그녀의 눈에는 눈물이 고이고 빠르고 흥분된 숨결 때문에 가슴의 레이스가 물결치고 있었다. 이미 밤의 술자리에서 나는 소란스러운 소리도 귀에 들려오지 않았다. 남편의 목소리에도, 텅 빈 듯한 웃음소리에도 마음이 쓰이지 않았다. 다만 마음속은 저 신비로운 영웅을 찾아 방황하고 있었다. 아아! 만약 그 사람과 만났더라면 그 사람을 사랑했을지도 모른다. 그의 모든 것이 그녀의 로맨틱한 상상에 호소하는 것이었다. 인품이며 힘, 용감성, 똑같이 숭고한 대의(大義)를 위하여 그를 모시는 사람들의 충절, 그 가운데서도 특히 가냘프고 로맨틱한 불빛 무리처럼 그를 장식하고 있는 그 이름 '빨간 별꽃'이.

"프랑스를 위해 그 남자를 찾아내 주오, 동지."

마르그리트는 귓가에서 속삭이는 쇼블랑의 목소리를 듣고 깜짝 놀라며 꿈에서 깨어났다. 저 신비스러운 영웅은 자취를 감추고, 18미터도 떨어지지 않은 곳에는 그녀가 믿음과 정절을 맹세했던 사나이가 술을 마시면서 웃고 있었다.

"어머나! 깜짝 놀랄 말씀을 하시는군요. 대체 어디를 찾아다니면 좋을까요?" 마르그리트는 또다시 본디의 기교적인 말투로 되돌아와 있었다.

"그대라면 어디든 갈 수 있소. 블레이크니 부인이라면 런던 사교계의 중심 인물이니까…… 그대라면 뭐든지 눈에 띄고, 뭐든지 들을 수 있소." 쇼블랑은 아첨하는 것처럼 소곤거렸다.

"어머나, 어림도 없어요." 마르그리트는 몸을 일으켜, 눈앞에 서 있는 지나치게 작고 여윈 몸집의 남자를 조금 경멸하는 빛을 띠고 내려다보면서 대답했다. "어림도 없어요! 나 블레이크니와 당신이 제안한 용건 사이에는 183센티미터의 퍼시 블레이크니 경과 오랜 전통을 가진 명문이 버티고 서 있다는 것을 잊으신 모양이군요."

"프랑스를 위해서요, 동지." 쇼블랑은 열심히 되풀이해 말했다.

"어머나, 바보 같은 말씀. 비록 '빨강 별꽃'의 정체를 알 수 있다고 해도 당신으로서는 어떻게 할 수 없을 거예요. 그는 영국인이니까요!"

"운을 하늘에 맡기고 해 보겠소." 쇼블랑은 희미하게 메마르고 쉬어 터진 웃음을 지었다. "어떻게 하든 그를 길로틴에 보내어 반혁명의 기세를 식게 할 수 있소. 그 뒤 외교상의 귀찮은 일이 생기면 사과하면 되는 거요──깊숙이 허리를 굽히고──영국 정부에 대해서 말이오. 필요하다면 유족에게 위로금을 주면 되오."

"당신의 이야기는 무섭군요, 쇼블랑." 그녀는 독충으로부터 뒷걸음질치듯이 그에게서 떨어지면서 말했다. "그가 누구이든 용감하고 고결한 사람이에요. 그러니까 절대로…… 이봐요, 듣고 있어요? 절대로 그런 나쁜 일에 협력할 수는 없어요."

"이 나라로 도망쳐 오는 프랑스의 한 귀족으로부터 모욕을 당하는 편이 더 좋다는 것이오?"

쇼블랑은 마음속으로 동료를 겨누어 이 작은 화살을 쏘았던 것이다. 마르그리트의 신선하고 젊은 뺨이 그렇게 보여서 그런지 핏기가 가시었고, 그녀는 아랫입술을 꼭 깨물었다. 화살이 과녁을 맞힌 것을 상대에게 눈치채이고 싶지 않았기 때문이었다.

"그것은 문제가 달라요." 간신히 아무 관심도 없는 듯 꾸미며 그녀는 말했다. "자신에 대한 것은 제 자신이 지켜요. 하지만 당신을 위해 아니, 프랑스를 위한 일일지라도 비열한 짓은 거절하겠어요. 그 밖에도 얼마든지 좋은 방법이 있을 거예요. 부디 그렇게 하세요."

마르그리트는 쇼블랑에게는 눈길도 주지 않고 등을 돌린 채 여인숙 안으로 들어갔다.

"이것으로 이야기가 끝난 것은 아니오. 런던에서 다시 뵙겠소." 큰 길의 불빛이 마르그리트의 아름답게 차려입은 모습을 떠오르게 했을 때 쇼블랑이 말했다.

"런던에서도 뵙게 되겠지만, 이것이 제 마지막 말이에요." 그녀는 뒤돌아보며 대답했다.

마르그리트는 식당 문을 홱 열고 쇼블랑의 시야에서 사라졌지만, 그는 아직도 한참 동안 현관에 버티어 선 채 코담배를 한줌 쥐어 코에 댔다. 비난을 받은 데다가 보기 좋게 팔꿈치로 한 대 얻어맞았군. 그러나 날카로운 여우와도 같이 생긴 얼굴에는 부끄러워하거나 실망한 것 같은 표정이 없었다. 오히려 반쯤 빈정거리는 듯 매우 만족에 찬 기묘한 미소가 엷은 입술 가에 떠올라 있었다.

기습

하루 종일 계속해서 내리던 비가 멎자, 밤하늘에는 아름다운 별이 반짝였다. 영국 특유의 축축하게 젖은 흙냄새와 이슬이 떨어지는 나뭇잎을 생각나게 하는 서늘하고 향긋한 여름도 끝나갈 무렵의 밤이었다.

영국 제일의 훌륭한 사라브레드 네 필이 끄는 호화찬란한 마차가 런던 거리를 달리고 있었다. 마부석에서는 퍼시 블레이크니 경이 나긋나긋한 여자 같은 손에 고삐를 쥐고 있었고, 그 곁에는 비싼 모피 코트를 입은 블레이크니 부인이 앉아 있었다.

별이 반짝이는 여름밤의 80킬로미터 드라이브! 마르그리트는 그렇게 생각하기만 해도 기쁨으로 가슴이 뛰었다. 퍼시 경은 마차를 타고 달리는 것을 아주 좋아했다. 한 이틀쯤 전, 도버로 보냈던 네 필의 사라브레드는 이 먼 곳까지의 승마가 즐거운 것이 되도록 하기 위해 휴식을 취하게 했기 때문에 기운이 왕성했다. 마르그리트는 이런 시간에 혼자 있을 수 있는 것이 한없이 즐거웠다. 부드러운 밤의 미풍이 뺨을 간질이고, 생각은 끝없이 먼 곳을 헤매고 있었다. 이제까지의 경험으로 퍼시 경이 아주 말수가 적다는 것을 알고 있었다. 밤이 되면 곧잘 몇 시간이나 이 훌륭한 마차에 아내를 태우고 출발점에서 목적지에 닿을 때까지 날씨며 도로의 사정에 대해 가끔 한두 마디할 뿐, 다만 묵묵히 말을 몬다. 밤의 드라이브를 퍽 좋아해서 아내도곧 남편의 취미에 끌려들어갔다. 몇 시간이나 남편의 옆자리에 앉은채 훌륭하고 정확하게 고삐를 다루는 솜씨를 넋을 잃고 바라보노라면, 이렇게 둔한 머리로 무엇을 생각하고 있을까 하는 의아한 느낌을갖게 되는 일이 곧잘 있었다. 남편은 절대로 아내에게 묻지 않는다. 아내도 절대로 묻지 않는다.

'어부의 집'에서는 젤리밴드가 차례로 불을 끄면서 돌아보고 있었다. 단골손님들은 모두 돌아가 버렸지만, 2층의 쾌적하고 작은 침실에는 젤리밴드의 소중한 손님이 머물고 있었다. 다시 말해서 드 튀르네 백작 부인과 수잔과 그리고 자작. 또한 앤드류 포크스 경과 앤토니 듀하스트 경이 이 예스러운 여인숙에 묵을 경우를 대비하여 다시두 개의 침실을 준비해두었다.

이 젊은 두 청년은 이렇게 따뜻한 밤인데도 활활 불타고 있는 큼직한 통나무 불을 앞에 놓고 한참 동안 즐거운 기분으로 식당에 눌어붙어 있었다.

"여보시오, 젤리. 모두 돌아가 버렸소?"

앤토니 경은 아직도 컵이며 술잔을 치우느라 정신없는 주인에게 말을 걸었다.

"네, 보시는 바와 같이……."

"고용인들도 모두 자오?"

"당번 급사 하나만 안 잡니다만 뭐, 곧 잘 테지요, 할 수 없는 녀석이라서요." 젤리밴드는 말했다.

"그렇다면 우린 여기서 30분쯤 이야기를 해도 되겠지요?"

"네네, 부디 좋으실 대로…… 촛불은 찬장 위에 놓아두겠습니다…… 그리고 침실도 이미 준비되어 있습니다…… 저는 이 맨 위층에서 잡니다만, 목소리를 크게 하시면 아마 들릴 것이라고 생각합니다."

"아아, 고맙소, 젤리…… 그리고 아참, 그렇군. 불을 꺼 주시오…… 난로의 불빛으로도 충분하오. 지나가던 사람이 알게 되는 건 싫으니까."

"네, 알겠습니다."

젤리밴드는 이르는 대로 했다. 서까래가 보이게 만들어진 천정에 매달린 구식 램프의 불을 끄고 촛불도 모조리 꺼 버렸다.

"술 한 병만 갖다 주오, 젤리." 앤드류 경이 말했다.

"네, 곧 가져오겠습니다!"

젤리밴드는 술을 가지러 나갔다. 방 안은 캄캄해져서 난로에서 타는 통나무가 튀는 불꽃만이 주위에 밝게 동그란 모양을 그리고 있을 뿐이었다.

"달리 시키실 일은?" 젤리밴드가 술과 컵을 두 개 들고 되돌아와서 그것을 식탁에 올려놓으면서 물었다.

"이젠 됐소. 고맙소, 젤리." 앤토니 경이 말했다.

"편히 주무십시오, 나리! 부디 편안히."

"잘 자오, 젤리."

젤리밴드의 무거운 발소리가 복도에서 계단으로 멀어져 가는 동안 두 사람은 가만히 귀를 기울이고 있었다. 이윽고 그 소리도 사라졌다. 난롯가에서 아무 말없이 술을 나누고 있는 두 청년을 빼고 이 '어부의 집'은 잠에 싸여 있었다.

한동안은 아무것도 들리지 않았다. 식당에서도 구식 분동(分銅)시계가 똑딱거리는 소리와 활활 타는 장작이 튀는 소리뿐.

"이번에도 잘 되었나, 포크스?" 겨우 앤토니 경이 말을 걸었다.

앤드류 경은 방심한 것처럼 난롯불을 지켜보며 환상을 쫓고 있었다. 그것은 큰 다갈색 눈을 하고 앳된 이마에 숱 많은 검은 곱슬머리를 늘어뜨린 아름답고 싱싱한 처녀의 모습임에 틀림없었다.

"암, 아주 잘 되었지!" 아직도 몽상에 사로잡힌 채 그가 대답했다.

"방해는 들어오지 않았나?"

"그렇네."

술을 따르면서 앤토니 경은 유쾌하게 웃었다.

"묻는 것만큼 어리석군. 이번 여행이 즐거웠느냐……라니!"

"그렇지, 묻는 것만큼 어리석군. 아주 멋있었네."

"그분의 건강을 축복하세." 앤토니 경이 명랑하게 말했다. "훌륭한 아가씨야. 프랑스 인이지만 말일세. 다음에 자네의 구혼을 축하하네…… 더없는 행운 있으라, 그리고 번영 있으라, 하고 말이야."

앤토니 경은 마지막 한 방울까지 술잔을 비우고 나서 난롯가의 친구에게로 가까이 다가앉았다.

"다음 여행은 자네 차례일세." 앤드류 경은 즐거운 명상에서 가까스로 깨어나며 말했다. "자네와 헤이스팅즈일 거야, 아마. 자네도 나처럼 유쾌한 일거리와 사랑스러운 여행의 길동무가 생기도록 기도하겠네. 자네는 그런 것도 생각할 수 없겠지만, 앤토니……."

"응, 잘 안 돼." 앤토니 경도 기분 좋게 말을 받았다. "그러나 말씀만은 고맙게 받아들이지. 그런데 말일세……." 그는 명랑하고 젊디젊은 얼굴에 갑자기 무언가 진지한 표정을 지어 보이면서 계속 말을 이었다. "일은 어떻던가?"

두 사람은 더욱 의자를 가까이 당겼다. 단둘만이 있었지만 본능적으로 목소리를 낮추어 소곤거리기 시작했다.

"난 '빨강 별꽃'과 칼레에서 아주 잠깐 동안 만났다네, 단둘이서. 이틀쯤 전이었는데, 우리보다 이틀 전에 먼저 영국으로 옮겼더군. 줄곧 파리에서부터 그들을 호위해 왔던 거야. 자네는 믿어지지 않겠지만 말일세! 시장에 다니는 노파 차림으로 무사히 시외에 나가기까지…… 포장마차를 몰았네. 마차 안에는 순무며 캐비지에 파묻혀 드 튀르네 백작 부인과 수잔, 그리고 자작이 몸을 숨기고 있었던 셈이지. 그 사람들도 자기들이 탄 마차를 몰고 있는 이가 어떤 사람인지 꿈에도 몰랐던 걸세.

'귀족 놈들을 때려눕혀라!' 하고 고함치는 군중, 시민병이 밀고 밀리며 아우성치는 한복판을 빠져나왔지. 그 마차는 다른 짐마차와 함께 지나가고 있는데, '빨강 별꽃'은 글쎄, 숄을 두르고 페티코트를 입고 머리에는 여자의 모자를 쓰고서 마구 큰소리로 '귀족 놈들을 때려 죽여라!' 하고 고함을 치더란 말일세. 참으로 굉장한 인물이더군! 그 배짱은 이루 말할 수 없어, 정말!……그 정도니까 잘 할 수 있는 거겠지."

청년의 얼굴은 경애하는 지도자를 찬미하는 마음으로 빛났다.

그만큼 말수가 많지 않은 앤토니 경은 한두 마디 가벼운 농담 비슷한 말을 하는 것으로 지도자에 대한 경의를 표했다.

"자네와 헤이스팅즈를 다음 달 2일 칼레에서 만나고 싶다고 하셨네. 가만 있자! 다음주 수요일이군." 앤드류 경은 조금 차분해져서 말했다.

"응."

"물론 드 튀르네 백작의 일이야, 이번엔. 위험한 일일세. 아무튼 백작이 공안위원회로부터 '용의자'라고 몹시 비난을 받을 때 별장에서 탈출했지. 그것은 '빨강 별꽃'의 귀신 같은 재주 중에서도 일대 걸작으로 되어 있네……바야흐로 재판인 채로 사형 선고를 받았으니까 말일세. 이런 분을 프랑스로부터 도망하게 하는 것은 대단한 모험이야. 구사일생이라 할 만해. 비록 일이 잘 진행된다고 하더라도 말일세. 지금 생 제스트가 백작을 만나러 갔다네. 물론 아무도 아직 생 제스트를 수상하게 생각하지는 않네. 그러나 결국 ……두 사람 다 나라 밖으로 탈출하게 되네! 정말 굉장한 일이지. 우리의 지도자가 온 힘과 노력을 다 기울이더라도 말일세. 나도 이번 일에 참가하라는 지령이 내리면 고맙겠는데."

"뭔가 특별히 내게 내리는 지령이라도 받아 가지고 왔나?"

"응! 다른 때보다 상당히 구체적인 걸세. 혁명 정부는 영국에 전권대사를 파견한 모양이야. 쇼블랑이라는 사나이인데 우리 조직에 심한 적의를 품고 있어. 우리 지도자의 정체를 찾아내어 이번에 프랑스에 한 걸음이라도 들여놓으면 당장 납치하려고 결심한 모양일세. 이 쇼블랑은 첩보 활동에 종사하는 부하를 모조리 이끌고 들어왔네. 그러니까 우리 지도자가 결정적인 행동을 일으킬 때까지는 우리 조직의 모임도 되도록 삼가기로 하세. 얼마 동안 사람들 속에서 서로 말하는 것도 절대로 조심하도록 하라는 것이 지도자의 의견이라네. 우리에게 할 이야기가 있을 때에는 어떻게든 연락 방법을 생각해 내겠지."

두 젊은이는 불 위에 몸을 숙이고 있었다. 불은 이미 다 타 버리고, 타다 만 빨간 불이 난로 앞에 희미하게 음침한 반원을 만들고 있을 뿐이었다. 방 안의 다른 곳은 완전히 어둠에 싸여 있었다. 앤드류 경은 주머니에서 수첩을 꺼내어 종이를 한 장 뽑아내더니, 그것을 펴고 둘이서 희미한 불빛으로 읽기 시작했다. 그들은 읽는 데 열중했다. 마음에 덮쳐 있는 일거리 문제에 몰두하고 있었으므로, 숭배하여 마지않는 지도자로부터 직접 받은 이 지령은 매우 귀중했다. 두 사람의 신경은 온통 그것에 집중되어 있었다. 주위에서 일어나는 소리, 난롯불이 타오르며 떨어지는 재가 허물어지는 부드러운 소리, 시간을 새기는 시계의 단조로운 소리, 바로 몸 가까운 곳의 마루에서 나는 거의 뭔지 알 수 없을 정도의 옷자락 스치는 소리 따위는 전혀 귀에 들리지 않았다. 긴 의자 밑에서 한 사람의 모습이 나타나더니, 뱀처럼 소리 없이 어두운 방 안을 숨을 죽이고 미끄러지듯이 두 사람 쪽으로 조금씩 기어서 다가갔다.

앤드류 경이 말했다.

"자네는 이 지령을 읽고 왼 다음 태워 버리게."

앤드류 경이 수첩을 주머니에 넣으려고 할 때, 조그마한 종이가 나팔나팔 날아 바닥에 떨어졌다. 앤토니 경은 몸을 굽혀 그것을 주워들면서 물었다.

"뭐지, 이건?"

"글쎄, 모르겠는데." 앤드류 경이 대답했다.

"지금 막 자네의 주머니에서 떨어졌네. 분명히 또 한 장의 종이와 함께 있었던 것은 아니었다고 생각하는데."

"이상하군. 언제 섞여 들어갔을까? 지도자에게서 온 걸세" 하고 그는 종이를 들여다보면서 말했다.

둘 다 몸을 굽히고 서너 가지 급히 갈겨 쓴 작은 종이를 읽으려고 했다. 그때 갑자기 저쪽 복도에서 새어나오는 듯한 희미한 소리에 주의를 빼앗겼다.

"뭘까?" 앤토니 경은 자기도 모르게 벌떡 일어나서 방을 지나 문으로 다가가 열었다. 그 순간, 이마에 격렬한 일격을 받고 굉장한 힘으로 방 안으로 내던져졌다. 그와 동시에 어둠 속에 웅크리고 앉았던 뱀 같은 사람의 그림자가 벌떡 일어나더니 아무런 의심도 품지 않고 있는 앤드류 경의 등 뒤로 달려들어 바닥에 때려눕혔다.

겨우 2, 3초 동안에 모든 일이 일어났다. 앤토니 경도, 앤드류 경도 외침 소리 하나 지를 겨를이 없었고, 어떠한 저항을 해 볼 겨를도 없었다. 저마다 한 사나이에게 붙잡혀 눈 깜짝할 사이에 재갈을 물리고, 둘이서 등을 맞대어 팔다리와 손을 단단히 묶이고 말았다. 그러고 나서 한 사나이가 조용히 문을 닫았다. 얼굴을 가린 사나이였다. 다른 사나이들이 일을 하고 있는 동안, 그는 가만히 서 있었다.

"이젠 염려없습니다." 사나이들 중 한 사람이 둘을 묶은 밧줄에 마지막으로 흘끗 눈길을 주고 나서 말했다.

"좋아!" 문에 나타난 사나이가 말했다. "자, 주머니를 뒤져 나온 서류는 모조리 이리 내놓아라."

일은 재빠르고도 조용하게 행해졌다. 서류를 모두 손에 쥔 복면의 사나이는 '어부의 집' 안에서 무슨 소리가 나지 않는가 하고 잠깐 귀를 기울였다. 이 비겁한 폭행이 아무에게도 들리지 않게 끝난 것을 만족스럽게 여기는 빛을 역력히 띠고, 다시 문을 열고 거만하게 복도 쪽을 손가락질했다. 네 사나이는 앤드류 경과 앤토니 경을 바닥에서 안아 올려, 침입했을 때와 마찬가지로 조용히 소리도 없이 꽁꽁 묶은 두 사람을 여인숙에서 들어내어 도버 가도의 어둠 속으로 사라져 갔다.

식당에서는 이 대담무쌍한 계획의 지도자가 빼앗은 서류를 재빨리 훑어보고 있었다.

"하루 일거리로는 나쁘지 않군." 그는 중얼거리면서 조용히 복면을 벗었다. 담황색의 여우 같은 그의 눈이 빨간 불에 번들번들 빛났다. "나쁘지 않아."

앤드류 포크스 경의 수첩에서 또다시 한두 통의 편지를 꺼냈다. 조금 전의 청년들이 겨우 훑어볼 정도의 겨를밖에 없었던 작은 종이쪽지를 들여다보았다. 그러자 아르망 생 제스트의 서명이 되어 있는 한

통의 편지가 그에게 굉장한 만족을 준 모양이었다.

"역시 아르망 생 제스트가 배신자였군." 그는 중얼거리듯 말했다.

"자, 이제는 아름다운 마르그리트 블레이크니여!" 그는 이를 악무는 것처럼 하며 악의를 담아 내뱉듯이 말했다. "드디어 당신도 '빨강 별꽃'의 탐색에 협력하지 않을 수 없을 거야."

오페라 관객석에서

코벤트 가든 극장에서는 오늘 밤 갤러 프레미어(특별 초대일)의 하나로서 이 특기할 1792년의 가을 시즌 첫 공연이 있었다.

극장은 사치스러운 귀빈석을 비롯하여 대중적인 3층 객석이며 맨 꼭대기의 천정 객석까지 꽉 들어찼다. 글루크의 '오르페우스'가 장내의 지식 계급에 강한 감명을 주었다. 그러나 이 '독일로부터의 최신 수입품'에 조금도 흥미를 갖지 않는 사람들의 눈은 화려하게 차려입고 아름답게 무리지어 있는 사교계의 아가씨들에게 끌리고 있었다.

셀리나 스토래스의 훌륭한 아리아가 끝나고, 무수한 숭배자들로부터 당연한 박수가 터져 나왔다. 귀부인들 팬이 많은 벤저민 잉클든은 황족석에서 정중하게 머리를 숙여 보내는 인사를 받았다. 그리고 지금 제2막의 화려한 마지막 곡이 끝나 막이 내리고, 대음악가의 마술과도 같은 선율에 넋을 빼앗긴 많은 관객들은 일제히 만족의 한숨을 내쉬며 쓸데없는 잡담이나 분별없는 농담으로 긴장을 풀었다.

말쑥한 귀빈석에는 수많은 명사의 얼굴이 보였다. 국가의 중책을 지고 헐떡이는 윌리엄 피트 수상도 오늘 저녁의 음악 연주회에서는 잠시나마 평온함을 되찾고 있었다. 쾌활하고 뚱뚱하며, 얼른 보기에 거칠고 속된 느낌을 주는 프린스 오브 웨일즈 전하는 짧은 15분 동안의 휴게 시간에 이 관객석에서 저 관객석으로 돌며 친밀하게 지내는 친구들과 이야기를 나누며 즐기고 있었다.

그렌빌 경의 박스에서도 기묘한 흥미를 끄는 사람이 있어 모든 사람의 주의를 끌었다. 날카롭고 짓궂은 용모, 깊게 움푹 꺼진 눈, 너무 여위어서 뼈가 앙상하고 몸집이 작은 사나이가 열심히 음악을 들으면서 오늘 저녁의 손님들을 흘끔흘끔 바라보고 있었다. 온 몸을 까만 옷으로 차려입고, 검은 머리에는 파우더[髮粉]를 전혀 바르지 않았다. 윌리엄 피트 수상과 외상 그렌빌 경은 그 사나이에 대해 냉담하지만 분명한 경의를 나타내 보이고 있었다.

여기저기 영국인 타입과는 분명히 달라 보이는 아름다운 여자들 속에 섞여서 한두 사람 외국계의 미모가, 뚜렷한 대조를 이루고 있었다. 다시 말해서 많은 프랑스 왕당파 망명자들이 교만한 귀족의 용모로, 자기 나라의 잔인한 혁명에서 박해를 받고 영국에서 평화로운 피난처를 발견한 사람들이었다. 이 사람들의 얼굴에는 슬픔과 근심의 그림자가 깊이 새겨져 있었다. 특히 여성들은 음악에도, 눈부신 옷차림을 한 관중에게도 거의 주의를 돌리지 않았다. 물론 멀리 프랑스에서 아직도 위험에 직면해 있거나 또는 최근 비운에 죽은 남편, 형제, 또는 자식들에게 마음이 쏠리고 있는 것이 틀림없었다.

그 가운데서도 바로 최근에 프랑스에서 탈출해 온 파슬리브의 드 튀르네 백작 부인이 가장 사람들의 눈길을 끌었다. 깊고 육중해 보이는 까만 실크 드레스, 새하얀 레이스 네커치프가 육친의 상(喪)을 입고 있는 듯한 느낌을 완화시키고 있었다. 포타르즈 부인의 바로 옆자리에 앉아 있었는데, 부인은 재치 있는 익살스런 말이며 얼마쯤 점잖지 못한 농담을 해서 하다못해 백작 부인의 슬픈 듯한 입가에라도 웃음 짓게 하려고 헛된 노력을 하고 있었다. 백작 부인의 뒤에는 사랑스러운 수잔과 젊은 자작이 이토록 많은 사람들에 섞여 부끄러운 듯 말없이 앉아 있었다. 수잔의 눈에는 무언가 아쉬운 표정이 있었다. 관객이 넘치고 있는 이 극장에 맨 처음 들어왔을 때 열심히 장내를 둘러보고, 한 사람 한 사람의 얼굴을 바라보며 관객석을 모조리 확인했다. 그러나 수잔이 만나고 싶어하는 사람의 얼굴은 없었던 모양이다. 수잔은 어머니의 뒤에 가만히 앉아 있었는데 음악을 듣는 데도 열성이 없고, 관객에게도 이미 주의를 돌리지 않았다.

"아아, 그렌빌 경." 포타르즈 부인은 조심스러운 노크 소리에 이어, 총명하고도 유쾌한 외상의 얼굴이 관객석 문 앞에 나타난 것을 보고 말했다.

"마침 잘 오셨습니다. 이쪽은 드 튀르네 백작 부인이십니다. 프랑스의 최근 정보를 무척 듣고 싶어하신답니다."

이 뛰어난 외교관은 관객석으로 들어오자 여자들과 악수를 나누었다.

"아아." 그렌빌 경은 비참하게 말했다. "이미 최악의 사태입니다. 살육이 계속되고, 파리는 글자 그대로 피비린내를 풍기고 있습니다. 길로틴이 하루에 100명이나 되는 희생자를 요구하고 있기 때문입니다."

백작 부인은 창백해지며 눈물이 글썽해서 의자 등받이에 기대었다. 그녀는 공포에 질린 표정으로 여느 궤도를 벗어난 조국의 사태에 관해 이런 간결하고도 생생한 소식을 받았던 것이다.

"아아, 무슈." 부인은 서투른 영어로 말했다. "그러한 말씀을 들으니 소름이 끼칩니다. 나의 남편은 아직 그 무시무시한 나라에 남아 있는걸요, 난 이처럼 아무런 위험 없이 평화롭게 이 극장 안에 있는데, 남편이 그런 위험한 상태에 계신다는 것은 견딜 수 없는 일입니다. "

"글쎄, 부인." 솔직하여 말을 꾸미지 않는 포타르즈 부인이 말했다. "비록 수도원에 계신다 해도 주인 어른께서 무사하다고 할 수는 없겠지요. 게다가 부인께서는 자녀분들에 대한 생각도 하셔야지요. 두 분 다 아직도 어린데, 걱정을 시키거나 확실하지도 않은 일로 미리 슬픔을 안겨 주어서는 안 되지요."

친해진 부인이 옳은 말만 하기 때문에 백작 부인은 눈물 속에서 미소를 지었다. 포타르즈 부인은 경마의 기수가 되어도 좋을 정도의 목소리와 태도였지만 마음은 순수했다. 그 무렵의 지체 높은 숙녀가 일부러 덜렁거리며 거친 태도를 보이는 뒤에는 아마도 순수한 동정과 다정하고 친절한 마음이 감추어져 있음이 틀림없었다.

"게다가 부인." 그렌빌 외상이 말했다. "'빨강 별꽃' 조직이 명예를 걸고라도 백작님을 무사히 해협 건너로 모셔 오겠다고 맹세했다고 어제도 말씀하시지 않았습니까."

"네, 그렇답니다!" 백작 부인이 대답했다. "그것만이 유일한 희망이에요. 어제 헤이스팅즈 후작을 뵈었는데……역시 그렇게 말씀해 주셨습니다."

"그렇다면 이제는 걱정하실 것 없습니다. 그 조직이 한 번 맹세한 이상, 반드시 해낼 테니까요. 아아! 내가 한 2, 3년만 젊었다면……." 늙은 외상은 한숨을 쉬며 덧붙였다.

"어머나, 각하!" 하고 싶은 말은 서슴지 않고 말하는 포타르즈 부인이 말했다. "오늘 저녁 각하의 관객석에 뻔뻔스러운 얼굴을 버티고 앉아 있는 저 프랑스의 허수아비를 내쫓을 정도의 젊음은 있으시겠지요?"

"그럴 수 있었으면 좋겠습니다만……부인, 그러나 우리 국무에 종사하는 사람들은 사사로운 정을 버려야 한다는 것을 생각해 주십시오, 무슈 쇼블랑은 프랑스 정부의 전권 대사여서 말씀입니다……
……."

"어머나, 무슨 말씀이세요!" 부인이 야무지게 쏘아붙였다. "그런 피에 굶주린 악한들을 정부에서는 그렇게 부르시는 건가요?"

"현재 영국으로서는 프랑스와의 외교 관계를 단절할 시기가 아니라고 생각됩니다. 따라서 프랑스에서 우리나라에 파견된 대사는 그에 알맞은 예의로써 맞아야만 합니다." 외상은 조심스럽게 대답했다.

"외교 관계고 뭐고 그게 무슨 상관이에요, 각하! 저기에 있는 교활한 여우는 틀림없이 스파이일 거예요, 아시겠습니까, 각하? 이제 머지않아 아시게 될 거예요──그렇지 않으면 내가 큰 잘못이라는 말이 되겠지만요──그가 외교에 무슨 관심을 갖고 있는 줄 아세요? 왕당파 망명자들이며, 우리 용감한 '빨간 별꽃'이며 용감한 작은 조직의 사람들에게 해를 가하려는 것이 고작일 거예요."

"쇼블랑이 우리에게 해를 가할 것이라면," 백작 부인은 얇은 입술을 일그러뜨리면서 말했다. "블레이크니 부인이 충실한 그의 편이 될 것입니다."

"어머나, 어떻게 그런 말씀을!" 포타르즈 부인이 소리를 질렀다.

"그런 심한 중상이 어디 있어요, 그렌빌 외상, 각하께서 하시는 말씀은 아주 번드르하셔요. 부디 이 백작 부인께 어리석은 태도를 취하고 계시다는 것을 잘 말씀해 주세요." 포타르즈 부인은 노여움에 불타는 단호한 얼굴을 백작 부인에게로 돌렸다. "영국에 오신 이상, 부인 여러분, 프랑스 귀족의 자랑이신 거만한 태도는 통용되지 않아요. 블레이크니 부인이 프랑스의 악당들에게 공명하시건 그렇지 않건, 생 시일이었던가요…… 뭐 이름 따위는 아무래도 좋지만…… 그 사람이 체포되어 단죄된 일에 관계가 있건 없건 간에 아무튼 그 영부인은 우리나라 상류 사회의 제1인자예요. 퍼시 블레이크니 경은 6명의 대부호를 합친 것보다도 더 많은 재산을 갖고 있고 왕실과도 매우 가까이 지내고 계시니까, 블레이크니 부인을 골탕 먹이려고 해봐야 꼼떡도 하지 않을 겁니다. 오히려 사람들은 당신께서 어리석은 짓을 한다고 생각할 거예요. 그렇지 않으세요, 각하？"

그러나 이 일에 관해 그렌빌 외상이 어떻게 생각하는지, 또 포타르즈 부인의 이러한 솔직한 의견이 드 튀르네 백작 부인에게 어떻게 받아들여졌는지, 그것은 말하지 않아도 되게 되었다. 마침 그때 '오르페우스' 제3막의 막이 올라, 장내 여기저기에서 조용히 해 달라고 말하는 목소리가 일었던 것이다.

그렌빌 외상은 급히 귀부인들에게 작별의 말을 하고, 자기 자리로 가만히 미끄러져 들어갔다. 거기에는 쇼블랑이 막간에도 잠시도 떼어 놓지 않았던 코담배를 손에 쥐고, 날카로운 담황색 눈으로 정면에 마주보이는 박스를 뚫어지게 보고 있었다. 그 박스에는 관객의 웅성거림과 호기심에 찬 눈길을 받으며, 실크 옷자락을 사락거리고 남편의 부축을 받아 지금 막 모습을 나타낸 마르그리트 블레이크니가 있었다. 파우더를 가볍게 뿌려 붉은 빛이 도는 금발의 부드러운 곱슬머리를 우아하게 목덜미께에 드리워 큼직한 까만 리본으로 나비처럼 매었다. 숭고할 만큼 아름다웠다. 언제나 유행의 첨단을 걷고 있는 마르그리트. 이날 저녁에 모인 귀부인들 가운데서 오직 그녀 한 사람만이 최근 2, 3년 동안의 유행인 세모꼴 숄과 넓은 라벨 오버드레스를 입고 있지 않았다. 길이가 짧은 고전적인 느낌의 가운을 입고 있었는데, 이것이 순식간에 유럽 각국에서 대호평으로 환영받는 모드가 되었다. 그녀의 옷차림은 우아하고 기품 있는 모습에 더없이 잘 어울려, 뭔가 번쩍거리는 옷감을 호화로운 금실로 수놓은 덩어리처럼 보였다.

박스에 들어가자마자, 한순간 몸을 앞으로 내밀어 극장에 앉아 있는 아는 사람의 얼굴을 찾아 둘러보았다. 상대편에서 인사를 보내오는 사람이 많았으며 황족석에서도 지체없이 깊고 두터운 은혜를 담은 인사가 있었다.

제2막의 서곡이 연주되는 동안, 쇼블랑은 음악에 넋을 잃고 있는 마르그리트를 뚫어지게 지켜보고 있었다. 백어처럼 희고 가는 손에 들고 있는 보석을 많이 박은 작은 부채, 여왕이라도 어울릴 듯한 얼굴, 목과 팔목을 뒤덮은 호화로운 다이아몬드며 세상에서도 신기한 보석들. 이것들은 모두 바로 옆에 유연히 버티고 있는 그녀의 숭배자인 남편에게서 받은 선물이었다.

마르그리트는 오직 음악에만 열중해 있었다. 오늘 저녁의 '오르페우스'는 그녀의 넋을 모조리 빼앗아 버렸다. 살아 있는 기쁨이 사랑스럽고 젊디젊은 얼굴에 생생하게 떠올라 있었다. 밝고 푸른 눈동자에서 그 기쁨이 환하게 넘치고 입술에서는 그것이 함빡 피어 있었다. 뭐니뭐니 해도 한창 젊은 25살로서 고귀한 분들의 마음에 들고, 사람들의 동경을 한몸에 모으고 굉장한 칭찬을 받으며, 소중하게 다루어지고 있는 것이다. 이틀 전 '백일몽'호는 칼레에서 돌아와 그녀가 열렬히 사랑하는 오라버니가 무사히 프랑스에 상륙하여 그녀에게 마음을 쓰고 있다는 것과, 그녀를 위해서도 신중한 행동을 취하겠다는 뜻을 전해왔던 것이다.

그녀는 글루크의 정열적인 음률에 귀를 기울이면서 자기가 품고 있는 환멸의 비애를 잊고, 덧없이 사라져 버린 사랑의 꿈을 고스란히 잊었다. 하물며 지적인 교양이 부족한 것을, 세속적인 특권을 아낌없이 주는 것으로 보충하려고 해 온 선량한 남편의 존재를 잊었다 하더라도 그다지 신기할 것은 없었다.

퍼시 경은 예의상 무슨 일이 있더라도 자리를 함께 해야 하는 동안만은 박스에서 아내의 옆자리에 앉아 있었지만, 프린스 오브 웨일즈를 비롯하여 수많은 숭배자들이 끊일 사이 없이 이 사교계의 여왕에게 경의를 표하러 오는 것을 알맞은 기회로 삼아 자리를 비우고 물러났다. 아마도 퍼시 경은 좀더 허물없는 친구들과 이야기를 하기 위해 훌쩍 나간 모양이다. 그가 어디에 갔는지 마르그리트는 전혀 마음에도 두지 않았다. 그런 것은 아무래도 좋았다. 그녀는 런던 부호의 자제들에게 둘러싸여 있었는데, 잠시라도 혼자서 글루크를 듣고 싶어서 지금 막 모두를 쫓아 버린 참이었다.

조심스러운 노크 소리로 그녀는 도취경에서 깨어났다.

"들어오세요." 침입자를 돌아다보지도 않고 조금 짜증스러운 마음으로 말했다.

쇼블랑은 기회를 노리고 있다가 그녀가 혼자 있는 것을 확인하자 곧 노크하고는 "들어오세요"라는 대답을 듣기도 전에 쑥 박스로 들어가 다음 순간 마르그리트의 의자 뒤에 서 있었다.

"잠깐 한 말씀 하겠소, 동지." 그는 조용히 말했다.

마르그리트는 깜짝 놀라며 황급히 뒤돌아보았다.

"어머나! 깜짝 놀랐잖아요?" 그녀는 억지로 웃음을 지어 보이면서 말했다. "형편이 좋지 않을 때 오셨군요. 전 글루크를 듣고 싶어 이야기 같은 것은 하고 싶지 않아요."

"그러나 나로서는 다시 없는 기회라서요." 쇼블랑은 그녀로부터의 허락도 기다리지 않고 조용히 그녀 바로 뒤에 의자를 끌어다 놓았다. 박스의 어두운 안쪽이어서 관중을 방해하지 않고, 다른 사람에게 보이지도 않고 그녀의 귓가에다가 소곤거릴 수 있는 가까운 위치였다.

"오직 한 번밖에 없는 기회요." 마르그리트가 대답을 하지 않으므로 쇼블랑은 강요하는 것처럼 말했다. "블레이크니 부인은 언제나 팬들에게 둘러싸여 굉장한 칭찬을 받고 계시므로 단순한 옛 친구 따위는 좀처럼 뵐 수가 없으니까요."

"정말로 당신은……." 마르그리트는 짜증스럽게 말했다. "그렇다면 다른 기회를 찾아봐 주세요. 저는 오늘 저녁에는 오페라가 끝난 뒤 그렌빌 외상의 무도회에 가기로 되어 있어요. 틀림없이 당신도 그러시겠지요? 그때 5분 동안만……."

"이 박스에서 은밀하게 3분 동안만으로 충분하오." 조용한 대답이었다. "제 말을 들으시는 편이 현명하리라고 생각하는데요, 생 제스트 동지."

마르그리트는 자기도 모르게 몸서리를 쳤다. 쇼블랑은 목소리를 높이지 않고 소곤거리고 있었다. 지금 그는 조용히 코담배 한줌을 냄새 맡고 있었으나, 그 태도에 심상치 않은 기척이 있었다. 마치 여우를 연상케 하는 연한 노란 빛 눈길에 이제까지 생각하지도 못했던 끔찍스러운 위험에 직면하는 것 같은, 피마저 얼어붙을 듯한 것이 숨겨져 있었다.

"협박하시는 건가요, 당신은?" 겨우 그녀가 물었다.

"원, 천만에요, 아름다우신 부인." 그는 정중히 말했다. "다만 하늘에 대고 화살을 하나 쏘았을 뿐이오."

그는 잠깐 말을 끊었다. 거품을 물고 허둥지둥 뛰어가는 쥐를 발견한 고양이가 바로 지금 덤벼들려고 몸을 도사린 채 목을 가르릉거리면서 그 잔학성을 즐기고 있는 것 같았다. 조금 뒤 그는 조용히 말했다.

"오라버니이신 생 제스트가 위험한 형편에 놓여 있소."

눈앞의 아름다운 얼굴은 털끝 하나도 까딱하지 않았다. 마르그리트가 열심히 무대를 지켜보고 있었으므로 옆얼굴밖에는 볼 수 없었지만, 그러나 쇼블랑은 날카로운 관찰자였다. 갑자기 그녀의 눈이 험악해지고 입매가 굳어지며 아름답고 우아한 몸이 단단하게 굳어지는 것을 보았다.

"그렇다면 그것은 당신의 머릿속에서 만들어 낸 줄거리의 하나군요. 자신의 자리로 돌아가서, 내가 혼자 음악을 즐기는 것을 방해하지 말아 주세요." 그녀는 억지로 밝게 말했다.

손으로 짜증스러운 듯이 박스의 쿠션을 두드리면서 그녀는 박자를 세기 시작했다. 셀리나 스토래스가 '셰 파로오'를 노래하고 있었다. 이 프리마돈나의 목소리에 매혹된 사람들을 앞에 놓고, 쇼블랑은 자리에서 일어나지 않았다. 그는 짜증스러운 듯한 작은 손의 움직임을 보고 있었는데, 그 손만이 그의 화살이 바야흐로 과녁을 맞혔다는 것을 말해 주고 있었다.

"그래서요?" 그녀는 불쑥, 그러나 역시 그다지 관심이 없는 듯한 태도를 보이면서 말했다.

"그래서라니요?" 쇼블랑은 조용하게 말을 되받았다.

"오라버니의 일 말예요."

"오라버님의 일로 들려 드리고 싶은 뉴스가 있소. 틀림없이 관심이 있으시겠지만 그전에 조금 설명을 하겠소…… 아시겠소?"

이런 질문은 쓸데없는 것이었다. 마르그리트는 의연히 얼굴을 돌린 채였지만 상대가 뭐라고 말을 꺼낼 것인지 온 신경을 기울이고 있는 것이 느껴졌다.

"일전에 그대의 힘을 빌리고 싶다는 부탁을 했소…… 프랑스가 필요로 한 것이오. 그대라면 부탁할 수 있다고 생각했었는데, 그대의 대답은 기대에 빗나갔소…… 그로부터 나 자신의 형편이며, 그대 자신의 사교상의 교제 덕분으로 우리는 서로 각각 떨어져 있었소…… 물론 그 동안에 여러 가지 일이 일어난 셈이지만……."

"요점을 말씀해 주세요, 네? 제발." 그녀는 밝게 말했다. "황홀한 음악이에요. 여기에 오신 손님들께서 당신의 목소리를 나무라시겠어요."

"조금만 더. 다행히 도버에서 만나 뵈었던 날 그 마지막 대답을 들은 뒤 한 시간도 되기 전에, 나는 어떤 서류를 손에 넣었소. 그것에 의해 프랑스의 귀족들을 또다시 도망시킬 교묘한 계획이 판명되었소. 그 속에는 저 반역자 드 튀르네도 포함되어 있는데, 이것이 모두 저 건방진 '빨강 별꽃'의 조직에 의한 것이오. 이 기묘한 조직의 실도 어떤 부분까지는 손에 잡은 듯이 환히 알았지만, 그러나 전부라고는 할 수 없소. 그래서 부탁이 있소. 아니! 무슨 일이 있더라도 그 실을 전부 끌어당기는 것을 도와주어야만 하겠소."

마르그리트는 노골적으로 불쾌한 감정을 드러내 보이며 듣고 있는 것 같더니, 여기까지 오자 어깨를 으쓱하며 우스워 못 참겠다는 듯이 말했다.

"참 안됐군요. 당신의 계획이나 '빨강 별꽃'에 관한 것 따위는 아무런 흥미도 없다고 말씀드렸잖아요? 그러니까 오라버니에 관한 이야기를 해주시는 것이 아니라면……."

"조금만 더 참아 주시오." 그는 침착하게 말을 계속했다. "두 신사 앤토니 듀하스트 경과 앤드류 포크스 경이 그날 밤 도버의 '어부의 집'에 있었는데……."

"알아요. 거기서 그 두 분을 뵈었는걸요."

"그들이 저 괘씸한 조직의 멤버라는 것을 우리 첩보망에서는 이미 알고 있었소. 드 튀르네 백작 부인과 두 아이들을 호송하여 해협을 탈출해 온 것은 앤드류 포크스 경이었소. 그 청년들이 단둘이 있을 때, 내 부하 첩보 부원들이 여인숙 식당으로 쳐들어 가 두 젊은이에게 재갈을 물리고 꽁꽁 묶어 서류를 빼앗아 나에게 넘겨주었소."

순간적으로 마르그리트는 위험을 깨달았다. 서류?……아르망이 경솔한 짓을 한 것일까?……이렇게 생각하기만 해도 형용하기 어려운 공포에 사로잡혔다. 그렇지만 이 남자에게 약한 모습을 보여서는 안 된다. 그녀는 호들갑스럽게 웃었다.

"정말! 당신의 뻔뻔스러움에는 어이가 없군요. 도둑질과 폭력을 휘두르다니——영국 안에서! ——더구나 사람이 많은 여인숙에서! 당신의 부하는 그 자리에서 붙잡힐지도 모르는데 말예요!"

"잡혀도 상관없소. 그들도 프랑스의 아들이오. 바로 나에게 훈련을 받고 온 사람들이오. 잡히면 감옥에 갇힐 것은 뻔하지요. 아니, 교수대에 오르게 될지도 모르오. 그러나 그들은 한 마디도 불평하지 않을 것이며, 떳떳하게 해낼 것이오. 사람 많은 여인숙이 이런 자질구레한 일을 하기에는 그대가 생각하는 것보다 훨씬 안전하고, 게다가 내 부하는 경험이 많으니까요."

"그래서요? 서류란 뭐지요?"

마르그리트는 태연하게 물어 보았다.

"불운하게도 그 서류로 일부 사람의 이름이며 행동을 알 수 있었소. 우선 그들이 계획하는 사건을 방해할 수 있소. 그러나 나는 여전히 '빨강 별꽃'의 정체를 알지 못하오."

"어머나, 쇼블랑!" 마르그리트는 역시 품위 없고 천한 태도를 보이면서 말했다. "그렇다면 지난번과 조금도 변함이 없군요. 자, 아리아의 마지막 장면을 듣도록 해 주세요!" 그녀는 더욱 과장된 태도로 나오지도 않는 하품을 억지로 참는 체하면서 덧붙였다. "오라버니에 대한 이야기가 아니라면……."

"이제부터 오라버님의 이야기를 하겠소, 동지. 그 서류 속에 오라버님인 생 제스트가 앤드류 포크스 경에게 보낸 편지가 한 통 있었소."

"그래요? 그래서요?"

"그 편지에 의하면 오라버님은 프랑스의 적들과 뜻을 같이하고 있을 뿐 아니라, '빨강 별꽃' 조직의 한 사람은 아니라 할지라도 협력자라는·것을 알아냈소."

드디어 타격이 감행되었다. 처음부터 마르그리트는 그것을 예상하고 있었다. 두려움을 보여서는 안 된다. 될 수 있는 대로 무관심하고 경박하게 보이도록 행동해야겠다고 마음먹었다. 자기의 기지를—— 유럽 제일이라고까지 불렸던 그 임기응변의 지력을 잃어서는 안 되겠다고 생각했다. 이런 때에도 그녀는 힘을 잃지 않았다.

쇼블랑의 말이 진실이라는 것은 알고 있었다. 목적도 없는 하찮은 거짓말을 하기에는 너무나도 진지하고, 마음속에 감추고 있는 잘못된 사상에 너무나도 맹목적으로 열중해 있어 자기의 동료며 혁명의 지도자들을 굉장한 자랑거리로 삼고 있다.

어리석고 경솔한 아르망——그의 편지가 쇼블랑의 손 안에 들어간 것이다. 마르그리트는 자기의 눈으로 그 편지를 확인한 것과도 같이 똑똑히 그것을 깨달았다. 쇼블랑은 그것을 태워 버리거나, 아르망을 죽음으로 몰아넣기 위해 사용하거나, 아무튼 자신의 목적이 분명해질 때까지 내놓지 않으리라는 것을 마르그리트는 알 수 있었다. 그런 것은 벌써부터 알고 있는 그녀였지만 이제까지보다도 더 명랑하고 더 높은 소리로 웃어 댔다.

"어머나!" 마르그리트는 어깨 너머로 뒤돌아보고 그의 얼굴을 똑바로 응시하면서 말했다. "그런 것은 당신이 머릿속에서 만들어 낸 줄거리라고 이미 말했을 텐데요…… 아르망이 그 수수께끼의 '빨강 별꽃' 일당에 들어 있다니!……아르망이 그토록 경멸하고 있는 프랑스 귀족들을 구출하기에 열중해 있다니!……정말로 이런 이야기는 당신의 상상력이 터무니없이 펼쳐지고 있다는 증거예요."

"분명히 요점을 말하겠소, 생 제스트는 전혀 허용될 여지가 없는 입장에 서 있다는 것을 똑똑히 일러두겠소," 쇼블랑은 여전히 조용하고 침착한 말투로 말했다.

귀빈석 안은 한순간 쥐죽은 듯 조용해졌다. 마르그리트는 몸을 일으켜, 굳은 자세로 꼼짝도 하지 않고 자리에 앉아 생각을 정리했다. 무서운 현실에 대하여 어떻게 하면 가장 좋은지를 궁리해 내려고 했다.

무대에서는 스토래스가 아리아를 끝냈다. 고전적인, 그러나 18세기의 유행에 잘 맞는 드레스 차림으로 열광하는 관중의 우레 같은 박수에 답하여 깊숙이 절을 하는 참이었다.

"쇼블랑." 마침내 마르그리트 블레이크니는 그때까지 줄곧 허물어 뜨리지 않았던 저 허세를 부리는 태도를 버리고 조용하게 말했다. "쇼블랑, 서로 이해하기로 해요. 네? 어쩐지 이 습기 찬 기후로 내 머리도 둔해진 것 같군요. 다시 말해서 당신은 무슨 일이 있더라도 '빨강 별꽃'의 정체를 알아내야겠다는 것이로군요. 그렇지요?"

"프랑스 최대의 적이오…… 흑막으로서 활동하고 있으니만큼 한층 더 위험하오."

"더욱이 기품이 있지 뭐예요. 하지만 좋아요. 그러니, 아르망 오라버니의 신변의 안전 대신 나더러 스파이 짓을 하라는 말씀이군요. 그렇지요?"

"곤란한데요, 매우 천한 말이오." 쇼블랑은 우아한 태도로 항의했다. "프랑스의 이름을 걸고, 내가 그대에게 부탁하는 일은 스파이니 하는 끔찍한 이름으로 불려져서는 안 됩니다."

"아무튼 영국에서는 그런 식으로 부르고 있어요." 마르그리트는 쌀쌀하게 말했다. "그것이 당신의 의향이시지요?"

"내 의향은 조금 협력하시는 일로 그대 자신이 아르망 생 제스트의 생명의 자유를 얻으시도록 하라는 것이오."

"어떤 일이지요?"

"오늘 밤, 나를 위해 조금만 망을 보아 주면 되오. 생 제스트 동지." 그는 열심히 말했다. "아시겠소? 앤드류 포크스 경의 몸에서 발견된 서류 속에 작은 종이쪽지가 있었소, 보시오!" 그는 수첩에서 작은 종이쪽지를 건네주었다.

그것이야말로 나흘 전 저 두 청년이 훑어보던 도중 쇼블랑의 부하가 덮쳤을 때에 빼앗긴 종이쪽지였다. 마르그리트는 그것을 받아들고 몸을 앞으로 내밀어 읽기 시작했다. 분명히 필적을 바꾸려고 한 서투른 글씨체로 겨우 네 줄밖에 씌어 있지 않았다. 그녀는 조그맣게 소리 내어 읽었다.

긴급한 경우 외에는 되도록 회합을 피해야 할 것을 잊지 말고, 2일을 위한 지령은 이미 알고 있을 줄 안다. 하고 싶은 이야기가 있으면 G의 무도회에 출석하고 있겠음.

"무슨 뜻일까요?"

"다시 한 번 보시오, 그러면 알 것이오."

"아아, 이 구석에 무늬가, 조그마한 빨강 꽃의……."

"그렇소."

"'빨강 별꽃'이군요." 그녀는 열띤 말투로 말했다. "그리고 G의 무도회란 그렌빌의 무도회를 말하는 것이로군요, 그는 오늘 밤 그렌빌 외상의 무도회에 출석하겠군요."

"나도 그렇게 해석했소만." 쇼블랑은 부드럽게 결론을 내렸다. "앤토니 듀하스트 경과 앤드류 포크스 경은 나의 첩보원에 의해 손발을 묶여 신체 검사를 받은 뒤에 이 목적 때문에 미리 빌려 둔 도버 가도의 외딴집에 내 명령으로 옮겨졌소, 오늘 아침까지 그곳에서 엄중히 감시되고 있었지요, 그러나 이 작은 종이쪽지를 발견한 뒤 생각을 바꾸었소, 그들이 그렌빌 외상의 무도회에 늦지 않게 갈 수 있도록 일부러 런던으로 가게 했단 말이오, 아시겠지요? 두 사람은 지도자의 지령대로 오늘 밤 '빨강 별꽃'에게 보고하게 될 것이오, 오늘 아침 그 두 젊은이가 잠에서 깨어 눈을 떴을 때, 도버 가도에 면한 외딴집은 문의 빗장이 모두 벗겨지고 감시하던 사람도 모습이 사라진 대신 두 필의 준마가 안장을 달고 가운데뜰에 매어져 있었소. 아직 두 사람을 보지는 않았지만, 둘 다 런던에 도착할 때까지 오직 한결같이 말을 몰았을 것이 틀림없소. 자, 모든 것이 매우 간단명료하다는 것을 알겠지요?"

"간단해 보이는군요." 마르그리트는 마지막 힘을 쥐어짜 내어 아주 들뜬 태도로 말했다. "닭을 죽일 때 꽉 움켜쥐고……그리고 목을 비틀지요, 닭의 입장으로 보면 조금도 간단하지 않아요. 지금 당신은 내 목에 칼을 들이대고 있어요. 그리고 인질을 잠깐 내보이고는 말을 들으라고 하시는 거예요. 당신은 간단해요. 하지만 나는 그렇지 않아요."

"아니, 그대가 사랑하는 오라버님을, 그 자신의 어리석은 행위의 결과로부터 구출할 기회를 제공하고 있는 것이오."

마르그리트의 얼굴은 약하디 약한 표정이 되더니 마침내 눈물을 글썽이기 시작하며 거의 혼잣말처럼 중얼거렸다.

"이 세상에서 정말로 언제나 변함없이 나를 사랑해 주는 단 한 사람……하지만 나더러 어떻게 하라는 거예요, 쇼블랑? 현재의 입장으로는 거의 불가능한 일이에요!"

그녀는 절망에 빠져 눈물에 잠긴 목소리로 말했다.

"아니, 그렇지 않소." 돌 같은 마음도 녹일 것같이 필사적이고 어린아이 같은 호소는 들은 체도 하지 않고 쇼블랑은 무뚝뚝하고 냉혹하게 말했다. "블레이크니 부인을 누가 의심하겠소. 그러니 오늘 밤 당신의 도움으로…… 혹시 '빨강 별꽃'의 정체를 알아내는 데 성공하지 않으리라고 장담할 수도 없지 않겠소. 오래지 않아 무도회에 가겠지요? 거기서 나를 위해 감시해 주시오. 빈틈없이 눈길을 돌리고 귀를 기울이시오…… 만약 대수롭지 않은 한 마디의 말이나 속삭임을 들으면 보고해 주시오…… 앤드류 포크스 경이나 앤토니 듀하스트 경이 말을 거는 상대는 그대가 모두 아는 사람들일 것이오. 그대라면 절대로 의심받을 리가 없소. '빨강 별꽃'은 오늘 저녁 반드시 그렌빌 외상의 무도회에 갈 것이오. 그가 어떤 자인가를 알아낼 것. 그러면 나는 프랑스의 이름에 걸고 오라버님의 무사함을 보증하겠소."

쇼블랑은 마르그리트의 목에 칼을 들이대고 있었다. 마르그리트는 달아날 가망이 전혀 없는 그물에 걸린 것을 깨달았다. 자신이 복종하는 대신으로 값비싼 인질이 잡혀 있다. 이 남자가 엉터리 협박을 할 만한 사람이 아니라는 것을 그녀는 너무나 잘 알고 있었다.

이미 아르망은 용의자로서 인민 공안위원회에 보고되었을 것이 틀림없다. 만약 마르그리트가 쇼블랑의 제의를 거절하면 아르망은 두 번 다시 프랑스를 떠나는 것이 허용되지 않고 냉혹하고 무참하게 매장되어 버릴 것이다. 만약 쇼블랑의 말을 듣지 않으면, 한순간 참으로 여자답게 아직도 상대의 마음을 바꾸게 할 수 있을는지도 모른다고 생각했다. 지금은 공포와 증오밖에 느끼지 않게 된 이 남자에 대해, 그녀는 한 손을 내밀었다.

"이 일로 당신에게 협력하겠다고 약속하면 나에게 생 제스트의 그 편지를 주시겠어요, 쇼블랑?" 마르그리트는 쾌활하게 말했다.

"오늘 저녁, 나를 위해 협력해 준다면," 쇼블랑은 짓궂게 미소를 띠며 말했다. "그 편지는……내일 드리겠소."

"나를 믿지 않으시는군요?"

"절대로 신용하오, 부인. 그러나 생 제스트의 생명은 조국에 대하여 지불되는 벌금이지요. 그것을 갚는 일은 오직 그대에게 달린 것이오."

"당신에게 협력한다고 해도 힘이 없을는지 몰라요, 아무리 그렇게 하고 싶어도."

"그렇게 되면 무서운 일이오, 그대에게나 생 제스트에게나."

상대는 조용히 말했다.

마르그리트는 몸서리를 쳤다. 이 사나이로부터는 한 조각의 동정이나 연민조차 기대할 수 없음을 느꼈다. 그는 전능이었다. 그녀가 무엇보다도 사랑하는 사람의 목숨을 손아귀에 단단히 움켜쥐고 있다. 만일 그가 자신의 목적을 다하지 못했을 때 얼마나 피도 눈물도 없는 행동을 취할 것인지, 그를 아는 그녀로서는 너무나 잘 알 수 있었다.

오페라 극장의 혼잡한 사람들 속에서 마르그리트는 오싹하는 한기를 느꼈다. 영혼을 흔들어대는 듯한 음악의 곡조는 아득히 먼 나라에서 들려오는 듯한 기분이었다. 마르그리트는 호화로운 레이스 스카프를 어깨까지 끌어올리고 마치 꿈을 꾸는 사람처럼 화려한 무대를 멍하니 바라보고 있었다.

한순간 마르그리트의 생각은 위기에 놓여 있는 사랑하는 오라버니로부터 이제까지 그녀가 신뢰하고 사랑할 의무를 가지고 있는 또 한 남성에게로 옮겨갔다. 아르망을 생각하며 고독한 마음과 두려움에 떨었다. 누구든 손을 뻗쳐 줄 사람, 위로해 줄 사람으로부터 격려받고 싶었다. 퍼시 블레이크니 경은 전에 나를 사랑해 주었어. 나의 남편이야. 어째서 내가 이런 무시무시한 시련을 혼자서 견뎌야만 한단 말인가? 과연 남편은 지능이 뛰어나지 못했지. 하지만 늠름한 사람이야. 그렇다, 내가 계략을 짜고 그가 남자다운 힘과 용감성으로 일에 임한다면, 이 교활한 외교관을 보기 좋게 따돌릴 수 있다. 동시에 저 영웅들의 작은 조직의 숭고한 지도자의 목숨을 위험에 놓이게 하지 않고, 쇼블랑의 복수에 찬 손아귀에서 인질이 된 아르망을 구해 낼 수 있을 거야. 퍼시 경은 생 제스트를 잘 알고 있는 걸, 뭐. 그도 좋아하는 모양이었어. 그렇다면 틀림없이 도와 줄 거야——하고 그녀는 굳게 믿었다.

쇼블랑은 이제 더 이상 그녀에게 주의를 돌리지 않았다. 잔혹한 '이것이냐 저것이냐'를 들고 나와, 뒷일은 그녀의 결단에 맡겨 버렸다. 이번에는 그가 '오르페우스'의 마음을 천 갈래 만 갈래 흩뜨려 놓는 듯한 선율에 황홀해졌는지, 뾰족한 족제비 같은 머리로 리듬을 맞추기 시작했다.

겁먹은 듯한 조심스러운 노크 소리에 마르그리트는 깊은 생각에서 깨어났다. 키가 후리후리하고 졸린 듯한 얼굴에 호인 같아 보이는 내성적이고 얼빠진 미소를 띤 퍼시 블레이크니 경이었다. 그러한 그는 그녀의 신경에 한없이 따갑게 달라붙는 것 같았다.

"당신을 태울 마차가 밖에서 기다리고 있소……여보." 듣기만 해도 화가 치밀어오를 것 같은 느릿느릿한 말투였다. "그 무도회인가 뭔가 하는 데 가고 싶어할 것이라고 생각했거든…… 아아, 이거 참 실례했습니다. 저, 쇼블랑 씨라고 하셨지요?……이거 그만 미처 알아보지 못했군요……."

퍼시 블레이크니 경이 박스에 들어서는 것보다도 한발 빠르게 일어나 서 있던 쇼블랑에게 갸름하고 흰 손가락을 두 개 내밀었다.

"벌써 일어나는 거요, 여보?"

"쉿 쉿." 장내 이곳저곳에서 노기 띤 비난의 소리가 튀어나왔다.

"실례했구먼." 퍼시 경은 호인다운 미소를 띠면서 중얼거렸다.

마르그리트는 초조하게 한숨을 폭 쉬었다. 자신의 마지막 희망이 갑자기 사라져 버린 것 같은 생각이 들었다. 그녀는 외투를 걸치고 남편의 얼굴도 보지 않고 "가요" 하고 팔을 잡으며 말했다. 복수의 문에서 뒤돌아서서 쇼블랑의 얼굴을 가만히 지켜보니, 그는 예모(禮

帽)를 들고 얇은 입술에 야릇한 미소를 띠면서 이 이상하고 좀처럼 어울리지 않는 부부의 뒤를 따르려 하고 있었다.

"그럼, 나중에 또, 쇼블랑." 그녀는 명랑하게 말했다. "그렌빌 외상의 무도회에서 뵙겠어요, 곧."

그렇게 말하는 그녀의 눈에서 이 교활한 프랑스 인은 틀림없이 만족할 만한 그 무엇인가를 깨달을 수 있었다. 그는 얼굴 가득히 미소를 띤 채 마음껏 코담배를 한 움큼 집고, 멋진 레이스 주름이 잡힌 옷의 먼지를 털어 내는 몸짓을 한 다음 뼈가 앙상하게 마른 손을 만족스럽게 마주잡고 비벼댔다.

그렌빌 외상 무도회

현재의 외상, 그렌빌 후작에 의해 베풀어진 역사적인 무도회는 이 해의 가장 화려한 행사였다. 가을 사교회 시즌이 막 시작된 때인 만큼 사람들에게 이름이 알려진 인물은 모조리 출석했고, 신사 숙녀들은 자신의 온 힘을 다 기울여 이 무도회에서 광채를 내려고 하였다.

황태자 프린스 오브 웨일스 전하도 참석할 것으로 알려져 있었다. 오페라가 끝나는 대로 곧장 이리로 올 참이었다. 그렌빌 외상 자신도 '오르페우스'의 처음 2막을 들은 다음, 무도회 회장으로 돌아와 손님을 맞을 준비를 하고 있었다. 10시에는——그 즈음으로서는 매우 늦은 시각이었는데——이국적인 종려나무며 꽃들로 아름답게 꾸며진 외무성의 큰 홀은 사람들로 넘칠 것이다. 춤을 위해 따로 마련된 별실에서는 수많은 지체 높은 신사 숙녀들의 명랑한 이야기 소리며 즐거운 웃음소리에 섞여 아름다운 미뉴에트의 곡조가 조용히 울려 퍼지고 있었다.

넓고 장대한 정면의 큰 계단을 다 올라간 작은 방에, 이곳의 유명한 주인이 서서 손님을 맞이했다. 유럽 각국에서 모인 명사, 미녀,

지체 높은 사람들이 벌써 주인 곁을 스쳐지나가면서 그 즈음의 과장된 풍습에 따라 주인과 우아한 눈짓이며 인사를 나누고 웃고 떠들면서 안쪽의 큰 무도장이나 접견실 또는 카드실로 흩어져 갔다.

그렌빌 외상의 바로 가까운 쪽 벽에 대어 놓은 테이블에 기대어, 한 점도 나무랄 데 없이 온통 까만 예복을 차려입은 쇼블랑이 화려한 사람들의 무리를 조용히 바라보고 있었다. 퍼시 부부가 아직 도착하지 않았음을 확인하고, 새로이 손님이 올 때마다 재빠르고 날카로운 노란 눈길을 문으로 쏟는 것이었다.

그는 조금 고립된 느낌으로 서 있었다. 몸서리치는 9월의 학살, 공포 정치, 무정부 상태 등의 보도가 해협을 건너오게끔 된 지금, 프랑스 혁명 정부의 사절이 영국에서 그다지 인기를 차지할 리가 없다.

공적인 자격에서는 영국 외교 계통에서 정중한 대접을 받기는 한다. 피트 수상도 그와 악수를 나눈 일이 있었다.

그렌빌 외상도 그를 여러 번 초대했었다. 그러나 런던 사교계의 가장 친한 서클은 그를 무시했으며, 여성들은 공공연히 그에게 등을 돌렸다. 정부 관계의 직무를 보고 있지 않은 인사에 이르러서는 악수조차도 하지 않았다.

그러나 쇼블랑은 그러한 사교상의 교제 따위에 마음을 쓸 만한 사나이는 아니었으며, 그런 것은 외교관 생활을 하고 있는 사람에게는 아무것도 아닌 하찮은 일이라고 생각했다. 그는 혁명에 의해 닥쳐오는 원인과 결과에 맹목적으로 열중하여 온갖 사회적인 차별에 혐오를 품고, 불타는 듯한 조국애를 가지고 있었다. 이러한 세 가지 감정이 있기 때문에 안개 짙은 구식 군주제를 고수하고 있는 영국으로부터 냉대를 받아도 초연할 수가 있었던 것이다.

그러나 그런 가운데서도 특히 쇼블랑은 마음속에 하나의 목적을 품고 있었다. 프랑스의 귀족이야말로 프랑스에서 가장 큰 적이라는 굳은 신념을 갖고, 귀족이라는 귀족은 한 사람도 남김없이 죽여 버리고 싶었다. 이 처참한 공포 시대가 계속되는 동안 "귀족 전체에서 머리가 하나뿐이면, 길로틴이 한 번만 번쩍이면 처리되고 만다" 는 저 역사적인 흉포한 외침을 누구보다도 먼저 소리친 한 사람이었다.

따라서 프랑스에서 보기 좋게 탈출해 온 귀족들은 모두 길로틴의 신세를 질 것을 뻔히 알면서 빼앗긴 먹이쯤으로 보고 있었다. 왕당파 망명자들은 국경을 용케 넘기만 하면, 온 힘을 다해 프랑스에 대한 외국의 분노를 부채질할 것은 의심할 여지가 없다. 영국, 벨기에, 네덜란드에 차례로 음모가 기도되어서 어떤 큰 '힘'을 움직여 혁명의 파리로 군대를 보내어 국왕 루이를 자유로운 몸으로 만들고, 저 괴물과도 같은 공화 정치의 냉혈적이고 잔인한 지도자들을 당장에 교수형에 처해 버리려는 노력이 계속되고 있었다.

그렇기 때문에 저 로맨틱하고 수수께끼에 싸인 '빨강 별꽃'이라는 인물이 쇼블랑에게 심한 증오의 대상이 된 것도 이상스럽게 생각할 필요는 없었다. 그와 그 지휘 아래 있는 소수의 풋내기들은 자금에 곤란을 느끼지 않고, 바닥을 헤아릴 수 없는 대담무쌍함과 치밀하고 간사한 지혜로써 수백 명에 이르는 귀족을 보기 좋게 속여 프랑스에서 탈출하게 했다. 영국 궁정의 정중한 환영을 받은 망명자들은 십중팔구 이 괴인 일당 덕분에 몸의 안전을 유지하고 있었다.

쇼블랑은 파리의 동지들에게 맹세했다. 이 괘씸한 영국인의 정체를 찾아내어 프랑스까지 끌어 내리라. 그렇게 하면……쇼블랑은 이 수수께끼의 괴인의 머리가 다른 반혁명 분자들과 마찬가지로 속절없이 단두대의 칼날 아래로 굴러 떨어지는 것을 상상하기만 해도 만족스러운 한숨이 절로 나왔다.

갑자기 밖의 크고 아름다운 큰 계단께가 떠들썩해지며 의전장(儀典長)의 높은 목소리가 들리더니 와자지껄하던 소리가 물을 끼얹은 듯이 뚝 멎었다.

"황태자 프린스 오브 웨일즈 전하, 그리고 수행하신 퍼시 블레이크니 경, 블레이크니 부인께서 들어오십니다."

그렌빌 외상은 이 귀빈을 맞이하기 위해 급히 문 밖으로 나갔다.

프린스 오브 웨일즈는 금실로 수를 놓은 호화로운 담홍색 비로드 예복 차림으로 마르그리트 블레이크니의 팔을 잡고 들어오고 있었다. 그 오른쪽에는 유행인 '엥크로와이어블' 스타일로 다듬은 호화롭고 광택 있는 크림빛 새틴 옷을 입은 퍼시 경이, 아름다운 금발에 파우더를 쓰지 않고 목과 손목에는 매우 값비싼 레이스를 달고서 납작한 예모를 안고 있었다.

두서너 마디 틀에 박힌 정중한 인사말을 한 다음 그렌빌 외상은 지체 높은 귀빈을 향해 말했다.

"전하, 프랑스 정부 전권대사 쇼블랑 씨를 소개드립니다."

황태자가 들어왔을 때 곧 쇼블랑은 이렇게 될 것을 짐작하고 앞으로 나와 있었다. 그가 매우 깊숙이 머리를 수그린 데 대하여 황태자는 무뚝뚝하게 고개를 끄덕이는 것으로 인사를 받았다.

"무슈." 황태자는 냉랭하게 말했다. "우리는 당신을 파견한 정부에 대한 것은 염두에 두지 않고, 당신을 단순히 우리의 손님으로서, 프랑스에서 와 주신 개인적인 신사로 생각하기로 하겠소. 그런 의미로 잘 오셨소."

"전하." 쇼블랑은 또다시 머리를 숙여 답례했다. 그리고 마담 마르그리트의 앞에 의식을 차려 머리를 숙였다.

"어머나, 반가워요, 쇼블랑!" 그녀는 아무렇지 않은 명랑한 태도로 작은 손을 그에게 내밀었다. "이분과 저는 오랜 친구랍니다, 전하."

"아아, 그래요? 그렇다면 더욱 잘 오셨소." 황태자는 이번에는 매우 점잖게 말했다.

"따로 전하께 꼭 소개 드리고 싶은 분이 기다리고 있습니다……."
그렌빌 외상이 가운데 끼어들었다.

"호! 누굽니까?" 황태자가 물었다.

"파슬리브의 드 튀르네 백작 부인과 그 가족으로, 얼마 전에 프랑스에서 오셨습니다."

"부디 소개해 주시오, 그렇다면 역시 행운아들이시군요!"

그렌빌 외상은 백작 부인이 어디에 있는가 하고 뒤돌아보았다. 부인은 방 맨 끝에 조용히 서 있었다.

"저런!" 황태자는 딱딱하게 굳어 있는 노부인의 모습을 보고 마르그리트에게 소곤거렸다. "참 못 견디겠군. 온 몸이 도덕의 덩어리 같아. 게다가 몹시 우울해 보이잖소."

"정말입니다, 전하." 마르그리트는 미소를 띠면서 대답했다. "도덕이란 귀중한 향수와도 같은 것이라서 짜부라졌을 때 가장 향기를 뿜는 법이지요."

"아니, 도덕이란 아름다운 여성에게는 도무지 어울리지 않소."

황태자는 후유 한숨을 쉬었다.

"파슬리브의 드 튀르네 백작 부인이십니다."

그렌빌 외상이 황태자에게 소개했다.

"영광입니다, 마담. 아시는 바와 같이 저의 부친이신 영국 황제는 프랑스가 추방한 분들을 맞는 것을 언제나 매우 기뻐하십니다."

"참으로 인자하십니다." 백작 부인은 신분에 맞는 위엄 있는 태도로 말했다. 그리고는 곁에 겁먹은 태도로 서 있는 딸을 가리켰다.

"딸아이 수잔입니다, 전하."

"아아, 아름답소! 아름다우신 아가씨군요!" 황태자가 말했다.

"그럼, 이번에는 백작 부인, 우리가 교제를 청하고 있는 블레이크니 부인을 소개해 드리지요, 두 분이시라면 서로 말씀을 나누실 일도 많으리라고 생각합니다. 블레이크니 부인과 같은 나라에서 오신 분이시라면 더욱 더 우리도 환영하는 바입니다. 부인의 친구는 우리의 친구이고 부인의 적은 영국의 적이니까요."

지체 높은 분의 깊고 두터운 은혜의 말에 마르그리트의 파란 눈은 즐거운 듯이 깜박거리고 있었다. 바로 얼마 전, 그토록 밉살스럽게 자리를 모욕한 드 튀르네 백작 부인은 이 자리에서 이른바 사교상의 가르침을 받고 있는 셈이므로, 그것을 보고 마르그리트는 통쾌해서 견딜 수가 없었다.

그러나 백작 부인은 왕실에 대하여 거의 신앙에 가까운 숭배와 공경하는 마음을 가지고 있어 궁정의 예의범절도 잘 알고 있었으므로, 조금도 이성을 잃지 않은 태도로 마르그리트 앞에 예의를 갖추어 허리를 굽혔다.

"전하께서는 언제나 인자하십니다, 마담." 마르그리트는 새침하게 그러나 몹시 장난스레 짓궂은 빛을 파란 눈에 띠고 눈을 깜박거리면서 말했다. "하지만 여기서는 전하의 배려에 마음 쓰시지 않아도 좋아요…… 지난번에 만나 뵈었을 때, 부인의 다정하신 접대를 아직까지도 기분 좋게 기억하고 있으니까요."

"우리들 불쌍한 망명자들은 전하가 기대하시는 바에 따르는 것으로 영국에 대한 감사를 나타내고 있습니다."

백작 부인은 싸늘하게 대답했다.

"마담!" 마르그리트는 또다시 공손하게 허리를 굽혔다.

"마담." 백작 부인도 똑같이 위엄을 보이며 대답했다.

황태자는 그동안, 젊은 자작에게 몇 마디 은혜의 말을 해 주고 있었다.

"가까이 지낼 수 있게 되어 기쁘게 생각하오, 자작. 아버님께서 대사로서 런던에 계시던 무렵을 잘 알고 있소."

"아아, 전하." 자작은 대답했다. "저는 아직 매우 어립니다만……지금 이렇게 뵙게 된 것은 모두 '빨강 별꽃' 덕분입니다."

"쉿!" 황태자는 쇼블랑을 가리키며 진지한 표정으로 재빨리 말을 가로막았다. 조금 떨어져 서 있던 쇼블랑은 이 잠깐 동안의 대화를 나누는 동안, 재미있는 듯한 짓궂은 미소를 얇은 입술에 띠고 마르그리트와 백작 부인을 유심히 바라보고 있었던 것이다.

"아니, 전하." 이번에는 쇼블랑이 황태자의 도발에 응하듯이 말했다. "부디 이 신사의 감사하는 마음을 막지 마십시오. 그 흥미로운 꽃의 이름은 저 그리고 프랑스에도 잘 알려져 있으니까요."

황태자는 한참 동안 그를 날카로운 눈길로 쏘아보고 있었다.

"과연. 그렇다면 무슈, 당신은 틀림없이 우리의 국민적 영웅에 대한 것을 우리 이상으로 자세히 아시겠지요? 아니, 그가 어떤 자인지를 알고 계실지도 모르겠구려. 저것 좀 보시오!" 황태자는 방 여기저기에 무리지어 있는 사람들 쪽을 보면서 말했다. "아가씨들은 당신이 무슨 말을 하는지 정신없이 당신의 입매를 보고 있소. 여러분의 호기심을 만족시켜 드릴 수 있다면 당신은 여성들의 인기를 얻으실 것이오."

"아니, 전하. 프랑스에서는 전하야말로 저 수수께끼의 꽃에 대해 마음만 있으시면 진상을 밝히실 수 있을 것이라고 평판이 자자합니다." 쇼블랑은 의미 있게 말했다.

그러고 나서 그는 흘끗 날카롭게 마르그리트를 보았다. 그러나 그녀는 조금도 감정을 보이지 않고 두려운 빛도 없이 상대의 눈길을 받아내고 있었다.

"아니, 이것 보오." 황태자가 말했다. "내 입은 아주 무겁소! 게다가 부하들은 지도자의 비밀을 어디까지나 지키려 하고 있소……

그러니까 그들을 숭배하는 아름다운 분들은 환영(幻影)을 숭배하는 것으로 만족해야만 하는 것이오." 황태자는 놀라운 매력과 위엄을 섞어서 덧붙여 말했다. "이곳 영국에서는 말이오, 무슈. '빨강 별꽃'이라는 이름을 다만 입에 담기만 해도 모든 사람들이 아름다운 뺨을 살짝 붉힐 정도로 열광한다오. 그의 충실한 부하 말고는 누구 한 사람도 그를 본 이가 없소. 키가 큰지 작은지, 금발인지 검은 머리인지, 미남인지 못생긴 사나이인지 전혀 알지 못하오. 그러나 그가 온 세상에서 가장 용감한 신사라는 것만은 알고 있소. 그래서 그가 영국인이라는 것을 생각하면 얼마쯤 자랑도 하고 싶어지는 것이오, 무슈."

"아아, 쇼블랑." 마르그리트도 좀처럼 동요하지 않는 스핑크스와도 같은 이 프랑스 인의 얼굴에 도전하는 듯한 눈길을 보내며 덧붙였다. "전하께서는 한 말씀 더 해주셔야겠습니다. 다시 말해서 저희들 여성은 그를 고대의 영웅처럼 생각하고 있다는 사실을…… 그를 숭배하고……그의 배지를 달고……그가 위험에 빠졌을 때는 그를 위해 몸을 떨고, 그가 승리한 날에는 그와 함께 기뻐한다는 것도."

쇼블랑은 황태자와 마르그리트를 향해 조용히 머리를 숙여 보였을 뿐이었다. 그는 이 두 사람의 말에서——저마다의 형태로——모욕과 도전을 나타내려고 한 것을 느꼈다. 놀기 좋아하고 나태한 황태자를 그는 경멸하고 있었다. 루비와 다이아몬드를 박은 작고 빨간 꽃 장식을 금발에 달고 있는 이 아름다운 여자—— 이 여자를 단단히 쥐고 있자. 그리고 잠자코 일이 되어 가는 대로 기다리고 있기만 하면 된다.

이 자리에 있던 사람들 위로 눈사태가 떨어져내리듯 느닷없이 침묵을 깨뜨리며 길고 명랑한 얼빠진 웃음소리가 일어났다.

"그런데 우리들 가엾은 남편들은 여자들이 하찮은 환영을 숭배하고 있는 동안, 손가락을 입에 물고 우두커니 서 있는 형편이오." 호화롭게 차려입은 퍼시 경의 입에서 느릿느릿 빈정거리는 악센트의 말이 튀어나왔다.

모두들 웃었다. 황태자가 누구보다도 큰소리로 웃었다. 머쓱해진 긴장이 풀리고 다음 순간에는 누구나가 즐겁게 웃고 떠들면서 화려한 사람들의 무리가 몇 조로 나누어져서 저마다 이웃 방으로 흩어져 갔다.

지령

마르그리트의 마음속은 매우 혼란스러웠지만 마구 웃으며 떠들었다. 그녀는 다른 부인들보다 인기도 있었고 모든 사람에게 둘러싸여 사랑받고 있었다. 그러면서도 마치 사형 선고를 받은 사람이 이 세상에서 마지막 남은 하루를 보내고 있는 듯한 기분이었다.

신경이 아플 정도로 긴장되어 있었다. 그 긴장은 오페라에서 무도회에 올 때까지 남편과 있었던 그 얼마 되지 않는 동안 백 배나 더해 있었다. 아주 조금 비쳤던 희망의 빛은――이 선량하고 머리가 둔한 사람이라도 둘도 없는 친구, 좋은 의논 상대가 되어 줄지도 모른다는 생각은――단둘만이 있게 된 순간 순식간에 사라졌다. 마치 동물이나 충실한 하인에 대하여 갖는 것과도 같은 악의 없는 경멸하는 마음이었다. 자기는 가슴이 터질 듯한 위기에 직면하고 있다. 이때야말로 자기 마음의 지주가 될 사람. 멀리 떨어져 생명의 위험 앞에 놓여 있는 아르망 오라버니와 그 몸의 안전 대신 쇼블랑으로부터 강제된 좋지 않은 일에 대한 공포 사이에 끼어 여자답게 마음을 앓고 있는 지금 자기에게 냉정한 의논 상대가 되어야 할 인물, 그러한 인물에게서 약간의 경멸을 품은 미소와 함께 얼굴을 돌려 버리고 말았던 것이다.

그녀에게 있어 마음의 지주이며 냉정한 의논 상대여야 할 그가 바로 그곳에, 그것도 머리가 텅 빈 하잘 것 없는 젊은 신사들에게 둘러싸여 있다. 그들은 퍼시 경이 바로 지금 들려 준 어이없는 시를 사뭇 기쁜 듯이 저마다 되풀이하고 있었다.

어디를 가나, 이 하찮은 시로 한참 떠들썩했다. 이것 말고는 화제가 없는 듯했고, 황태자까지 웃으면서 그녀를 향해 조금 전에 주인께서 발표한 시를 훌륭한 솜씨로 생각하지 않느냐고 묻는 형편이었다.

"뭘, 얼핏 만들었지. 넥타이를 매는 사이에 말이야."

퍼시 경은 삥 둘러선 사람들에게 말했다.

여기인가 하면 또 저기,
프랑스 인 녀석도 찾아다닌다.
하늘에 있는가 지옥에 있는가,
자취를 알 수 없는 빨강 별꽃.

퍼시의 시는 와자한 온 객실에 퍼져 갔다. 황태자는 매우 마음 흐뭇해했다. 블레이크니가 없다면 이 세상은 황막한 사막이라고까지 말했던 것이다. 그런 다음 그의 팔을 잡고, 카드실로 데리고 가서 오랫동안 노름을 했다.

퍼시에게, 대개의 사교상의 모임에서 가장 흥미 있는 것은 카드 테이블인 듯, 아내가 마음껏 남자를 상대로 입으로만의 달콤한 말을 주고받고, 춤을 추고, 즐거워하고, 심심해하도록 마음대로 내버려 두었다. 오늘 저녁도 그 시를 들려 준 뒤로는 마르그리트를 늙은이 젊은이가 섞인 숭배자들에게 에워싸인 채로 내버려 두었다. 이 사람들은 어리석게도 유럽에서 으뜸가는 재녀가 영국의 멋없는 결혼 생활에 완전히 자리잡은 것이라고 생각하고 있는, 키 크고 얼빠진 사나이가 이 넓디넓은 객실 한구석에 존재하고 있는 것을 어떻게든지 그녀로 하여 금 잊게 하려고 무척 애를 쓰고 있었다.

아직도 팽팽히 긴장하고 있는 신경, 흥분과 초조감에 쫓기고 있는 아름다운 마르그리트 블레이크니의 모습은 한층 더 매혹적이었다. 나이와 국적을 초월한 혼성 부대와도 흡사한 사람들의 에스코트를 받으며 지나치는 모든 사람들로부터 찬미하는 말을 들었다.

이제 더 이상 골똘히 생각하는 것은 그만두리라고 생각했다. 이전의 조금도 구속받지 않고 멋대로 굴었던 생활에서 얼마쯤 숙명론자가 되어 있는 마르그리트였다. 일은 자연히 되어 가는 대로 맡기는 수밖에 없다. 사태는 자신의 힘으로는 벅찬 것이라고 생각되었다. 쇼블랑에게서는 한 조각의 동정도 기대할 수 없었다. 아르망의 목에 배상금을 걸고, 그것을 지불할 것인지 아닌지 하는 것은 이쪽의 선택에 맡기는 그러한 사나이였다.

그날 밤도 꽤나 이슥해졌을 때, 마르그리트는 앤드류 포크스 경과 앤토니 듀하스트 경의 모습을 보았는데, 그들은 그때 막 도착한 참인 듯했다. 앤드류 경은 사랑스러운 수잔 드 튀르네를 향해 곧장 걸어갔다. 이윽고 젊은 두 사람은 칸막이 창문의 깊숙한 틈 사이에 가까스로 둘만이 있게 되어 끝날 줄 모르는 이야기를 나누기 시작한 것을 보았다. 둘 다 옆에서 보기에도 열심이고 즐거운 것 같았다.

청년들은 둘 다 조금 여위고 불안해 보였다. 그러나 다른 점에서는 옷차림도 나무랄 데 없고, 우아한 태도 어느 구석에 자기들과 지도자의 신변에 불쾌한 재난의 기운이 감돌고 있는 것을 느끼고 있을 것이 틀림없는데도 그런 모습은 전혀 볼 수 없었다.

마르그리트는 '빨강 별꽃' 조직이 목적을 버릴 생각은 조금도 없다는 것을 수잔의 입으로부터 듣고 있었다. 수잔도 그 어머니도 며칠

안에 드 튀르네 백작을 프랑스로부터 구출할 것을 약속했다고 공공연히 말하고 있었다. 마르그리트는 화려하게 빛나는 무도실에 모여 있는 화사하고 유행의 첨단을 걷는 사교계 사람들을 바라보면서, 자기의 둘레에 있는 이 속된 사람들 가운데 누가 그토록 대담무쌍한 모략의 실을 당기고 있으며 수많은 귀중한 생명을 손아귀에 쥐고 있는 '빨강 별꽃'일까 하고 멍하니 생각하기 시작했다.

그 삶의 정체를 알고 싶다는 불타는 호기심이 그녀를 사로잡았다. 벌써 여러 달이나 그에 대한 말을 들어 왔다. 사교계의 누구나 다 이름도 모르는 채 그에 관한 이야기를 하거나 들어왔다. 지금은 그녀는 똑똑히 알고 싶어서 견딜 수가 없었다. 그것도 이해 관계를 떠나, 아르망과 관계없이, 하물며 쇼블랑에게는 전혀 관계없이 다만 자신을 위해, 그 용감함과 기지에 대해 언제나 바쳐 온 열렬한 마음속의 생각을 위해.

물론 이 무도회장 어디엔가 있다. 앤드류 포크스 경도 앤토니 듀하스트 경도 여기에 와 있어, 지도자를 만나 아마도 새로운 지령을 기다릴 것이 확실하니까.

마르그리트는 주위의 사람들을 둘러보았다. 귀족적이고, 말 붙여 볼 나위도 없는 노르만 계통의 얼굴, 어깨를 으쓱거리는 금발의 색슨 계. 그보다도 다정하고 유머러스한 성격의 켈트 계. 그 가운데 누가 저 역량과 에너지와 명석한 두뇌로 황태자까지도 그 중의 한 사람이라고 소문이 나도는 한 무리의 영국 귀족을 생각대로 지도하고 있는 것일까?

앤드류 포크스 경일까? 설마 그럴 리는 없다. 왜냐하면 모처럼 즐거운 이야기를 하고 있다가 엄한 어머니에게 끌려가 버린 가엾은 수잔의 뒷모습을 안타깝고 속상한 듯 저토록 다정한 파란 눈으로 뒤쫓고 있는걸. 이쪽에서 가만히 보고 있으니까 수잔의 사랑스러운 작은 모습이 사람들에게 가려지자 앤드류 경은 어깨를 떨구고 가까스로 눈길을 떼어 무엇인가 목적도 없이 쓸쓸하게 서 있었다.

이윽고 앤드류 경은 저쪽의 부인들 방으로 통하는 문으로 건들건들 걸어가, 그곳에서 발을 멈추자 문에 기대어 아직도 불안한 얼굴로 주위를 둘러보고 있었다.

그 순간 마르그리트는, 자기의 상대가 되어 좀처럼 정신을 다른 데로 돌리지 않는 사나이에게서 교묘하게 빠져나와 화려한 사람들의 무리를 뻥 돌아서 앤드류 경이 기대고 있는 문으로 다가갔다. 어째서 앤드류 경의 가까이로 가고 싶은 생각이 들었는지 그녀 자신도 확실히 알 수 없었다. 아마도 많은 사람들의 운명을 지배하고 있는 전능한 운명이라는 것에 의해 움직여진 게 아닐까.

문득 걸음을 멈추었다. 심장이 딱 멎는 것 같았다. 커다랗게 부릅 뜬 더할 수 없이 흥분한 눈이 한순간 그 문을 향해 번쩍 빛나다가 순식간에 본디대로 되돌아왔다. 앤드류 포크스 경은 아직 방심한 듯 문에 기대어 있었다. 마르그리트는 헤이스팅즈 경——젊은 플레이보이이며 남편의 친구이자 황태자의 친구 가운데 한 사람——이 앤드류의 앞을 지나칠 때 그 손에 뭔가 슬쩍 쥐어 주는 것을 똑똑히 보았던 것이다.

조금만 더 길었다면——아아! 그것은 눈 깜짝할 사이의 일이었다. 마르그리트는 걸음을 멈추고 있었다. 다음 순간 그녀는 놀라울 정도로 아무렇지도 않은 태도로 다시 걷기 시작하여 방을 지나갔다. 그러나 이번에는 좀더 걸음을 빨리하여, 지금 막 앤드류 경의 모습이 사라진 문으로 향하고 있었다.

이것은 앤드류 경이 문에 기대어 있는 것을 마르그리트가 발견한 뒤, 저쪽 작은 방으로 뒤를 밟아 가기까지 겨우 1분도 채 못 되는 사이의 일이었다. 운명은 일격을 가할 때 언제나 신속히 일을 진행시킨다.

이리하여 블레이크니 부인은 갑자기 존재하지 않게 되었다. 그곳에 있는 것은 마르그리트 생 제스트일 뿐이었다. 어린 시절과 소녀 시절을 아르망 오라버니의 보호 아래 지낸 마르그리트 생 제스트, 다른 모든 것을 잊었다. 자신의 신분도, 품위도, 가슴 속에 담은 정열도.

아르망이 위험에 직면하고 있다. 그리고 겨우 스무 걸음도 채 떨어져 있지 않은 인기척 없는 작은 방 안에 있는 앤드류 포크스 경의 손 안에 오라버니의 목숨을 구하는 부적이 쥐어져 있을지도 모른다── 그것뿐이었다.

헤이스팅즈 경이 앤드류 경의 손에 뭔가 기묘한 것을 슬쩍 쥐어 주었을 때로부터 그녀가 그 인기척 없는 방으로 들어갈 때까지는 겨우 30초쯤밖에 되지 않았다.

아무에게도 들키지 않았다. 부드럽고 살에 달라붙는 듯한 로브는 폭신한 융단 위에서 조그마한 소리 하나 내지 않았다. 목적을 다할 때까지는 숨조차도 쉬지 않았다. 마르그리트는 살그머니 앤드류 경의 등 뒤로 다가갔다. ──바로 그 순간 앤드류 경은 홱 뒤돌아보았다. 마르그리트는 신음 소리를 내며 손을 이마에 대고 나지막하게 중얼거렸다.

"어쩌면 방이 이렇게 덥담……정신이 아득해질 것 같아……아아!"

다리가 휘청거려서 하마터면 쓰러질 것 같은 모습이었다. 앤드류 경은 곧 읽고 있던 종이쪽지를 손 안에 구겨 쥐며 당황하여 그녀를 부축했는데, 쓰러지는 것을 가까스로 막았다.

"기분이 나쁘십니까, 블레이크니 부인?" 앤드류 경은 몹시 걱정스러운 듯 물었다. "저어……."

"아니에요, 아무것도 아니에요, 아무것도……." 그녀는 급히 말을 가로막았다. "의자를……빨리."

마르그리트는 테이블 옆의 의자에 쓰러져 얼굴을 뒤로 젖히고 눈을 감았다.

"아아!" 하고 그녀는 아직도 약하디 약한 소리로 중얼거리듯이 말했다. "가까스로 어지러움이 멎었어요…… 나에게 신경 쓰지 마세요, 앤드류 경. 정말로 이제는 훨씬 기분이 좋아졌어요." 마르그리트는 여전히 조그맣게 소곤거렸다.

이런 경우에는——현재 심리학자도 단언하고 있지만 분명히 오감과는 전혀 관계없는 한 감각이 작용하는 법이다. 시각도 아니고, 청각이나 촉각도 아니다. 그러나 그 셋을 한데 합친 만큼의 작용을 하는 모양이다. 마르그리트는 단단히 눈을 감고 앉아 있었다. 앤드류 경은 바로 뒤에 서 있었다. 오른쪽에는 다섯 갈래로 갈라진 가지가 달린 촛대가 놓인 테이블이 있었다. 그녀의 마음의 눈에는 아르망의 얼굴 말고는 아무것도 비쳐 있지 않았다. 벌써 절박한 위험 앞에 목숨이 놓여 있는 아르망, 들끓는 파리의 군중, 프랑스 인민의 이름으로 아르망의 사형을 논고하는 검사, 휘케 탕비르, 인민 공안위원회의 살풍경한 벽, 다음의 먹이를 기다리고 있는 피에 물든 음침한 길로틴, 그러한 배경이 희미하게 나타나고 그 속에서 이쪽을 뚫어지게 바라보고 있는 아르망!

순간, 이 작은 방에 무거운 침묵이 꽉 찼다. 저쪽의 밝은 무도실에서는 가보트의 달콤한 곡조며 호화로운 옷자락 스치는 소리, 많은 사람들의 즐거운 웃음소리며 웅성거림이 이 방 안에서 공연되고 있는 기묘하고 괴상한 드라마의 반주가 되고 있다.

앤드류 경은 아무 말도 하지 않았다. 이때, 마르그리트 블레이크니의 마음속에 그 초감각이라고도 할 만한 것이 작용했다. 눈을 감고 있으니까 물론 볼 수는 없었다. 무도회의 웅성거림이 저 중대한 종이 조각의 희미한 소리를 지워 버렸으므로 그녀의 귀는 소리를 분간해

들을 수는 없었다. 그럼에도 불구하고 자신의 눈으로 확인하고 귀로 알아들을 것처럼 앤드류 경이 바로 이때 그 종이 조각을 촛불에 대는 걸 알았던 것이다.

불이 옮겨 붙은 순간, 그녀는 반짝 눈을 뜨고 손을 들어 부드럽고 갸름한 두 개의 손가락으로 벌써 불이 붙기 시작한 종이 조각을 청년의 손에서 빼앗았다. 곧 불을 불어 끄고 아무렇지도 않은 태도로 종이 조각을 코에 갖다댔다.

"정말로 머리가 잘 도시는군요, 앤드류 경." 마르그리트는 쾌활하게 말했다. "어지러울 때 종이를 태워 냄새를 맡으면 낫는다고 가르쳐 주신 것은 틀림없이 당신의 할머니시지요?"

보석 반지를 여러 개 낀 손가락으로 단단히 그 종이를 움켜쥐면서 만족스러운 듯 가볍게 숨을 쉬었다. 이 부적이 아마도 틀림없이 오빠의 목숨을 구해 줄 거야. 앤드류 경은 대체 무슨 일이 일어났는지 생각하려고 해도 한참 동안은 멍해져서 그녀를 물끄러미 바라보고만 있었다. 너무나 놀라움이 컸기 때문에 이 여성의 고운 손에 쥐어진 종이가 자기 동지의 생사에 관계된 것이라는 사실이 마음속에서 고스란히 떠나 버린 모양이다.

마르그리트는 우스워서 참을 수 없는 듯 오랫동안 웃고 있었다.

"어째서 그렇게 나를 물끄러미 보시는 거죠?" 그녀는 장난스럽게 말했다. "정말로 기분이 훨씬 좋아졌어요. 당신의 치료법은 매우 효과가 있었어요. 이 방은 매우 서늘해요." 그녀는 완전히 침착해진 태도로 덧붙여 말했다. "게다가 무도실에서 흘러나오는 가보트, 황홀해져서 기분이 풀리는군요."

그녀가 아주 순진하게 기쁜 듯 이야기하고 있는 동안, 앤드류 경은 마음속에 괴로움이 생겨나, 이 아름다운 여성의 손에서 어떻게 하면 밀서를 다시 찾을 수 있을까 머리를 짜내고 있었다. 문득 생각지도 못했던 불안한 생각이 머릿속을 스쳐 갔다. 불쑥 그녀의 국적이 생각났다. 좀더 나쁜 것은 드 생 시일 후작에 관계된 그 끔찍스러운 이야기——영국에서는 퍼시 경을 위해서나 그녀 자신을 위해서나, 아무도 믿지 않았지만——가 불현듯 되살아났던 것이다.

"어머나! 아직 꿈을 꾸시느라고 물끄러미 보시나요?" 마르그리트는 쾌활하게 웃으면서 말했다. "참으로 무례하시군요, 앤드류 경. 아아, 이제 알았어요. 이제 알았어요. 아까 저를 보셨을 때 기뻐서가 아니라 깜짝 놀라신 거로군요. 역시 그렇군요. 이 작은 종이를 태운 것은 제 몸을 염려해 주셨기 때문도 아니고, 할머니께서 배운 치료법 때문도 아니었군요. 알뜰히 생각하신 분의 잔혹한 절교장을 태우려고 하셨던 것임에 틀림없어요. 자, 솔직히 고백하세요." 마르그리트는 놀리듯이 종이를 높이 쳐들어 보였다. "여기에 그분의 마지막 작별의 말이 씌어 있나 보지요? 아니면 키스하고 화해하자는 마지막 부탁인가요?"

"어느 쪽이든 블레이크니 부인, 그 작은 종이쪽지는 분명히 제 것입니다……."

앤드류 경은 가까스로 자신을 되찾았다.

자신의 행동이 부인에 대해 무례한 것인지 어떤지를 분간하지도 못하고 청년은 종이를 잡아채려고 했다. 그러나 마르그리트의 머릿속 생각이 그보다 빨랐다. 그녀의 동작은 심한 흥분에 쫓기고 있었기 때문에 훨씬 민첩하고 확실했다. 키가 크고 힘도 세었다. 날쌔게 뒤로 물러섰다. 그때 위가 무거워져 있던 작은 셸라튼 테이블(18세기의 가구로 셸라튼이 제작한 것. 지금도 이 스타일의 가구는 골동품상뿐만 아니라 런던의 가구상에도 있다)에 부딪쳤다. 위에 놓여 있던 큼직한 촛대와 함께 테이블이 쓰러졌다.

마르그리트는 그 순간 놀라움에 찬 외침 소리를 질렀다.

"촛불이, 앤드류 경! 빨리!"

대단한 피해는 없었다. 촛대가 넘어졌을 때 촛불이 한두 개 꺼지고, 나머지 초가 값비싼 융단에 뚝뚝 촛농을 떨어뜨렸을 뿐이었다. 촛불 가운데 하나가 종이 갓에 옮아 붙었다. 앤드류 경은 급히 불을 끄고 촛대를 테이블에 다시 가져다 놓았다. 그러나 덕분에 그럭저럭 몇 초가 걸리고 말았다. 그 몇 초 사이에 마르그리트는 밀서를 재빨리 훑어보았다. 그 내용은 빨간 잉크로 그린 별 모양의 꽃무늬——아까 보았던 것과 같은 난잡한 필적으로 갈겨 쓴 몇 마디의 말과 역시 같은 꽃무늬——를 읽을 수 있었다.

앤드류 경이 다시 그녀에게로 눈길을 옮겼을 때, 그녀의 머리에 있었던 것은 이 돌발적인 일로 놀란 표정과 무사히 끝나서 다행이라는 안도의 빛뿐이었다. 한편, 저 아주 작고 중요한 밀서는 손에서 미끄러져 떨어진 듯 마룻바닥에서 나풀거렸다. 앤드류 경은 정신없이 그것을 주워 올려 단단히 움켜쥔 청년의 얼굴에도 커다란 안도의 빛이 퍼져 왔다.

"너무하시는군요, 앤드류 경." 그녀는 일부러 한숨을 쉬고, 머리를 가로저어 보이면서 말했다. "어느 분인지 다감하신 공작 부인의 마음에 상처를 주면서, 다른 한편으로는 나의 소중한 수잔의 꿈을 정복하고 계시는군요. 틀림없이 사랑의 신 큐핏이 당신의 편을 들어 주신 거예요. 그러니까 이 사랑의 글이 나의 무례한 눈으로 더럽혀지지 않도록 일부러 내 손에서 떨어지게 하려고 이 외무성을 고스란히 태워 버리려고 하신 거예요. 하마터면 사랑에 몸을 그르칠 공작부인의 비밀을 알 뻔했는데 말예요."

"실례지만, 블레이크니 부인." 앤드류 경도 그녀 못지않게 침착성을 되찾고 있었다. "당신 덕분에 중단된 흥미 있는 작업을 계속해도 좋겠습니까?"

"아아, 네, 좋아요. 앤드류 경! 이번에는 사랑의 신의 방해를 하지 않겠어요. 주제넘은 짓을 하면 나는 틀림없이 심한 벌을 받을 거예요. 사랑의 흔적을 태워 버리세요. 자, 어서요!"

앤드류 경은 그 종이쪽지를 기다랗게 비틀더니 남아 있는 촛불에 다시 갖다댔다. 그는 빨리 태워 버리려는 급한 마음 때문에 아름다운 상대의 얼굴에 기묘한 미소가 떠올라 있는 것도 깨닫지 못했다. 그것을 알았다면 앤드류 경의 얼굴에서 안도의 빛이 사라져 버렸을 것이다. 그는 운명의 밀서가 불길에 타들어가는 것을 지켜보고 있었다. 이윽고 마지막 쪽지도 마룻바닥에 떨어져 탔다. 앤드류 경은 발꿈치로 그 재를 밟았다.

"아아, 앤드류 경." 마르그리트 블레이크니는 참으로 그녀다운 아름답고 거북하지 않은 태도로, 사람의 마음을 한순간에 사로잡는 미소를 띠면서 말했다. "나와 미뉴에트를 추어 당신의 아름다운 연인의 마음에 질투하는 마음을 갖게 해 주기로 해요."

이것이냐, 저것이냐

마르그리트 블레이크니는 가까스로 읽은 절반쯤 타다 남은 종이에
있던 몇 마디의 말이 조금도 과장됨이 없이 '운명'의 말인 것 같이 느
껴졌다. "나 자신도 내일 출발"——이것은 매우 똑똑히 읽을 수 있
었으나, 나머지는 촛불 연기로 그을어서 다음 몇 마디가 희미해져 있
었다. 그러나 그 바로 앞에 분명하게 읽을 수 있는 글귀가 있었다.
"만일 또다시 이야기가 있으면 정각 1시에 있겠음." 전면에 걸쳐 급
히 갈겨 쓴 조그만 꽃무늬——그녀에게는 완전히 눈에 익은 별 모양
의 작은 꽃이 있었다.

정각 1시! 시각은 이미 11시에 가까웠고, 마지막 미뉴에트의 곡
조에 맞추어 앤드류 포크스 경과 아름다운 블레이크니 부인이 남녀
커플의 맨 앞에 서서 아름답고 복잡한 모습으로 춤을 추고 있는 참이
었다.

11시가 가깝다! 훌륭한 루이 15세 시계 바늘은 황동대(黃銅臺)
위에서 미친 듯한 속도로 돌고 있는 것 같았다. 앞으로 2시간, 그것
으로 그녀와 아르망의 운명이 결정되고 마는 것이다. 이렇게 멋지게

손에 넣은 정보를 자기의 가슴에만 담아 둔 채 오라버니를 그 운명에 맡겨 버리는가, 아니면 자신의 한몸을 동포에게 바친 고귀하고 중대하며 더욱이 한점의 의문도 갖지 않는 저 용감한 사람을 배신하는가를 2시간 안에 결심해야만 한다. 그것은 무서운 과제였다! 하지만 아르망! 아르망도 역시 기품 있고 용감한 사람이다. 게다가 한점의 의문도 갖고 있지 않다. 그리고 아르망은 나를 사랑하고 있다. 자신의 목숨을 기꺼이 내 손에 맡겨 줄 것이다. 그런데 지금 오라버니를 죽음에서 구할 수 있을 때에 와서 그녀는 망설이고 있다. 아아! 큰일 날 일이다. 오라버니의 다정하고 조용하며, 누이동생에 대한 사랑으로 넘치는 얼굴이 나무라듯이 이쪽을 뚫어지게 보고 있는 것 같았다.

"나를 구하려고 생각하면 구할 수 있을 것을, 마르그리트!" 오빠가 그렇게 말하는 것 같았다. "그런데도 알지도 못하고 본 적도 없는 남의 목숨을 구하고, 나를 길로틴에 보내면서까지 그 사람의 안전을 도모해 주었구나!"

이렇게 서로 다투는 상념이 마르그리트의 머릿속에서 미친 듯 소용돌이치건만, 그녀는 입술에 미소를 띠고 미뉴에트의 우아하고 복잡한 길을 미끄러지듯이 나아갔다. 그녀는 저 독특한 날카로운 직감으로 보기 좋게 앤드류 경의 위태로움을 완전히 가라앉혀 버린 것을 알아차렸다. 그녀는 자기를 완벽하게 억제하고 있었다. 이 순간, 그리고 이 미뉴에트가 연주되고 있는 동안은 일찍이 코미디 프랑세즈의 무대에서 연기했던 것보다도 훨씬 뛰어난 여배우였다. 그것은 당연한 일이다. 그 무렵은 사랑하는 오라버니의 목숨이 그녀의 여배우로서의 연기에 걸려 있지 않았던 것이다.

본디 연기 과잉이 될 만큼 어리석지는 않다. 앤드류 경은 그 5분 동안 살아 있는 것 같지도 않게 괴로워했으면서도 그 원인이 된 있지도 않은 사랑의 편지에 관해서는 이제 더 이상 말하지 않았다. 자신의 밝은 미소에 상대의 불안이 완전히 녹아 버리는 것을 그녀는 지켜보고 있었다. 이윽고 이 순간 어떤 의문이 그의 가슴 속을 스치건, 미뉴에트의 마지막 선율이 연주되기까지에는 그 의혹을 완전히 씻어버릴 수 있다는 확신이 섰다. 그녀가 얼마나 열띠게 흥분하고 있는지, 물가를 씻는 잔물결처럼 끊임없이 요령을 알 수 없는 대화를 계속하기에 얼마나 애쓰고 있는지 그는 꿈에도 모를 것이다.

미뉴에트가 끝났을 때, 그녀는 앤드류 경에게 다음 방으로 안내해 달라고 부탁했다.

"나는 전하와 식사 약속이 되어 있어요. 하지만 헤어지기 전에 말씀해 주세요, 나를 용서한다고."

"당신을 용서한다고요?"

"네, 그래요! 말씀해 주세요, 조금 전에 당신을 깜짝 놀라게 해드려서…… 하지만 내가 영국 여자가 아니라는 것을 잊지 마세요. 사랑의 편지를 주고받는 것을 나쁜 일이라고는 생각하지 않아요. 그러니까 나의 어린 수잔에게는 절대로 이야기하지 않는다고 약속하겠어요. 그보다도 수요일에 나의 뱃놀이 모임에 와 주실 수 있을까요?"

"확실히는 모르겠습니다……블레이크니 부인." 앤드류 경은 얼른 말을 흐렸다. "내일 런던으로 떠나야 할지도 모르기 때문에……."

"내가 당신이라면, 그런 짓은 하지 않아요." 마르그리트는 열심히 말했으나, 문득 상대의 눈에 또다시 불안스러운 빛이 나타나는 것을 보고는 쾌활하게 덧붙여 말했다. "당신만큼 인기 있는 분이 계시지 않으면 우리도 쓸쓸해요."

앤드류 경은 방을 지나 옆방으로 그녀를 안내했다. 그곳에는 이미 황태자가 아름다운 블레이크니 부인을 기다리고 있었다.

"식사가 기다리고 있소." 황태자는 마르그리트에게 팔을 내밀었다. "그래서 나는 희망에 넘쳐 있소. 행운의 여신이 노름에서는 처음부터 끝까지 내게 박정하셨소. 이번에는 미의 여신이 미소 지어 주실 거라고 자신을 갖고 기대하고 있다오."

"전하께서는 카드 놀이에서는 운이 없으셨던가 보지요?"

마르그리트는 황태자의 팔에 한손을 얹으면서 말했다.

"참으로 형편없었다오. 블레이크니는 영국 국민 가운데서 가장 큰 부호인데도 만족하지 않고 어이없을 만큼 운이 따라다니는구려. 아니, 저 비할 데 없는 재주덩이는 어디로 갔을까! 정말 당신의 미소와 그의 재치가 없다면 이 세상은 황막한 사막일 것이오."

정각 1시

만찬은 아주 떠들썩했다. 그 자리에 참석했던 사람들은 모두 마르그리트 블레이크니가 오늘 밤만큼 찬란한 광채를 뿜는 모습으로 보였던 일은 없었고, 그 '기막힌 바보님'인 퍼시 경이 오늘 밤처럼 재미있었던 적은 없다고 입을 모아 말했다.

황태자는 블레이크니의 바보스러운, 그러나 유쾌한 재담에 크게 웃어 대어 눈물이 뺨에 줄줄 흐를 정도였다. 그의 〈여기인가 하면 또 저기〉라는 시를 〈야호! 명랑한 브리튼 사람!〉의 곡에 맞추어 노래 불리었으며 모두들 식탁에 컵을 부딪치며 리듬을 맞추었다. 그렌빌 외상의 요리장은 굉장한 솜씨를 가진 사람으로 점잖지 못한 말을 하는 사람들의 이야기를 들으면, 이 요리장은 옛 프랑스 귀족의 후예로 고스란히 재산을 탕진해 버리고 영국 외무성의 조리실에서 한몫 벌어 보려고 왔다고 한다.

마르그리트 블레이크니는 더없이 현란한 기분이었다. 기라성처럼 늘어선 사람들 가운데 그녀의 내면에서 소용돌이치는 처참한 갈등을 짐작하는 이는 한 사람도 없었다.

시계는 무자비하게 시각을 새기고 있다. 이미 한밤중이 지나, 황태자까지도 슬슬 식탁을 떠나려 하고 있었다. 앞으로 30분이면 두 용감한 사나이의 운명이 서로 부딪치는 것이다. 사랑하는 오라버니와 저 미지의 영웅과.

이 한 시간 동안, 마르그리트는 쇼블랑에게 전혀 눈길을 주지 않았다. 눈길을 돌리기만 하면 저 날카롭고 여우와도 같은 눈초리에 꼼짝없이 잡혀, 순식간에 결심의 저울을 아르망 쪽으로 기울이고 말리라는 것을 자신도 잘 알 수 있었다. 그에게 눈을 보내지 않는 동안은 아직도 마음 속 어디엔가 '무엇이' 일어날 것이다, 뭔가 크고 터무니없는 획기적인 사건이 일어나 젊디젊고 가냘픈 어깨로부터 두 사람 중 어느 쪽인가를 선택해야만 하는 이 끔찍스러운 책임의 무거운 짐을 없애 줄지도 모른다는 막연하고도 형용하기 어려운 희망이 숨겨져 있었다.

우리의 신경이 초조해져서 소리가 귀에 붙어 어쩔 수 없을 때면 시계는 안타까울 만큼 단조롭게 시간을 새겨 간다. 지금도 그러했다.

식사 뒤, 다시 춤이 계속되었다. 황태자는 돌아가고, 나이 든 손님들도 거의 슬슬 돌아가려 하고 있었다. 그러나 젊은 사람들은 지친 기색도 없이 15분이나 걸리는 가보트에 끼어들기 시작하고 있었다.

마르그리트는 도저히 다시 춤출 마음이 들지 않았다. 아무리 참고 견디는 자제심에도 한도가 있다. 한 각료의 부축을 받으며 다시 그 조그만 부인의 방으로 옮겼는데, 이 방은 여전히 드나드는 사람이 없어 어느 방보다도 조용했다. 쇼블랑이 마주보고 이야기할 기회를 노리며, 어디엔가 틀림없이 기다리고 있으리라는 것을 잘 알고 있었다. 식사 전의 미뉴에트가 끝난 직후, 두 사람의 눈길이 부딪쳤던 것이다. 이 예민한 외교관은 언제나의 더듬는 듯한 연한 노란 빛 눈으로 그녀가 훌륭히 해냈다는 것을 알아보았다. 그것을 그녀도 깨달았던 것이다. 실로 운명이 정한 것이었다. 마르그리트는 여자의 마음속에서 일어나는 가장 무서운 싸움에 시달려 운명이 명령하는 대로 몸을 맡기고 있었다. 하지만 무슨 일이 있더라도 아르망을 구해야 한다. 무엇보다도 먼저 오라버니를. 내가 갓난아기일 적에 어머니와 아버지를 잃은 뒤로 오라버니야말로 어머니가 되고 아버지가 되어 주었던 것이다. 그 아르망이 반역자로서 길로틴의 칼날에 쓰러지다니 생각만해도 견딜 수가 없다. 그런 일이 있어선 안 돼, 절대로. 하지만 저 본 적이 없는 사람, 저 영웅적인 사람은——하는 수 없는 거야! 아무튼 운명에 맡기자. 무슨 일이 있더라도 아르망의 목숨을 잔인한 적의 손으로부터 구해내야 한다. 그리고 저 신출귀몰하는 '빨강 별꽃'을 절대절명의 장소에서 탈출할 수 있도록 해주어야 한다.

어쩌면——마르그리트는 걷잡을 수 없는 희망을 가졌다. '빨강 별꽃'은 벌써 여러 달 동안 수없이 간첩을 속여 온 그 대담한 책략가가 아닌가. 이번에도 어떻게든 쇼블랑의 손아귀를 빠져나와 마지막까지 달아날 수 있지 않을까?

이런 생각을 하면서 각료의 재미있는 이야기에 귀를 기울이고 있었는데, 이 각료는 마르그리트 블레이크니만큼 열심히 이야기를 들어주는 사람은 처음이라고 생각했을 것이다. 문득 그녀는 쇼블랑의 날카롭고 여우 같은 얼굴이 커튼이 내려진 문에서 살그머니 내다보고 있는 것을 깨달았다.

"판코트 후작, 심부름 같아서 죄송합니다만 괜찮을까요?"

"네네, 괜찮고말고요. 무슨 일이든 말씀해 주십시오."

상대는 점잖게 대답했다.

"죄송합니다만, 주인이 아직 카드실에 있는지 좀 봐 주셨으면 고맙겠어요. 만약 있으면 제가 몹시 피로하기 때문에 곧 집으로 돌아가고 싶어한다고 전해 주세요."

아름다운 여성의 분부는 모든 남성에게, 내각의 각료에 대해서도 힘을 떨치는 법이다. 판코트 후작은 곧 말한 대로 하려고 했다.

"그렇지만 부인을 혼자 여기에 계시게 해서 어떨까 생각합니다만
…… ."

"부디 염려 마세요. 여기라면 괜찮으니까요. 게다가 아무도 오지 않을 텐데요, 뭐……정말로 피로해요. 퍼시 경이 리치먼드까지 마차로 돌아가는 것은 알고 계실 거예요. 먼 길이니까. 우리는 서두르지 않으면 새벽까지 돌아갈 수 없어요."

판코트 후작은 하는 수 없이 물러가야만 했다.

그의 모습이 사라진 순간, 쇼블랑이 소리 없이 방 안으로 들어왔다. 다음 순간 태연히 아무 일도 없는 것처럼 서 있었다.

"뭣 좀 알아내시었소?" 쇼블랑이 말했다.

별안간 마르그리트의 두 어깨에 얼음 망토가 걸쳐진 것 같았다. 뺨은 뜨겁게 달아오르고, 이어서 오싹 한기가 덮쳐 온몸이 저려 왔다. 아아, 아르망! 당신을 사랑하는 누이동생이 당신을 위해 긍지도, 여성다움도 모두 희생시키고 있어요. 이런 비참한 심정을 알아주실 수 있겠어요?

"별로 중대한 것은 없었어요." 그녀는 다만 한결같이 앞쪽만 바라보며 말했다. "하지만 단서가 되는지도 모르지요. 전──대수롭지 않게──앤드류 경이 이 방에서, 이 촛불로 종이 한 장을 태우려는 것을 봤어요. 그 종이를 2분쯤 빼앗아 10초 동안 훑어보았어요."

"내용을 해독하기에는 충분한 시간이오."

쇼블랑은 침착하게 말했다.

마르그리트는 고개를 끄덕였다. 그리고 전과 같은 억양이 없는 기계적인 말투로 말했다.

"그 종이 구석에 작은 별 모양의 꽃무늬가 그려져 있었어요. 위의

두 줄은 간신히 읽을 수 있었지만 그 뒤는 고스란히 새카맣게 그을어 버려서……."

"그래, 그 두 줄은!"

갑자기 목을 꽉 졸린 듯한 기분이었다. 한 용감한 사람을 죽음으로 몰아넣을 만한 말을 하다니, 그럴 수 없다고 한순간 느꼈다.

"그 종이가 완전히 타 버리지 않아서 운이 좋았소." 쇼블랑은 냉랭한 말투로 말했다. "완전히 타 버렸다면 생 제스트도 끝일 테니까. 그 두 줄에 뭐라고 씌어 있었소?"

"첫줄에는 '나 자신도 내일 출발'이라고 씌어 있었어요." 그녀는 조용히 말했다. "또 한 줄에는……'만일 또다시 이야기가 있으면 정각 1시에 식당에 있겠음'이라고……."

쇼블랑은 맨틀피스 바로 위에 있는 시계를 올려다보며 침착하게 말했다.

"아직 시간은 넉넉하군."

"어떻게 하실 생각이지요?" 마르그리트가 물었다.

마르그리트는 조각상처럼 창백해지고, 손은 얼음처럼 차고, 머리와 심장은 극도의 긴장으로 쿡쿡 쑤셨다. 아아, 이토록 잔혹한 짓을! 잔혹해! 어쨌다는 거지? 어째서 이런 꼴을 당해야 한단 말인가? 마르그리트는 마침내 한 선을 넘었던 것이다. 나의 행위는 비열한 것일까? 아니면 숭고한 것일까? 그것은 황금의 책에 사랑의 생애에 관한 것을 써 놓는 천사님만이 대답할 수 있는 일이다.

"어떻게 하시려는 거지요?" 마르그리트는 멍하니 되풀이했다.

"지금으로선 뭐라고 말할 수 없소. 앞으로의 일은 앞으로의 문제이니까."

"무슨 문제지요?"

"1시 정각에 누가 나타나느냐에 따라 결정되오."

"물론 '빨강 별꽃'을 똑똑히 볼 수 있을 거예요. 하지만 당신은 그를 알지 못할 텐데요."

"모르겠지요. 그러나 곧 알게 될 것이오."

"앤드류 경이 미리 경고할지도 몰라요."

"글쎄, 어떨지. 미뉴에트가 끝나고 그대와 그가 헤어졌을 때, 그는 잠깐 걸음을 멈추고 그대를 뚫어지게 보고 있었소. 그 태도로 그대들 사이에 무언가가 있었다는 걸 알았소. 그 '무언가'에 대해 내가 활발하게 이것저것 상상한다는 것은 너무나도 당연한 일이 아니겠소? 그래서 그 풋내기를 붙잡고 기다랗게 즐거운 이야기를 시작했소——작곡가 글루크가 런던에서 거둔 굉장한 성공에 대한 이야기를 나누는데——한 부인이 그의 팔을 잡고 식사하는 자리로 안내하기 위해 데리고 가 버렸소."

"그래서요?"

"식사를 하는 동안 나는 그에게서 눈을 떼지 않았소. 뒤에 또 우리가 2층으로 올라갔더니 이번엔 포타르즈 부인이 그를 붙잡고 드 튀르네 집안의 사랑스러운 아가씨 수잔에 관한 이야기를 기다랗게 늘어놓기 시작했소. 포타르즈 부인이 그 화제에 관한 이야기를 모조리 다 해 버릴 때까지는 그를 놓아 주지 않을 것은 뻔한 일이오. 적어도 앞으로 15분이나 그쯤으로는 결말이 나지 않을 거요. 그리고 지금은 1시 5분 전이오."

그는 방에서 나가려고 문 앞으로 다가갔다. 그러고는 커튼을 한옆으로 밀어 놓고 잠깐 걸음을 멈추더니 훨씬 저쪽에서 포타르즈 부인과 열심히 이야기하고 있는 앤드류 포크스 경의 모습을 마르그리트에게 손가락질해 보였다.

"아무래도 잘 되는 것 같소." 그는 의기양양하게 미소 지으며 말했다. "목표인 상대는 식당에서 발견될 거요. 아름다운 부인."

"그 사람 혼자가 아닐지도 몰라요."

"시계가 1시를 쳤을 때, 그곳에 있는 사람은 누구이든 내 부하가 뒤를 밟을 것이오. 그 가운데 한 사람이나 둘, 혹은 셋이 내일 프랑스로 출발할 것이오. 그 가운데의 하나가 '빨강 별꽃'이오."

"그래요? 그래서요?"

"부인, 나도 내일 프랑스로 떠날 작정이오. 도버에서 앤드류 포크스 경으로부터 뺏은 서류에는 칼레 부근에 대해 씌어 있었소. 내가 잘 알고 있는 '르 샤 글리(회색 고양이)'라는 여인숙 이야기가 씌어 있었고, '블링샤르 신부의 오두막'——이것은 어떻게든지 찾아내야만 할 것이오——도 있었소. 이러한 장소가 모두 그 괘씸한 영국인이 반역자 드 튀르네와 그 밖의 사람들에게 자기의 밀사와 연락을 취하게 하려는 지점이오. 그런데 밀사를 보내는 것을 그만두고 직접 '내일 떠나기'로 한 모양이오.

이제부터 식당에서 만나는 사람들 가운데 한 사람이 칼레를 향해 출발할 것이니 나는 그를 뒤쫓아 가서 망명 귀족들이 기다리고 있는 곳까지 알아내겠소. 그야말로 그럭저럭 1년 가깝게 내가 찾아다니던 상대인 것이오. 언제나 그의 힘에 계속 당해 왔었소. 그의 귀신 같은 재주에 계속 속아 오기만 했소. 그의 대담성에는 혀를 내두를 뿐이었소. 그렇소! 바로 이 내가 말이오. 이제까지 겨루기 힘든 상대와도 여러 번 부딪쳐 왔던 내가 말이오! 그런데 이번 상대야말로 이상하게 언제나 뻔히 보면서도 놓쳐 버렸던 '빨강 별꽃'이란 말이오."

"그래, 아르망은?" 마르그리트는 탄원하는 것처럼 말했다.

"내가 단 한 번이라도 약속을 안 지킨 일이 있었소? '빨강 별꽃'과 내가 프랑스를 향해 떠나는 날, 특별 편을 만들어 아르망의 분별없는 편지를 그대에게 돌려 드리겠소. 그뿐만 아니라 이 괘씸한 영국인을 붙잡았을 때면 생 제스트는 이곳 영국에서 아름다운 누이동생의 팔에 안겨 있을 것이라고 프랑스의 명예를 걸고 맹세하겠소."

일부러 그러는 것처럼 정중한 태도로 깊이 절을 하자, 다시 한 번 시계를 들여다본 다음 쇼블랑은 소리 없이 방에서 나갔다.

이 소란스러움, 음악, 춤, 웃고 떠드는 온갖 소리 속에서 넓은 객실을 지나가는 그의 고양이 같은 발소리가 마르그리트에게는 똑똑히 들리는 것 같았다. 그 발소리가 큰 계단을 내려가 식당에 이르러 문을 여는 것까지 들리는 것 같았다. 마침내 운명이 정해졌던 것이다. 그것이 마르그리트에게 말을 하게 하고 증오할 비열한 짓을 하게 했다. 사랑하는 오라버니를 위해 냉혹한 적의 모습을 머릿속에 그리면서 그녀는 축 늘어져 꼼짝도 하지 않고 의자등받이에 기대어 있었다.

쇼블랑은 식당으로 들어갔다. 그러나 사람의 그림자라고는 하나도 없었다. 음침하고 쓸쓸하고 공허한 것이, 마치 전날 밤에 입었던 무도회 드레스라도 보는 듯한 느낌이었다.

거의 비어 버린 유리잔이 식탁 위에 흩어져 있고, 펴놓은 채인 냅킨, 의자가 두세 개씩 한 조가 되어 마주보고 있었다. 뭔지 열심히 이야기를 나누고 있는 유령의 걸상처럼, 방 안 훨씬 저쪽 구석에 두 개의 의자가 바싹 붙어 나란히 놓여져 있다. 바로 조금 전까지도 차가운 새 고기 파이를 먹고, 찬 샴페인을 마시면서 은밀한 사랑을 주고받았던 곳인가. 최근의 스캔들에 대해 친한 사람들 사이에 오고간 격론을 이야기하는 듯한 서너 쌍의 의자도 있었다. 똑바로 늘어선 의자는 나이가 지긋한 후실처럼 까다롭고, 말이 많고, 어쩐지 친밀감이 들지 않는다. 테이블 바로 가까이, 그곳만 따로 떼어놓은 듯한 몇몇 의자는 맛을 즐기는 식도락가의 모습을 연상케 한다. 마룻바닥 위에 거꾸로 엎어 놓은 의자는 아무래도 우리 그렌빌 외상이 특별히 소중하게 간직한 술이라는 문제와 관계가 있었던 모양이다.

정말 위층의 그 화려한 모임을 연상케 하면서 그대로 똑같은 유령이 나올 것 같은 느낌이었다. 무도회나 일류 만찬회가 베풀어지는 곳에는 어디에나 출몰하는 유령 말이다.

찬란한 비단 드레스와 여기저기에 호화로운 자수가 수놓여진 코트도 이미 보이지 않았다. 촛대에서 촛불이 졸린 듯 팔랑거리고 있다. 지금은 회색의 두꺼운 판자에 흰 크레용으로 그린 생동감 없는 그림에 불과했다.

쇼블랑은 빙그레 웃음 띤 얼굴로 길고 여윈 손을 마주 비비면서, 마지막까지 남아 있던 하인도 아래층 홀의 친구들에게로 가 버려 인기척 없는 식당을 둘러보았다. 어두컴컴한 식당 안은 쥐 죽은 듯이 조용했다. 가보트의 곡, 먼 곳에서 들려오는 이야깃소리, 웃음소리, 이따금 밖을 지나가는 마차 바퀴 구르는 소리 등도 이 잠든 궁전에는 아득히 먼 곳을 날아다니는 요정의 속삭임처럼 희미하게 들려 올 뿐이었다.

참으로 조용하여 여유 있고 침착한 분위기였으므로 아무리 눈초리가 날카로운 관찰자일지라도——정말 예언자까지도, 지금 이 순간 어느 한 사람의 모습도 보이지 않는 식당이——당시와 같이 소란스러웠던 시대에도 견줄 수 없을 만큼 풍부한 기략과 대담무쌍한 남자를 잡기 위해 둘러쳐진 함정이라는 것은 상상조차도 할 수 없을 것이다.

쇼블랑은 마음속의 생각을 계속 쫓으며 머지않아 일어날 일들을 예상하고 있었다. 그와 혁명 정부의 요인들이 반드시 사형에 처해 보이겠다고 맹세하고 있는 이 인물은 대체 어떤 자인가? 그를 둘러싼 모든 일이 기분 나쁜 수수께끼만 같았다. 이토록 교묘하게 감춰져 있는 정체. 어떤 명령에도 절대로, 더욱이 열광적으로 따르는 것으로 여겨지는 19명의 영국 신사 위에 떨치고 있는 그 지배력. 훌륭하게 훈련된 그룹이 그에게 바치고 있는 열정적인 사랑과 복종. 그 중에서도 특히 파리 시내에서 가장 집념이 강한 그의 적을 보기 좋게 속여 넘긴 그 놀랄 만한 대담성과 헤아릴 수 없는 방자함.

프랑스에서는 이 신기한 영국인의 별명이 사람들에게 무언가 알 수 없는 으스스함을 느끼게 하고 있다. 쇼블랑 자신도 머지않아 이 기분 나쁜 영웅이 나타날 쥐 죽은 듯이 조용한 식당을 둘러보면서 저도 모르게 등골이 오싹하는 야릇한 두려움을 느끼는 것이었다.

그러나 그의 계획은 훌륭한 것이었다. '빨강 별꽃'이 미리 보고를 받지는 않았으리라고 확신하고 있었다. 또 마르그리트 블레이크니가 오늘날까지 자기를 배신한 일도 없었다. 그것을 굳게 믿고 있었다. 만일 그런 일이 있었다면——그녀가 보았더라면 떨었을 것이 틀림없는 표정이 쇼블랑의 날카롭고 연한 노란 빛 눈에 번쩍 하고 떠올랐다. 만약 그 여자가 나를 속여만 봐라. 아르망 생 제스트가 극형에 처해질 뿐이다.

그러나, 아니, 그럴 리가 없다! 그 여자가 어떻게 나를 속이겠는가!

다행히 식당에는 아무도 없었다. 머지않아 수수께끼의 인물이 혼자 모습을 나타냈을 때 일을 하기가 쉽다. 지금은 쇼블랑 외에 아무도 없었다.

이상한데? 만족한 웃음을 띠면서 텅 빈 식당 안을 둘러보았다. 이 교활한 프랑스 정부의 대표자는 누군가 그렌빌 외상의 손님 가운데 한 사람이 매우 한가하니 단조롭게 코를 골고 있는 것을 깨달았다. 아무래도 실컷 먹고 마신 끝에 위층 댄스의 소란스러움도 아랑곳없이 태평스럽게 잠을 즐기고 있는 모양이다.

쇼블랑이 다시 주위를 찬찬히 보니 어두컴컴한 한쪽 구석의 긴 의자 끝에 입을 크게 벌린 채 눈을 감고 편안히 잠자고 있는 사람——

이 사람이야말로 유럽 으뜸가는 재녀의, 몸차림만은 호화롭게 차려입은 키다리 남편이었다.

쇼블랑은 맛있는 음식을 잔뜩 먹은 다음 평화롭고 매우 순진하게 잠들어 있는 천하태평의 얼굴을 바라보았다. 한순간, 연민과도 같은 미소가 이 프랑스 인의 엄격한 얼굴의 선과 연한 노란 빛의 밉살스러운 눈초리를 부드럽게 해 주었다.

깊이 곯아떨어진, 꿈도 꾸지 않고 잠들어 있는 이 멍텅구리는 쇼블랑이 그 교활한 '빨강 별꽃'을 잡는 계략의 방해가 될 턱이 없다. 그는 또다시 두 손을 마주잡고 비벼대며 퍼시 블레이크니의 남모르는 즐거움을 흉내 내어 자기도 다른 긴 의자 끝에 몸을 눕혔다. 그리고 눈을 감았다. 입을 크게 벌리고 평화롭게 코를 골며 기다렸다!

의혹

마르그리트 블레이크니는 온몸을 까만 옷으로 차려입은 쇼블랑이 무도실을 빠져나가는 것을 물끄러미 보고 있었다. 그 뒤는 흥분으로 쿡쿡 쑤시는 신경을 누르면서 기다려야만 했다.

그녀는 아직도 인기척이 없는 작은 방에 앉은 채, 커튼이 내려진 문 앞에서 저쪽에서 춤추고 있는 남녀의 무리를 멍하니 바라보고 있었다. 그러나 바라보기는 해도 아무것도 보이지 않았다. 음악을 듣고 있는데도 전혀 아무것도 귀에 들어오지 않는다. 다만 기대와 불안 속에서 한결같이 기다릴 뿐이었다.

마르그리트의 상상은 아마도 바로 지금 아래층에서 일어나고 있을 사건을 눈앞에 그려 내는 것이리라. 사람 드문 식당, 운명의 시각——감시하고 있는 쇼블랑! 머지않아 1시 정각에 한 인물, 다시 말해서 '빨강 별꽃'인 수수께끼의 인물이 들어오리라. 마르그리트에게는 거의 비현실적인 존재이며, 그러니만큼 정체를 감춘 이 인물은 이상하기도 하고 기분 나쁘기도 했다.

이 순간, 자기도 식당에 있다가 그가 들어오는 것을 확인하고 싶었다. 그 알지 못하는 인물——그것이 누구이든지 그 얼굴을 보기만 하면 지도자며 영웅에 걸맞는 특질과 강렬한 개성을 지녔음을 여성의 직감으로, 그 자리에서 알아볼 것이라고 확신하고 있었다. 하늘 높이 나는 이 독수리의 늠름한 날개가 족제비의 덫에 걸리려 하고 있다.

다정한 여심(女心)으로, 순수한 마음으로 그녀는 그를 가슴 아프게 생각했다. 무서움을 모르는 사자가 쥐에게 물어뜯겨야 한다는 것은 얼마나 잔혹한 운명의 장난이란 말인가! 아아! 아르망의 목숨이 위험에 직면해 있지만 않다면!

"이거 시간을 많이 허비해서 죄송합니다." 갑자기 가까이에서 목소리가 들렸다. "말씀을 전해 드느라고 꽤 애먹었습니다. 처음엔 어디를 찾아도 퍼시 블레이크니 경이 보이지 않아……."

마르그리트는 남편의 일이며 남편에 대해 말을 전한 일 따위는 까맣게 잊고 있었다. 판코트 후작이 말한 남편의 이름까지도 전혀 기억에 없는 낯선 것처럼 들렸다. 그녀는 이 5분 동안 저 리슈류 거리에서 지낸 나날로 생각을 달려, 언제나 가까이에서 그녀를 사랑하고 그녀를 보호해 주며 그 무렵 파리에서 소용돌이치던 헤아릴 수 없는 음모에서 그녀를 지켜 준 아르망과 함께 있었던 것이다.

"간신히 찾았습니다." 판코트 후작이 말을 이었다. "부탁하신 말씀을 전해 드렸지요. 곧 마차를 준비하도록 이르겠다고 말씀하시더군요."

"어머나, 그럼 주인을 찾아내어 제가 부탁한 말씀을 전해 주셨군요." 여전히 방심한 것 같은 모습으로 그녀는 말했다.

"네, 식당에서 깊이 잠들어 계시더군요, 좀처럼 깨어나시지 않았답니다."

"정말 고맙습니다."

생각을 정리하려고 하면서 마르그리트는 간단하게 대답했다.

"마차 준비가 될 때까지 콘트라 댄스를 상대해 주시지 않으시겠습니까?" 판코트 후작이 이끌었다.

"네, 고맙습니다. 하지만…… 실례입니다만…… 너무 피로한데다가 무도장이 몹시 더워 숨이 답답해질 것 같아요."

"온실 쪽은 상쾌하고 기분이 좋습니다. 그쪽으로 안내하겠습니다. 그리고 뭐든지 마실 것을 가져오겠습니다. 기분이 나빠 보이는군요, 블레이크니 부인."

"아니에요, 다만 몹시 피로해요." 그녀는 귀찮은 듯이 되풀이하여 말하고 판코트 후작의 안내를 따랐다. 온실은 희미한 불빛과 푸른 식물로 공기가 차가워져 있었다. 그녀는 후작이 권하는 의자에 허물어지듯이 앉았다. 기다리는 시간이 견디기 힘들었다. 쇼블랑은 어째서 빨리 돌아와 감시한 결과를 보고해 주지 않는 것일까?

판코트 후작은 이것저것 자상하게 마음을 써 주었다. 그러나 마르그리트는 그가 무슨 말을 하고 있는지 거의 귀에 들어오지 않았다. 그러다가 갑자기…….

"판코트 후작, 아까 퍼시 블레이크니 경 외에 식당에 누가 또 계시던가요?" 하고 물었으므로 후작은 깜짝 놀랐다.

"프랑스 대사 쇼블랑 씨뿐이었습니다. 그도 역시 구석의 다른 의자에 누워 곤히 주무시더군요. 부인께선 어째서 그런 일을 물으시는 겁니까?"

"모르겠어요 저도. 그곳에 가셨을 때 몇 시쯤이었는지 아세요?"

"1시 5분이나 10분쯤이었을 겁니다. 대체 무슨 생각을 하시는 거지요?" 판코트 후작이 물어 보았다. 아무래도 이 아름다운 여성은 다른 일을 생각하는지 이쪽의 조리 있는 이야기를 조금도 듣고 있지 않았기 때문이다.

그러나 실제로 그녀의 생각은 먼 곳을 방황하고 있는 것은 아니었다. 다만 이 저택의 한 층 아래, 쇼블랑이 아직도 계속 감시하고 있는 식당으로 날아가 있을 뿐이었다. 쇼블랑은 실패한 것일까? 순간, 실패했을지도 모른다는 생각이 들어 번쩍 희망이 타오르는 것 같았다. '빨강 별꽃'이 앤드류 경에게 주의를 받아 쇼블랑의 덫이 참새를 잡으려다 실패했다는 희망이! 그러나 그 희망도 순식간에 공포로 변하고 말았다. 실패한 것일까? 하지만 그렇다면 아르망은?

판코트 후작은 상대가 조금도 들어 주지 않는다는 것을 알게 된 뒤로는 이야기하기를 단념하고 있었다. 용케 물러갈 기회를 찾았다. 왜냐하면 마주보고 앉아 있는 여성이 비록 아무리 아름답다 할지라도, 이쪽에서 상대의 마음을 끌려고 열심히 애쓰고 있는데 조금도 신경을 써 주지 않는다면 아무리 내각의 각료라도 정나미가 떨어지게 마련이니까.

"부인의 마차가 준비되었는지 보고 오겠습니다."

마침내 그런 말까지 해보았다.

"어머나, 죄송해요, 정말 고맙습니다. 그렇게 해 주실 수 있다면 정말…… 이렇게 괴로움만 끼쳐 드려서…… 하지만 전 아주 피로해서요, 혼자 있는 게 좋겠어요."

그가 빨리 돌아가 주었으면 좋겠다고 조바심하는 것도, 저 여우같이 생긴 쇼블랑이 이쪽에서 혼자 있게 되기를 기다리며 서성거리고 있을지도 모른다고 생각했기 때문이었다.

판코트 후작은 물러갔지만, 그래도 쇼블랑은 나타나지 않았다. 아아! 무슨 일이 있었을까? 아르망의 운명이 허공에 매달려 흔들거리고 있는 것 같았다. 만약 쇼블랑이 실패하여 수수께끼의 '빨강 별꽃'이 또다시 보기 좋게 숨어 버리고 말았다면——그것만으로도 두려워 죽을 것만 같았다. 그렇게 되기만 하면 쇼블랑으로부터는 한 조각의 연민도, 자비로움도 기대할 수 없다는 것을 알고 있었다.

그가 '이것이냐 저것이냐'를 선언하고 있는 이상, 절대로 타협은 하지 않을 것이다. 지독히 심술 사나운 사나이니까. 그녀가 속였다고 생각하며, 독수리를 놓친 앙갚음으로 훨씬 작은 것이지만, 아르망으로 만족할 것이다.

그래도 나는 최선을 다했어. 아르망을 위해 모든 신경을 바늘처럼 날카롭게 해서. 아직 실패했다고 생각하고 싶지는 않았다. 가만히 있는 것은 견딜 수가 없다. 이쪽에서 쫓아가 단호하게 최악의 사태에 부딪쳐 버리고 싶었다. 미칠 듯이 성난 쇼블랑이 달려와 마음껏 야유를 퍼붓지 않는 것까지 이상하게 생각되었다.

그러자 그렌빌 외상이 나타나 마차가 준비되었으며, 이미 퍼시 경이 고삐를 잡고 기다리고 있다고 전했다. 마르그리트는 이 무도회의 주최자인 외상에게 작별 인사를 했다. 방을 빠져나가 많은 친구들과 붙잡고 이야기하며 상냥하게 작별 인사를 주고받았다.

그 각료만은 계단 맨 위에서 아름다운 블레이크니 부인에게 작별 인사를 했다. 아래의 층계참에는 훌륭한 신사들이 무리지어 기다리고 있었다. 이 미와 패션의 여왕과 작별인사라도 나누려는 것이다. 한편 밖의 크고 장려한 현관 앞에서는 퍼시 경의 훌륭한 밤색 말이 기다리다 지친 듯 땅바닥을 발로 걷어차고 있었다.

마르그리트는 큰 계단 위에서 주최자에게 마지막 작별 인사를 하면서 뜻밖에도 쇼블랑의 모습을 보았다. 그는 천천히 계단을 올라오고 있는 참이었다. 여윈 두 손을 매우 부드럽게 비비고 있었다.

변화가 많은 얼굴에 얼마쯤 즐거워하는 듯하면서도 매우 난처한 듯한, 무어라 표현할 수 없는 야릇한 표정이 떠올라 있었다. 그 날카로운 눈이 마르그리트의 눈과 부딪치자 이상하게도 조롱하는 것 같은 표정을 보였다.

"쇼블랑." 그가 계단을 다 올라와 일부러 과장되게 머리를 숙였을 때 그녀가 말을 걸었다. "마차가 기다리고 있어요. 좀 도와주시겠어요?"

쇼블랑은 여전히 세련된 태도로 팔을 뻗쳐 그녀의 손을 잡고 계단 아래로 이끌어 갔다. 외상의 빈객들도 작별 인사를 하고 계단 난간에 기대서서 넓은 계단을 올라갔다 내려갔다 하는 사람들을 바라보며 굉장히 혼잡을 이루고 있었다.

"쇼블랑." 마침내 마르그리트는 필사적인 심정으로 말했다. "어떤 일이 일어났는지 꼭 좀 가르쳐 주세요."

"어떤 일이 일어났느냐고요, 부인? 어디서요? 언제 말씀입니까?" 그는 일부러 그러는 것처럼 놀라는 체하며 되물었다.

"나를 괴롭히시는군요, 쇼블랑. 오늘 저녁 도와 드렸잖아요? 무슨 일이 있어도 알 권리가 있어요. 바로 아까 정각 1시에 식당에서 어떤 일이 있었지요?"

이 혼잡한 소란 속에서는 옆의 쇼블랑 이외의 사람이 들을 염려는 없으리라고 생각하고, 그녀는 나직한 목소리로 말했다.

"고요와 평화가 가득 차 있었습니다, 부인. 그 시각에 나는 긴 의자 한구석에서 잠을 잤습니다만, 다른 긴 의자에는 퍼시 블레이크니 경께서 잠들어 계시더군요."

"방에는 아무도, 전혀 아무도 들어오지 않았나요?"

"전혀 아무도."

"그럼, 실패했군요. 당신도, 나도……."

"그런 말씀이 되겠지요! 우리는 실패했나 봅니다 아무래도."

"하지만 아르망은?" 마르그리트는 애원하듯 말했다.

"아아! 아르망 생 제스트의 운명은 한 가닥의 실과도 같군요…… 기도나 드리는 거지요. 그 실이 툭 끊어지지 않도록 말입니다."

"쇼블랑, 나는 당신을 위해 일해 드렸어요. 열심히, 마음을 다해서

······ 그것을 잊지 마세요."

"약속은 잊지 않겠소." 쇼블랑은 조용히 말했다. "프랑스의 땅 위에서 '빨강 별꽃'과 서로 만나는 날이야말로 생 제스트는 아름다운 누이동생의 품 안에 안기게 되는 것이오."

"그렇다면 용감한 한 남성의 피가 내 손에 의해 뿌려지게 되겠군요." 그녀는 몸서리를 쳤다.

"그의 피든지, 오라버님의 피든지. 지금으로서는 그래도 나와 마찬가지로 수수께끼의 '빨강 별꽃'이 오늘 칼레를 향해 출발할 것이라고 희망하는 것이오."

"희망이라고는 꼭 한 가지밖에 없어요."

"그게 뭐요?"

"당신이 섬기고 있는 지옥의 악마가 오늘 날이 새기 전에 어디라도 좋으니 당신을 데려가 버리는 것."

"고마우신 인사 말씀이군요."

마르그리트는 계단을 내려오는 도중 쇼블랑을 좀더 붙잡아 놓고 이 깡마른 여우 같은 가면 아래에 어떤 생각이 숨어 있는지 알아내려고 했다. 그러나 쇼블랑은 여전히 빈정거리기도 하고 정중해지기도 하여 도무지 그 속내를 알 수가 없었다. 두려워해야 할 것인지, 아니면 희망을 가져도 좋을 것인지 다만 겁을 먹고 걱정할 뿐, 그녀로서는 아무것도 알아낼 수가 없었다.

마르그리트는 아래의 층계참에서 눈 깜짝할 사이에 사람들에게 둘러싸이고 말았다. 블레이크니 부인이 가는 곳이면 어느 저택에서나, 그녀의 눈부신 아름다움에 빨려들어가는 불나비 떼와도 흡사한 사람들이 지켜보는 가운데 마차에 올라탔다. 그녀는 쇼블랑의 곁에서 떨어지며 그녀 특유의 어린아이같이 호소하는 듯한 사랑스러운 몸짓을 해보이면서 나긋나긋한 손을 내밀었다.

"희망을 갖게 해 주세요, 쇼블랑." 그것은 거의 애원에 가까웠다.

아름답고 말갛게 비치는 까만 레이스 장갑 위로 쇼블랑은 아름답고 새하얗고 나긋나긋한 손에 점잖게 몸을 구부려 키스했다.

"실이 끊어지지 않도록 기도하시오."

그는 수수께끼 같은 미소를 띠며 되풀이했다.

그가 한 걸음 옆으로 물러나자, 불나비 떼가 촛불 주위로 가까이 떼지어 모여들었다. 블레이크니 부인의 모든 행동 하나하나에 넋을 잃고 있는 젊은 귀공자들이 일제히 모여 왔다. 날카로운 여우 같은 얼굴은 그녀의 시야에서 사라졌다.

리치먼드

얼마 뒤, 그녀는 풍성한 모피 코트를 입고 호화로운 마차의 시트에 퍼시 블레이크니 경과 나란히 앉아 있었다. 네 필의 준마는 조용한 거리를 쏜살같이 달려갔다.

산들바람이 마르그리트의 달아오른 뺨을 스치고 지나갔다. 그러나 따뜻한 밤이었다. 이윽고 런던의 거리를 뒤로 하고, 해머스미스 브리지를 건너 퍼시 경은 리치먼드를 향해 말을 재촉하고 있었다.

강물은 구불구불 아름다운 커브를 그리고 있다. 마치 흩어지는 달빛을 뒤집어쓴 은뱀처럼 울창하게 우거진 나무들은 길 위 군데군데에 긴 그림자를 검게 펼치고 있었다. 말은 퍼시 경의 힘차고 정확한 솜씨로 가볍게 제어되면서 질주하고 있었다.

런던에서 무도회나 만찬회가 끝난 뒤, 이렇게 밤중에 말을 달리게 하는 것은 마르그리트에게 있어 싫증나지 않는 즐거움이었다. 가구나 살림살이가 지나칠 만큼 육중한 느낌을 주는 런던의 저택으로 돌아가지 않고, 밤마다 아름다운 강을 따라 강가에 있는 저택으로 데려다 주는 남편의 색다른 취미를 매우 기쁘게 생각하였다.

남편은 쓸쓸한 달빛이 비치는 길로 늠름한 말을 달리게 하는 것을 좋아했다. 아내는 무도회나 만찬회의 숨 막힐 것 같은 사람들의 훈김에 시달린 다음이면 영국의 여름이 끝날 무렵의 부드러운 밤바람이 뺨을 스치는 마차 시트에 앉아 있는 것을 좋아했다. 길은 그다지 멀지 않았다. 말은 기운찼으며, 퍼시 경이 고삐를 죄면 때로는 한 시간도 걸리지 않는다.

오늘 밤은 남편의 손가락에 악마가 붙은 듯 강물을 따라 나 있는 길을 마차는 나는 듯이 질주하고 있었다. 언제나 그렇지만 그는 아내에게 말을 걸지 않았다. 똑바로 앞쪽에 눈길을 주고 있었다. 고삐는 억세지 않은 흰 손에 살짝 걸려 있었다. 마르그리트는 한두 번 넌지시 말을 걸려는 것처럼 남편에게 눈길을 주었다. 잘생긴 옆얼굴과 귀찮아 보이는 한쪽 눈과 모양새 좋은 눈썹과 부은 듯한 무거운 눈까풀이 보일 뿐이었다.

달빛 속에서 그 얼굴은 이상하리만큼 열정적으로 보였다. 남편이 지금처럼 카드 놀이며 만찬회에 정신없이 열중하는 게으름쟁이 어릿광대이며 쓸데없이 멋을 부리는 데 열중하는 바보가 되기 전 결혼할 때까지의 저 행복했던 교제를 마르그리트는 생각해 냈다.

그러나 지금 달빛에 비치는 귀찮은 듯한 파란 눈에서는 아무런 표정도 엿볼 수가 없었다. 딱딱하게 굳은 턱 선, 억센 입매, 모양 좋게 빼어난 이마밖에 보이지 않았다. 참으로 퍼시 경에게는 천성적인 좋은 혈통이 있었다. 그가 지금같이 천재적인 바보가 된 것은 누가 뭐래도 그 불쌍한 반미치광이인 어머니와 오직 비탄에 잠겨 있던 아버지의 책임일 것이다.

그 부부는 둘 사이에 태어난 어린 생명에게 전혀 마음을 써 주지 않았던 것이다. 아마도 부모의 무관심 때문에 이미 그 인생은 파탄으로 이끌려 가기 시작했을 것이다.

마르그리트는 문득 자기 남편에 대해 강한 동정을 느꼈다. 바로 조금 전에 경험한 격렬한 정신적 고뇌가 다른 사람의 결함에 대해 너그러운 마음을 갖게 해 준 것이다.

사람은 얼마나 철저하게 운명에 농락되어 나가떨어지는 것인지, 그 사실이 그녀의 위에 놀라운 힘을 가지고 다가온 것이었다. 만약 누군가가 1주일 전에 너는 자신의 친구에 대해 비열한 스파이 노릇을 하고, 전혀 의심을 품지 않는 용감한 사람을 배신하여 냉혹하고 무자비한 적의 손에 넘겨주겠지, 하고 말했다면, 그런 말을 하는 사람을 비웃으며 일소에 붙였을 것이다.

그러나 나는 그런 비겁한 짓을 하고 말았다. 마치 2년 전, 나의 분별없는 말 때문에 드 생 시일 후작이 목숨을 잃었던 것처럼. 그렇지만 그 경우, 나는 정신적으로는 전혀 잘못이 없었어——그토록 중대한 해를 가할 생각은 없었다——운명이 성큼성큼 다가왔을 뿐이었다. 그런데 이번에는 분명히 비열한 줄 알고 있는 일을, 아마도 고상한 모랄리스트라면 거들떠보지도 않을 동기 때문에 저지르고 말았다.

몸 가까이 남편의 늠름한 팔을 느꼈을 때, 만약 남편이 오늘 밤 내가 저지른 일을 알게 된다면 얼마나 혐오하고 얼마나 경멸할 것인가, 하고 생각하지 않을 수 없었다. 사람이란 서로를 겉으로만 조심성 없이 판단한다. 그리고 서로 사소한 일로 상대를 위하는 마음도 없이 업신여기게 마련이다.

마르그리트는 남편을 그 바보스러운 이야기며, 점잖지 못하고 지적인 점이 없는 어리석은 행동 때문에 경멸했다. 그리고 남편도 그녀가 옳은 것을 끝까지 지키지 않고, 양심이 명령하는 대로 오빠를 희생시킬 만한 용기가 없었다는 이유로 더욱 더 심하게 경멸할 것이라고 생각했다.

마르그리트는 가슴 속에서 소용돌이치는 생각을 쫓고 있었다. 부드러운 여름의 밤바람을 느끼자 이 시간이 너무나도 짧은 것 같이 여겨졌다. 아름다운 영국 대저택의 육중한 문 안으로 네 필의 말이 들어서는 것을 문득 깨닫자 커다란 실망에 사로잡혔다.

퍼시 블레이크니 경의 강변 저택은 역사적인 건물이 되어 있었다. 궁전처럼 크고 장려한 이 집은 고아하고 크고 넓은 정원 한복판에 있으며, 강을 향해 화려한 테라스와 발코니가 쑥 나와 있었다. 튜더 왕조 시대(1485~1603년의 튜더 왕가 치세 시대)에 지어진 것으로서, 오래된 붉은 벽돌 벽은 푸른 정원수며 아름다운 잔디밭에 둘러싸여 그림처럼 아름다웠다. 잔디밭에는 오래된 해시계가 있어 이러한 경치와 잘 맞는 조화를 이루고 있었다. 수령이 천 년이나 되는 우람한 나무가 땅에 서늘한 그림자를 드리우고, 지금 이 따스한 초가을 밤의 나뭇잎은 약간 마른 황금빛이 되어, 달빛을 받은 정원은 괴이할 정도로 시적이며 평화로움에 가득 차 보였다.

조금도 차질이 없는 정확한 솜씨로 퍼시 경은 네 필의 말을 장려한 엘리자베스 왕조식 현관 주차장에 바싹 갖다 댔다. 이렇게 늦은 시각인데도 수레바퀴 소리가 울리자 많은 하인들이 마치 땅에서 솟아나온 것처럼 나타나 공손히 늘어섰다.

퍼시 경은 재빠르게 땅으로 뛰어내려 마르그리트를 부축해 내렸다. 그가 하인 가운데 한 사람에게 무언가 분부를 내리고 있는 동안 그녀는 잠시 밖에서 꾸물거리고 있었다. 이윽고 집을 따라 걷기 시작하여 잔디밭으로 내려가, 꿈을 꾸듯이 은빛 풍경을 바라보고 있었다. 그녀가 경험하고 온 폭풍우와도 같은 고통에 비해서 자연은 한없이 평화로웠다. 강물 소리, 가끔씩 나팔거리다가 가볍게 떨어지는 가랑잎 소리가 희미하게 들릴 뿐이었다.

주위의 모든 것이 물을 끼얹은 듯 조용하였다. 멀리 마구간으로 끌려가는 말발굽 소리, 집으로 뛰어 들어가 잠자리에 들려는 하인들의 발소리도 사라지고 저택은 쥐 죽은 듯이 조용해졌다.

화려한 객실 바로 위에 해당하는, 따로 떨어져 나란히 늘어선 두 개의 방에는 아직도 불이 켜져 있었다. 부부의 방으로서 두 사람의 인생이 멀리 떨어져 있는 것처럼, 그 방도 이 저택의 끝과 끝으로 떨어져 있었다. 자신도 모르게 그녀는 폭 한숨을 쉬었다. 왜 그런지는 자기도 몰랐다.

몸과 마음이 쑤시는 것처럼 괴롭고, 가슴이 저리고 아팠다. 이토록 비참할 만큼의 외로움을 느끼고 이처럼 절실하게 위로와 동정을 찾은 일은 한 번도 없었다. 그녀는 다시 한숨을 내쉬었다. 강에서 발길을 돌려 저택으로 향했다. 그런 일이 있은 뒤인데, 밤에 잠을 폭 잘 수 있을까 하고 멍하니 생각하면서.

테라스에 당도하기 전에, 별안간 자갈길을 소리 내어 걸어오는 힘찬 발소리가 들렸다. 다음 순간, 남편의 모습이 어두운 그늘에서 나타났다. 남편도 또한 집을 돌아, 잔디밭에서 강을 향해 걷고 있는 참이었다. 손수 유행의 첨단을 달리도록 만든 여러 가지 라펠이며 칼라가 달린 무거운 승마복을 아직도 입고 있었다. 언제나 하는 버릇으로 두 손을 새틴 바지 주머니에 쑤셔 넣고 있었다. 그렌빌 외상의 무도회에서 입고 있던 매우 값비싼 레이스 가슴 장식이 달린 호화스러운 크림빛 옷이 어두운 저택을 배경으로 기괴한 망령처럼 보였다.

남편은 아내를 알아보지 못한 듯, 한순간 가만히 서 있더니 이윽고 집 쪽으로 되돌아가서 곧장 테라스로 올라가려고 했다.

"여보!"

남편은 마침 테라스 맨 밑의 계단에 한 발을 올려놓다가 아내의 목소리를 듣고 깜짝 놀라 걸음을 멈추었다. 그는 아내가 말을 걸어 온 부근의 나무 그늘을 더듬듯이 살폈다.

마르그리트는 재빨리 달빛 속으로 모습을 나타냈다. 그 모습을 본 순간, 남편은 언제나 아내에게 이야기할 때에 꾸미는 더없이 훌륭한 태도를 보이며 말했다.

"무슨 볼일이라도 있소, 마르그리트?"

남편은 아직도 한 발을 계단에 올려놓고 있었다. 곧 방 안으로 들어가 버리고 싶다, 이런 한밤중에 이야기를 나누는 것은 제발 그만두고 싶다는 심정이 간접적이지만 태도에 뚜렷이 나타나 있었다.

"밤 기운이 냉랭해서 아주 좋아요." 그녀가 말했다. "달빛이 평화로워서 마치 시 같아요. 정원도 말을 하는 것 같고요. 좀더 여기에 계시지 않으시겠어요? 아직 시간도 그다지 늦지 않았어요. 저를 상대로 이야기하기 싫으시지요? 빨리 달아나 버리고 싶으신 거지요?"

"아니, 천만에." 남편은 차분하게 대답했다. "그건 이야기가 거꾸로 된 것이 아닐까? 나 같은 것은 없는 편이 이 밤하늘도 훨씬 더 시적일 거요. 조금이라도 빨리 방해물이 사라지면 당신으로선 훨씬 더 즐거움이 커질 거요."

남편은 다시 가 버리려고 했다.

"싫어요. 그런 오해를 하시면, 퍼시." 그녀는 재빨리 말하고 좀더 가까이 갔다. "우리 사이가 이렇게 순조롭지 못하게 된 것은 제 탓이 아니에요. 잊지 마세요."

"어허, 그거 참! 그것만은 용서해 주었으면 좋겠소, 마르그리트." 퍼시 경은 매정하게 항의했다. "어쨌든 내 기억력은 말할 수 없이 나쁘니 말이오."

그는 제2의 천성이 되어 있는 저 귀찮아하는 태도로 아내의 눈을 똑바로 보았다. 아내도 잠시 그 눈길을 받아내고 있더니, 별안간 그 눈길이 부드러워지며 테라스 계단 밑에 있는 남편에게로 가까이 다가갔다.

"기억력이 말할 수 없이 나쁘다고요, 퍼시? 어머나, 어째서 그렇게 되어 버렸을까요? 동양으로 가는 도중, 파리에서 1시간 동안 저를 보신 것은 3년인가 4년 전이었어요. 2년이 지나 돌아오셨을 때도 저를 잊지 않으셨었지요."

달빛을 받고 선 그녀가 우아한 어깨에서 모피 코트를 벗겨 내고, 드레스에 놓인 금빛 자수로 온몸을 빛내면서 어린아이 같은 파란 눈으로 남편을 올려다보고 있는 모습은 숭고하리만큼 아름다웠다.

남편은 한순간 테라스의 오른쪽 난간을 단단히 붙잡은 채 몸을 굳히고 가만히 서 있었다.

"여기에 있어 달라는 말이로군." 그는 냉랭한 목소리로 말했다.

"그리운 옛날의 추억을 서로 이야기하자는 것은 아니겠지?"

그 목소리는 확실히 차갑고 고집스러웠다. 아내를 대하는 그의 태도는 딱딱하고 한 치의 양보도 없었다. 여자로서의 예의로라면 마르그리트는 상대가 냉담하면 이쪽도 냉담하게 나와 입을 꼭 다물고 다만 무뚝뚝하게 간단한 인사를 할 뿐으로, 쳐다보지도 않고 지나가 버릴 터이었지만, 여자로서의 본능으로 여기에 있으리라고 생각했던 것이다. 아름다운 여성에게 경의를 나타내지 않는 남성을 무릎 꿇게 해 주고 싶다는 본능이 작용하였다. 그녀는 손을 내밀었다.

"어머나, 어째서 안 되지요? 조금도 과거의 추억에 잠겨 보고 싶은 마음이 없다면 과거 따위는 그다지 재미있는 것도 아니에요."

남편은 큰 키를 구부려 그대로 내밀고 있는 손의 손가락 맨 끝부분을 잡고 그야말로 의례적으로 입맞춤했다.

"솔직하게 말해서 마르그리트, 나는 머리가 나빠서 거기까지 따라갈 수 없으니까 이것으로 실례해야겠소."

그러고 나서 그는 또다시 자리를 뜨려고 했다. 그러자 다시 감미롭고 어린아이 같은 가냘픈 목소리가 그를 불러 세웠다.

"여보."

"왜 그러오?"

"사랑이 사라져 버린다는 일이 있을 수 있을까요?" 마르그리트는 갑자기 뜻하지 않게 격렬한 말투로 말했다. "저에게 베풀어 주신 사랑은 평생을 통해 변함이 없으리라고 생각했었는데 말예요, 사이가 나빠진 서글픈 생활에 다리를 놓아 줄 만한……그 사랑은, 여보, 이제 조금도 남아 있지 않나요?"

마르그리트가 이렇게 말하고 있는 동안 남편의 건장한 몸은 한층 더 굳어지고 꽉 다문 입매도 굳어지면서, 무기력한 파란 눈에 냉혹하고 고집스러운 빛이 스며드는 것 같았다.

"무엇 때문이오, 부인?" 남편은 냉랭하게 되물었다.

"어째서 그렇게……."

"간단하지 않소." 갑자기 남편은 한 마디 한 마디 마구 튀어나오는 듯이, 더욱이 그것을 억누르려고 하는 모습을 역력히 드러내 보이며 쓰디쓴 말투로 말했다. "나는 분명히 묻고 있소. 내 멍청한 머리로는 당신의 새로운 기분 변화에 대한 까닭을 알 수가 없소. 작년에 크게 성공을 거두었던 그 잔혹한 스포츠를 또 시작하려는 것이오? 또 한 번 나를 당신의 발 밑에 무릎 꿇게 하고, 사랑을 호소하는 연애병 환자로 만들어 귀찮은 강아지처럼 발로 걷어차 버리고 싶다는 그런 심정이오?"

그 순간 그녀는 남편을 분기(奮起)시키는 데 성공한 것이다. 다시금 그녀는 남편을 똑바로 바라보았다. 그것은 즉 1년 전의 남편이 바로 이와 같았던 것이 생각났기 때문이다.

"퍼시, 부탁이에요!" 그녀는 속삭였다. "과거의 일을 우리 모두 잊어버릴 수는 없을까요?"

"실례지만 부인, 당신은 과거의 추억에 잠기고 싶다고 하지 않았소?"

"아니에요! 그 과거를 말한 것이 아니에요, 여보!" 그 목소리는 차츰 어떤 다정함을 띠기 시작했다. "당신이 아직 저를 사랑해 주셨던 무렵을 말한 거예요! 그리고 전……아아! 저는 허영심이 강하고 분별이 없었어요. 당신의 부와 지위에 마음이 끌려서, 당신의 큰 사랑 속에 저도 당신을 사랑하게 되는지 모른다고 은근히 바라면서 결혼했어요. 하지만, 아아!"

달은 구름 봉우리 뒤로 숨어 버렸다. 동쪽에 부드러운 회색 광선이 무거운 밤의 장막을 거두어 가기 시작했다. 지금 남편의 눈에는 아내의 우아한 모습, 조그맣고 기품 있는 얼굴, 붉은 빛이 도는 숱 많은 금발 고수머리, 관처럼 머리에 달고 있는 작은 별 모양의 반짝이는 보석밖에는 보이지 않았다.

"결혼한 지 24시간 뒤에 드 생 시일 후작과 그 가족이 길로틴의 이슬로 사라졌으며 그 사람들을 길로틴으로 보내도록 도와 준 것이 퍼시 블레이크니 부인이라는 소문이 하필이면 바로 그때에 전해졌소."

"그렇지 않아요! 그 언짢은 이야기의 진상이라면 제 입으로 솔직히 말씀드리지 않았어요, 퍼시?"

"다른 사람에게 들은 뒤였소. 그 끔찍스러운 사건을 아주 자세하게."

"하지만 당신은 그런 이야기를 그 자리에서 곧 믿으셨군요." 매우 격렬한 말투로 마르그리트는 말했다. "증거도 없이, 확실한 것을 확인해 보지도 않고, 그런 보지도 알지도 못하는 남들이 이야기한 것과 같은 저열한 짓을 하는 그런 여자라고 생각하셨군요. 당신이 목숨보다도 소중하다고 맹세하고, 숭배한다고까지 고백해 주셨던 제가 그 일로 처음부터 당신을 속이려고 한 것이라고⋯⋯결혼하기 전에 고백해 줘야 했다고 말예요. 하지만 만약 물어 주시기만 했다면, 생 시일이 단두대에 올라간 그날 아침까지 후작과 가족을 구하기 위해 온 신경을 곤두세워 있는 힘을 다했다고 말씀드렸을 거예요. 하지만 제게도 자존심이 있어요. 그렇기 때문에 입을 다물고 말았어요. 당신의 애정이 마치 길로틴의 칼날에 걸린 것처럼 툭 끊어져 사라져 버린 것을 보았을 때. 그러나 저는 제가 어떻게 이용당했는가 하는 것은 이야기했잖아요! 그래요! 바로 제가, 다른 사람들에게 프랑스의 으뜸가는 재녀라는 말을 들은 제가! 단 하나밖에 없는 오빠에 대한 사랑과, 복수에 불타는 마음을 어떻게 이용하는가를 보고 있던 사람들에게 속은 거예요. 그래도 무리한 일이었나요?"

마르그리트의 울먹이는 목소리가 가늘게 떨렸다. 그녀는 잠깐 말을 끊고 조금이라도 평정을 되찾으려고 했다. 그리고 남편이 마치 재판관이라도 되는 것처럼 호소하듯 남편을 올려다보았다.

그는 아내가 열렬히 이야기하는 대로 한 마디 말참견도 하지 않고, 동정하는 말도 입에 담지 않았다. 지금 상대가 말을 끊고 왈칵 쏟아져 나온 뜨거운 눈물을 누르려고 하는 동안 무표정하게 가만히 기다리고 있었다. 새벽의 둔한 잿빛 광선이 그 큰 키를 한층 더 높게, 한층 더 굳은 것으로 보이게 했다. 귀찮은 듯 찌푸렸던 그 얼굴에 야릇한 변모가 나타난 것처럼 보였다. 마르그리트는 이성을 잃으면서도 남편의 눈길에 이미 흐리멍덩한 빛이 사라지고 입매도 호인처럼 빛이 또렷해진 것을 알아보았다. 강한 정열을 담은, 평소와는 전혀 다른 표정이 축 늘어진 눈까풀 밑에서 빛을 뿜는 것 같았다. 그러나 입은 굳게 다물어져 있었다. 마치 의지의 힘만으로 뒤끓는 듯한 정열을 누르는 듯이.

마르그리트 블레이크니는 뭐니뭐니 해도 여자였다. 여자가 지닌 매력 있는 약점을 모조리 가지고 있고, 여자가 지닌 사랑스러운 결점을 모두 갖춘 여자. 순식간에 그녀는 최근 몇 달 동안 자신이 잘못되어 있었던 것을 깨달았다. 지금 자신의 앞에, 자기의 달콤한 목소리를 들으면서 조각상처럼 싸늘하게 서 있는 이 사나이는 1년 전과 조금도 변함없이 자기를 사랑하고 있음을 알았던 것이다. 남편의 정열은 잠들어 있었던 것인가. 그러나 처음으로 자신의 입술을 남편의 입술에 대고 미친 듯이 키스했던 그때 못지않게 한결같이 격렬하고 억센 힘을 지니고 있음을 느꼈다.

남편의 자존심이 그녀를 멀리 하게 했다. 여자로서 마르그리트는 한번 자기의 것이 되었던 그 사랑을 다시 찾고 싶었다. 별안간 마르그리트는 자신의 생애에 행복이 남아 있다면 자신의 피부에 이 사람의 키스를 받는 일 말고는 없다는 생각이 들었다.

"그 이야기를 들어 주세요, 퍼시. " 지금은 그 목소리도 낮았고, 달콤하고 한없이 다정했다. "아르망은 제 목숨의 전부였어요! 우리는 아버지도 어머니도 계시지 않았기 때문에 서로 불쌍하게 여겨 왔어요. 오라버니는 저에게 있어서 작은 아버지였어요. 그리고 저는 오라버니에게 있어 작은 엄마였고요. 그렇게 서로 사랑해 왔어요. 그런데 어느 날 아시겠어요, 여보? 오라버니는 생 시일 후작에게 매를 맞았어요. 후작 집안의 하인들이 우르르 덤벼들어 뭇매를 때렸어요. 이 세상의 어느 무엇보다도 사랑하고 있는 오라버니가! 오라버니의 죄라면 평민의 신분으로 건방지게 귀족 아가씨를 사랑했다는 그것뿐이었어요. 그 때문에 그들은 숨어 있다가 오라버니에게 뭇매를 때린 거예요…… 개처럼 얻어맞아 반죽음이 되었어요! 아아, 오라버니가 얼마나 괴로워했는지! 오라버니가 받은 굴욕은 제 뼈에 사무쳤어요! 기회가 있어 복수할 힘이 생겼을 때 저는 그것을 꼭 붙잡았어요. 하지만 저로서는 다만 그 오만한 후작을 난처하게 해 주고 창피를 주고 싶었을 뿐이에요. 그런데 후작은 조국을 배반하고 오스트리아와 내통하고 있었어요. 뜻하지 않게 그 사실을 알고 전 그 이야기를 했어요. 하지만 제가…… 어떻게 상상할 수 있었겠어요?……다른 사람들이 함정을 만들어 속였다는 것을. 자신이 한 짓을 깨달았을 때는 이미 늦었어요."

두 사람 사이에 잠시 침묵이 계속된 뒤 퍼시 경은 입을 열었다.

"과거로 거슬러 올라가 생각한다는 건 조금 어려운 일이오, 부인. 나는 기억력이 나쁘다고 고백했지만, 그러나 분명히 후작이 세상을 떠났을 때 그 불쾌한 소문에 대해 당신에게 물었던 생각이 나오. 만약 그 기억이 틀림없다면 그 무렵 당신은 온갖 설명을 거부했었소. 나에게 다만 견딜 수 없는 노예와 같은 애정을 바치도록 요구했을 뿐이오."

"당신의 사랑을 시험해 보고 싶었어요. 하지만 당신의 사랑은 그 시련에 견디지 못했어요. 언제나 저를 위해서만 살고, 저에 대한 사랑을 위해서만 살겠다고 말씀하셨는데도 말예요."

"그 사랑을 알아보기 위해 나에게 나의 명예를 버리라고 명령했소" 하고 그는 말했으나, 차츰 평소의 무감동한 태도가 사라지고 비뚤어진 모습이 풀리기 시작한 것 같았다. "마치 벙어리나 유순한 노예처럼 불평도 하지 말고, 따져 묻지도 말고 자기가 사랑하는 여자의 어떤 행위라도 인정하라고 했소. 나는 그때 사랑과 정열에 넘쳐 있었소. 나는 아무런 설명도 요구하지 않았소. 꼭 한 가지만 설명해 주기를 기다렸던 것이오, 의심하지 않고…… 희망을 안고 그 한 마디만을 해 주었더라면 당신이 설명해 준 게 되었을 것이고, 나는 그것을 믿었을 거요. 그런데 그 꿈이 아닌 사실, 끔찍스러운 사실을 자기가 한 짓이라고 대담하게 고백했을 뿐 그 이상 아무 말도 하지 않고 내게서 떠났소. 불만을 품고 오라버니의 집으로 돌아갔소. 나를 내버려 두고 여러 주일 동안이나…… 자기의 오직 하나였던 꿈을 감추어 갖고 있던 신전이 발밑에서 산산이 부서져 땅 위로 허물어져 떨어지고 만 이상, 이제는 누구를 믿어야 할지 알 수 없게 해 놓은 채……. ”

이미 남편이 냉담하고 무감동하다고 탓할 필요는 없어졌다. 목소리 그 자체가 격렬한 정열에 떨리고 있었다. 그것을 그는 초인간적인 노력으로 누르려 하고 있었다.

"그랬어요! 미친 사람 같은 저의 오만한 생각이었어요! " 그녀는 서글프게 말했다. "집을 채 나서기도 전에 벌써 후회하고 있었어요. 하지만 돌아와 보니 당신은 아아, 완전히 달라져 버렸더군요. 그 귀찮은 듯한 냉담한 마스크를 쓴 채 한 번도 벗지 않았어요. 바로 지금까지도…… . ”

남편에게 바싹 붙어 있었으므로 헝클어진 부드러운 머리카락이 남편의 뺨을 간질였다. 눈물이 반짝반짝 쏟아지는 눈은 남편을 미치도록 타오르게 했다. 달콤한 목소리는 혈맥에 불을 질렀다. 그러나 이 여자의 고혹(蠱惑)에 져서는 안 된다. 전에는 매우 깊이 사랑했지만 그 고혹에 걸려 그의 자존심은 그토록 무참하게 상처입은 것이다. 그는 눈을 감았다. 이 사랑스러운 얼굴, 눈처럼 흰 목덜미, 새벽의 연한 장밋빛 광선에 아름답게 싸인 화려한 자태의 아름다운 환영을 보지 않으려고.

"아니오, 부인. 마스크가 아니오. ” 그는 얼음처럼 차갑게 말했다.

"전에 내 생명은 당신의 것이라고 맹세했었소. 최근 몇 달 동안 내 생명은 당신의 장난감이었소. 당신이 바라는 대로 된 셈이오. ” 그러나 지금의 이 냉랭함이야말로 마스크임에 틀림없다는 것을 그녀는 꿰뚫어보았다. 어젯밤부터 겪어 온 괴로움이 갑자기 그녀의 마음에 되살아났다. 그것은 비애가 아니라, 오히려 나를 사랑하고 있는 이 사람이야말로 나를 도와 무거운 짐을 짊어져 줄 것이라는 마음이었다.

"퍼시." 그녀는 충동적으로 말하였다. "당신은 일부러 저에게 입을 열지 못하도록 하셨군요. 당신은 지금 저의 기분 변화라고 하셨어요. 좋아요. 그렇게 생각하신다면 그것도 좋아요. 당신께 말씀드리고 싶은 일이 있어요. 왜냐하면 전 매우 곤란한 입장에 놓여져 당신께 위로받고 싶어요……."

"무엇이든지 말씀하시오, 부인."

"어쩌면 그렇게도 차가우시담!" 그녀는 한숨을 쉬었다. "정말이에요. 겨우 몇 달 전까지도 제 눈에 눈물 한 방울만 보여도 마치 미친 사람처럼 되셨어요. 하지만 이제는 그것도 믿어지지 않을 정도군요. 아아, 여보, 저는 당신에게로 돌아왔어요. 시달려 녹초가 되어서……게다가……게다가……."

"어떻게 하면 좋은지 말해 주구려, 부인."

그의 목소리가 떨리기 시작했다.

"퍼시! 아르망이 매우 위험한 처지에 빠져 있어요. 저토록 앞뒤를 돌보지 않는 격렬한 행동가인 오라버니의 편지가, 앤드류 포크스 경에게로 써 보낸 격렬한 편지가 혁명 광신자의 손에 떨어져 버린 거예요. 아르망은 이제 모든 것이 끝났는지도 몰라요. 내일 틀림없이 체포되어……길로틴에……만일……하지 않는 한……아아! 무서워요."

그녀는 갑자기 울기 시작했다. 어젯밤에 일어났던 일이 한꺼번에 되살아났던 것이다.

"무서워요! 그런데도 당신은 알아주시지 않아요. 아실 리가 없어요. 그래서 제게는 매달릴 사람도 동정해 줄 사람도 없어요……."

눈물은 이제 누를 수 없게 되어 있었다. 걱정, 괴로움, 내일을 알 수 없는 아르망의 운명이 한꺼번에 밀려온 것이었다. 마르그리트는 비틀거리며 쓰러질 듯 돌난간에 기대어서 두 손으로 얼굴을 가리더니 흐느껴 울기 시작했다. 아르망 생 제스트의 이름과 그가 처해 있는 위험을 듣고 퍼시 경의 얼굴은 순식간에 창백해졌다. 그리고 단호하고 억센 의지가 미간에 분명하게 떠올랐다. 그러나 한참 동안은 한 마디도 하지 않고 가냘픈 흐느낌에 떨고 있는 아내의 모습을 보고 있었다. 이윽고 뚫어지게 지켜보고 있는 그의 얼굴은 자기도 모르는 사이에 부드러워지고, 문득 눈에 눈물이 홍건이 배어나온 모양이었다.

"그렇다면," 그는 매우 빈정거리는 말투로 말했다. "그 혁명의 미친개들이 이번에는 자신들을 먹여 기른 주인의 손을 물어뜯은 셈인가? 이젠 됐소, 부인." 여전히 히스테릭하게 계속 울고 있는 마르그리트에게 남편은 매우 다정하게 말했다. "눈물을 닦으시오, 아름다운 여자가 우는 것은 보고 있을 수가 없소. 나도…….."

의지할 사람도 없는 슬픔에 젖은 아내의 모습을 보고 그는 별안간 넘칠 듯한 정열이 치밀어 자기도 모르게 두 팔을 벌려 아내를 끌어안았다. 그리고 자신의 목숨 그 자체, 심장에 고동치는 피 그 자체를 모든 악으로부터 보호해 주리라고 생각했다. 그러나 이때도 이 싸움에서는 자존심이 이겼다. 무서운 의지의 힘으로 그는 냉랭하게, 그러나 매우 다정하게 말했다.

"이쪽을 보고, 어떻게 하면 도움이 되겠는지 말해 주지 않겠소, 부인?"

마르그리트는 격렬하게 자제하려 하며, 눈물로 더럽혀진 얼굴을 남편에게로 돌리면서 다시 손을 내밀었다. 그러자 남편은 전과 마찬가지로 딱딱한 태도로 입술을 갖다댔다. 마르그리트의 손가락은 겨우 몇 초이지만 필요 이상으로 오랫동안 남편의 손에 쥐어져 있었던 것 같았다. 남편의 입술은 대리석처럼 차디찼지만 그 손은 눈에 보이게 떨리고 불타는 것처럼 뜨겁게 느껴졌다.

"아르망을 위해 어떻게 손을 써 주시겠어요?" 그녀는 사랑스럽고 순진하게 물었다. "당신은 황실에서도 각별한 은혜를 입고 계시고……친구 분들도 많으시니……."

"아니오, 오히려 당신의 프랑스 친구, 쇼블랑 씨의 힘을 빌리는 게 어떻겠소? 그의 세력은, 내가 잘못 생각한 게 아니라면 프랑스 혁명 정부에까지 미치고 있으니 말이오."

"그런 사람에게는 부탁할 수 없어요, 퍼시…… 아아! 모든 것을 털어놓고 당신께 말씀드릴 수 있다면……하지만……하지만……그 사람은 오라버니의 목에 현상금을 걸고 있어요, 그것은……."

마르그리트로서는 어떠한 희생을 치르더라도 남편에게 모든 것을 털어놓을 만한 용기가 아쉬웠다. 그날 밤 자기가 한 짓을 모두, 자기가 얼마나 괴로워하고 어떤 일을 강제당했는가 하는 것을. 그러나 그녀는 그 충동에 몸을 맡기려고는 하지 않았다. 지금은 안 된다. 남편이 아직도 나를 사랑한다는 것을 겨우 알았고, 또 남편이 자기의 것이 되어 주리라는 희망이 생긴 지금은 털어놓아서는 안 된다. 이 이상 남편에게 고백할 기력은 없었다. 결국 남편은 이해해 주지 않을지도 모른다. 내가 내면의 갈등으로 괴로워한 일과 그것에 굴한 사실에 동정해 줄는지는 모른다. 하지만 이 사람의 사랑은 아직도 잠들어 있다. 그 사랑이 이번에는 죽음과 같이 잠들어 버릴지도 모르는 것이다.

아마도 남편은 아내의 마음속에 변해 가는 생각을 짐작하고 있었으리라. 그의 태도 하나하나는 심한 갈망을 말해 주고 있었다. 자신을 믿어 주기 바라는 마음속으로부터의 소망을 아내는 어리석은 허영에서 용납하지 않았다. 아내가 잠자코 있었으므로 그는 어깨를 떨어뜨리고 매우 냉랭하게 말했다.

"그렇다면 부인, 그 이야기를 하자면 견딜 수 없을 터이니까 더 이야기하지 않기로 합시다. 아르망의 일은 걱정하지 마시오, 그의 무사함은 맹세해도 좋소, 자, 이제는 실례해도 좋겠지요? 시간도 너무 늦었고, 게다가……. "

"최소한 저의 감사하는 심정만은 받아 주세요. "

그녀는 남편에게 바싹 다가서서 진심으로 다정스럽게 말했다.

그때 남편은 자기도 모르게 아내를 와락 끌어안았을지도 모른다. 그녀의 눈은 눈물로 넘치고 있었다. 키스로 눈물을 닦아 주고 싶었다. 그러나 아내는 일찍이 꼭 이와 같이 유혹해 놓고도 손에 맞지 않는 장갑처럼 내버렸던 것이다. 지금도 단순한 무드, 변덕스러운 마음에 지나지 않을 것이다. 이런 일에 또 한 번 몸을 굽히는 것은 자존심이 용납하지 않았다.

"너무 성급하구려, 부인!" 남편은 조용하게 말했다. "나는 아직 아무것도 하지 않았소. 시간도 늦었고, 당신도 피로할 것이오, 하녀들이 위에서 기다리고 있소."

옆으로 비켜서서 아내를 위해 길을 열어 주었다. 아내는 한숨을 쉬었다. 실망의 한숨을 내쉬었다. 남편의 자존심과 아내의 아름다움이 똑바로 맞부딪쳤다. 더욱이 그의 자존심이 의연한 정복자였다. 이번에도 그녀는 착각을 하고 있었던가. 남편의 눈 속에 사랑의 빛이 어려 있다고 여겼던 것은 심한 자존심이거나, 사랑의 빛은커녕 미움의 빛에 지나지 않은 것이었던가. 한참 동안 그녀는 남편의 얼굴을 뚫어지게 바라보고 서 있었다. 남편은 또다시 전과 같이 무뚝뚝하고 무표정하게 되어 버렸다. 자존심이 이겨, 아내의 심정에는 아무런 주의도 기울이지 않았다.

새벽의 잿빛이 차츰 아침 해의 장밋빛으로 변해 가고 있었다. 참새가 지저귀기 시작했다. 자연이 잠에서 깨어났다. 이 따뜻하고 빛나는 10월 아침에 답하여 행복스러운 미소를 띠고, 다만 두 마음 사이에는 서로 자존심으로 만들어진 억세고 넘기 어려운 장벽이 가로놓여 있어 어느 쪽도 먼저 그것을 부수려고 하지 않았다.

마침내 그녀는 또 한 번 한숨을 내쉬고 테라스의 계단을 오르기 시작했다. 남편은 큰 키를 꺾듯이 하여 의례적인 절을 했다.

금실로 수놓은 드레스의 긴 치맛자락이 계단에 떨어진 가랑잎을 바삭거리며 쓸어 떨어뜨렸다. 한손으로 난간을 붙잡고 계단을 올라가자, 희미하게 옷자락 스치는 소리가 들렸다. 새벽의 장밋빛 광선이 머리카락 주위에 금빛 테두리를 그리고 머리며 팔 앞에 닿았다. 안으로 들어가기 전에 다시 한 번 걸음을 멈추고 남편을 뒤돌아보았다. 혹시 남편이 두 손을 내밀어 다시 돌아오게 하기 위해 말을 걸어 주지나 않을까 하고 생각하며. 그러나 남편은 움직이지 않았다. 튼튼한 몸은 불굴의 자존심, 심한 고집스러움 그 자체로 보였다.

뜨거운 눈물이 왈칵 치밀어올랐다. 남편에게 보이지 않으려고 재빨리 집 안으로 들어가 될 수 있는 대로 급히 자기 방으로 달려갔다.

그때 그녀가 다시 한 번 뒤돌아보고 장밋빛으로 비추어진 정원에 눈길을 주기만 했다면, 그녀의 괴로움을 부드럽고 훨씬 편하게 견딜 수 있는 것으로 만들었을 광경을 보았을 것이다. 자신의 정열과 절망에 나가떨어진 늠름한 사나이의 모습을. 마침내 자존심이 물러난 것이었다. 그 비꼬인 고집스러움은 사라지고 있었다. 의지의 힘도 미치지 않게 되어 있었다.

그는 아무것도 보이지 않고 미친 듯이 한결같은 사랑에 사로잡혀 있을 뿐인 사나이에 지나지 않았다. 그리고 아내의 가벼운 발소리가 집 안으로 사라져 버리자마자 그는 테라스 계단에 무릎을 꿇었다. 실로 광기 어린 사랑을 위해 아내의 작은 발이 밟은 한 계단 한 계단과, 그 작은 손이 마지막으로 올려 놓여져 있던 돌난간에 입술을 세게 눌러대는 것이었다.

이별

마르그리트가 방으로 돌아왔을 때, 하녀가 매우 걱정하고 있는 것을 깨달았다.

"마님, 매우 피로하시지요?" 기다리다 지친 하녀는 졸린 듯이 말했다. "벌써 5시가 지났어요."

"응, 그래, 루이즈. 이제 피로가 몰려오겠지." 마르그리트는 다정하게 대답했다. "하지만 네가 더 지쳤을 테니 곧 가서 자도록 해라. 나는 내가 준비할 테니까."

"하지만 마님."

"괜찮아. 아무 말도 하지 말아, 루이즈. 어서 가서 자. 실내옷을 내놓았으면 물러가도 좋아."

루이즈는 서둘러 분부대로 했다. 부인의 호화로운 야회복을 벗기고, 부드럽고 헐렁한 실내옷을 입혀 주었다.

"무슨 다른 일은 없으십니까, 마님?" 하녀가 물었다.

"이젠 됐어. 나갈 때 불을 꺼 줘."

"알겠습니다, 마님. 편히 주무십시오."

"잘 자, 루이즈."

하녀가 나가 버리자, 마르그리트는 커튼을 젖히고 창문을 활짝 열었다. 정원과 건너편 강은 장밋빛 광선으로 넘치고 있었다. 아득히 먼 동쪽에는 아침 햇빛이 장밋빛에서 선명한 금빛으로 변하고 있었다. 잔디밭에는 이미 사람의 그림자가 없었다. 마르그리트는 테라스를 내려다보았다. 한번은 완전히 자기의 것이었던 한 사나이의 사랑을 되찾으려고 헛되이 애쓰면서 바로 몇 분 전에 자기가 서 있었던 곳이다.

이상하게도 그토록 아르망 때문에 괴로워하고 가슴을 태웠으면서도, 지금 가장 절실히 떠오르는 생각은 가슴을 찌를 듯 다가오는 날카로운 칼날같은 비련의 슬픔이었다.

나를 뿌리친 사람, 그는 나의 애정을 거부하고 나의 열망에 전혀 아무런 감동도 없었다. 파리에서의 그 행복한 시절이 완전히 죽어 없어지고 잊혀진 것은 아닐 거라고 생각했고, 그래 주기를 바라며 그 불타는 듯한 정열을 퍼부었지만 그래도 반응을 보이지 않았던 사람. 그러한 사나이의 사랑을 갈구하는 한심스러움에 몸이 쑤시는 것 같은 느낌이었다.

이 얼마나 기묘한 일인가! 그녀는 지금도 여전히 그를 사랑하고 있다. 오해와 외로움 속에 지내 온 이 몇 개월을 되돌아보면, 그 동안에도 줄곧 그를 사랑해 왔다는 것을 깨달을 수 있었다. 그 사람의 어리석은 행동이나 귀찮은 듯한 무표정한 태도가 틀림없이 가면일 거라고 마음 깊숙한 곳에서 언제나 느끼고 있었던 것이다. 힘세고, 정열적이고, 제멋대로인 그 남성으로서의 진실은 변함없이 존재하고 있다고 생각했다. 정말로 그 사람을 그녀는 사랑했던 것이고, 그 정열에 끌려서 그 인격의 모든 점에 마음을 다 빼앗겼던 것이 아니었던가. 그것은 즉 얼른 보기에 아둔해 보이는 두뇌 속에 무엇인가가 숨어 있고, 그것을 세상 사람들의 눈에서, 그 가운데서도 특히 그녀로부터 감추려 하고 있는 것을 그녀는 언제나 직감하고 있었기 때문이었다.

여자의 마음이란 이토록 복잡한 것이다. 이 어려운 물음의 해답에는 여인 자신이 가끔 가장 무력한 것이다.

유럽의 으뜸가는 재녀. 마르그리트 블레이크니는 정말로 얼빠진 사나이를 사랑했었던가. 1년 전에 결혼했을 때 그에 대해 품고 있었던 것은 과연 사랑이었던가? 지금 여전히 자신을 사랑하면서도 두 번 다시 자기의 노예요 정열적이고 열렬한 연인이 되어 주지는 않는다는 것을 알게 된 지금, 그에게 품고 있는 심정 이것도 사랑이라는 것인가? 아니다! 마르그리트 자신도 모를 것이 틀림없다. 그만두자, 지금으로서는 알 수가 없다.

아마도 자기의 자존심이 이성을 덮어 버려서 자기 자신의 마음을 한층 더 옳게 판단하는 힘을 잃게 하고 만 것이 틀림없다. 그러나 이 것만은 그녀도 알고 있었다. 그 고집스러운 마음을 되찾아야 한다. 다시 한 번 승리를 얻도록 하자…… 그리고 다시는 그를 잃지 않으리라…… 그를 소유하고, 그의 사랑을 독차지하여, 사랑하기에 어울리는 사람이 되어 오로지 소중히 여기리라. 왜냐하면 그 한 남성의 사랑 없이는 그녀에게 있어서는 이미 행복 따위는 있을 수 없다는 것이 확실했기 때문이다.

이리하여 모순된 생각과 감정이 미친 듯이 마음에 밀어닥쳐왔다. 거기에 마음을 빼앗기고 있는 동안 시간은 자꾸자꾸 지나갔다. 아마도 오랫동안 극도로 긴장된 흥분 때문에 지칠 대로 지쳐, 눈을 감은 채 얕은 잠에 빠져들었던 모양인가. 그 잠 속에서 차례차례로 스치고 지나가는 꿈은 불안한 생각의 연속이라고밖에는 생각되지 않았다. 그러자 갑자기 방 밖에서 발소리가 들려 그녀는 꿈속을 헤매는 상태에서 깨어났다.

깜짝 놀라 후다닥 일어나 귀를 기울였다. 집 안은 변함없이 조용했다. 발소리가 멀어져 갔다. 활짝 열어젖힌 창문으로는 빛나는 아침해가 빛의 홍수가 되어 방 안으로 흘러들어왔다. 시계를 올려다보았다. 6시 반――집안 사람들이 일어나기에는 아직 너무 이르다.

틀림없이 아무것도 모르고 잠들어 버렸을 것이다. 발소리, 낮게 소곤소곤거리는 이야기 소리에 눈을 번쩍 떴는데 대체 무엇일까?

살그머니 발끝으로 방을 지나 문을 열고 귀를 기울였다. 전혀 아무런 소리도 들리지 않는 이른 아침의 기묘한 조용함. 사람들이 가장 깊은 잠에 빠져 있을 때이다.

그러나 조금 전의 소리로 불안해졌는데, 문득 발 밑 문지방에 뭔지 흰 것――분명히 한통의 편지가 끼어 있는 것을 보고는 집어 들어서 볼 용기도 없었다. 정말로 유령 같은 생각이 들었다. 2층으로 올라왔을 때는 절대로 그런 것이 없었다. 루이즈가 떨어뜨리고 갔을까? 아니면 장난꾸러기 도깨비가 장난삼아 가공의 요정의 편지라도 그곳에 나타나게 한 것일까? 그녀는 몸을 굽혀 주워 올렸다. 깜짝 놀랐다. 스스로도 걷잡을 수 없을 만큼 당혹했다. 남편의 큼직큼직하고 사무적인 필적. 그녀에게 쓴 편지였다. 아직 이른 새벽에 시간을 맞출 수 없을 만한 어떤 볼일이라도 있단 말인가? 편지를 뜯었다.

전혀 예기치 못했던 사정 때문에 곧 북부로 떠나야만 하므로 당신에게 작별 인사도 못하고 가는 것을 용서해 주기 바라오. 볼일은 약 1주일쯤 걸릴 것 같소. 그 때문에 수요일에 있을 당신의 강놀이 파티에는 나갈 수 없겠구려. 당신의 가장 충실하고 또한 순종하는 하인.

퍼시 블레이크니

마르그리트에게는 갑자기 남편의 아둔함이 옮겨온 듯한 느낌이 들었다. 이 짧고 간단한 편지를 몇 번이나 여러 번 되풀이하여 읽었으나, 한참 동안은 도무지 그 뜻을 이해할 수가 없었다.

　그녀는 계단 위에 선 채 이 간단하고도 이해할 수 없는 편지를 여러 번 이리저리 자세히 보았으나, 마음은 텅 비고 신경은 무어라 설명할 수 없는 예감과 초조감으로 아주 긴장되어 있었다.

　퍼시 경이 북부에 꽤 많은 자산을 갖고 있는 것은 사실이고, 이제까지도 곧잘 혼자서 떠나 1주일 이상 머물다 오곤 한 적도 있었다. 그러나 이토록 허둥지둥 떠나야만 할 볼일이 이른 새벽 5시나 6시에 일어난다는 것은 매우 기묘한 일이었다.

　그녀는 평소에 갖지 않았던 불안한 생각을 애써 떨쳐 버리려고 했다. 머리끝에서부터 발끝까지 와들와들 떨렸다. 만일 아직도 떠나지 않았다면……그녀는 지금 곧 다시 한 번 남편을 만나고 싶은 격렬하고 억누를 수 없는 충동에 사로잡혔다.

　재빨리 실내복을 입고, 풀어 놓은 머리가 어깨에 헝클어져 있는 것도 잊어버린 채 나는 듯이 계단을 뛰어 내려가 홀을 지나 정면 현관으로 나갔다.

　문은 여느 때와 다름없이 잠겨져 있고 빗장까지 걸려 있었다. 안쪽의 방에서는 하녀들이 아직 일어나 있지 않았던 것이다. 그러나 그녀의 예민한 귀는 사람의 말소리와 땅에 깐 돌을 걷어차는 말발굽 소리를 알아들었다.

　마르그리트는 안타까운 마음으로 떨리는 손가락으로 빗장을 하나씩 벗겼다. 자물쇠가 두껍고 단단해서 손이 벗겨지고 손톱이 찢겨졌다. 하지만 그런 것을 생각하고 있을 겨를이 없었다. 어쩌면 이미 늦었을지도 모른다. 남편에게 "안녕히, 몸조심하세요!"라는 인사를 하기도 전에 떠나 버리지나 않을까. 생각만 해도 온몸이 불안감에 떨려 왔다.

가까스로 열쇠를 돌리자 문을 온몸으로 밀어 열었다. 역시 잘못 들은 것이 아니었다. 말 시중꾼이 두 필의 말고삐를 잡고 기다리고 있었다. 한 필은 퍼시 경이 사랑하는 가장 빨리 달리는 '설탄'으로, 언제라도 출발할 수 있도록 안장이 놓여 있었다.

다음 순간, 퍼시 경이 저택 저쪽 모퉁이에서 나타나 급히 말에게로 다가갔다. 그 호화로운 야회복은 갈아입었지만, 역시 주름잡은 레이스의 훌륭한 셔츠에 긴 승마화와 승마 바지로 차려입고 있었다.

마르그리트는 몇 걸음 앞으로 나갔다. 얼굴을 든 순간, 남편은 아내를 보았다. 그는 살짝 이맛살을 찡그렸다.

"어디 가시지요?" 그녀는 재빠르게 열띤 목소리로 대답했다.

남편은 냉담하고 귀찮은 듯한 태도로 말했다.

"편지에 쓴 대로, 설마 하고 생각했던 다급한 볼일 때문에 오늘 아침 급히 북부로 가 보아야겠소."

"하지만 내일 오시는 손님들에게는……."

"황태자 전하께 부디 죄송하다고 말씀드려 주시오. 당신은 최고의 호스티스니까 내가 없더라도 아무 지장 없을 것이오."

"하지만 여행을 좀 미루셔도 좋으실 텐데…… 강놀이가 끝날 때까지……." 그녀는 여전히 빠른 말투로 안타깝고 초조하게 말했다.

"틀림없이 그런 볼일은 급하신 것도 아니실 텐데……아무런 말씀도 없으셨잖아요, 바로 조금 전까지도."

"내 볼일은 편지에 썼듯이 뜻하지 않은 긴급한 것이오…… 이만 실례하겠소. 런던에 무슨 볼일은 없소? 돌아올 때에?"

"아……아니에요…… 고마워요. 아무것도 없어요. 곧 돌아오시겠지요?"

"곧 오리다."

"이번 주일 안으로?"

"글쎄, 어떨지."

남편은 분명히 달아나려 하고 있었다. 그리고 아내는 단 1, 2초라도 남편을 붙잡아 두기 위하여 온 신경을 집중하고 있었다.

"퍼시." 아내가 말했다. "무엇 때문에 오늘 떠나시는지 말씀해 주실 수 없어요? 당신의 아내로서 물을 권리가 있다고 생각해요. 북부에 볼일 따위는 없으신 거지요? 알고 있어요. 왜냐하면 어젯밤 오페라를 구경하러 가기 전까지 북부로부터의 편지도 없었고, 연락하러 온 사람도 없었고, 무도회에서 돌아왔을 때에도 아무것도 와 있지 않았는걸요. 아무리 생각해도 북부에 가실 일이 없어요. 무슨 비밀이 있으시군요…… 게다가……."

"아니, 비밀 같은 건 없소, 부인." 남편은 얼마쯤 초조한 듯이 말했다. "내 볼일은 아르망과 관계가 있소. 자! 이제 이만 가 봐도 좋겠소?"

"아르망? 하지만 위험한 일에 목을 들이미는 일 따위는 하지 않으시겠지요?"

"위험한 일? 내가? 아니, 그렇지 않소. 걱정해 주어 고맙구려. 당신 말대로 나는 얼마쯤 유력한 사람을 알고 있으니까 때늦기 전에 연락을 취할 생각이오."

"하다못해 고맙다는 인사 말씀만은 드려도 되겠지요?"

"아니, 부인." 남편은 냉담하게 말했다. "그럴 필요는 없소. 이 목숨이 당신에게 소용이 된다면 다행이고, 이미 충분한 보상을 받고 있으니까."

"제 목숨도 당신의 거예요. 아르망을 위해 힘써 주시는 사례로 당신께서 받아 주신다면." 그녀는 걱정에 사로잡혀 남편을 향해 두 손을 내밀었다. "자! 더 붙잡지는 않겠어요. 제 마음도 당신과 함께 가겠어요. 다녀오세요……."

두 어깨에서 물결치는 윤기 흐르는 머리카락이 아침 햇빛을 받아 반짝였다. 그 얼마나 사랑스러운 모습인가. 그는 낮게 몸을 굽혀 아내의 손에 키스했다. 타는 듯한 뜨거운 키스를 받고 그녀의 마음은 기쁨과 희망으로 고동쳤다.

"돌아와 주시겠지요?" 그녀는 상냥하게 말했다.

"곧 돌아오리다."

남편은 아내의 파란 눈을 뚫어지게 들여다보았다.

"잊지 않으시겠지요?" 하고 그녀는 물었지만, 그 눈은 남편의 눈에 대답하여 한없는 약속을 주고 있었다.

"언제나 잊지 않겠소, 부인. 내게 부탁해 주었을 때의 일을……."

말은 차갑고 의례적인 것이었지만, 이번에는 이미 그녀의 마음을 싸늘하게 해 주는 것은 아니었다. 자존심 때문에 아직도 억지로 무표정을 가장하고 있는 얼굴 아래에서 마르그리트는 그것을 여자의 직감으로 알아냈던 것이다. 그는 또 몸을 굽혀 작별 인사를 했다. 그리고 설탄의 등에 올라탔다. 그녀는 그 곁에서, 문 밖으로 달아나는 남편에게 마지막 안녕의 손을 흔들었다. 길모퉁이에서 그의 모습은 곧 보이지 않게 되었다. 말 시중꾼은 말의 보조를 조절하는 데 조금 애를 먹는 모양이었다. 왜냐하면 설탄이 주인의 흥분에 대답이라도 하는 듯 질주하고 있었기 때문이다.

마르그리트는 거의 행복이라고 해도 좋을 만한 한숨을 내쉬면서 발길을 돌려 집 안으로 돌아왔다. 그대로 방으로 들어갔다. 그리고 갑자기 마치 지칠 대로 지친 어린아이처럼 견딜 수 없는 졸음을 느꼈다.

마음이 완전히 편안해진 것 같았다. 그리고 스스로도 분명치 않은 갈망이 가슴을 아프게 하고 있었다. 무언지 막연하고 감미로운 희망이 향유처럼 부드럽게 해 주었다. 이제는 아르망에 대해서 걱정하지 않아도 된다. 오라버니를 도우려는 한마음으로, 바로 지금 말을 몰고 간 그 사람은 늠름하고 강한 힘으로 절대적인 믿음을 갖게 해 주었다. 그 사람을 무기력한 바보라는 둥 깔보아 온 자신이 어이가 없었다. 하지만 그것은 그의 신뢰와 애정에 대하여 그녀가 입힌 깊은 상처를 감추기 위한 가면이 아니었던가. 언제 정열이 그를 쓰러뜨릴지도 모르는 일이었고, 지금도 또한 얼마나 그녀를 사랑하며 얼마나 깊이 고민하고 있는가를 보이고 싶지 않았을 것이다.

그렇지만 이제는 모든 것이 잘될 것이다. 나 자신의 자존심 따위는 버리고 남편 앞에 나 자신을 낮추며, 모든 일을 털어놓고 오직 남편만을 믿으며 살아가리라. 그렇게 하면 그 행복하던 때가 다시 돌아올 것이다. 둘이서 곧잘 퐁텐블로의 숲을 산책하며 주고받는 말은 적지만——그는 언제나 말이 적었으니까——그 늠름한 가슴에 몸을 기대고 있을 때면 평화와 행복이 언제나 몸 가까이에 있는 것 같았던 그 나날이.

어젯밤에 있었던 일을 생각하면 할수록 쇼블랑과 그의 계획을 두려워하는 마음이 엷어져 갔다. 그가 '빨강 별꽃'의 정체를 잡지 못했다는 것은 틀림없다. 판코트 후작도, 쇼블랑 자신도 정각 1시에는 식당에 아무도 없었다고 단언했다. 다만 쇼블랑과 퍼시 경만이었다고 한다. 그렇구나! 퍼시가 있었다! 미처 생각하지 못했는데, 그에게 물어 보았더라면 좋았을 것을! 어찌 되었든 그 누구인지도 알 수 없는 용감한 영웅이 쇼블랑의 계략에 걸릴 리가 없다. 그가 목숨을 잃는 일이 있다 하더라도 그것은 내 탓이 아니다.

아르망은 여전히 위험한 땅에 있다. 하지만 퍼시는 무슨 일이 있더라도 아르망을 돕겠다고 맹세해 주었고, 말을 몰아 뛰어가는 모습을 보고 있는 동안에 어찌 된 일인지 마르그리트는 남편의 행동으로 실패하는 일이 있으리라고는 꿈에도 생각하지 않게 되었다. 아르망이 무사히 영국으로 돌아오면 다시는 프랑스로 못 가게 하리라.

지금 그녀는 매우 행복한 마음이었다. 비쳐드는 아침 햇살을 막기 위해 또 한 번 커튼을 완전히 당겼다. 간신히 침대에 누워 베개에 머리를 올려놓았다. 지칠 대로 지친 어린아이처럼 이내 전혀 꿈도 꾸지 않는 평화로운 잠 속으로 빠져들어갔다.

신비한 꽃무늬

마르그리트가 완전히 기운을 되찾고 잠에서 깨어났을 때는 이미 해가 꽤 높이 올라와 있었다. 루이즈가 가져온 신선한 우유와 과일 한 접시의 가벼운 아침 식사를 정말로 맛있게 먹었다. 포도를 먹으면서 그녀의 마음속에는 갖가지 상념들이 빠르게 나타났다가는 사라져 갔다. 대부분의 생각이 5시간쯤 전에 배웅한 남편의 후리후리하게 크고 곧은 승마복 차림의 모습을 쫓고 있었다.

열심히 따져물은 끝에, 말 시중꾼은 런던에서 주인과 헤어져 설탕을 끌고 돌아왔다는 소식을 루이즈가 전해주었다. 주인 나리께서는 런던 브리지 바로 밑에 정박하고 있던 자신의 배를 탈 모양이었다고 말 시중꾼은 말했다. 퍼시 경은 런던 브리지까지 말을 몰고 가서 거기서 '백일몽'호의 선장 브릭스를 만났으며, 말 시중꾼에게는 설탕과 빈 안장을 맡겨서 리치먼드로 돌려보냈다.

이 소식에 마르그리트는 전보다도 훨씬 더 곤혹스러웠다. 지금쯤 '백일몽'호를 타고 어디로 갈 생각일까? 아르망을 위해서라고 했다. 괜찮아! 퍼시 경은 곳곳의 유력자를 알고 있다. 아마 그리니치에라도 가는지 모른다. 아니면…… 그러나 마르그리트는 추측하는 것을 그만두었다. 머지않아 모든 것을 알 수 있으니까. "곧 돌아오리다, 잊지 않겠소" 라고 그가 말해 주지 않았던가.

길고 지루한 하루가 마르그리트 앞에 기다리고 있었다. 오늘은 옛날의 학교 친구, 작은 수잔 드 튀르네가 찾아오기로 되어 있었다. 장난스러운 마음이 움직이는 대로 어젯밤 황태자 앞에서 백작 부인에게 수잔을 집에 초대하고 싶다고 말했었다. 황태자는 이러한 착상에 크게 찬성하며, 자신도 오후에 두 사람을 방문하겠다고까지 말했다. 백작 부인도 거절할 수는 없었다. '그럼, 수잔이 리치먼드에서 부인과 마음껏 즐거운 하루를 보낼 수 있도록 부탁드립니다' 하고 그 자리에서 약속하지 않을 수 없는 어려운 입장에 서게 되었던 것이다.

마르그리트는 진심으로 애타게 수잔을 기다리고 있었다. 이제는 먼 옛날 일이 되어 버린 학교 시절의 추억담을 나누고 싶었다. 누구보다도 수잔과 함께 있고 싶었다. 그리고 둘이 함께 오래된 정원이며 사슴 동산을 산책하고 강변 길을 거닐어 보고 싶었다. 그러나 수잔은 아직 오지 않았다. 마르그리트는 옷을 다 입었으므로 아래층으로 내려갔다. 산뜻한 모슬린 블라우스를 입은 날씬한 허리에 폭넓은 파란 비단띠를 매고 가슴께에서 엇갈리게 한 우아한 숄에 늦게 핀 장미꽃을 두 서너 송이 꽂은 오늘 아침의 그녀는 아무리 보아도 소녀 같은 싱싱함이 있었다.

마르그리트는 방에서 나와 훌륭한 떡갈나무 재목으로 만든 층계참을 지나서 잠시 멈춰 섰다. 왼쪽은 이제까지 한 번도 들어가 본 일이 없는 남편만이 쓰는 방이었다.

침실, 화장실, 응접실, 그리고 층계참 가장 안쪽에 있는 작은 서재. 이 방은 퍼시 경이 쓰지 않을 때에는 언제나 잠겨져 있었다. 주인으로부터 특별히 신뢰받고 있는 집사 프랭크가 이 방을 관리하고 있었다. 그 방에는 어느 누구도 절대로 들어가지 못한다. 그래서 아내인 마르그리트도 들어가 보고 싶다고 생각한 적도 없었고, 물론 다른 하인도 이 엄중한 규율을 깨뜨릴 리 없었다. 마르그리트는 최근에 와서 남편에 대해 품기 시작한 그 악의 없는 경멸에서 이 전용 서재의 일로 곧잘 남편을 놀려 댄 적이 있었다.

"이토록 성역을 아무도 들여다보지 못하게 엄중히 감시하는 것은 그 속에서 하는 '연구'가 아주 조금밖에 진행되지 못한 사실이 탄로 나기 때문이겠지요. 틀림없이 퍼시가 낮잠을 자기에 알맞은 팔걸이의자 정도밖에는 들어가 있지 않을 거예요" 하고 웃으면서 모든 사람들에게 말했던 것이다. 이 활짝 갠 10월의 아침, 마르그리트는 복도에 눈길을 보내면서 그런 것까지 하나하나 생각해 냈다. 프랭크는 주인의 방들을 모두 정리하는 중인 듯 대개의 문이 열려 있고, 서재 문도 역시 열려 있었다.

문득 마르그리트는 남편의 성역을 들여다보고 싶은 불타는 듯한 어린아이 같은 호기심에 사로잡혔다. 출입 금지라고 하지만 아내인 자기는 다를 것이고, 프랭크도 설마 반대하지는 않겠지. 그렇지만 프랭크가 어느 다른 방에서 일하는 사이에 살짝 방해받지 않고 급히 들여다보도록 하자.

뒤꿈치를 들고 살그머니 층계를 내려와, 마지막 프랑스의 옛날이야기에 나오는 '푸른 수염'의 아내처럼 흥분과 호기심에 가슴을 두근거리고 떨면서 문지방에 섰다. 그녀는 심장이 세게 뛰기 시작하여 저도 모르게 망설이며 걸음을 멈추었다. 문이 조금 열려 있었다. 안은 아무것도 보이지 않는다. 시험삼아 문을 밀어 보았다. 소리도 나지 않았다. 아무 데도 프랭크는 없는 것 같았다. 그녀는 대담하게 들어가 보았다.

순간, 주위의 모든 것이 매우 간소한 데 깜짝 놀랐다. 어두운 색

계통의 묵직한 커튼, 튼튼한 떡갈나무 재목으로 만든 가구, 벽에 붙어 있는 한두 장의 지도, 이러한 것들은 저 게으름쟁이 도회인(韜晦人)이며 경마광이며 유행의 첨단을 걷는 멋쟁이 지도자 퍼시 블레이크니 경에게는 전혀 어울리지 않는 것이었다.

허둥지둥 떠나간 듯한 흔적은 아무 데도 없었다. 모든 것이 있어야 할 곳에 정연하게 놓여 있고, 종이쪽지 하나도 바닥에 떨어져 있지 않았다. 활짝 열어 놓은 벽장이나 서랍은 하나도 없었다. 커튼은 한쪽으로 밀려져 있고 열어 놓은 창문으로부터는 상쾌한 아침 공기가 흘러들어오고 있었다.

방 한복판에 꽤나 오래 쓴 듯한 육중한 사무 책상이 창문을 향해 자리잡고 있었다. 그 책상 오른쪽 벽에, 방바닥에서 천정에 닿을 듯한 부인의 등신대 초상화가 걸려 있었다. 호화로운 액자에 들어 있는 정교한 그림으로, 부셰(1703~70년에 실존했던 화가. 니콜라 부셰)의 서명이 들어 있었다. 퍼시의 어머니였다.

이 어머니는 몸과 마음이 모두 병들어 퍼시가 소년이었을 때 외국에서 세상을 떠났다는 것 말고는 마르그리트는 거의 아무것도 몰랐다. 부셰가 이 초상화를 그릴 무렵 부인은 굉장한 미인이었던 모양이다. 마르그리트는 그 초상화를 바라보는 동안 어머니와 아들이 놀랄 만큼 꼭 닮은 사실에 감탄하지 않을 수 없었다. 어머니가 살아 있었다면 아주 똑같았을 것이다. 부드럽고 짙은 숱 많은 금발, 똑같이 좁고 모난 얼굴, 뚜렷하고 곧은 눈썹 밑의 역시 아주 똑같이 옴폭 들어가고 어딘지 모르게 귀찮아하는 듯한 파란 눈. 얼른 보기에 범용한 표정 뒤에 똑같은 격렬한 정열이 숨겨져 있다. 일찍이 결혼 전에 퍼시의 얼굴에서 언제나 빛나고 있었던 정열과 같은 것이었다. 그것은 오늘 새벽, 남편에게 바짝 다가서서 다정한 울림을 목소리에 담아 이야기를 주고받았을 때, 마르그리트가 새삼스럽게 깨달은 것이었다.

마르그리트는 그 초상을 유심히 바라보았다. 흥미가 있었기 때문이다. 그리고 육중한 책상으로 눈길을 옮겼다. 서류가 가득히 쌓여 있었다. 모두 정연하게 묶어서 분류되어 있었다. 계산서며 영수증 같은 것을 깨끗하게 정리해 놓은 듯했다. 이제까지 한 번도 생각해 본 일이 없으며, 아아! 물어볼 만한 가치도 없다고 대수롭지 않게 여겼었건만, 세상 사람들에게 금빛 찬란한 바보로 보이는 퍼시 경이 아버지에게서 물려받은 막대한 재산을 어떻게 이처럼 빈틈없이 정리해 놓았을까?

이 아담하고 잘 정돈된 방에 들어오니 모두 놀라운 일뿐, 이토록 분명히 보게 된 남편의 사무적 능력의 증거가 놀랍기만 했다. 그토록 사회적으로는 하찮은 일만 하고, 경박하며 바보스러운 말투를 쓰는 등 남편은 가면을 쓰고 있었을 뿐만 아니라, 무언가 신중히 계산하여 연기하고 있었다는 그러한 심증이 강해졌다.

마르그리트는 또다시 이상스러운 생각이 들었다. 어째서 그는 그런 짓을 해야만 했던 것일까? 진실하고 성실한 사람인데…… 어째서 머릿속이 텅 빈 바보처럼 동료들에게 보이도록 해야만 했던 것일까?

자기를 경멸하고 있는 아내에 대한 애정을 감추고 싶었던 것일까…… 그런 일이라면 이토록 희생을 하지 않아도 좋았을 것을. 일부러 부자연스러운 역할을 언제나 연기하지 않더라도 목적을 이룰 수 있었을 것을.

마르그리트는 멍하니 주위를 둘러보았다. 이런 이상스럽고 까닭을 알 수 없는 수수께끼를 앞에 놓고, 스스로 무어라 형용할 수 없는 두려움을 느꼈다. 이 쓸쓸하고 어두컴컴한 방에서 갑자기 으스스 한기가 느껴져 기분이 나빴다.

벽에는 부셰의 훌륭한 초상화 말고는 그림이라고는 한 장도 없었다. 다만 지도가 두 장 붙어 있었다. 둘 다 프랑스의 일부로 한 장은 북해안, 또 한 장은 파리 근교의 것이었다. 이 지도가——그녀는 의심스러웠다——어째서 퍼시 경에게 필요한 것일까?

머리가 쿡쿡 쑤시기 시작했으므로, 모처럼 들어오긴 했지만 기괴한 '푸른 수염'의 방에서 나가려고 했다. 이런 곳에 있는 것을 프랭크에게 보이고 싶지 않았다. 마지막으로 주위를 둘러본 다음 그녀는 문으로 다가갔다. 그러자 책상 바로 곁의 융단 위에 떨어져 있는 작은 물건이 발길에 채여 방 저쪽으로 굴러갔다. 몸을 굽혀 집어 들었다. 순금으로 된 반지였다. 납작한 면에 작은 꽃무늬가 조각되어 있었다.

마르그리트는 손끝으로 뱅글뱅글 돌려 보며, 그 바깥쪽에 조각되어 있는 부분을 자세히 살펴보았다. 조그마한 별 모양의 꽃. 이제까지 두 번이나 똑똑히 본 기억이 있는 꽃무늬.

처음에는 오페라를 구경 갔다가, 다음에는 그렌빌 외상의 무도회에서 본.

빨강 별꽃

이 기괴한 의심이 처음으로 마르그리트의 마음에 몰래 깃든 그 특별한 순간이 언제였는지 나중에 와서 생각해 보니 그녀 자신도 잘 알 수가 없었다. 반지를 단단히 손에 움켜쥐고 방에서 뛰어나오자, 계단을 내려가 정원으로 달려 나갔다. 전혀 남의 눈에 띄지 않는 곳이었다. 꽃이 많이 얽히어 피어 있고, 강과 참새밖에 없는 속에서 또다시 반지를 들고 꽃무늬를 자세히 살펴보았다.

이윽고 그녀는 가지를 펼친 무화과나무 그늘 아래에서 가슴의 두근거림이 멎은 것처럼 멍하니 앉아 있었다. 별 모양의 조그마한 꽃이 새겨져 있는 반지를 물끄러미 들여다보고 있었다.

아니다! 그런 어이없는 일이! 나는 꿈을 꾸고 있는 것이다. 신경이 너무나 예민해졌기 때문에, 하찮은 자질구레한 우연의 일치까지도 암시적이고 신비적인 것으로 여겨지는 것이겠지. 요즈음 런던에서는 어느 누구나 다 그 신비한 쾌남아 '빨강 별꽃'의 꽃무늬를 몸에 달고 있지 않은가?

지금 나만 해도 옷자락에 여기저기 수를 놓고 있지 않은가? 보석이나 법랑(琺瑯) 세공을 하여 머리 장식으로 쓰고 있지 않은가? 퍼시 경이 이 꽃무늬를 반지에 새길 마음이 들었다 해도 조금도 이상할 것은 없다. 간단한 일이니까——그렇고 말고——문제없이 할 수 있다. 게다가, 그건 그렇다 치고 그토록 훌륭한 옷차림을 하고 있는 멋있는 남편, 그런 만큼 기력이 없는 멋쟁이 남편과, 피에 굶주린 프랑스 혁명 지도자들의 눈앞에서 대담하게도 희생자를 구출해 오는 전략가 사이에 무슨 관계가 있는 것일까?

그녀의 생각은 요란한 소리를 내며 소용돌이쳐서 마음이 텅 비어 왔다. 주위의 일이 전혀 눈에 보이지 않게 되어 있었으므로, 정원 저쪽에서 부르는 젊디젊은 목소리가 들렸을 때에는 자기도 모르게 깜짝 놀랐다.

"마르그리트! 마르그리트! 어디에 있어?" 장미꽃 봉오리처럼 싱싱하고 귀여운 수잔이 환희의 빛을 눈에 가득히 담고 부드러운 아침의 산들바람에 밤색 고수머리를 나부끼면서 잔디밭을 뛰어왔다.

"정원에 있을 거라는 말을 들었으므로 깜짝 놀라게 해주려고 했어." 수잔은 몹시 즐거운 듯이 재잘거리며 아름다운 소녀다운 충동에 사로잡혀 마르그리트의 품 안으로 뛰어들었다. "이렇게 일찍 찾아오리라고는 생각하지 못했겠지. 내가 무척 좋아하는 다정한 마르그리트, 그리운 마르그리트!"

마르그리트는 얼른 커프스의 주름 속에 반지를 감추면서, 들뜬 모습으로 아무렇지도 않게 이 젊은 처녀의 순진한 마음을 받아들이려고 했다.

"어머나, 수잔." 마르그리트는 미소를 지었다. "수잔을 완전히 독차지하여 온종일 함께 있을 수 있다니, 아주 즐거워…… 하지만 지루하지 않을까?"

"어머나, 지루하다니! 마르그리트, 어째서 그렇게 심통스러운 말을 하는 거지? 그렇지 않아? 우리 그 그리운 수도원에 있을 때 우리 둘이 있게 되기만 하면 언제나 행복했잖아?"

"그리고 우리만이 아는 이야기를 했었지."

두 젊은 여자는 서로 팔을 끼고 정원을 산책하기 시작했다.

"어머나! 마르그리트네 저택은 정말 기가 막히게 좋군." 귀여운 수잔은 정신없이 열중해서 말했다. "행복하겠지? 그렇지?"

"응, 그럼, 정말이야! 행복하지 않으면 안 되잖아……안 그래?" 하고 마르그리트는 말했지만 생각이 많은 것처럼 조그맣게 한숨을 쉬었다.

"어째서 그렇게 서글프게 말하는 거지? 아아, 알았다. 이미 부인인걸, 뭐. 나 같은 사람하고는 비밀 이야기를 하고 싶지 않은가 봐. 아아! 학교에 다닐 때 우리는 무척 많은 비밀 이야기를 했었지! 기억하고 있어? 그 무렵에는 성천사(聖天使) 테레사 수녀님에게도 비밀로 한 이야기가 있었지. 그분은 아주 다정한 분이었지만."

"그리고 지금의 수잔에게도 더없이 소중한 비밀이 있는 거지, 아가씨?" 마르그리트는 명랑하게 말을 받았다. "그러니까 나에게 모든 것을 다 털어놓고 이야기해 주겠지? 어머나, 얼굴이 빨개지지 않아도 좋아, 수잔." 마르그리트는 수잔의 귀엽게 생긴 얼굴에 진한 붉은 빛이 물드는 것을 보고 덧붙였다. "정말로 부끄러워할 것 없어! 그분은 점잖고 성실해. 연인으로서도 조금도 손색이 없고 남편으로서도 그래."

"그래, 마르그리트. 난 부끄러워하지 않아." 수잔이 조용히 대답했다. "게다가 그분에 대해 그렇게 좋게 말해 주니까 말할 수 없이 기뻐. 어머니도 승낙해 주시리라고 생각해." 수잔은 깊이 생각에 잠기는 것 같았다. "아아, 난 정말로 행복해질 거야. 물론 아버지께서 무사해지실 때까지는 아무것도 생각할 수 없지만······."

마르그리트는 깜짝 놀랐다. 수잔의 아버지! 드 튀르네 백작! 만약 쇼블랑이 '빨강 별꽃'의 정체를 알아낸다면 그도 또한 생사의 위험에 직면하게 된다.

백작 부인으로부터, 또 그 조직의 몇몇 멤버로부터 수수께끼의 지도자가 망명자 드 튀르네 백작을 무사히 구출해 내오겠다고 명예를 걸고 맹세한 것은 마르그리트도 알고 있었다. 귀여운 수잔이 무엇보다도 소중한 자기 혼자만의 작은 비밀 말고는 전혀 아무것도 깨닫지 못하고 이야기를 하고 있는 동안 마르그리트의 생각은 또다시 어젯밤에 있었던 일로 돌아갔다.

아르망이 위기에 놓여 있다. 쇼블랑의 협박, 마침내 승낙하고 만 그 잔혹한 '이것이냐 저것이냐'.

이어 이 사건에 있어서의 자기 자신의 역할——그것은 그렌빌 외상의 식당에서 오전 1시에 최고조에 이르렀던 것이다. 이 시각에는 그 잔인한 프랑스 정부의 대사가 '빨강 별꽃'의 정체를 끝내 알아내고 말 것이라고 생각되었었다. 다만 스포츠를 목적으로 대담무쌍하게도 프랑스의 적에게 편들어, 수많은 간첩도 아랑곳없이 자신을 당당하게 내밀고 있는 쾌남아의 정체를.

그때 이후 쇼블랑으로부터는 아무런 연락도 없었다. 그가 실패한 것이라고 생각했지만, 그러면서도 아르망에 관해서는 걱정을 하지 않게 되었다. 그것은 남편이 아르망을 무사히 구출해 주겠다고 약속했기 때문이었다.

그러나 지금, 수잔이 즐거운 듯이 재잘거리는 말을 듣고 있는 동안 자신이 한 짓에 심한 두려움이 덮쳐 왔다. 어쨌든 쇼블랑으로부터는 아무 말도 듣지 못했다. 그녀는 무도회가 끝난 다음 모두에게 작별 인사를 했을 때의 그의 모습이 얼마나 짓궂고 악의에 찬 것이었는가를 생각해 냈다. 그러고 보면 무언가를 발견한 것일까? 그 대담한 쾌남아를 프랑스에서 붙잡아, 용서 없이 당장에 길로틴으로 보낼 계획을 그때 이미 세웠던 것일까?

마르그리트는 두려움으로 기분이 나빠져서 드레스 속에 감춘 반지를 열심히 움켜쥐고 있었다.

"전혀 듣고 있지 않잖아, 마르그리트?" 수잔은 아주 재미있는 긴 이야기를 중간에서 그만두고 머쓱해진 얼굴로 말했다.

"아니야, 그렇지 않아. 모두 듣고 있어, 하나도 빼놓지 않고." 마르그리트는 억지로 웃는 얼굴을 보이면서 가까스로 말했다. "난 수잔의 이야기를 듣는 것이 좋아…… 수잔이 행복하면 나까지도 무척 기쁜걸…… 걱정하지 마. 어머니의 마음은 우리가 고쳐 드리도록 해. 앤드류 포크스 경은 훌륭한 영국 신사로 재산도 있고 지위도 있으니까, 백작 부인께서 승낙하시지 않을 리가 없어. 하지만 저어, 수잔…… 아버님에 관한 일로 무언가 새로운 소식이 있었어?"

"어머나!" 수잔은 미칠 듯 기뻐하며 말했다. "말할 수 없이 좋은 소식이 있었어. 오늘 아침 일찍 헤이스팅즈 경께서 어머니를 찾아오셨어. 아버지의 일은 잘 진행되고 있대. 나흘 안으로 영국에 무사히 모시고 올 수 있으니까 마음 놓으라고 하셨어."

"그래?" 마르그리트의 반짝반짝 빛나는 듯한 눈길은 즐거운 듯 이야기를 계속하는 수잔의 입술에 빨려 들어가고 있었다.

"이제는 걱정이 없어졌어! 아마 잘 모르겠지만, 그 위대하고 숭고한 '빨강 별꽃' 자신이 손수 아버지를 구하러 가 주셨대. 그분이 가 주셨단 말이야, 마르그리트…… 정말로 자신이 직접……." 수잔은 몹시 흥분하여 덧붙였다. "그분은 오늘 아침에 런던에 가셨대. 틀림 없이 내일은 칼레에 가실 거야. 칼레에서 아버지와 만나 그 다음……."

충격이 마르그리트를 휩쌌다. 훨씬 전부터 예기하고 있었던 일이었다. 다만 자신을 속이고 두려움을 얼버무리려고 이 30분 동안 마음을 죄고 있었음에 지나지 않는다. 그분은 칼레에 가신 것이다…… 오늘 아침은 런던에 있었고……그……'빨강 별꽃'……퍼시 블레이크니……나의 남편……그 남편을 어젯밤 나는 쇼블랑에게 팔아넘기고 말았다…… 퍼시……퍼시……나의 남편……'빨강 별꽃'……아아! 어째서 이토록 장님이었더란 말인가? 이제야말로 똑똑히 알았다…… 모든 것을 한꺼번에……그가 연기해 온 그 역할……그가 쓰고 있던 가면……모든 사람의 눈을 속이기 위하여…….

더욱이 그것이 모두 다름 아닌 스포츠와 모험을 위한 것이었다. 다른 사람들이라면 사냥에서 자극을 찾을 텐데 대의를 위해 남자를, 여자를, 어린이들을 차례로 죽음으로부터 구출해 냈다. 그 게으름쟁이 대부호가 인생에서 무언가 목적을 찾고 있었다. 그와 그의 깃발 아래에 모인 몇몇 젊은이들은 무해(無害)한 사람들을 구하기 위해서, 여러 달이나 목숨을 거는 데에서 삶의 보람을 찾고 있었다.

처음에 결혼했을 때 그는 틀림없이 이야기할 작정이었을 것이다. 그런데 드 생 시일 후작의 사건을 듣고 말았다. 그리하여 틀림없이 언젠가는 자기와 자기에게 따를 것을 맹세한 동지들을 배신할지도 모른다고 생각하고, 갑자기 멀어졌을 것이다. 그 때문에, 다른 모든 사람에 대해서와 마찬가지로 아내의 눈도 속였다. 한편 바야흐로 몇 백 사람들의 목숨이 구출되고, 그 덕분에 또 많은 가족이 생명을 얻고 행복을 얻고 있다.

머리가 모자라는 어리석은 멋쟁이 신사라는 마스크는 훌륭한 것이었고, 그 뒤의 연기도 훌륭했다. 프랑스와 영국에서 비밀리에 활동하고 있는 일류 프랑스의 첩보망을 보기 좋게 마음껏 농락했다. 그 대담무쌍한 용맹심과 아무리 보아도 머리가 모자라는 바보를 쇼블랑의 스파이들이 간파할 수 없었던 것도 이상할 건 없었다. 바로 어젯밤에도 그렌빌 외상의 식당으로 대담한 '빨강 별꽃'을 확인하러 간 쇼블랑이 발견한 것은 긴 의자 한구석에서 한가로이 잠들어 있는 바보 퍼시 블레이크니 경의 모습이 아니었던가.

그때, 쇼블랑의 기민한 두뇌는 이 비밀을 간파한 것일까? 여기에는 무시무시하고, 머리끝이 쭈뼛할 만한 알 수 없는 수수께끼가 숨겨져 있다. 오라버니를 구하기 위해 이름도 알 수 없는 어떤 사람을 운명에 맡긴 마르그리트 블레이크니는 실은 남편을 죽음의 함정으로 몰아넣은 게 아니었던가!

아니야! 그렇지 않아! 아니라니까! 그럴 리가 없어! 아무리 '운명'이라지만 그런 심한 타격을 줄 리가 없다. 그런 일이었다면 '자연' 그 자체가 반역을 기도하여 일어설 것이다. 어젯밤 그 작은 종이를 움켜쥐었을 때, 그런 처참하고 끔찍스러운 죄를 저지르기보다 먼저 내 손이 마비되어 버렸을 것이다!

"어머나, 왜 그래, 마르그리트?" 귀여운 수잔은 이번에는 정말로 놀란 듯했다. 마르그리트의 얼굴에서 핏기가 사라져 잿빛이 되어 있었기 때문이었다. "왜? 기분이 나빠, 마르그리트? 왜 그래?"

"아무것도 아니야, 아무것도 아니라니까. 수잔." 그녀는 꿈을 꾸고 있는 것처럼 중얼거렸다. "잠깐만……생각 좀 해야겠어……생각을!…… 수잔이 말했지…… '빨강 별꽃'이 오늘 떠났단 말이지?"

"마르그리트, 대체 왜 그러지? 놀라고 있잖아?"

"아무것도 아니야, 수잔. 정말로 아무것도 아니야…… 나 잠시 혼자 있고 싶어, 수잔…… 오늘은 이만 작별해야만 할까봐…… 좀 가 봐야겠어, 알겠지?"

"알겠어. 무슨 일이 있었군, 마르그리트. 그래서 혼자 있고 싶은 거지? 방해하지 않겠어. 나에 대해서는 걱정하지 말아. 하녀 루실이 아직 돌아가지 않았어. 함께 돌아가겠어. 내 걱정은 하지 않아도 돼."

수잔은 자기도 모르게 충동에 사로잡힌 듯 마르그리트를 끌어안았다. 아직 소녀였지만 친구의 깊은 슬픔을 느끼고 소녀다운 다정한 마음씨에서 순간적인 재치로, 남의 불행을 엿보려 하지 않고 이 자리를 떠나기로 한 것이었다.

수잔은 몇 번이나 마르그리트에게 키스한 다음, 슬픈 듯이 잔디밭을 되돌아갔다. 마르그리트는 꼼짝도 하지 않았다. 그 자리에 못박혀 선 채 생각에 잠겨 있었다. 어쩌면 좋을까 하고 갈피를 잡을 수 없는 마음으로.

마침 수잔이 테라스의 계단을 올라가려고 했을 때 저쪽에서 하인 하나가 여주인에게로 뛰어왔다. 봉한 편지를 들고 있었다. 수잔은 본능적으로 되돌아왔다. 어쩐지 매우 나쁜 소식이 친구에게 전해지는 것이 아닐까 하는 예감이 들어, 불쌍한 마르그리트는 더 이상 견딜 수 없을 것이라고 생각되었다.

하인은 부인 곁에 공손히 걸음을 멈추고 편지를 내밀었다.

"뭐지?" 마르그리트가 물었다.

"방금 심부름꾼이 갖고 왔는데요, 마님."

마르그리트는 편지를 받아들고 떨리는 손으로 뒤집어 보았다.

"누구에게서 온 거지?" 수잔이 물었다.

"심부름 온 사람의 말로는, 다만 이것을 전해 드리기만 하면 마님께서 누구에게서 온 것인지 알게 되신다고 하는 말을 들었노라고 합니다만……." 하인이 대답했다.

마르그리트는 편지 봉투를 뜯었다. 이때는 벌써 본능적으로 어떤 내용인지 느끼고 있었으므로 다만 기계적으로 주욱 훑어보았을 뿐이었다.

아르망 생 제스트가 앤드류 포크스 경에게 보낸 편지, 쇼블랑의 간첩들이 '어부의 집'에서 강탈하여 쇼블랑이 그녀를 자신의 말에 따르게 하기 위한 도구로서 갖고 있었던 바로 그 편지였다.

지금, 그가 약속을 지킨 것이었다. 생 제스트의 생사에 관계된 편지를 돌려보내 준 것이었다…… 이제는 '빨강 별꽃'을 뒤쫓고 있으니까.

마르그리트의 오감(五感)이 혼란을 일으키고, 육체에서 영혼이 떨어져 나가는 듯한 기분이었다. 그녀는 자기도 모르게 비틀거렸다. 수잔이 그녀의 허리를 안아 주지 않았더라면 그 자리에 주저앉았을 것이다. 온갖 노력으로 자제심을 되찾았지만 그래도 아직 모자랄 정도였다.

"심부름 온 사람을 데려다 줘요." 훨씬 침착함을 되찾고 마르그리트는 하인에게 명령했다. "벌써 돌아가 버린 것은 아니겠지?"

"네, 마님."

하인이 가 버리자 마르그리트는 수잔 쪽으로 향했다.

"그럼, 수잔. 어서 집 안으로 들어가도록 해. 루실에게 채비를 시키도록 해. 집으로 돌아가 주어야 할지도 몰라, 수잔. 그보다도 잠깐 기다렸다가, 누구든 우리집 사람에게 내 여행복과 외투를 준비하라고 말해 줘."

수잔은 대답하지 않았다. 다정하게 마르그리트에게 키스하고 나서 잠자코 이르는 대로 했다. 친구의 얼굴에 나타난, 무섭고 형용할 수 없는 비참한 표정에 소녀는 겁먹고 있었던 것이다.

1분 뒤 하인은 편지를 가지고 온 심부름꾼을 데리고 돌아왔다.

"누가 이것을 주던가요?" 마르그리트가 물었다.

"신사분이던데요, 마님." 그 사나이는 대답했다. "채링 크로스에 면한 '장미와 엉겅퀴' 여관에서요, 마님께서 알고 계실 것이라고 말씀하셨습니다만……. ”

"'장미와 엉겅퀴'에서? 그분은 무엇을 하고 있었지? ”

"부탁한 마차를 기다리고 계셨습니다, 마님. ”

"마차를? ”

"네, 마님. 특별히 꾸민 마차를 부탁하셨습니다. 모시고 있는 사람에게 들었습니다만, 곧장 도버로 향하신다더군요. ”

"그것으로 됐어요. 물러가도록 해요. ” 그러고 나서 마르그리트는 하인에게 말했다. "내 마차와, 마구간 안에서 가장 빠른 말을 네 필 곧 준비하도록 해줘요. ”

하인도, 그리고 심부름꾼도 급히 명령받은 일을 하기 위해 물러갔다. 한순간 마르그리트는 혼자 잔디밭에 우두커니 서 있었다. 그 우아한 자태는 조각처럼 굳어지고, 눈은 뚫어지게 한 점을 응시했으며, 두 손은 가슴 위에 꼭 쥐어져 있었다. 입술은 애처롭게 중얼거릴 때마다 떨리고 있었다.

"어떻게 하면 좋지? 어쩌면 좋아? 어디에 가서 그이를 찾아야 하는 거지? 아아, 하느님! 희망을 주옵소서. ”

그러나 후회하거나 절망하고 있을 때가 아니었다.

마르그리트는——자신은 그럴 생각이 아니었는데도——참으로 괘씸하고 끔찍스러운 짓을 하고 말았던 것이다. 아마도 여자로서 이 이상의 나쁜 짓을 저지를 수는 없을 것이다. 그녀 스스로도 등골이 오싹할 만큼 그것을 깨달았다. 남편의 비밀을 알아보지 못한 어리석음, 그것이 지금은 또 다른 무서운 죄라고까지 생각되었다. 알고 있었어야 마땅한 일이 아니었는가! 알아 두었어야 했을 것을!

퍼시 블레이크니처럼 그토록 열렬히 사람을 사랑할 수 있는 사나이가, 처음부터 나를 사랑해 주었다. 그것을 어떻게 상상할 수 있겠는가? 그가 스스로도 보여 주고 있었던 것과 같이 그 머릿속이 텅 빈 바보일 리가 있을까? 나는 하다못해 그가 가면을 쓰고 있다는 것쯤 알아 두었어야 했을 것을. 그리고 그것을 알고 난 이상, 언제나 두 사람만이 있게 되었을 때에는 그 가면을 벗겨 버렸어야 했다.

그러나 남편에 대한 자신의 사랑은 비열하고 약하디약한 것이었다. 자기의 하잘 것 없는 자존심 때문에 곧 사그라지고 말았다. 나도 남편을 경멸하는 듯한 가면을 써 버렸다. 그러고서도 남편을 처음부터 오해하고 있었던 것이다.

그러나 지금은 과거를 되돌아보고 있을 때가 아니다. 자신의 어리석음으로 죄를 저지르고 말았다. 지금은 쓸데없이 후회에 잠겨 있을 것이 아니라, 재빨리 적절한 행동을 취하여 그것을 보상해야만 한다.

퍼시는 그의 가장 잔인한 적이 뒤쫓는 줄도 모르고 칼레를 향해 떠났다. 그날 아침 일찍 런던 브리지에서 출범한 것이었다. 순풍을 만나면 24시간 안에 프랑스에 닿을 수 있다. 틀림없이 바람의 방향을 고려하여 이 항로를 취했을 것이다. 한편 쇼블랑은 도버로 곧장 갔다. 거기서 배를 구했다면 그 역시 거의 같은 시각에 칼레에 닿을 것이다. 일단 칼레에 상륙하면, 퍼시는 전혀 까닭도 없는 죄로 끔찍스러운 사형에 직면해 있는 사람들을 구출해 주는 기품 있고 용감한 '빨강 별꽃'을 애타게 기다리고 있는 모든 사람들을 만날 것이다. 그리하여 퍼시는 자기 자신의 목숨뿐만 아니라 수잔의 아버지 드 튀르네 백작, 그 밖에 그를 애타게 기다리며 그를 믿고 있는 망명자들까지 위험한 입장에 놓이게 하고 말리라. 더구나 아르망이 얽히게 된다. '빨강 별꽃'이 자신의 안전을 지켜 줄 것으로 믿고 있는 드 튀르네 백작을 만나러 간 것이었다.

이 사람들의 생명, 그리고 남편의 생명이 마르그리트의 손에 맡겨져 있었다. 모두를 구해야만 한다. 만약 인간으로서의 용기와 총명함으로 이 일을 해낼 수만 있다면.

불행하게도 마르그리트는 이 일을 모두 혼자의 힘으로 해낼 수는 없었다. 일단 칼레에 상륙하더라도 어디에 가서 남편을 찾아야 할는지 알 수 없다. 한편 쇼블랑은 도버에서 밀서를 훔쳤기 때문에 발자취를 전부 알고 있다. 그녀로서는 무엇보다도 우선 퍼시에게 위험을 알리고 싶었다.

남편은 자신을 믿고 있는 사람들을 절대로 모른 체하고 내버려 두지 않을 것이며, 드 튀르네 백작을 무자비하고 피에 굶주린 사람들의 수중에 떨어지게 하지 않으리라는 것을 그녀는 지금 똑똑히 알고 있었다.

그러므로 미리 경고를 받을 수만 있다면 계획을 다시 짜고, 한층 더 신중하고 세심하게 행동할 것이다. 아무것도 모르면 교활한 계략에 걸릴지도 모르지만──경고를 받기만 하면──아직 성공할 수 있다.

만일 그가 실패하면──만의 하나라도 '운명'과 교활한 지혜로 뛰어난 쇼블랑이 그 대담한 기략에 뛰어난 쾌남아보다도 더 강력하다고 한다면──그때는 하다못해 남편 곁에서 위로라도 해 주고 싶다. 사랑해 주고 싶다. 위해 주고 싶다. 만약 둘이 함께 죽게 된다면 서로 꼭 끌어안으리라. 사랑이 사랑에 의해 보상되고 모든 오해가 끝났음을 아는 더없는 행복에 잠기면서, 마지막에는 죽음을 달콤한 것으로 받아들임으로써 죽음의 신을 골탕 먹여 주고 싶다.

그녀의 온몸은 크고 확고한 결의를 품음에 따라 극도로 긴장되어 왔다. 만약 신이 예지와 힘을 주신다면 이 일을 끝까지 해내리라. 골똘히 생각하던 빛이 눈에서 사라졌다. 아무리 무서운 위난 속에 있을지라도 머지않아 곧 남편을 다시 만날 수 있다는 마음으로 가슴 속에서 세게 불타는 불길이 눈길을 빛나게 하고 있었다. 이러한 위험을 남편과 함께 서로 나눈다. 남편을 도울 수 있을지도 모른다는 기쁨,

비록 실패하더라도 마지막까지 남편과 함께 있을 수 있다는 기쁨.

어린아이처럼 사랑스러운 얼굴이 험하게 굳어져 입을 꽉 다물고 이를 악물었다. 남편과 함께, 그리고 남편을 위해 행동하거나 아니면 죽음이다. 진정이었다. 무쇠 같은 의지와 불굴의 결의를 이맛살에 새겼다. 이미 계획은 마음속에 있었다. 우선 앤드류 포크스 경을 만나자. 퍼시의 가장 친한 친구로, 이 청년이 언제나 수수께끼의 지도자에 대한 이야기를 할 때의 그 맹목적이고 열광적인 태도를 머릿속에 그렸다. 마르그리트는 마음속이 떨려 왔다.

그라면 도움이 필요한 그녀에게 힘을 빌려 줄 것이다. 마차가 준비되었다. 옷을 갈아입고 사랑스러운 수잔에게 작별 인사를 하고 떠나도록 하리라.

그녀는 서두르지 않고, 그러나 망설이는 빛도 없이 조용히 집 안으로 들어갔다.

적과 동지

그로부터 반 시간도 채 되기 전에, 갖가지 생각에 사로잡혀 있는 마르그리트를 태운 마차가 런던을 향해 질주하고 있었다.

사랑스러운 수잔과 애정이 담긴 작별 인사를 나누고, 수잔이 하녀와 함께 타고 온 마차로 런던을 향해 무사히 돌아가는 것을 배웅했다. 황태자에게는 어쩔 수 없는 급한 볼일 때문에 전하의 왕림을 미루어 주기 바란다는 정중한 사과말을 적어 급히 심부름 보내고, 또한 통은 페이버셤에서 새로운 말로 갈아탈 수 있도록 준비해 달라고 부탁하여 먼저 들려 보냈다.

그런 다음 모슬린 웃옷에 어두운 빛깔 계통의 여행복을 입고 망토를 걸쳐 여행 준비를 했다. 호기로운 남편 덕분에 돈은 늘 충분히 바라는 대로 쓸 수 있었다. 그리고 출발했다.

그녀는 허망하고 무익한 희망을 바라며 자신을 속이지는 않았다. 오라버니 아르망의 무사함은 '빨강 별꽃'이 당장에라도 체포되는 것과 교환한다는 조건부였다. 쇼블랑이 아르망의 생사가 달려 있는 편지를 되돌려 준 이상, 퍼시 블레이크니야말로 그녀 자신이 길로틴으로 보내겠다고 맹세한 사람이었던 것이다. 쇼블랑이 남모르게 회심의 미소를 짓고 있을 것은 의심할 나위도 없었다.

그렇다! 태평스러운 공상에 잠겨 있을 여유는 없었다! 그녀가 그 용감성에 대해 찬미하는 마음으로 불타는 모든 정열을 쏟아 사랑하는 남편 퍼시는 아내로 말미암아 절박하고 치명적인 위험에 빠져 있다. 남편을 적의 손 안에 넘겨주고 말았다——비록 몰랐다고는 할지라도 ——배신하고 만 사실은 변함이 없다. 그러므로 만약 쇼블랑이 지금 몸의 위험을 깨닫지 못하고 있는 남편을 교묘하게 계략에 걸리게 한 다면 남편의 죽음은 그녀의 책임인 것이다. 남편의 죽음! 그때야말 로 그녀 자신의 심장의 피로 남편을 지키고 기꺼이 남편 대신 숨지리 라.

마르그리트는 마차를 '왕관' 여관에 대라고 명령했다. 여관에 닿자 곧 말에게 먹이를 주어 쉬게 하라고 마부에게 말했다. 그런 다음 전 세 마차를 부탁하여 펠멜에 있는 앤드류 포크스 경의 집으로 향했다.

퍼시의 용감한 깃발 아래 모인 친구들 가운데서도 앤드류 포크스 경이야말로 가장 믿을 수 있는 인물로 생각되었다. 내내 친하게 지내 왔으며, 지금은 그가 수잔을 사랑하고 있으므로 해서 한층 더 친근한 사람이 되어 있었다. 만일 그가 퍼시와 함께 이 목숨을 건 일을 하러 떠나 집에 있지 않을 경우엔 헤이스팅즈 경이나 앤토니 경을 찾아볼 생각이었다. 이 청년들 가운데 누군가의 힘을 빌리지 않으면 남편을 구할 수 없을 것이기 때문이었다.

앤드류 포크스 경은 다행히 집에 있었다. 하인이 곧 부인을 안내해 주었다. 이층의 쾌적한 젊은 독신자의 방에 올라가, 작지만 호화롭게 정리된 식당으로 안내되었다. 곧 앤드류 경이 나타났다.

여자 방문객이 누구인가를 듣고 매우 놀란 듯, 이 시대의 딱딱한 에티켓에 따라서 우아한 인사를 하면서도 어찌할 바를 몰라하며——

오히려 의심하는 빛까지 보이며——마르그리트를 보았다.

마르그리트는 그 초조하고 안타까운 태도를 흔적도 없이 씻어 버리고 있었다. 매우 평온하게 청년의 정중한 인사에 답하고 나서 아주 침착하게 이야기하기 시작했다.

"앤드류 경, 난 긴 이야기로 귀중한 시간을 허비할 생각은 없어요. 지금부터 말씀드리는 것은, 틀림없는 사실로서 받아들여 주세요. 내 이야기 따위는 그다지 중요한 일이 아니에요. 다만 중대한 것은 당신의 지도자이며 동지인 저 '빨강 별꽃'이, 내 남편 퍼시 블레이크니가 절망적인 입장에 몰리고 있다는 거예요."

그녀가 남편을 '빨강 별꽃'이라고 믿은 판단이 옳은지 어떤지, 아주 조금이나마 의심하고 있었다면 지금이야말로 그것을 절대적으로 확인할 수 있었다고 해도 좋았다. 앤드류 경은 완전히 정신이 뒤집혀서 창백해지며 똑똑한 대답을 할 수 없게 되었기 때문이다.

"어떻게 이런 사실을 알았는지 그런 건 어쨌든 간에, 앤드류 경." 그녀는 조용히 이야기를 계속했다. "알았다는 것과, 지금으로부터라도 아직 늦지 않았다는 것을 신께 감사하고 있어요. 곤란하게도 혼자서는 어쩔 도리가 없어요. 그래서 당신께 도움을 청하러 왔어요."

"블레이크니 부인," 청년은 동요를 가라앉히려고 하면서 입을 열었다. "저는……."

"우선 제가 말씀드리는 것을 들어 주실 수 없을까요?" 그녀가 말을 가로막았다. "그 프랑스 정부의 전권 대사가 어젯밤, 도버에서 당신의 서류를 강탈했지요? 그 서류에서 당신 또는 당신의 지도자가 드 튀르네 백작과 그 밖의 분들을 구출할 계획을 알아낸 거예요. '빨강 별꽃'은——내 남편 퍼시 블레이크니는——오늘 일을 위해 혼자 출발했어요. 쇼블랑은 '빨강 별꽃'과 퍼시 블레이크니가 동일 인물이라는 것을 알고 있어요. 남편의 뒤를 쫓아 칼레까지 가서 거기서 체포할 생각일 거예요. 프랑스 혁명 정부의 손에 떨어지면 어떤 운명이 기다리고 있는지 잘 아시겠지요? 영국으로부터의 간섭은 조지 국왕 자신이 직접 하신다 해도 소용이 없어요. 로베스피에르 일당은 절충이 이미 늦었다는 식으로 교묘히 달아나 버리겠지요. 뿐만 아니라 신뢰받고 있는 지도자가 도리어 드 튀르네 백작이며, 지금도 백작에게 희망을 걸고 있는 사람들의 은신처를 자신도 모르게 세상에 알려 주고 말게 되는 거예요."

마르그리트는 흥분하지 않고 침착하게 확고하고 굽히지 않는 결의를 가지고 이야기하였다. 그녀의 목적은 이 청년에게 자기를 믿게 하여 도움을 얻는 데 있었다. 그가 없으면 어떻게도 할 수가 없다.

"도무지 잘 알 수가 없습니다만." 앤드류 경은 어떻게 하면 좋을까 하고 생각할 시간을 가지려고 되풀이해서 말했다.

"당신이라면 잘 아실 거라고 생각해요, 앤드류 경. 내가 진실을 말씀드리고 있다는 것을 믿어 주셔야 해요. 이러한 사실을 잘 생각해 주세요. 퍼시는 칼레를 향해 배로 떠났어요. 아마도 어딘가 인기척 없는 해안에 상륙할 터이지만, 그 뒤를 쇼블랑이 뒤쫓고 있어요. 쇼블랑은 도버로 급히 갔으니까, 틀림없이 오늘 밤에 해협을 건너겠지요. 그런 다음 어떻게 되리라고 생각하세요?"

청년은 아무 말도 하지 않았다.

"퍼시는 목적지에 도착하겠지요. 그리고 뒤를 밟고 있는 줄도 모르고 드 튀르네 백작이며 그 밖의 사람들을 찾을 거예요…… 그 사람들 가운데는 나의 오라버니 아르망 생 제스트도 있어요. 남편은 그 사람들을 차례로 찾아갈 거예요. 이 세상에서 가장 날카로운 눈이 동작 하나하나를 엄중히 감시하고 있는 줄도 모르고. 이리하여 자신은 조금도 깨닫지 못하는 사이에 자기를 어디까지나 믿고 있는 사람들을 배신해 버린 뒤, 이제는 아무것도 끌어낼 것이 없음을 알

앗을 때——남편이 용감하게 구출하러 간 사람들과 함께 영국으로 되돌아오려고 할 때——쇼블랑의 함정에 빠져 남편은 길로틴을 면할 수 없게 되어 숭고한 일생을 끝내고 말 거예요."

앤드류 경은 여전히 굳게 침묵을 지키고 있었다.

"나를 믿어 주지 않으시는군요." 그녀는 발끈 화를 냈다. "아아, 신이여! 내가 이토록 진지하게 말하는 것을 모르시겠어요, 네?" 그녀는 와락 작은 손으로 청년의 어깨를 움켜쥐고 똑바로 얼굴을 돌리게 했다. "말씀하세요. 내가 이 세상에서 가장 비열한 여자, 다름 아닌 자신의 남편을 팔려는 여자로 생각되나요?"

"천만의 말씀입니다, 블레이크니 부인." 청년은 간신히 말했다.

"부인께 그런 무서운 마음이 있으리라고는 생각한 적도 없습니다. 그러나……"

"그러나 뭐죠? 말씀하세요. 네, 빨리 1초, 1초가 귀중해요!"

"그럼, 가르쳐 주시겠습니까?" 앤드류 경은 엄격한 말투로 그녀의 파란 눈을 살피듯이 응시하면서 말했다. "쇼블랑은 대체 누구의 도움으로 지금 말씀하신 바와 같은 비밀을 알아냈습니까?"

"내 손으로." 그녀는 조용히 대답했다. "내 책임이에요. 거짓말이 아니에요. 당신께서 무슨 일이 있더라도 믿어 주시기를 바라고 있어요. 하지만 나는 '빨강 별꽃'이 누구인지를 전혀 알지 못했던걸요. 어떻게 알았겠어요? 게다가 만약 내가 성공하면 오라버니를 구해 주겠다고 약속했으니까요."

"쇼블랑이 '빨강 별꽃'의 뒤를 밟도록 도와주고요?"

그녀는 고개를 끄덕였다.

"얼마나 무리하게 강요당했는지 새삼스레 이야기해 봐야 아무 소용없는 일이에요. 아르망은 나에게 있어 오라버니 이상의 분……게다가……게다가……어떻게 그런 것을 상상할 수 있었겠어요?…

…하지만 시간 낭비에요, 앤드류 경…… 1초가 귀중해요…… 정말이에요! ……내 남편이 위험한 입장에 있어요…… 당신의 친구가! 당신의 동지가! 남편을 돕는 일에 힘을 빌려 주세요."

앤드류 경은 자기가 매우 난처한 입장에 놓여 있다고 생각되었다. 지도자이며 동지였던 사람 앞에서 맹세한 것은 복종과 비밀을 엄수하는 일이었다. 더욱이 자기를 믿어 달라고 호소하고 있는 이 아름다운 여성은 어디까지나 진지했다. 그리고 자기의 친구이며 지도자가 절박한 위기에 놓여 있다는 사실도 또한 확실한 일이었다…….

"블레이크니 부인," 그는 겨우 말했다. "부인의 이야기로 머리가 완전히 혼란되어 버려서 어떻게 하면 의무를 다할 수 있을 것인지 알 수 없게 되었습니다. 제가 어떻게 해 드리기를 바라시는지 말씀해 보십시오. '빨강 별꽃'이 위난에 부딪쳤을 때, 목숨을 내던질 동지가 19명이나 있습니다."

"우선 지금은 목숨 따위는 필요하지 않아요." 그녀는 차분히 말했다. "내게는 두뇌와 네 필의 빠른 말만 있으면 충분해요. 하지만 무슨 일이 있더라도 남편이 있는 곳을 알아내야 해요." 그녀의 눈에는 눈물이 넘쳐흘렀다. "나는 당신 앞에 머리를 숙이고, 나 자신의 잘못을 시인하고 있어요. 내 약점도 고백할까요? 남편과는 줄곧 사이가 좋지 않았어요. 남편은 나를 믿어 주지 않았고, 나는 아무것도 보이지 않아 이해할 수가 없었어요. 남편이 내 눈을 가려 왔고, 그것이 무척 두꺼운 것이었다는 건 당신도 아실 거예요. 눈가림을 한 채 사물을 보라고 한다 해도 무리한 일이 아닐까요? 그런데 어젯밤 나 자신은 전혀 모르는 일이었다고는 하지만, 남편을 이런 무서운 위험 속에 몰아넣어 버린 뒤에야 갑자기 눈가림이 벗겨졌어요. 당신이 도와주시지 않더라도 앤드류 경, 나는 무슨 수를 써서라도 남편을 도울 작정이에요. 남편을 위해서 나 자신의 능력을 모두 쥐어짤 생각이에요, 하지만 내가 달려갔을 때는 이미 너무 늦어서 힘을 쓸 수 없게 될지도 몰라요. 그렇게 되면 당신은 평생을 후회할 것이고 그리고 내게는 상처입은 마음이 남을 뿐……."

"그러나 블레이크니 부인." 청년은 절세 미녀의 애처롭도록 진지한 모습에 감동되었다. "부인께서 하려고 생각하시는 일은 남자로서도 힘든 일이라는 것을 알고 계십니까? 부인 혼자서는 칼레까지 갈 수 없습니다. 그 일만으로도 엄청난 위험에 처하게 됩니다. 더욱이 지금 주인어른을 찾아 낼――가령 제가 아무리 자세하게 말씀해 드린다 해도――가능성은 절대로 없다고 보아도 좋습니다."

"아니에요, 어려운 일일수록 오히려 바라는 바예요!" 마르그리트는 상냥하게 중얼거렸다. "위험하다고 해도 각오하고 있어요! 보상해야만 할 일이 잔뜩 있는걸요. 하지만 당신은 잘못 생각하고 계시군요. 쇼블랑의 눈은 당신네들 전부를 노리고 있어요. 나에 대해서는 전혀 마음 쓰지 않아요. 자, 빨리, 앤드류 경. 마차를 기다리게 해 놓았으니까 단 1초도 더 이상 이러고 있을 수는 없어요…… 난 남편에게로 가야만 해요. 무슨 일이 있더라도!" 그녀는 미친 듯이 되풀이했다. "그 사나이에게 쫓기고 있다는 것을 알려야 해요. 모르시겠어요? 모르나요? 내가 남편에게로 가야만 한다는 것을? 비록, 비록 구하기에는 이미 늦었다고 할지라도 하다못해 남편 곁에서……마지막 순간만이라도……."

"그럼, 부인. 저에게 명령해 주십시오. 저로서도, 그리고 다른 동지들도 주인 어른을 위해서라면 기꺼이 목숨을 내던질 것입니다. 부인이 직접 가신다 해도……."

"무슨 말씀을 하시는 거지요? 나를 남겨 놓고 혼자 가시면 나는 미쳐 버리고 말 거예요. 모르시겠어요?" 그녀는 앤드류 경을 향해 손을 내밀었다. "나를 믿어 주시는 거지요?"

그러나 그는 "무슨 분부든 내려 주십시오"라고 말할 따름이었다.

"그럼 들어 주세요. 내 마차는 도버를 향하도록 준비되어 있어요. 전속력으로 말을 몰아 내 뒤를 따라와 주세요. 해질녘에 '어부의 집'에서 뵙겠어요. 쇼블랑은 얼굴이 알려져 있으니까 그 여인숙은 피할 거예요. 그러니까 그곳이 가장 안전해요. 칼레까지 함께 가 주신다면 더욱 마음이 든든하겠지만……당신 말씀대로 아무리 자세하게 가르쳐 주시더라도 남편을 만날 수 없게 될지도 몰라요. 도버에서 배를 얻어 오늘 밤 안으로 건너가요. 내 하인으로 변장하시면 남의 눈에 띄지 않으리라고 생각해요."

"말씀대로 하겠습니다, 부인." 청년은 열성을 나타내며 대답했다.

"우리가 칼레에 당도하기보다 먼저 부인께서 '백일몽'호를 발견할 수 있도록 신께서도 돌보아 주실 것입니다. 쇼블랑이 뒤쫓고 있다면, 우리 '빨강 별꽃'이 밟는 프랑스의 땅은 어디를 가나 위험으로 가득 차 있겠군요."

"신의 도우심을 기도해요, 앤드류 경. 그럼, 지금은 이만 작별해요. 오늘 밤 도버에서 만나요! 오늘 밤은 쇼블랑을 상대로 영불 해협을 건너는 경쟁이군요——상품은——'빨강 별꽃'의 목숨."

앤드류 경은 그녀의 손에 키스하고, 얻어 놓은 전세 마차가 있는 곳까지 배웅했다. 15분 뒤에 그녀는 '왕관' 여관으로 돌아왔는데, 마차와 말이 준비되어 그녀를 기다리고 있었다. 순식간에 마차는 런던 거리를 달리고 또 달려, 이윽고 미친 듯한 속도로 도버 가도를 향해 곧장 질주하고 있었다.

지금은 절망하고 있을 때가 아니다. 일단 일어나 행동으로 옮긴 이상, 이미 이것저것 생각하고 있을 겨를이 없다. 앤드류 포크스 경이 함께 가 주게 되었다. 이러한 마음 든든한 한편을 얻자 희망이 마음에 되살아났다.

신은 큰 자비심을 내려 주실 것이다. 한 사람의 용감한 사나이를 사랑하고 숭배하고 그 사람을 위해서라면 기꺼이 목숨까지 내던지려 하는 여자의 손으로, 그 사람을 죽음에 이르게 하는 그런 무서운 죄를 저지르게 되는 것을 용납하지 않으실 것이다.

마르그리트의 생각은 남편에게로 날아갔다. 그 정체를 알지 못했던 무렵에도 언제나 무의식적으로 사랑했던 그 신비스러운 영웅을 가리켜, 그 무렵 곧잘 장난삼아 그는 내 마음에 남모르게 숨어 있는 임금님이니 하며 웃어 대곤 했었다. 그런데 지금, 자신이 숭배하던 수수께끼의 인물과 이토록 열렬히 사랑하고 있는 사나이가 동일한 인물이라는 것을 별안간 알게 되었다. 그녀의 가슴에 전보다 훨씬 행복한 환영이 몇몇 떠올라 왔다 할지라도 무엇이 이상하겠는가? 남편 앞에서서 남편과 얼굴을 마주 대했을 때, 느닷없이 뭐라고 말할 것인가하고 걷잡을 수 없는 생각에 잠기는 것이었다. 이 몇 시간 동안 너무나도 많은 걱정과 흥분으로 시달려 왔기 때문에, 지금은 더욱 희망에차고 더욱 밝은 생각에 잠기는 사치스러움을 자신에게 허용할 수 있었다.

끊임없이 들려오는 마차 바퀴 소리, 계속되는 단조로움. 그것이 점차로 그녀의 신경을 부드럽게 해 주었다. 그러나 지칠 대로 지치고, 한없이 흘러도 아직 모자라는 눈물로 아픈 눈은 언제부터인지 감겨져 불안한 잠에 빠져들어갔다.

서스펜스

그녀가 가까스로 '어부의 집'에 도착한 것은 밤이 이슥한 뒤였다. 여기까지 오는 데 불과 8시간도 안 걸렸다. 여인숙마다 들러 헤아릴 수 없이 말을 바꾸고, 그때마다 품삯을 듬뿍 주었다. 그러므로 여인숙에서도 아주 좋고 빠른 말을 얻어 주었던 것이다.

마부도 지칠 줄을 몰랐다. 특별히 굉장한 보수를 받을 수 있다는 약속으로 매우 분발한 듯 수레바퀴 밑에서 불이 날 정도였다.

마르그리트 블레이크니가 한밤중에 도착하자 '어부의 집'은 때아닌 소동이 벌어졌다. 샐리는 허둥지둥 잠자리에서 뛰쳐나왔고, 젤리밴드는 이 귀한 손님을 접대하기 위해 허겁지겁 애를 썼다.

이 선량한 사람들은 둘 다 여인숙 사람들로서의 예절을 몸에 익히고 있었기에, 이런 터무니없는 시각에 블레이크니 부인이 혼자 도착했어도 조금도 놀라는 표정을 짓지 않았다. 아무래도 예삿일은 아니라고 여긴 것은 의심할 나위가 없겠지만, 마르그리트는 이번 여행의 중대성——생사에 관한 진지한 문제——에 마음을 빼앗기고 있었으므로, 그런 하찮은 일에 마음을 쓸 여유가 없었다.

바로 얼마 전 두 영국 신사가 비겁하게 기습을 당했던 식당에는 아무도 없었다. 젤리밴드는 서둘러 램프에 불을 켜고, 큰 난로에 요란하게 소리가 나도록 불을 지핀 다음 안락의자를 그 곁으로 옮겨왔다. 마르그리트는 이윽고 마음을 놓고 의자에 허물어지듯 몸을 묻었다.

"오늘 밤 주무실 겁니까?" 사랑스러운 샐리가 물었다. 샐리는 부인에게 간단한 밤참을 대접하려고 눈처럼 새하얀 식탁보를 펴고 있었다.

"아니! 잘 수는 없어." 마르그리트는 대답했다. "아무튼 방은 여기만으로 충분해요. 한 시간 정도만 쓰게 해주어요."

"부디 편히 쉬십시오." 정직한 젤리밴드의 그 붉은 얼굴은 완전히 굳어 버렸다. 이 성실한 주인은 터무니없는 일에 놀라움을 느끼기 시작했으나 '지체 높은 분' 앞에서 그 놀라움을 얼굴에 나타내서는 안 된다고 생각했다.

"물이 들어오면 곧 바다를 건널 생각이에요." 마르그리트가 말했다. "나는 범선을 탈 거예요. 하지만 마부와 하인들은 오늘 밤 여기서 묵을 것이고, 아마도 4, 5일 동안 폐를 끼치게 될 터이니 잘 부탁해요."

"네, 잘 알겠습니다, 부인. 잘 모시도록 하겠습니다. 샐리에게 밤참이라도 가져오게 할까요?"

"그래요, 고마워요. 뭐든지 찬 것도 좀 갖다 주세요. 그리고 앤드류 포크스 경이 도착하거든 곧 이리로 안내해 주세요."

"알겠습니다, 부인."

정직한 젤리밴드의 얼굴에는 바야흐로 그 자신이 아무리 애를 써도 억누를 수 없는 당혹한 표정이 떠올랐다. 그는 퍼시 블레이크니 경을 퍽 존경하고 있었으므로, 부인이 혹시 젊은 앤드류 경과 사랑의 도피행을 하려는 것이라면 차마 볼 수 없었다. 비록 그것은 그와는 관계가 없는 세계의 일이고, 게다가 젤리밴드는 남의 개인적인 행동을 수군수군할 그런 인물은 아니지만, 그래도 마음속으로는 이 부인도 결국 '외국 놈들' 가운데 한 사람에 지나지 않으니, 남자에게 곧 몸을 허락하는 그런 부류의 여자라 해도 이상할 것은 없다고 생각했다.

"가서 쉬어도 괜찮아요, 정직한 젤리밴드." 마르그리트는 상냥하게 말을 이었다. "샐리도 그래요. 앤드류 경은 늦게 오실 테니까."

젤리밴드는 샐리가 침실로 물러가도 좋다는 말을 듣자 기뻤다. 아무래도 오늘 밤의 일이 못마땅하게 여겨지기 때문이었다. 그러나 블레이크니 부인은 돈만은 듬뿍 집어 줄 것이다. 그 밖에 뭐가 어떻게 되건 이쪽에서 알 게 뭐란 말인가.

샐리는 차갑게 얼린 고기와 포도주와 과일 등 간단한 밤참을 식탁에 늘어놓은 다음 공손하게 인사하고 물러갔다. 저 부잣집 마님은 삿된 정을 맺어 애인과 몰래 달아나려고 하면서 어째서 저렇게 무서운 얼굴을 하고 있는 것일까? 그녀는 작은 가슴에 이상한 것을 느꼈다.

그런데 그로부터 마르그리트에게는 넌더리가 날 만큼 기다리는 시간이 계속되었다. 앤드류 경이──하인의 옷차림을 갖추어야만 하기 때문에──적어도 앞으로 2시간쯤은 지나야만 도버에 도착하리라는 것은 알고 있었다. 물론 승마의 명수니까, 이러한 위급한 때는 런던 도버 사이의 110킬로미터쯤은 단숨에 달려올 것이다. 그도 그야말로 말발굽에서 불꽃을 튀기며 오겠지만, 특별히 좋은 말만 만날 수 있다고 할 수는 없었다. 어찌 되었거나 그녀보다 적어도 1시간 뒤에나 런던을 출발할 수 있었을 것이다.

도중에서 쇼블랑은 그림자도 보지 못했다. 마부에게도 물어 보았다. 마부는 부인께서 말씀하신 바와 같은 바짝 마르고 몸집이 작은 프랑스 인은 전혀 보지 못했다고 대답했다.

그렇다면 그는 처음부터 이쪽을 앞지르고 있었던 게 아닐까. 말을 바꾸려고 여인숙에 들렀지만 그때마다 가까운 곳에 사는 사람들에게 물을 수도 없는 일이었다. 쇼블랑이 길마다 첩보망을 쳐 놓았다면 이쪽에서 물은 일이 곧 전해져 그녀를 아득히 멀리 떼어놓고 말 것이므로, 자신이 접근해 가고 있는 사실을 숨길 수밖에 없었다.

대체 어느 숙소에 머물고 있는 것일까? 어쩌면 운 좋게 벌써 배를 얻어 타고 지금쯤 프랑스로 향하는 도중이 아닐까. 그렇게 생각하니 가슴이 아프도록 죄어드는 것 같았다. 정말로 이미 때가 늦었다면!

방의 고독한 분위기에 그녀는 짓눌리는 듯했다. 집 안에 있는 것들은 모두 소름이 끼치도록 고요했다. 큰 시계의 시간을 새기는 소리 ——끔찍할 만큼 느릿하고 정확했는데——만이 견딜 수 없는 고요를 깨뜨리는 유일한 소리였다.

마르그리트는 이 쓸쓸한 밤중에 사람을 기다리기 위한 용기와, 목적을 이루고야 말 견인 불굴의 온갖 결의와 에너지를 필요로 하고 있었다.

자기 이외의 것은 모두 잠들어 있다. 샐리가 이층으로 올라가는 발소리가 들렸다. 젤리밴드는 마부와 하인들을 돌보러 갔다가 조금 뒤 되돌아와서 밖의 포치 아래 앉았다. 바로 1주일쯤 전에 마르그리트가 처음으로 쇼블랑과 다시 만난 장소였다. 아마도 앤드류 포크스 경을 기다리는 것 같았다. 곧 기분 좋은 졸음이 덮친 듯——천천히 시간을 새기는 시계 소리에 더해져서——이 성실한 사람의 단조롭고 평화로운 코고는 소리가 마르그리트의 귀에 들려왔다.

그야말로 상쾌하고 아름다웠던 10월의 하루가 조금 전부터 거칠고 추운 밤으로 변한 것을 그녀는 깨달았다. 몹시 추위가 느껴졌으므로, 난로에 불이 활활 타고 있는 것이 기뻤다. 그러나 점점 시간이 지나감에 따라 날씨는 더욱 더 험해졌다. 여기에서 꽤 먼 거리인데도 애드미럴티 부두를 때리는 큰 파도 소리가 천둥소리처럼 울려오고 있었다.

바람이 심하게 소리를 내며 불기 시작하였다. 이 옛날식 집의 납 창문이며 육중한 문이 덜컹거리고 있었다. 나무들을 흔들고 큰 연통에 부딪쳐 휘익 소리를 지르며 안으로 불어오는 이 바람이 언제 순풍이 될 것인가 하고 마르그리트는 걱정했다. 폭풍우를 두려워하고 있는 것은 아니었다. 해협을 건너는 것이 1시간이라도 늦어진다면 훨씬 더 무서운 위험과도 맞설 작정이었다.

그때 갑자기 밖이 떠들썩해졌다. 그녀는 깊은 생각에서 깨어났다. 분명히 앤드류 포크스 경이었다. 굉장한 속력으로 말을 몰아서 지금 막 도착한 것이었다. 말발굽이 땅에 깐 돌을 세차게 밟는 소리가 나자 젤리밴드의 졸린 듯한 그러나 쾌활하게 손님을 맞는 목소리가 들려왔다.

이때가 되어서야 마르그리트는 자신의 입장이 몹시 난처하다는 것을 깨달았다. 이런 시각에 여자 혼자서, 더욱이 자신을 잘 알고 있는 장소에서, 역시 잘 알려져 있는 젊은 미남자와 남모르게 만날 약속을 하고 있다. 더욱이 상대는 변장을 하고 도착했다! 말 많은 사람들에게는 굉장한 소문거리가 될 것이다. 물론 이것은 주로 유머러스한 면에서 마르그리트의 마음에 떠오른 것이었다. 그녀가 지닌 사명의 중대함과, 성실하고 고지식한 젤리밴드가 여기서 당연히 그녀의 옳지 않은 밀통을 억측하리라는 것은 참으로 전혀 이상야릇한 대조였다. 그 일을 생각하자, 이 몇 시간 동안에 처음으로 희미한 웃음이 그녀의 어린아이 같은 입매에 나타났다.

이윽고 앤드류 포크스 경이 남의 눈에 잘 띄지 않는 하인의 몸차림으로 식당에 들어왔을 때, 그녀는 명랑한 웃음소리로 그를 맞을 수 있었을 정도였다.

"아아! 가까이 오셔요, 하인님." 그녀는 말했다. "모습이 아주 훌류하시군요."

젤리밴드는 참으로 겸연쩍은 표정으로 앤드류 경의 뒤를 따르고 있었다. 이 귀공자가 변장을 했다는 사실은 그의 점잖지 못한 상상을 아주 똑똑하게 증명하고 말았다. 본디 명랑한 얼굴이지만 웃음기라고는 하나도 없이 술병의 코르크를 뽑고 자리를 마련하고 시중을 들려고 했다.

"고마워요, 주인" 하고 마르그리트는 말했지만, 지금 이 순간에 이 성실하고 고지식한 사람이 기막힌 상상을 하고 있을 것을 생각하니 아직도 미소가 사라지지 않았다.

"이젠 아무 할 일이 없어요. 이것은 당신에게 폐를 끼친 나의 성의 예요."

마르그리트가 두서너 닢의 금화를 내밀자 젤리밴드는 공손하게 감사하는 마음으로 받았다.

"잠깐만." 젤리밴드가 물러가려고 하자 앤드류 경이 가로막았다.

"블레이크니 부인, 아무래도 젤리의 수고를 조금 더 부탁해야 할 것 같습니다. 유감스럽지만 오늘 밤에는 바다를 건널 수 없을 것입니다."

"바다를 못 건넌다고요?" 그녀는 소스라치게 놀라며 거듭 말했다. "하지만 바다를 건너야만 해요, 앤드류 경. 무슨 일이 있어도 건너야 해요! 건널 수 없다는 말은 하면 안 돼요. 아무리 많은 비용이 들더라도 오늘 밤에 꼭 배를 잡아야 해요."

그러나 청년은 슬픈 듯이 고개를 저었다.

"비용 문제가 아닙니다, 블레이크니 부인. 프랑스로부터 언짢은 폭풍우가 퍼져서 바람이 아무렇게나 무턱대고 불어 닥치고 있어 바람의 방향이 바뀔 때까지는 도저히 배를 낼 수가 없답니다."

마르그리트는 무서우리만큼 창백해졌다. 예상도 하지 못한 일이었다. 자연까지도 그녀를 무섭게 잔혹한 놀림감으로 삼고 있다. 퍼시가 위험에 직면하고 있는데, 남편에게로 갈 수가 없다. 그것도 때마침 프랑스 해안에서 바람이 불어온다는 이유만으로.

"하지만 우린 가야만 해요! 무슨 일이 있더라도!" 마르그리트는 이상스럽도록 끈질긴 열정으로 되풀이했다. "아시겠지요? 무슨 일이 있더라도 가야 해요! 무슨 방법이 없을까요?"

"조금 전에 해변으로 돌아가서 선장을 두서너 명 만나 보았습니다. 오늘 밤에 배를 내다니, 큰일 날 말이라고 모두들 입을 모아 말했습니다. 어느 누구나 말입니다." 앤드류 경은 마르그리트에게 의미 있는 듯한 눈길을 보내면서 덧붙였다. "아무도 오늘 밤은 도버에서 배를 낼 수 없을 것입니다."

순간적으로 마르그리트는 그 뜻을 깨달았다. 누구 한 사람, 다시 말해서 자신도 그렇지만 쇼블랑도 포함되어 있다. 그녀는 밝은 기분이 되어서 이번에는 젤리밴드를 향해 고개를 끄덕여 보였다.

"그런가요? 그럼, 내가 졌군요. 방은 있나요?"

"네, 있고말고요, 부인. 훌륭하고 밝고 시원스러운 방입니다. 지금 보고 오겠습니다만……아아, 앤드류 경께도 하나 있습니다. 양쪽 다 준비가 완전히 되어 있습니다."

"그거 참 고맙구려, 성실한 젤리." 앤드류 경은 쾌활하게 말하며 성실하고 고지식한 주인의 등을 쾅 때렸다. "그 방문을 열어 주오. 그리고 촛불은 저 벽장에 놓아 주구려. 당신은 졸리겠지만 부인께선 주무시기 전에 뭘 좀 잡수셔야만 하오. 이봐요, 너무 마음 쓰지 마오. 그렇게 무뚝뚝한 얼굴 하지 말고. 부인께서 여기 오신 시간이 늦었지만, 당신의 집으로선 굉장한 영광이오. 당신이 영부인에 관한 이야기를 입 밖에 내지 않고 충분히 시중들어 드리면 퍼시 블레이크니 경께서 곱절이나 되는 사례금을 주실 것이오."

앤드류 경은 고지식한 젤리밴드의 머릿속을 뛰어다니고 있는 갖가지 의혹과 걱정을 알아본 모양이었다. 앤드류 경은 빈틈없는 신사이므로, 마음먹은 말을 단호히 하여서 암시하는 것으로 존경받는 여인숙 주인의 의심을 없애려고 했다. 얼마쯤 효과가 있었다. 퍼시 경의 이름을 들은 순간 젤리밴드의 붉은 얼굴이 얼마쯤 밝아졌다.

　"얼른 보고 오겠습니다, 네." 힘차게 대답하는 그의 태도에서 서먹서먹함이 없어져 있었다. "부인의 식사는 이것으로 충분하십니까?"

　"네, 정말 고마워요. 난 몹시 배가 고팠고, 지칠 대로 지쳐서 죽을 것만 같아요. 수고스럽지만 방을 보고 오세요."

　젤리밴드가 방을 나가자 그녀는 곧 열심히 말했다.

　"자, 말해 주세요, 무슨 소식이나 모두."

　"별로 말씀드릴 만한 일도 없습니다, 블레이크니 부인." 청년은 대답했다. "폭풍우 때문에 이번 조류로는 도버에서 배를 내는 것이 절대로 불가능합니다. 그러나 처음에는 무서운 불행으로 보이던 일도, 실제로는 신의 돌보심이 그 모습을 바꾼 것입니다. 우리가 오늘 밤 프랑스에 건너갈 수 없다면 쇼블랑도 꼼짝할 수 없습니다."

　"폭풍우가 되기 전에 떠났는지도 모르잖아요."

　"아아, 부디 그래 주었으면 고맙겠습니다." 앤드류 경은 유쾌하게 말했다. "그랬다면 아마도 틀림없이 뱃길에서 벗어났을 것입니다, 신께서만 아실 일이지만! 그리하여 지금쯤은 바다 밑에 누워 있을 것입니다. 아무튼 이 무시무시한 폭풍우 속에서 바다로 나가는 조그만 배는 견디어 내지를 못합니다. 그러나 그 교활한 악마와 그가 세우고 있는 잔인한 계획이 바다의 고기밥이 된다는 희망은 가질 수 없을 것 같습니다. 저와 이야기한 선원들은 요 몇 시간 동안, 도버에서 나간 배는 한 척도 없다고 입을 모아 말하고 있었으니까요. 그런데 오늘 오후, 외국인이 혼자 마차를 타고 와서 프랑스로 건너가고 싶다고 하며 저와 마찬가지로 두서너 곳 물어 보더라는 말을 들었습니다."

"그렇다면 쇼블랑은 아직 도버에 있을까요?"

"틀림없을 것입니다. 숨어서 기다렸다가 제 칼을 꽂아 줄까요? 사실은 그것이 어려운 문제를 해결하는 가장 손쉽고 빠른 방법입니다만."

"어머나, 앤드류 경. 농담하지 말아요. 아아! 나도 어젯밤부터 그 악마가 죽어 버리면 좋겠다고 얼마나 생각했는지 몰라요. 하지만 지금 하신 말씀은 불가능해요! 이 나라의 법률이 살인을 용납하지 않는걸요. '자유'와 박애의 미명 아래, 대량 살인이 공공연하게 행해지고 있는 것은 아름다운 우리 프랑스뿐이에요."

앤드류 경은 그녀가 조금이라도 무엇을 먹거나 포도주를 마시도록 권했다. 다음 조류까지 적어도 12시간이나 쉬어야만 한다. 이것은 극도로 긴장하여 흥분하고 있는 그녀에게 있어서는 견디기 힘든 일일 것이다. 그러나 이러한 작은 일에서도 마르그리트는 어린아이처럼 얌전하게 무엇이든 먹거나 마시려 애쓰고 있었다.

사랑을 하고 있는 사람들에게는 깊은 동정심이 솟게 마련이어서, 앤드류 경은 마르그리트에게 그녀의 남편 이야기를 여러 가지로 들려주어 그녀를 매우 행복한 기분으로 만들었다. 무자비한 피에 굶주린 혁명 때문에 조국으로부터 추방되는 불쌍한 프랑스 망명자들을 용감한 '빨강 별꽃'이 대담무쌍하게 나서서 멋들어지게 도망치도록 해준 예를 몇 가지 이야기했다. 남자며 여자며 그리고 아이들까지도 저 살인광같이 언제나 희생자를 기다리고 있는 길로틴의 칼날 아래에서 빼돌릴 때의, 그 용감성과 교묘함과 기책을 자유자재로 쓰는 모습을 이야기해 주어 그녀의 눈을 정열로 빛나게 했다.

'빨강 별꽃'이 여러 가지로 기묘한 변장을 하여, 파리 성문에서 그를 잡으려고 망보고 있는 가장 엄중한 감시망의 눈을 속여 빠져나온 이야기했을 때에는 그녀도 소리 내어 웃었을 정도였다. 바로 얼마 전, 드 튀르네 백작 부인과 아이들을 탈출시켰다. 이런 것들은 그야 말로 대결작이었다. 더러운 모자를 써서 헝클어진 잿빛 머리카락을 삐져나오게 하여 시장에 다니는 비천한 노파로 변장한 블레이크니의 모습은 신께서도 배를 움켜쥘 정도였을 것이다.

블레이크니가 가장 곤란한 일은 키가 너무 큰 것이었다. 그 때문에 프랑스에서는 변장하기가 아주 어려웠다. 그 블레이크니의 모습을 앤 드류 경이 설명하자 마르그리트는 허리를 잡고 웃어댔다.

이렇게 해서 1시간이 지났다. 그래도 도버에 싫든 좋든 가만히 앉 아 있어야 할 시간이 아직도 많이 남아 있었다. 마르그리트는 안타깝 게 한숨을 쉬고 식탁에서 일어났다. 졸음을 쫓는 폭풍우 소리를 들으 며 무시무시한 근심 속에 잠못 드는 밤을 이층에서 지낼 생각을 하자 소름이 끼칠 지경이었다.

지금쯤 남편은 어디에 있을까? '백일몽'호는 튼튼하게 만들어져 있었다. 훌륭한 원양 항해선이었다. 앤드류 경의 말에 따르면 배는 폭풍우가 일기 전에 그 범위 밖으로 나갔거나, 또는 바깥 바다로 나 가지 않고 글레이브센드에 조용히 정박해 있을 거라는 것이었다.

브릭스는 잘 단련된 선장이고, 퍼시 경도 여느 선장에 지지 않을 만큼 능숙하게 배를 다루는 힘이 있었다. 폭풍우 때문에 생기는 위험 은 없을 것이다.

마르그리트가 겨우 잠자리에 들어간 것은 밤도 어지간히 이슥해진 뒤였다. 걱정했던 대로 아무리 애를 써도 잠을 이룰 수가 없었다. 길 고 지루한 시간에 그녀의 머릿속을 스치는 것은 더없이 어둡고 나쁜 예감뿐이었다. 그녀를 퍼시에게서 떼어 놓은 채 폭풍우는 쉬지 않고 미친 듯 날뛰었다. 멀리서 부서지는 파도 소리는 그녀의 마음을 서글 픔과 애처로움으로 몰아넣었다. 지금의 기분으로는 바다 소리 때문에 더욱 더 슬픔이 깊어져 가는 듯했다.

　넓고 끝없는 바다는, 엄숙하고 쾌활하게 우리 가슴 속의 생각따라 저 끊임없고 초조한 단조로움으로 밀려왔다 밀려간다. 그것을 가만히 즐겁게 바라보고 있을 수 있는 것은 우리가 매우 행복할 때의 일이다. 우리의 생각에 끝없이 봄의 기쁨이 넘칠 때, 파도도 그 쾌활함을 더한다. 그러나 슬픈 생각에 잠길 때면 밀려오는 파도마다 새로운 슬픔을 더한다. 모든 기쁨의 덧없음과 공허함을 우리에게 이야기하는 것처럼.

칼레 항구

아무리 지긋지긋한 밤일지라도, 아무리 길고 긴 낮일지라도 언젠가는 끝이 오는 법이다.

금방이라도 미쳐 버리지나 않을까 하고 생각될 정도로 아픈 마음에 시달리면서 마르그리트는 15시간을 지냈던 것이다. 한잠도 자지 않고 밤을 밝히고 나자 이미 마음이 다급하여 한시라도 빨리 출발하고 싶었다. 그러면서도 여기에서 또 방해가 생기는 것은 아닐까 하는 불안한 마음으로 자리에서 일어났다. 자칫 소홀히 하여 귀중한 출발의 찬스를 놓치면 어쩌나 하고 그것만이 오직 마음에 걸려 온 집안의 사람들이 아직 자고 있는데도 누구보다도 빨리 일어난 것이었다.

아래층에 내려와 보니, 앤드류 포크스 경은 벌써 식당에 있었다. 30분쯤 전에 숙소를 나가 애드미럴티 부두로 가 보았지만, 프랑스 우편선도 개인의 전세배도 아직 도버를 출발할 수 없다는 사실을 확인했을 뿐이었다. 폭풍은 바야흐로 굉장한 맹위를 떨치고 바닷물이 빠지기 시작하고 있었다. 바람이 자거나 방향이 바뀌지 않는 한 다시 물이 찰 때까지, 10시간이나 12시간을 더 기다리지 않으면 안 되었다. 그러나 바람은 자지 않고, 방향도 바뀌지 않았으며, 물은 자꾸자꾸 빠져 나갔다.

이 우울한 소식을 듣고 마르그리트는 마음이 언짢아질 정도로 절망에 사로잡혔다. 다만 매우 굳은 결의를 한 덕분에 가까스로 버티어 냈다. 만약 그녀가 완전히 힘을 잃고 말았다면, 역시 불안감에 싸여 있는 청년의 걱정이 더욱 늘어날 뿐이었으리라.

앤드류 경은 겉으로는 나타내지 않았지만, 동지이자 친구인 사람에게로 한시라도 빨리 달려가고 싶어 조바심하는 마음은 자기와 마찬가지라는 것을 마르그리트도 알고 있었다. 이리하여 어쩔 수 없이 가만히 있는 것을 두 사람 다 견딜 수 없게 되었다.

도버에서의 그 지긋지긋한 하루를 어떻게 지냈는지, 마르그리트는 나중에 생각해도 도무지 기억나지 않았다. 때마침 쇼블랑의 간첩들이 가까이에 와 있다가 들키기라도 하면 큰일이므로, 손님용으로는 쓰지 않는 서실을 빌려 앤드류 경과 단둘이 앉은 채로 내내 꼼짝도 하지 않았다. 집에 있는 것으로 아무렇게나 만들어 사랑스러운 샐리가 가져온 식사를 애써 먹으려고 했다. 그 외에는 다만 생각할 뿐이었다. 여러 가지 일을 억측해 보았다. 때로는 덧없는 희망이 생겨나기도 했다. 그것밖에는 없었다.

폭풍우가 멎은 것은 꽤 지체하고 난 뒤였다. 그러나 물이 너무 빠져서 배를 낼 수가 없었다. 바람의 방향은 바뀌어서 상쾌한 북서풍——프랑스로 쾌속으로 건너기에는 정말로 하늘의 도우심이라고 할 만한 것이었다——으로 바뀌어 가고 있었다.

두 사람은 언제나 출발할 수 있을 것인가 하고 몹시 걱정하며 계속 기다리고 있었다. 길고 긴 하루——지긋지긋한 하루 중에서도 꼭 한 번 즐거운 순간이 있었다. 그것은 앤드류 경이 다시 부두로 나갔는데, 곧 되돌아와서 속력이 빠른 범선을 한 척 계약했다는 것과 그 선장은 조류의 형편이 좋아지면 당장에라도 출범할 준비가 되어 있다고 마르그리트에게 전했을 때였다.

그때부터 시간은 전보다 훨씬 편하게 지나가는 것 같았다. 기다리는 일에 전처럼 절망감은 없어졌다. 그리고 마침내 오후 5시, 마르그리트는 두꺼운 베일로 얼굴을 가리고 몇 개의 짐을 들고 하인으로 차린 앤드류 경과 함께 부두에 모습을 나타냈던 것이다.

배에 탔을 때, 상쾌한 바다의 대기에 그녀는 곧 기운을 되찾을 수 있었다. 펄렁펄렁 나부끼는 돛에 산들거리는 바람을 받은 '흰 파도'호는 밝게 물결을 걷어차며 난바다를 향해서 나아갔다.

폭풍우가 잠든 뒤의 저녁 햇빛은 매우 훌륭했다. 마르그리트는 도버의 하얀 벽이 점차로 시야에서 사라지는 것을 눈 하나 깜빡이지 않고 지켜보면서 훨씬 차분해진 기분이 되어 또다시 희망을 안을 수 있었다.

앤드류 경은 다정스러운 마음으로 넘쳐 있었다. 마르그리트는 이토록 큰 곤란에 부딪치고 있을 때 그가 가까이에 함께 있어 준다는 것이 얼마나 다행스러운 일인가 하고 생각했다.

순식간에 떠돌아온 저녁 안개 속으로 조금씩 프랑스의 잿빛 바닷가가 보이기 시작했다. 자욱하게 낀 안개 속에서 하나 둘, 깜박거리는 불빛이며 교회의 뾰죽탑이 나타났다.

30분 뒤, 마르그리트는 프랑스 해안에 상륙했다. 지금 이 순간에도 몇 백이라는 사람들이 학살되고, 수천의 죄 없는 여자며 아이들이 단두대로 보내지고 있는 조국으로 돌아온 것이다.

이 나라와 국민의 모습은 이런 외진 항구 마을에서도 5, 6킬로미터나 떨어진 아름다운 파리에서의 저 들끓는 듯한 혁명의 양상을 이야기해 주고 있었다. 꽃의 파리도 바야흐로 숭고한 사람들의 잇따른 유혈과, 남편을 잃은 아내들의 울부짖음과, 아버지 없는 아이들의 울음

소리로 말미암아 지옥으로 변하고 있었다.

남자들은 모두 왼쪽에 삼색 깃발의 모장(帽章)을 단 빨간 모자——깨끗한 것과 그렇지 못한 것, 여러 가지였지만——를 쓰고 있었다. 마르그리트는 자기 나라 사람들이 그 특유한 웃음이며 즐거운 표정 대신, 지금은 끊임없이 교활하고 의심 많은 표정을 짓고 있는 것을 보고 자기도 모르게 오싹 소름이 끼쳤다.

지금은 누구나가 다 자기의 동료를 밀고하려 하고 있다. 대수롭지 않게 농담으로 내뱉은 죄없는 말이, 언제 반동이라는 말로 불리거나 국민을 배신하는 음모를 꾸몄다는 증거로 내놓여지게 될지 모르는 일이었다. 여자들까지도 갈색 눈에 공포와 증오를 담고, 살피는 듯한 표정으로 지나갔다. 마르그리트가 앤드류 경을 데리고 이 나라의 땅에 서자, 민중들은 흘끔흘끔 바라보고 지나치면서 "귀족놈의 자식!" 이니 "영국놈!" 이니 하고 중얼거리는 것이었다.

그 외에 두 사람의 존재는 전혀 주의를 끌지 않았다. 칼레는 그 즈음에도 영국과 끊임없이 상업상의 왕래가 있었으므로, 영국 상인은 언제나 이 바닷가에서 흔히 볼 수 있었다. 영국의 무거운 관세 때문에 엄청난 수량의 프랑스 포도주와 브랜디가 몰래 해협을 건너 밀수되고 있다는 것은 누구나 다 아는 사실이었다. 이 밀수는 프랑스의 신흥 부르주아를 매우 기쁘게 했다. 그들은 밉살스러운 영국 정부, 영국 국왕이 관세를 감쪽같이 속임당하는 것을 보고 크게 기뻐했다. 따라서 영국의 밀수 상인은 칼레나 블로오뉴의 변두리 선술집에서는 언제나 대환영이었다.

그 때문인지 어떤지는 잘 모르지만, 앤드류 경이 마르그리트를 구불구불한 칼레 거리로 안내해 가자 많은 사람들이 영국인 차림을 한 외국인을 흘끔흘끔 보며 투덜투덜하면서도 안개에 싸인 그들의 나라에 선물로 할 물품세가 붙은 물품을 찾는 데 열중하고 있는 것쯤으로 생각하고 별로 신경 쓰지도 않았다.

그러나 마르그리트는 키가 훤칠하게 크고 몸집이 우람한 남편이 어떻게 칼레 거리를 사람들의 눈에 띄지 않고 지나다닐 수 있었던 것인가 하고 이상스럽게 생각되었다. 그다지 주의를 끌지 않고 그 숭고한 일을 해내기 위해 또 어떻게 변장할 것인가 하고 신기하게 생각하였다.

앤드류 경은 별로 말없이 앞장서서 거리를 지나, 상륙한 장소와 정반대쪽이 되는 글리네 곶(串)으로 향했다. 거리는 좁은데다가 꼬불꼬불했으며, 어디를 가나 생선 썩은 냄새와 축축한 토굴 냄새 등 이상한 냄새로 가득 차 있었다. 어젯밤의 폭풍우로 억수 같은 비가 왔기 때문에 이따금 마르그리트는 발꿈치까지 진창에 빠졌다.

군데군데 집 안에서부터 새어나오는 램프 불빛 말고는 거리에 불빛이라곤 없었다. 그러나 이런 작은 불쾌한 일 따위에는 마음을 쓰지 않았다. 상륙했을 때 앤드류 경은 "블레이크니 경은 '샤 글리'에 가면 만날 수 있습니다"라고 말했기 때문에, 마치 장미나무 잎사귀로 된 융단 위라도 걷는 것 같았다. 무슨 일이 있어도 이제는 곧 남편을 만날 수 있을 것이므로.

마침내 목적한 집에 닿았다. 앤드류 경은 길을 잘 알고 있는 듯 어둠 속에서도 길을 잘못 들거나 하지 않고 앞으로 걸어 나갔으며, 도중에 어느 누구에게도 전혀 길을 묻지 않았다.

도착한 때는 이미 완전히 어두워져 있어, 마르그리트에게는 이 집이 어떤 모양을 하고 있는지 알 수가 없었다. 앤드류 경이 말한 '샤 글리'는 칼레의 변두리에 있었다. 도로에 면한 자그마한 여인숙으로, 글리네 곶으로 나가는 도중에 있었다. 해안에서 조금 떨어져 있는지 파도 소리가 멀리 들렸다.

앤드류 경이 지팡이 손잡이로 문을 두드리자, 안으로부터 투덜거리는 불평과 욕지거리가 들려 나왔다. 앤드류 경은 이번에는 좀더 세게 두드려 보았다. 이윽고 느릿느릿 발을 끌면서 문으로 다가오는 발소리가 들리더니 문이 열리고, 마르그리트로서는 태어나서 처음으로 보는 형편없이 어질러지고 지저분한 방 입구에 서게 되었다.

벽지인 듯한 것이 벽에서 찢어져 늘어져 있었다. 아무리 상상력을 동원해 보아도 완전하다고 할 만한 가구는 단 하나도 없었다. 의자 등받이는 거의 다 망가져 있거나 바닥이 없었고, 식탁의 한쪽 다리는 베어 낸 나뭇가지 다발로 괴어져 있었다. 다리가 부러져 있었던 것이다.

방 한쪽 구석에 큼직한 난로가 있고 수프 냄비가 얹혀 있었다. 거기서 그다지 좋은 맛도 아닌 듯한 냄새가 풍겨나고 있었다. 방 한구석 벽의 훨씬 위에 고미다락 같은 것이 있고, 그 앞에 역시 너덜너덜 찢어진 파란 빛과 흰 체크무늬의 커튼. 그 지붕 밑 방에는 덜컹덜컹하는 의자가 달려 있었다.

무턱대고 넓기만 한 드러난 벽에는 여러 가지로 완전히 더러워져서 색깔도 바래 있고 벽지 군데군데에는 어이없이 큰 글씨로──자유──평등──박애──라고 휘갈겨 씌어져 있었다.

이 더럽고 지저분한 집 전체가 건들건들하는 천정의 서까래에 매달려 강한 악취를 풍기는 석유 램프에 희미하게 비추어지고 있었다. 군데군데가 너무나도 더럽고 지저분해서 바로 보기도 싫을 정도여서 마르그리트도 안으로 들어가기가 망설여질 정도였다.

그러나 앤드류 경은 서슴지 않고 들어갔다.

"영국인 여행자일세, 동지 ! " 그는 대담하게 프랑스 어로 말했다.

앤드류 경의 노크로 문에 나타난 사람은 아무래도 이 허술한 집의 주인인 듯 꽤나 나이 먹은 튼튼한 농부로서, 더러워진 푸른 윗저고리에 사방으로 지푸라기가 삐져나온 무거운 나무신을 신고 있었다. 그는 볼품없이 초라한 파란 바지에 그 삼색 모표가 달린 빨간 모자를 쓰고 있었는데, 그것은 그의 소 잃고 외양간 고치기 식의 정치적 의견을 말해 주고 있었다. 들고 있는 짧은 나무 파이프에서는 눌은 담배 내음이 감돌고 있었다. 조금 의심하는 듯, 그리고 몹시 깔보는 듯한 눈초리로 흘끔흘끔 두 여행자를 바라보더니 "영국인 나부랭이!" 하고 중얼거리면서 더욱 자신의 자주 독립의 정신을 나타내기 위해 땅바닥에 퉤 하고 침을 뱉었다. 그러면서도 한옆으로 비켜서서 두 사람을 지나가게 했다. 어찌 되었든 이 영국인 나부랭이들이 언제나 빽빽이 돈이 든 돈지갑을 가지고 있다는 것을 충분히 알고 있었기 때문일 것이다.

"어머나, 지독해!" 모양좋은 코에 손수건을 갖다대고서 방 안으로 들어서자 마르그리트는 말했다. "어쩌면 이렇게도 무시무시한 구멍이 벽에 난 것일까요! 정말 여기에요?"

"그렇습니다! 틀림없이 여기가 맞습니다." 청년은 가장자리에 레이스가 장식된 손수건으로 마르그리트가 앉을 수 있도록 의자를 소리나게 털면서 말했다. "그렇지만 저도 벽에 이토록 심한 구멍이 난 것은 본 적이 없습니다."

"정말이에요!" 형편없이 허물어진 벽과 짜부라져 가는 의자와 건들건들하는 식탁 등을 자못 재미있는 것처럼, 그러나 다소 호기심 어린 눈길로 둘러보면서 마르그리트는 말했다. "그다지 편할 것 같지 않군요."

'샤 글리'의 주인은——브로가르라는 이름이었는데——그 이상 손님들에게 주의를 돌리지 않았다. 그들은 곧 저녁 식사를 주문하겠지만, 그때까지는 자유로운 시민으로서 상대가 아무리 훌륭한 옷차림을 하고 있다 해도 신경 쓸 필요는 없다고 결론 내린 것이다.

난롯가에는 얼른 보기에 누더기를 뒤집어쓴 듯한 사람이 웅크리고 앉아 있었다. 그래도 사람 같았으며 아무래도 여자인 듯했다. 본디는 흰빛이었을 모자와 페티코트 비슷한 것을 입고 있어서 겨우 여자인 줄 알아볼 수 있었다. 그녀는 우물우물 혼잣말을 중얼거리면서 이따금 수프 냄비 속을 휘젓고 있었다.

"여보시오." 앤드류 경이 겨우 말을 걸었다. "뭐든 저녁 식사를 부탁하고 싶소." 그는 난롯가에 앉아 있는 누더기 뭉치를 가리켰다.

"저기 있는 아주머니가 훌륭한 수프를 만드는 모양이군요. 여기 이 부인께서는 벌써 여러 시간 아무것도 잡수시지 못했소."

이런 말을 듣고 대답할 말을 생각하는데만 브로가르의 머리로는 몇 분이 걸렸다. 자유로운 시민은 이따금 어떤 주문을 받더라도 냉큼 응하지 않는다! "귀족놈들!" 하고 그는 중얼거리면서 또 한 번 마룻바닥에 퉤 하고 침을 뱉었다.

그런 다음 방 한구석에 있는 넓적한 조리대를 향해 어슬렁어슬렁 걸어갔다. 흰 합금 수프 접시를 느릿느릿 집어 들어 한 마디도 말을 하지 않고 아내에게 건네주었다. 이 아내도 역시 아무 말없이 냄비에서 수프를 접시에 퍼 넣기 시작했다.

마르그리트는 오싹 소름이 끼쳐, 식사 준비하는 모양을 보고 있었다. 만약 중대한 목적을 안은 몸이 아니었다면 당장 이 불결하고 악취가 코를 찌르는 집에서 도망쳐 나갔을 것이었다.

"이거 참! 이 집 주인이나 부인은 그다지 유쾌한 분들이 아니시군요." 마르그리트의 얼굴에 나타난 두려운 빛을 보고 앤드류 경이 말했다. "좀더 기분 좋고 맛있는 식사를 잡수시게 해 드렸으면 좋겠습니다만…… 그러나 수프 맛은 그다지 형편없지 않을 테고 포도주도 고급입니다. 이 사람들은 지저분하고 더럽지만 대체로 입만은 고급이니까요."

"아아, 앤드류 경, 제발 내 걱정은 하지 마세요. 아직 식사를 들

기분이 나지 않아요." 그녀는 다정하게 대답했다.

브로가르는 느릿느릿 어쩐지 기분 나쁘게 일을 계속하고 있었다. 두 사람 몫의 스푼과 그릇을 식탁에 늘어놓았으나 양쪽 다 앤드류 경이 조심스럽게 정성들여 다시 닦았다.

브로가르가 또 한 병의 포도주와 빵을 가져왔으므로, 마르그리트는 의자를 당겨 놓고 먹는 시늉이라도 하려 했다. 앤드류 경은 그야말로 하인답게 그녀의 의자 뒤에 서 있었다. 아무것도 먹을 수 없을 것 같은 마르그리트의 모습을 보고 그는 말했다.

"자, 부인. 부디 조금이라도 드십시오. 이제부터 온 힘을 다 기울여야 할 테니까요."

수프는 확실히 나쁘지 않았다. 냄새도 좋고 맛도 좋았다. 마르그리트는 주위 환경이 이토록 심하지 않았다면 배부르게 먹었을지도 모른다. 그래도 빵을 뜯고 포도주를 조금 마셨다.

"앤드류 경, 그렇게 서 계시면 난처해요. 당신도 역시 뭘 좀 드셔야지요. 함께 마주 앉아 이 저녁 식사인 듯한 것을 드신다 해도 이 사람들은 나를 이상한 영국 여자로, 자기의 하인과 눈이 맞아 도망온 것쯤으로밖에는 생각하지 않을 거예요."

실제로 브로가르는 아주 필요한 것만을 식탁에 가져다 놓고 나자, 그 뒤로는 이제 손님에게 아무런 신경도 쓰지 않을 생각인 것 같았다. 브로가르 부인은 살그머니 방에서 나가 버렸다. 주인은 우두커니 서 있기도 하고, 건들건들 돌아다니기도 하면서 역한 냄새가 나는 파이프를 이따금 마르그리트의 코끝에 대고 뿜어댔다. 대등한 위치에 선 자유 시민이라면 누구라도 그렇게 해야만 한다고 말하는 것 같았다.

브로가르가 식탁에 기대어 담배를 피우면서 불손한 태도로 이 두 영국인 놈들을 내려다보는 데에 그만 화가 치밀어 앤드류 경이 모국

어로 내뱉듯 말했다.

"방자한 녀석!"

"아아, 안 돼요." 앤드류 경이 타고난 영국인 기질에서 발끈하여 주먹을 움켜쥐는 것을 보고 마르그리트는 당황하여 타이르듯이 말했다. "오늘은 프랑스에 있다는 것, 이것이 요즈음의 민심이라는 것을 잊으면 안 돼요."

"이 짐승의 목을 죄어 주고 싶군!"

앤드류 경은 거칠게 중얼거렸다.

마르그리트의 말에 따라 두 사람은 식탁에 마주 앉았다. 먹거나 마시는 체하면서 서로 내색을 하지 않으려고 눈물겨운 노력을 계속했다. 마르그리트가 말했다.

"이곳 주인을 화나게 하지 말아요. 우리가 묻는 말에 대답해 줄지도 모르니까요."

"글쎄요, 최선을 다하도록 하겠습니다. 하지만 뭔가 묻기 전에 차라리 바싹 목을 죄어 주고 싶군요. 이봐요, 여보시오!" 그는 프랑스어로 기분 좋게 말하며 브로가르의 어깨를 쾅 하고 두드렸다. "이 부근에서 우리 같은 사람을 자주 보시오? 영국인 여행자 말이오?"

브로가르는 어깨 너머로 흘끔 눈길을 주고 파이프를 빨아대며 태평하게 귀찮은 듯이 말했다.

"이따금."

"그렇소?" 앤드류 경은 무관심하게 말했다. "영국 여행자가 어디에 가면 고급술을 마실 수 있는지 당신은 잘 알고 있겠지요? 그런데 여기 계시는 부인께서 잘 아시는 지체 높으신 분으로, 곧잘 사업 때문에 칼레에 오시는 어떤 영국 신사분을 혹시 당신은 못 보셨소? 키가 크고, 최근 파리로 가시는 길인데……부인께서는 칼레에서 그분을 만나고 싶어하시오."

마르그리트는 될 수 있는 대로 브로가르 쪽을 보지 않도록 했다. 얼마나 타는 듯한 마음으로 그 대답을 듣고 싶어하는가를 상대에게 눈치채여서는 안 된다. 그러나 자유 시민인 프랑스 인은 절대로 서둘러 대답하지 않는 법이었다. 브로가르는 조금 있다가 천천히 입을 열었다.

"키 큰 영국인이라고? 오늘이오. 아아, 그래."

"그분을 보았다구요?" 앤드류 경은 아무렇지도 않게 물었다.

"그렇소, 오늘 일이오." 브로가르는 무뚝뚝하게 말했다. 그러고는 바로 가까이에 있는 의자에서 앤드류 경의 모자를 조용히 집어 들어 자기의 머리에 올려놓고 더러운 웃옷을 힘껏 잡아당겨 그 신사가 매우 훌륭한 옷차림을 한 사실을 팬터마임으로 나타내 보였다. "귀족 놈! 그 키다리 영국인놈!" 하고 투덜거렸다.

마르그리트는 가까스로 외마디 소리를 눌렀다.

"퍼시가 틀림없어요, 변장도 하지 않고!"

마르그리트는 중얼거리듯 말했다.

그녀는 '죽음이 눈앞에 닥쳐도 여느 때와 다름없는 정열'을 생각하자, 걱정스러워 넘치는 눈물 속에서 자기도 모르게 미소가 떠올랐다. 최신 유행인 웃옷, 레이스로 장식한 옷을 태연히 입은 채 터무니없이 무서운 위험 속에 뛰어든 퍼시의 일이 가슴에서 떠나지 않았다.

"아이 참! 어쩌면 그다지도 겁이 없으시담!" 마르그리트는 한숨을 내쉬었다. "앤드류 경, 어서 빨리 언제 떠나셨는지 이 사람에게 물어 보세요."

앤드류 경은 일부러 무관심한 체 꾸미면서 브로가르에게 말을 걸었다.

"그렇소, 그분은 언제나 멋쟁이시오. 당신이 본 그 키 큰 영국인은 틀림없이 이 부인의 친구 분이시오. 그래, 그분은 떠나셨소?"

"가 버렸소……그래……하지만 곧 돌아올 거요…… 여기로 말이오. 저녁 식사를 부탁해 놓고 갔으니까……."

앤드류 경은 재빠르게 마르그리트의 팔에 손을 얹고 몸짓으로 주의를 주었다. 하마터면 큰일 날 뻔했다. 왜냐하면 다음 순간, 마르그리트의 걷잡을 수 없는 광기어린 기쁨이 일시에 둑이 터진 것처럼 쏟아져 나오려고 했기 때문이었다. 남편이 무사하고 건강하다, 이제 곧 이리로 돌아온다. 어쩌면 2, 3분 안에 만날 수 있을지도 모른다…… 아아! 이 격렬한 기쁨을 도저히 누를 길이 없었다.

"자, 이거 받아 둬요." 마르그리트는 브로가르에게 말했는데, 이 사나이는 갑자기 그녀의 눈에 신의 은혜를 내려 주기 위해 심부름온 천사처럼 보였다. "자아, 이것을! 그 영국분은 이리로 되돌아오신다고 했단 말이지요?"

이 천사는 퉤 하고 침을 뱉어 '샤 글리'에 자주 드나드는 귀족들에게는 정나미가 뚝 떨어졌다는 태도를 보였다.

"흥! 그 녀석, 식사를 주문했다니까요. 되돌아와요…… 영국 놈!" 하고 그는 고작 영국인 한 사람 때문에 이토록 소란을 피우는 것이 아니꼽다는 듯이 말했다.

"그래, 지금 어디에 있지요? 알고 계세요?" 마르그리트는 주인이 입은 파란 웃옷의 더러워진 소매에 예쁜 손을 얹어 놓고 정신없이 물었다.

"말과 마차를 얻으러 갔소." 브로가르는 퉁명스럽게 내뱉고는, 왕자들일지라도 키스하게 되는 것을 자랑삼을 만한 사랑스러운 손을 매정하게 홱 뿌리쳤다.

"언제쯤 나갔지요?"

그러나 브로가르는 이런 심문이 귀찮아진 모양이었다. 상대가 아무리 돈 많은 영국 귀족이라 할지라도 귀족놈이 따져 묻는다는 것은 어느 누구와도 평등한 시민에게는 마땅치 않다고 생각했다. 새로 지니게 된 위엄상, 되도록 버릇없이 무례하게 해주는 편이 정말로 분수에 맞는 것이다. 공손히 묻는다고 굽실대며 대답하는 것은 노예 근성이 아니겠는가.

"모르오." 그는 무뚝뚝하게 대답했다. "이젠 충분히 이야기해 드렸소. 이봐요, 귀족님. 그는 오늘 왔소. 저녁 식사를 주문했소. 그리고 나갔소. 그리고 되돌아올 거요, 그것뿐이오."

이렇게 생각한 대로 아무렇게나 거칠게 말해도 좋다는 시민으로서 자유인으로서의 권리를 행사하고, 브로가르는 쾅 소리 내어 문을 메어붙이고 어슬렁어슬렁 방에서 나갔다.

희망

"아아, 부인!" 앤드류 경은 마르그리트가 퉁명스러운 주인을 다시 부르려는 것을 보고 말했다. "내버려 두는 편이 좋으실 겁니다. 이제 더 이상 아무것도 알아낼 것도 없고, 오히려 어이없는 의심을 사게 될지도 모릅니다. 이런 어수선한 고장에는 스파이가 숨어 있을지도 모르니까요."

"괜찮아요!" 마르그리트는 쾌활하게 대답했다. "남편은 무사하고, 이제 곧 만날 수 있다는 것을 알았는걸요!"

"옛!" 앤드류 경은 깜짝 놀랐다. 그녀가 너무나도 기쁜 나머지 그만 크게 소리를 질렀기 때문이었다. "요즈음의 프랑스는 정말로 낮말은 새가 듣고 밤말은 쥐가 듣는답니다."

앤드류 경은 재빨리 식탁에서 일어나 가구도 없는 너저분한 방 안을 돌아다니며 브로가르가 지금 막 나간 문에 주의 깊게 귀를 갖다댔다. 투덜투덜 욕지거리를 하면서 다리를 질질 끌고 걸어 다니는 소리가 들릴 뿐이었다. 그는 또 지붕 밑 다락방에 걸쳐져 있는 덜컹거리는 사다리에 올라가 쇼블랑의 스파이들이 숨어 있지나 않나 확인해 보았다.

"우리뿐인가요, 하인님?" 청년이 다시 옆으로 되돌아오자, 마르그리트가 명랑하게 물었다. "이야기해도 되겠어요?"

"될 수 있는 대로 조심해 주십시오!"

그는 제발 부탁이라는 듯이 말했다.

"어머나! 그렇게 까다로운 표정을 지으시다니! 나는 너무너무 기뻐서 춤이라도 추고 싶을 정도예요! 틀림없이 이제는 걱정할 것 없어요. 우리의 배는 바닷가에 놓아두었고, '흰 파도'호는 3킬로미터도 떨어져 있지 않은 앞바다에 떠 있어요. 남편은 아마도 앞으로 30분도 되기 전에 이 방으로 올 거예요. 그래요! 우리를 방해하는 것은 이제 아무것도 없어요. 쇼블랑 일당은 아직 도착하지 않았을 테고요."

"아닙니다, 부인! 그것은 아직 어떤지 알 수 없습니다."

"그렇다면?"

"우리와 같은 때에 도버에 있었으니까요."

"우리의 출발을 방해한 그 바람에 발이 묶여서?"

"그렇습니다. 그러나——전에는 놀라게 해 드려서는 안 된다고 생각되어 말씀드리지 않았습니다만——우리가 배를 타기 2, 3분 전에 그의 모습을 바닷가에서 보았습니다. 적어도 그때는 쇼블랑이라고 단정했었지요. 그의 수호신인 악마라도 눈치 채지 못했을 정도로 훌륭하게 신부로 변장하고 있었습니다만. 그때 대지급으로 칼레까지 나갈 배를 교섭하고 있는 것을 들었습니다. 그러니까 우리보다 1시간 이상 뒤떨어지지 않고 출범했을 것입니다."

마르그리트의 얼굴에서 기쁜 빛이 싹 사라졌다. 퍼시의 무시무시한 위험은 지금 그가 프랑스의 흙을 밟고 있는 만큼 한층 더 무서운 것이 되어 있었다. 그 사실이 생각지도 않게 불길하도록 뚜렷해진 것이었다. 쇼블랑이 퍼시의 바로 등 뒤에 다가오고 있다. 이 칼레에서는 그 재빠르고 교활한 외교관이 온갖 힘을 다 휘두를 수가 있다. 그의 한 마디로 퍼시는 쫓기고 몰리어 체포된다······.

온몸의 피 한 방울 한 방울이 혈맥 속에서 얼어붙는 것 같았다. 영국에서 그녀가 아무리 심한 오뇌에 사로잡혀 있던 때라도 지금 남편이 빠져 있는 위험만큼 이토록 심각한 것은 아니었다. 쇼블랑은 '빨강 별꽃'을 단두대에 보내겠다고 큰소리치고 있다. 그런데 이제까지는 이름을 완전히 감추고 있는 것이 유일한 방어물이었던 대담한 책략가가, 이번에는 그녀 자신의 손에 의해 잔인하기 이를 데 없는 적에게 정체가 드러난 상태로 세워져 있지 않은가.

쇼블랑은──앤토니 경과 앤드류 경을 '어부의 집'에서 급습했을 때, 이번 원정 계획을 모두 손에 넣었던 것이다. 아르망 생 제스트, 드 튀르네 백작, 그 밖의 왕당파 망명자들은 '빨강 별꽃'──아니, 처음 계획으로는 그의 두 밀사와 만나기로 되어 있었다. 바로 오늘 10월 2일에──당원들은 잘 아는 모양이지만──다만 막연하게 '블랑샤르 신부의 오두막'이라고 불리는 장소에서.

아르망과 '빨강 별꽃'과의 관계 및 아르망이 혁명 정부의 잔인한 정책에 명확한 반대 입장을 취한 사실은 아직 프랑스 측에 알려져 있지 않다. 그러나 그 아르망은 1주일쯤 전에 영국을 출발했다. 자신이 갖고 있는 지령에 따라 다른 망명자들과 만나서, 그들을 이 안전한 장소까지 데려오기로 되어 있었다.

이것만은 마르그리트도 처음부터 잘 알고 있었고, 앤드류 포크스 경도 그렇게 짐작하고 있다고 말했다. 그녀는 또한 퍼시 경이 자기의 계획과 부하들에게 준 지령을 쇼블랑에게 도둑맞았다는 것을 깨달았을 때에는 이미 때가 늦어, 벌써 아르망과 연락을 취하거나 망명자들에게 다른 지령을 보낼 수도 없었다는 것을 알고 있었다.

망명자들은 지금 용감한 구원자에게 얼마나 중대한 위험이 닥치고 있는 줄도 모르고, 반드시 약속한 시간에 맞춰 약속한 장소에 나타날 것이다.

그러나 이 원정 계획 전반에 걸쳐 계획을 세우고 조직을 정비한 블레이크니 역시 젊은 부하들에게 십중팔구까지는 체포될 것이 뻔한 위험을 저지르게 할 리가 없었다. 그렇기 때문에 그렌빌 외상의 무도회에서 부하들에게 '내일 출발', '혼자서'라는 지령을 급히 갈겨써서 전했던 것이다.

바야흐로 가장 가공할 적에게 신원이 알려지고 만 지금으로선, 프랑스에 발을 들여놓은 순간부터 한 걸음 한 걸음 뒤를 밟히고 있을 것이다. 쇼블랑의 정보부는 몰래 추적하면서 망명자들이 몸을 숨기고 있는 수수께끼의 오두막에 닿을 때까지 교묘히 헤엄쳐 가게 한 다음 망명자들과 함께 그물에 걸리도록 하리라.

퍼시에게 신변의 위험이 임박해 있는 것을 알리고 이번의 대담한 원정이 자신의 죽음으로 끝나는 수밖에 없다고 말하여 단념시키기 위해서는 겨우 1시간밖에 여유가 없었다. 마르그리트와 앤드류 경이 적을 속이고 앞지른 1시간이다.

겨우 그 1시간이 남아 있었던 것이다.

"쇼블랑은 이 집을 알고 있습니다. 훔친 서류로 말입니다. 따라서 상륙하면 곧장 이리로 올 것입니다."

앤드류 경은 정색을 하고 말했다.

"아직 상륙하지 않았어요. 우리가 1시간이나 먼저 와 있는걸요. 게다가 퍼시는 이제 곧 이리로 올 거예요. 우리가 그 남자의 손아귀를 빠져나간 것을 쇼블랑이 알아차렸을 때는 우린 벌써 해협 한복판에 있게 돼요."

마르그리트는 아직 마음속 어딘가에 남아 있는 밝은 희망을 이 젊은 친구에게도 나누어 주려고 흥분하여 열심히 말했다. 그러나 그는 슬픈 듯이 머리를 저었다.

"또 잠자코 계시는군요, 앤드류 경." 마르그리트는 얼마쯤 초조한 듯 말했다. "어째서 고개만 저으며 그렇게 까다로운 얼굴을 지으시지요?"

"실은 부인," 그가 대답했다. "왜냐하면 부인께서는 장밋빛 계획만을 생각하고 계시기 때문입니다. 가장 중요한 요인을 잊고 계십니다."

"대체 무슨 일이지요? 아무것도 잊지 않았어요. 무슨 일이에요?" 마르그리트는 좀더 초조한 태도로 물었다.

"183센티미터가 넘는 큰 키의 퍼시 블레이크니라는 이름의 영국분을." 앤드류 경은 조용히 대답했다.

"모르겠어요." 그녀는 중얼거리듯이 말했다.

"블레이크니가 자신이 시작한 일을 해내지 않고 칼레를 도망쳐 나갈 것이라고 생각하십니까?"

"그렇다면?"

"드 튀르네 노백작의 일도 있습니다……."

"백작?" 마르그리트는 중얼거렸다.

"게다가 생 제스트…… 그 밖의 사람들도……."

"아르망!" 마르그리트는 슬픔에 가슴이 미어져 흐느껴 울면서 말했다. "어떻게 하면 좋을까요? 난 까맣게 잊고 있었어요."

"그들은 망명자입니다. 지금 이 순간 모든 믿음과 굳은 신념을 '빨강 별꽃'에게 품고 그가 도착하기를 기다리고 있습니다. 무사히 해협을 건너게 하겠다고 명예를 걸고 맹세했으니까요."

정말로 그녀는 잊고 있었던 것이다! 영혼을 모조리 바쳐 사랑하는 여성 특유의 그 장엄한 에고이즘으로, 이 24시간 동안 남편 이외의 일은 전혀 생각하지도 않았다. 남편의 귀중하고 숭고한 목숨, 남편의 위험——자기가 사랑하는 사람, 용감한 영웅, 오로지 한결같이 그만이 마음에 자리잡고 있었던 것이다.

"아르망……!" 그녀는 오라버니의 일이 기억에 되살아나서 눈에 굵은 눈물을 흘리며 가만히 중얼거렸다. 어렸을 적에 장난 상대였고 아주 사이좋게 지냈다.

용감한 남편의 목숨을 이런 절망적인 위험에 빠뜨린 원인도 아르망이 아니었던가.

"만약 자신에게 매달려 있는 사람들을 못 본 체해 버릴 그런 사람이었다면 퍼시 블레이크니 경은 20명의 영국 신사들로부터 신뢰받고 존경받는 지도자가 되지 못했을 겁니다. 그가 맹세를 깨리라고 꿈에도 생각할 수 없습니다!" 앤드류 경은 자랑스레 말했다.

한동안 침묵이 계속되었다. 마르그리트는 두 손으로 얼굴을 가리고, 떨리는 손가락 사이로 눈물이 뚝뚝 떨어지는 대로 내버려 두었다.

청년은 말을 잇지 못했다. 이 아름다운 부인이 끔찍한 슬픔에 몸부림치고 있는 것을 보자 가슴이 아팠다. 그동안, 그는 마르그리트의 경솔한 행위 때문에 모두가 빠져 버린 이 곤경을 골똘히 생각하고 있었다. 그는 친구이며 또한 지도자인 '빨강 별꽃'의 성격과 터무니없는 대담성, 그리고 그가 자신의 맹세를 얼마나 존중하는가 하는 것을 너무나도 잘 알고 있었다. 블레이크니는 자신의 맹세를 지키지 못할 형편이라면 어떤 위험이라도 저지를 것이고, 어떤 어려운 모험이라도 감히 마다고 하지 않을 것이다. 쇼블랑이 바로 뒤를 바짝 쫓아오고 있다고 한다면 자기를 의지하고 있는 사람을 구출하기 위해 필사적으로 마지막 순간까지 힘을 쥐어짤 것이다. 그것은 의심할 나위도 없다.

"그렇군요, 앤드류 경." 마르그리트는 가까스로 눈물을 닦으면서 말했다. "말씀하시는 대로예요. 그러니까 이렇게 되면 퍼시에게 자신의 의무를 저버리게 할 만한 짓은 하지 않겠어요. 말씀하신 대로 내가 아무리 말해도 소용없을 거예요. 하느님, 부디 뒤쫓고 있는 사람들을 능가하는 체력과 능력을 남편에게 주옵소서." 그녀는 열의와 굳은 결심을 담아 말했다. "남편은 틀림없이 이 존엄한 일에 착수할 때, 당신을 함께 데리고 가겠지요. 둘이 함께라면 재치도 용기도 충분하니까요! 하느님께서 이 두 사람을 지켜 주시옵기를! 이러고 있어도 단 1초라도 헛되이 할 수 없어요. 쇼블랑에게 쫓기는 사실을 알릴 수 있느냐 없느냐에 남편의 안전이 걸려 있다고 생각해요."

"분명히 그렇습니다. 그는 종횡무진의 지모를 갖추고 계십니다. 위험을 알게 되면 곧 충분히 주의할 겁니다. 그분의 지력은 사람의 재주라 할 수 없습니다."

"그렇다면 내가 남편이 돌아오기를 기다리고 있을 테니 당신은 그 사이에 마을 쪽으로 정찰하고 오시면 어떨까요? 어쩌다 퍼시와 마주치게 되면 귀중한 시간을 벌 수 있을지도 모르잖아요? 만나시거든 조심하라고 말씀해 주세요! 가장 무서운 적이 뒤쫓아 오고 있으니까요!"

"그러나 여기서 혼자 기다리시기에는 위험하십니다."

"아녜요, 그런 염려는 하지 마세요! 하지만 저 무뚝뚝한 주인에게 어디 다른 방에서 기다리게 해줄 수 없을지 좀 물어 봐 주시겠어요? 그렇게 하면 여기에 누가 오더라도 흘끔흘끔 보지 않아 마음 놓을 수 있으니까요. 그 주인에게 약간의 성의를 표시하여 돈을 조금 주고, 키 큰 영국인이 오면 곧 알려 달라고 부탁해 주세요."

앞으로 어떻게 해야할지 계획도 섰고, 행여 최악의 사태가 되더라도 감당할 각오를 하고 나니 그녀는 마음이 평온해지면서 이따금 쾌활하게까지 보였다. 이 이상 결단력 없는 연약한 행동은 하지 말아야 한다. 동포를 위해 목숨을 던지려는 남편에게 어울리는 아내임을 보여 주어야 한다.

앤드류 경은 잠자코 그녀가 시키는 대로 했다. 그는 마르그리트가 여자이면서도 자기보다 더 강한 정신력을 지니고 있음을 본능적으로 느꼈다. 그리하여 기꺼이 그녀의 지휘에 따라, 그녀가 명령을 담당할 두뇌라면 그것을 실행하는 손이 되려고 마음먹었다.

그는 브로가르 부부가 조금 전에 사라진 안쪽 방으로 가서 문을 두드렸다. 여전히 안으로부터의 대답은 심한 욕지거리가 되어서 계속 날아왔다.

"이봐요! 브로가르 씨!" 청년은 분명하게 말했다. "부인께서 좀 쉬고 싶으시다 하오, 어디 다른 방을 쓰게 해줄 수 없겠소? 혼자 계시고 싶으시다고 하시니 말이오."

앤드류 경은 주머니에서 약간의 돈을 꺼내어 일부러 손에서 짤랑거렸다. 브로가르는 문을 열어 우울하고 무표정한 얼굴로 가만히 청년의 부탁을 듣고 있었다.

그러고는 금화를 보자 못마땅했던 태도가 얼마쯤 부드러워졌다. 그는 입에서 파이프를 떼고 이쪽 방으로 어슬렁거리며 들어왔다.

"저기서 기다리시오!" 어깨 너머로 벽의 고미다락을 손가락으로 가리키며 그는 무뚝뚝하게 말했다. "편할 거요, 다른 방은 없소."

"거기면 됐어요." 마르그리트는 영어로 대답했다. 남의 눈에 띄지 않는 곳이라고 생각했던 것이다. "그 돈을 주세요, 앤드류 경. 저기라면 위치가 좋아요, 밖에서는 보이지 않고 뭐든지 내다 볼 수 있을 테니까요."

마르그리트는 브로가르에게 고개를 끄덕여 보였다. 브로가르는 내키지 않는 태도로 다락방으로 올라가 바닥에 깔아 놓은 짚을 버석버석 소리 내어 정돈했다.

"제발 부탁이니 부인, 조리에 닿지 않는 행동은 삼가 주십시오."

앤드류 경은 마르그리트가 그 덜컹거리는 사다리를 올라가려고 하자 말했다. "이곳이 스파이의 소굴이라는 것을 잊으시면 안 됩니다. 아시겠습니까? 단 두 분만이 계시게 되었다는 것을 확인하기 전에는 퍼시 경에게도 모습을 보여서는 안 됩니다."

그러나 앤드류 경은 새삼스럽게 이제 와서 이런 주의를 말해 봐야 소용없는 일이라고 생각했다. 마르그리트는 어떤 남자에게도 못지않을 만큼 침착하며 두뇌도 명석했다. 분별없는 짓을 할 걱정은 조금도 없다.

"네, 굳게 약속드리겠어요." 그녀는 애써 쾌활하게 말했다. "모르는 사람 앞에서 남편에게 말을 걸거나 하여 남편의 목숨이나 계획을 망가뜨리는 행동은 하지 않겠어요. 걱정하지 마세요. 때와 장소를 생각하여 남편에게 가장 도움이 되도록 애써 보겠어요."

브로가르가 사다리를 내려오자 마르그리트는 안전하게 숨을 장소로 올라가려고 했다.

"부인의 손에 키스는 하지 않겠습니다." 그녀가 다시 올라가기 시작하자 앤드류 경이 말했다. "부인의 하인이니까요. 부디 몸조심하십시오. 30분 이내에 블레이크니를 만나지 못하는 경우, 이리로 와 계신 것이라고 생각하고 되돌아오겠습니다."

"그래요, 그게 좋겠어요. 30분이라면 나도 기다릴 수 있어요. 쇼블랑도 설마 그보다 전에 이리로 올 리는 없어요. 부디 그때까지 당신이나 내가 퍼시를 만날 수 있도록 빌겠어요. 성공을 빌어요, 동지! 내 걱정은 하지 마세요."

마르그리트는 다락방으로 이어진 위태로운 나무 층계를 가볍게 올라갔다. 브로가르는 이제 그녀에 대해 걱정하지 않았다. 그곳에서 편하게 있건 말건, 이 여자의 마음대로가 아니겠는가. 앤드류 경은 그녀가 방에 올라가 짚 위에 앉을 때까지 가만히 지켜보고 있었다.

마르그리트는 너덜너덜한 커튼을 쳤다. 청년은 그녀가 아무에게도 들키지 않고 뭐든지 보거나 들을 수 있는 훌륭한 장소에 들어간 것을 깨달았다.

브로가르에게는 돈을 듬뿍 쥐어 두었다. 저 영감도 그녀를 배신하려는 마음은 일으키지 않을 것이다. 그러고 나서 앤드류 경은 나가려고 했다. 문께에서 다시 한 번 뒤돌아서서 고미다락을 올려다보았다. 너덜너덜한 커튼 사이로 마르그리트의 귀엽게 생긴 얼굴이 이쪽을 내려다보고 있었다. 그 얼굴이 차분하게 가라앉아 미소마저 띠고 있는 것을 보고 청년은 기뻤다. "안녕히" 라고 말하는 것처럼 마지막으로 가볍게 고개를 끄덕여 보이고 그는 밤의 어둠 속으로 나갔다.

죽음의 함정

다음 15분 동안은 재빠르게 소리도 없이 지나갔다. 밑의 방에서는 브로가르가 잠시 테이블을 정돈하며 다른 손님을 맞을 준비를 하고 있었다.

이런 모습을 가만히 보고 있었던 덕분에 마르그리트에게는 시간이 뜻밖에도 즐겁게 지나가는 것 같았다. 저녁 식사 준비는 퍼시를 위한 것이었다. 분명히 브로가르는 키다리 영국인에게 어느 정도 경의를 표하고 있는 듯, 전보다 조금이라도 이 집을 쾌적한 곳으로 만들려 하고 있다.

낡은 조리대 어딘가의 움푹 들어간 곳에서 테이블보인 듯한 것을 꺼내 오기까지 했다. 펴보기는 했으나 구멍투성이였다. 어떻게 할까 하고 잠시 고개를 갸웃거리더니, 이윽고 구멍의 대부분이 교묘하게 가려지도록 애써 테이블보를 털었다.

그 다음에는 역시 낡아서 너덜너덜하지만 얼마쯤은 아직도 깨끗한 냅킨을 꺼내어 식탁에 늘어놓은 컵이며 스푼이며 접시 등을 정성들여 닦았다.

브로가르가 투덜투덜 불평을 하면서 이렇게 준비를 하는 모습을 보고 마르그리트는 쓴웃음을 금할 수가 없었다. 아무래도 그 영국인의 우람한 몸이나 또는 주먹 한 방이 이 프랑스의 자유 시민을 굴복시킨 모양이다. 그렇지 않으면 어떤 귀족놈들에 대해서도 결코 이런 수고를 하지는 않을 것이다.

허술하지만 식탁 준비가 되자, 브로가르는 매우 만족한 듯이 다시 살펴보았다. 그 뒤 자신의 웃옷 끝을 걸레삼아 한 의자의 먼지를 닦았다. 그리고 수프 냄비를 휘젓고, 새로운 장작 다발을 난로에 집어넣은 다음 다리를 질질 끌면서 방에서 나갔다.

마르그리트는 혼자 있게 되자 자신의 생각을 쫓기 시작했다. 짚 위에 여행용 코트를 펼쳐놓고 매우 기분 좋게 앉아 있었다. 짚은 깐 지 얼마 되지 않아 아직도 새 것이었고, 밑에서부터 풍기는 악취도 그다지 심하지 않았다.

짧은 순간이었지만 거의 행복하다고 해도 좋았다. 너덜너덜한 커튼을 통해 내다보니 망가진 의자, 찢어진 테이블보, 글라스, 접시, 스푼이 모두였다. 그러나 이러한 볼품없는 물품들이 "퍼시를 기다리고 있습니다"라고 소리 내어 말하고 있는 것 같았다. 조금 있으면, 아니 당장에라도 남편이 올 것 같았다. 이 답답하고 지저분한 방에는 아직 아무도 없으니 남편과 단둘이 있을 수 있으리라.

그러자 그녀는 천국에라도 있는 것 같은 기쁨을 느꼈다. 다른 일은 모두 떨쳐 버리려고 마르그리트는 눈을 감았다. 앞으로 5, 6분 지나면 남편과 단 둘이 있을 수 있다. 계단을 나는 듯이 뛰어내려가 남편에게 나의 모습을 보여 주어야지. 그러면 그는 와락 끌어안아 줄 것이다. 이제부터는 그를 위해서라면, 또 그와 함께라면 기꺼이 죽을 테다. 이 세상에 더 이상의 행복은 있을 수 없으니까. 그 말을 남편에게 해주리라.

그 다음은 어찌 될 것인가? 전혀 상상조차 할 수 없었다. 앤드류 경의 말대로 퍼시는 자신이 손을 댄 일은 끝까지 해낸다——지금 여기에 있는 나는——쇼블랑이 뒤쫓고 있으니 주의하라고 경고하는 일 밖에는 어찌할 도리가 없다. 그것은 물론 알고 있었다. 남편에게 경고의 말을 하면 그는 무섭고 대담무쌍한 사명을 다하기 위해 곧 나갈 것이다. 나는 다만 그의 뒷모습을 멍하니 바라볼 수밖에 없다. 남편을 붙잡아 두고 싶다는 말 한 마디, 몸짓 하나도 나타낼 수는 없다. 남편이 명령하는 것이라면 어떤 일이라도, 비록 이곳을 떠나 남편이 죽음에 접근해 가고 있는 동안 말로 다할 수 없는 고뇌 속에서 가만히 기다려야 한다 할지라도 어디까지나 그 명령에 따라야 할 것이다.

하지만 그런 일도, 내가 얼마나 남편을 사랑하고 있는지 그것조차도 알릴 수 없이 끝나고 마는 게 아닌가 하는 생각보다는 그래도 마음 편하다고 여겨졌다. 아아, 그 생각만은 이제 하지 않아도 좋게 되었으니까. 이 더럽고 답답한 방, 이 방까지도 남편을 기다리며 "주인께서 이제 곧 오실 겁니다" 라고 말해 주는 것 같았다.

갑자기 그녀의 이상하리만큼 예민해진 귀가 멀리서 가까이 다가오는 발소리를 알아들었다. 가슴이 격렬한 기쁨으로 크게 고동쳤다! 마침내 퍼시가 온 것일까? 아니다, 저 발소리는 남편만큼 걸음 폭이 넓지 않고, 힘차지도 않은 것 같다. 분명 두 쌍의 발소리를 들은 것으로 생각되기도 했다. 그렇다! 역시 그렇다! 두 사람이 이리로 오는 것이다. 틀림없이 여행자 두 사람이 술이라도 마실 생각으로, 또는……

그러나 더 이상 상상하고 있을 겨를도 없었다. 그때에는 이미 현관에서 마구 고함치는 소리가 들리고, 다음 순간 방문이 거칠게 활짝 열리며 우락부락하고 명령적인 고함 소리가 들렸기 때문이다.

"이봐! 동지, 브로가르! 없나!"

마르그리트에게는 새로 온 사람의 모습이 보이지 않았지만, 커튼의 구멍 하나로 밑의 방 일부가 눈에 들어왔다.

브로가르가 줄곧 욕지거리를 해대면서 다리를 질질 끌고 안쪽 방에서 나오는 발소리가 들렸다. 그런데 손님의 모습을 보자, 마침 마르그리트에게 잘 보이는 방 한복판에 서서 아까 손님들에게 보였던 것보다도 더 심한 경멸의 빛을 띠고 흘끔흘끔 바라보면서 "신부놈!" 하고 중얼거렸다.

마르그리트의 심장은 갑자기 움직임을 멈춘 것 같았다. 크게 부릅뜬 눈이 새로 들어온 한 사람에게 못 박혔다. 이때 그 손님은 빠른 걸음으로 브로가르 쪽으로 다가왔다. 프랑스 신부가 입는 긴 옷(수단)과 테가 넓은 모자와 버클이 달린 구두 차림으로 주인과 마주 서자, 홱 긴 옷자락을 젖혀 공직자의 표시인 삼색 스카프를 보였다. 순식간에 브로가르의 몹시도 경멸적인 태도가 싹 달라지며 설설 기는 듯한 비굴한 모습이 되었다.

이 프랑스 신부의 모습을 본 순간, 마르그리트는 피가 모조리 얼어붙어 버리는 것 같았다. 테 넓은 모자에 가려져서 얼굴은 보이지 않았으나 깡마르고 뼈마디가 앙상한 손, 조금 꾸부정한 자세, 걸음걸이가 낯익었다. 쇼블랑이다!

이 사태의 무서움은 그녀에게 있어서 거의 육체적인 타격으로 닥쳐왔다. 심한 실망, 이제부터 일어날 일의 무서움이 그녀의 감각에 덮쳐와 실신하지 않으려면 거의 초인적인 노력이 필요했다.

"수프와 술." 쇼블랑은 브로가르에게 거만하게 말했다. "그 다음에는 꺼져 버려, 알겠나? 혼자 있고 싶으니까."

브로가르는 이번에는 아무 말도 하지 않고 투덜거리지도 않으며 시키는 대로 했다. 키다리 영국인을 위해 준비해 놓은 테이블에 쇼블랑이 앉고, 주인은 부지런히 주위를 돌아다니며 수프를 내놓고 술을 따랐다. 마르그리트에게는 보이지 않는 또 한 사람은 문 바로 옆에 서 있었다.

브로가르가 허둥지둥 안쪽의 방으로 들어가자, 쇼블랑은 무뚝뚝한 말로 함께 온 사나이를 불렀다.

마르그리트는 한눈에 그가 쇼블랑의 비서이며 심복 부하인 드가라는 것을 알아차렸다. 전에 파리에서 가끔 본 적이 있는 사나이였다. 방을 가로질러 잠깐 브로가르의 방문에 귀를 대고 가만히 듣고 있었다.

"듣지 않나?" 쇼블랑은 퉁명스럽게 말했다.

"네."

순간, 마르그리트는 쇼블랑이 드가에게 이 지붕 밑 다락방을 살펴보라고 하지나 않을까 하고 가슴이 철렁했다. 만약 들키는 날에는 어떻게 될 것인가 하고 상상만 해도 무서웠다. 그러나 운 좋게도 쇼블랑은 스파이에 대한 경계보다 비서와 이야기를 하고 싶은지 드가에게 빨리 옆으로 오라고 말했다.

"영국 배는?" 쇼블랑이 물었다.

"해질녘에 놓쳐 버렸습니다, 동지. 그러나 그때는 둘 다 글리네 곶 쪽으로 향하고 있었습니다." 드가가 대답했다.

"그런가, 잘 되었군!" 쇼블랑이 중얼거렸다. "그래, 쥬트레 대위는 뭐라고 하던가?"

"당신이 지난 주일에 명령하신 일은 모두 실행했다고 합니다. 그 뒤 이곳으로 통해 있는 길은 모조리 밤낮을 가리지 않고 경계중입니다. 특히 바닷가와 벼랑 같은 데는 매우 엄중하게 수사하며 엄하게 경비하고 있습니다."

"'블랑샤르 신부의 오두막'의 소재를 알고 있나?"

"아니 모릅니다. 아무도 그런 이름으로는 모르는 것 같습니다. 아무튼 바닷가에는 굉장히 많은 어부의 오두막이 있어서……그렇지 만…….”

“좋아. 그래, 오늘 저녁의 준비는?”

쇼블랑은 조바심 나는 듯이 다그쳤다.

“도로나 바닷가도 언제나 하던 대로 경비하고 있습니다. 쥬트레 대위는 다음 명령이 내리기를 기다리고 있습니다.”

“그럼, 곧 대위에게로 돌아가게. 각처의 순찰대에 지원을 내도록 말해. 특히 해안 방면에, 알겠나?”

쇼블랑은 간단하게 요점만을 이야기했으나, 그 한 마디 한 마디가 마르그리트의 가장 소중한 희망이 사라져 가는 조종(弔鐘)처럼 가슴을 찢었다.

“도로며 해안을 불문하고 걸어가는 사람, 말 탄 사람, 또는 마차 및 모든 수상한 자를 될 수 있는 대로 잘 감시하도록 해. 특히 키 큰 사람을. 인상이나 특징에 대해서는 말할 필요가 없어. 틀림없이 변장했을 테니까. 그러나 앞으로 꾸부정하게 숙이지 않는 한, 그 큰 키만은 교묘하게 감출 수 없겠지. 알겠는가?”

“네.” 드가가 대답했다.

“병사가 수상한 자를 발견하면, 즉시 그 가운데서 두 사람은 용의 자에게서 눈길을 떼지 않도록. 그 키 큰 사람을 일단 발견한 다음 놓친 자는 태만한 처벌로서 사형에 처할 것이다. 그러나 한 사람은 곧바로 이리로 말을 몰아 내게 알리도록. 잘 알았겠지?”

“잘 알았습니다.”

“그렇다면 됐어. 곧 쥬트레에게로 가. 지원병이 순찰대로 출발하는 것을 확인한 다음, 대위에게 6명쯤 돌려 달라고 부탁해서 그 인원을 함께 데리고 오게. 10분이면 되돌아올 수 있을 거야. 갔다 오게 …….”

드가는 경례를 하고 현관으로 갔다.

쇼블랑이 부하에게 명령하는 것을 마르그리트는 두려움에 와들와들 떨면서 듣고 있었다. '빨강 별꽃'을 체포할 계획 전모를 소름이 끼칠 정도로 똑똑히 알아들을 수 있었다. 쇼블랑은 망명자들을 일부러 마음대로 행동하게 해 놓고, 퍼시와 합류할 때까지 은신처에서 기다리게 해 둔다. 대담한 '빨강 별꽃'이 현장에 갔을 때 포위하려는 것이었다.

혁명 정부는 반역자인 왕당파를 격려하고 선동하는 곳을 고스란히 덮칠 준비가 되어 있었다. 이러한 순서를 밟으면 비록 그를 체포했다는 소식이 해외에까지 들린다 해도 영국 정부는 정식으로 그를 옹호해 줄 수가 없다. 결국 프랑스 정부의 적과 손잡은 이상 프랑스로서는 그를 사형에 처할 만한 권리가 있다.

그와 망명자들은 도저히 도망칠 수 없을 것이다. 길이라는 길은 모조리 보초가 경계하고, 교묘한 덫이 장치되어 있으며, 지금은 그물이 넓지만 차츰 좁혀져서 마지막으로 저 대담한 '빨강 별꽃'에게로 모이게 되면 아무리 정평 있는 초인적인 재능과 지혜를 지녔다 하더라도 그물을 뚫고 빠져나갈 수는 없을 것이다.

드가가 떠나려고 하자 쇼블랑이 다시 불렀다. 아무리 용감하다 할지라도 결국은 겨우 한 남자를 잡는 데 몇 십 명이나 되는 사람을 풀어 놓고 그 위에 또 어떤 악랄한 계획을 세우려는 것일까. 마르그리트는 멍하니 생각하고 있었다. 말을 하려고 드가 쪽으로 돌린 쇼블랑의 얼굴이 보였다. 테 넓은 모자 밑으로 겨우 얼굴만 보였던 것이다. 여윈 얼굴과 엷은 노란 빛의 작은 눈에 너무나도 격렬한 증오와 악마와도 같은 악의가 가득 차 있었다. 마르그리트의 마지막 소망도 사라졌다. 이 사나이에게서는 한 조각의 자비로움조차도 기대할 수 없다는 것을 역력하게 볼 수 있었던 것이다.

"잊었었는데." 쇼블랑은 기분 나쁘게 껄껄 웃으면서 흉악하고 매우 만족한 모습으로 뼈가 앙상한 사나운 짐승 같은 손을 마주 비벼 댔다. "그 키 큰 영국인은 저항할지도 모른다. 만일 저항하더라도 어떠한 경우건 쏘지 말아, 알겠는가? 마지막 수단을 취할 수밖에 없을 때 말고는. 그 키 큰 외국인을 사로잡는 거야. 가능하다면 말이지만."

쇼블랑은 껄껄 웃었다. 단테의 '지옥편'에서 악마들이 지옥에 떨어진 죄인들이 괴로워하는 것을 보고 웃는 것과도 같았다. 이제까지 마르그리트는, 자신이 사람의 마음이 견딜 수 있는 한계점까지의 공포와 고민을 경험해 왔다고 생각했었다. 그런데 지금 드가가 가 버리고, 이 더럽고 답답한 방에 저 악마와 같은 남자를 상대로 오직 혼자 남게 되자, 이제까지의 괴로움은 이에 비하면 아무것도 아니라는 생각이 들었다. 쇼블랑은 승리를 예상하고, 손을 비벼대면서 아직도 혼자 소리 내어 웃기도 하고 의미 있게 미소 짓기도 했다.

계획은 착착 진행되고 있고, 승리는 우선 그가 거두게 되리라! 개미 한 마리도 기어 나올 틈이 없는 이상, 아무리 용감하고 신출귀몰하는 사람이라도 도망칠 수는 없을 것이다. 길이라는 길에는 모두 경비원이 감시를 하고 있고, 어떤 구석에도 빈틈없이 눈길이 빛나고 있다. 더욱이 해안 어딘가에 있을 쓸쓸한 오두막에서는 몇몇 망명자 그룹이 구제를 기다리고 있다. 그들은 '빨강 별꽃'을 죽음으로 아니! 죽음보다도 더 무서운 데로 인도하게 되고 만다. 여기에 있는 성직자의 옷을 입은 악마는 임무에 몸을 내던지고 있는 병사로서, 한 용사를 마음 놓고 죽게 해 줄 인정조차도 갖지 않은 비인도적인 악마인 것이다.

쇼블랑은 뭐니뭐니 해도 오랫동안 자기를 속여 온 이 교활한 적이 옴짝달싹도 하지 못하고 자기의 손에 떨어지기를 애타게 기다리고 있다. 그 적을 고소한 심정으로 바라보며 굴러떨어지는 것을 즐기고, 무서운 증오만이 생각해 낼 수 있는 정상적이고 심리적인 고문으로 괴롭혀 줄 것이다. 용감한 독수리는 숭고한 날개를 잘리고 쥐가 물어뜯는 것을 견디어야 할 운명에 놓였다. 그런데도 그녀는, 그를 사랑하고 있으며 게다가 이와 같은 운명에 몰아넣고 만 아내인 그녀는 남편을 도울 방법이 전혀 없는 것이다.

하지만 하다못해 남편 곁에서 죽을 수 있도록, 그리고 자신의 사랑이——안전하고 진실하며 열렬한 자신의 사랑이 어디까지나 남편의 것임을 말할 수 있는 얼마 되지 않는 순간만이라도 있었으면 하고 바랄 뿐이었다.

쇼블랑은 지금 테이블에 달라붙듯이 하여 앉아 있었다. 모자를 벗었으므로 보잘것없는 저녁 식사를 하려고 몸을 수그렸을 때 여윈 옆얼굴과 뾰족한 턱이 똑바로 마르그리트의 눈에 들어왔다. 아주 만족스러운 모습으로 이제부터 일어날 일을 침착하게 기다리고 있었다. 브로가르의 보잘것없는 요리도 맛있게 먹는 것 같았다. 마르그리트는 상대에 대한 이토록 심한 증오가 한 사람 속에 감추어져 있다는 것이 의아스럽게 생각되었다. 가만히 쇼블랑을 응시하고 있을 때 갑자기 어떤 목소리가 들렸다. 순간 그녀의 심장은 돌처럼 굳어져 버렸다. 그러나 그 목소리는 아무에게도 두려운 마음을 불러일으킬 만한 것은 아니었다.

"신이여, 국왕을 보호하옵소서"라는 영국 국가를 힘차게 노래하는 밝고 젊은 목소리였다.

독수리와 여우

마르그리트는 자기도 모르게 숨을 삼켰다. 그 목소리, 그 노래에 귀를 기울이고 있자니 심장이 멎어 버리는 것 같았다. 그 노래를 부르고 있는 사람이야말로 그녀의 남편이었다. 쇼블랑은 그것을 알아듣고 있었다. 그리하여 그는 현관에 얼른 눈길을 주고 허겁지겁 모자를 움켜쥐더니 가볍게 머리에 올려놓았다.

목소리가 점점 가까이 다가왔다. 순간적으로 마르그리트는 사다리를 뛰어내려 방을 빠져나가 어떻게 해서든지 저 노래를 못 부르게 하고, 명랑하게 노래하는 사람이 달아나도록……늦기 전에 필사적으로 달아나도록 설복하고 싶은 광기 어린 생각이 일었다. 그러나 가까스로 그 충동을 눌렀다. 문 앞까지 나가기 전에 쇼블랑에게 붙잡히고 말 것이며, 더구나 그의 목소리가 닿는 범위에 병사를 배치했을는지도 모른다. 조급한 행동이 목숨을 걸고서라도 구하고 싶은 그에게 있어 오히려 죽음의 신호가 될지도 모르는 것이다.

영원히 우리를 다스리도록 신이여 국왕을 보호하옵소서.

목소리는 아까보다 더 힘찼다. 다음 순간 덜컹 문이 열렸다. 1, 2초 동안 죽음과도 같은 침묵이 흘렀다.

마르그리트는 문 쪽이 보이지 않았다. 숨을 죽이고서 어떤 일이 일어나려는지 생각해 보았다.

퍼시 블레이크니 경은 이 집에 들어서자 곧 테이블에 앉아 있는 신부 모습을 알아차렸다. 5초도 걸리지 않았지만 그는 잠시 망설였다. 그러나 다음 순간, 남편의 키 큰 모습이 방을 가로지르는 것이 보였다. 남편은 서슴없이 큰 목소리로 말했다.

"이봐, 어찌 된 거야! 아무도 없나? 브로가르는 어디에 갔지?"

여러 시간 전에, 마르그리트와 리치먼드에서 마지막으로 헤어졌을 때의 호화로운 웃옷에 승마바지 차림 그대로였다. 옷차림은 여전히 나무랄 데가 없었다. 목둘레와 손목의 멋진 레이스는 눈에 띄지 않는 우아함과 아름다움으로 빛났다. 옷은 전혀 더럽혀져 있지 않았다. 손은 가느스름하고 희며, 금발은 곱게 빗어 넘겼고, 여전히 거드름을 피우는 듯한 모습으로 안경을 손에 들고 있었다. 사실 지금 이 순간, 종남작(從男爵) 퍼시 블레이크니 경은 최악의 강적이 둘러친 올가미에 유유하고 침착하게 들어선다기보다 오히려 황태자의 원유회에라도 참석하려는 것처럼 당당하고 여유만만했다.

퍼시 경은 갑자기 방 한복판에 멈춰 섰다. 마르그리트는 온몸이 굳어버리는 듯했다. 제대로 숨을 쉴 수도 없었다.

당장에라도 쇼블랑이 신호를 하지나 않을까? 이 방으로 병사들이 와르르 몰려들어 오지나 않을까? 자기가 뛰쳐나가면 오히려 퍼시가 귀중한 목숨을 버릴 계기를 만들어 버리지나 않을까? 마르그리트는 조마조마했다. 그가 아무것도 모르고 조용히 서 있는 것을 보자, 하마터면 크게 소리를 지를 뻔했다.

"달아나세요! 퍼시…… 거기에 있는 것은 적이에요! 늦기 전에 달아나세요!"

그러나 그럴 만한 여유도 없었다. 다음 순간 블레이크니가 조용히 테이블로 걸어가 신부의 어깨를 툭툭 두들기며, 그 나른하고 거드름 피우는 듯한 말투로 말을 걸었다.

"이렇게 묘한 일이 있나! 쇼블랑 씨. 이런 곳에서 뵙게 되리라곤 꿈에도 생각지 못했소."

쇼블랑은 마침 수프를 입에 대던 참이어서 순식간에 사레가 들어 버렸다. 마른 얼굴이 완전히 보랏빛이 되고 심한 기침이 발작적으로 계속되었다. 그래서 이 교활한 프랑스 정부 대표가 풀썩 주저앉을 만큼 놀라는 것을 볼 수 없었다. 상대가 이토록 단호한 태도로 나온다는 것은 적어도 쇼블랑으로서는 확실히 예상 밖의 일이었던 것이다. 그는 이 용감하기 이를 데 없는 대담함에 순간 당황하지 않을 수 없었다.

쇼블랑은 이 여인숙을 부하들에게 포위시키는 준비를 미처 생각지 못한 게 틀림없었다. 블레이크니는 이것을 알아차렸던 모양이다. 그의 임기응변, 뭐든지 척척 해내는 두뇌는 이 생각지 못했던 회견도 순식간에 계산에 넣어 어떤 계획을 세운 것이 분명해 보였다.

위의 다락에서 마르그리트는 꼼짝도 하지 않았다. 다른 사람이 있는 앞에서는 남편과 말을 하지 않겠다고 앤드류 경에게 분명히 약속했다. 그녀에게는 자칫 분별없이 충동에 몰려 남편의 계획을 방해하는 것을 억누를 만한 자제심이 있었다. 가만히 앉아서 이 두 사람의 모습을 지켜보고 있는 것은 무서우리만큼의 참을성이 필요했다. 마르그리트는 쇼블랑이 길이라는 길을 모조리 감시하도록 명령하는 것을 들었다. 그러니까 만일 지금 퍼시가 '샤 글리'를 나가더라도 몇 걸음 가기도 전에 감시중인 쥬트레 대위의 부하에게 검색당할 것이 틀림없다. 그렇다고 여기에 남아 있으면 머지않아 드가가 쇼블랑이 특별히 동행케 한 6명의 병사와 함께 돌아올 것이다.

올가미가 조금씩 조금씩 좁혀져 오고 있었다. 그러나 마르그리트는 다만 지켜보는 수밖에 도리가 없었다. 두 남자는 매우 기묘한 대조를 이루고 있었다. 희미하게 두려움을 보이고 있는 것은 쇼블랑 쪽이었다. 마르그리트는 이 남자의 성질을 잘 알고 있는만큼, 지금 무슨 궁리를 하고 있는지 간단하게 상상할 수 있었다. 아무도 없는 여인숙에서 늠름한 몸집에 대담하기 이를 데 없는 오만한 사나이와 마주 대하고 있기는 하지만 자신의 몸의 위험을 두려워하고 있는 것은 아니었다. 그녀도 아는 일이지만, 가슴 속 깊이 품은 대의를 위해서라면 어떠한 위험에도 몸을 내던지는 쇼블랑이었다. 그가 두려워한 것은 다만 이 대담한 영국인에게 여기서 당한다면 이번에도 놓치고 만다는 사실뿐이었다. 그의 부하들도 교묘히 움직이는 그의 손과, 목숨을 건, 증오에 사로잡혀 있는 예민한 두뇌의 지휘를 받지 않고서는 도저히 '빨강 별꽃'을 잡아낼 수 없을 것이다.

그러나 지금으로서도 프랑스 정부 대표는 이 강적을 두려워할 필요가 조금도 없었다. 블레이크니는 여전히 매우 얼빠진 웃음을 지으며 쾌활하고 호인다운 모습으로 쇼블랑의 등을 매우 진지하게 쓰다듬고 있었기 때문이다.

"이거 참, 정말로 실례했습니다." 퍼시 경은 유들유들하게 말했다. "정말 미안하군요…… 당신을 놀라게 한 모양이오. 모처럼 수프를…… 수프란 귀찮고 난처한 것이어서…… 에에 또, 아아, 그렇군! 나의 친구가 전에 죽었지요, 결국, 그……숨이 막혀서 마치 당신처럼 수프 한 숟갈에 말이오."

그는 쇼블랑을 내려다보면서 겸연쩍은 듯 호인 같은 미소를 띠었다.

"그렇지만 너무 심하군요!" 상대가 얼마쯤 차분해지자 퍼시 경은 이야기를 계속했다. "지독한 굴 속인데요, 그렇지 않습니까? 이크, 수프가 있군! 실례합니다." 그는 미안한 듯이 말하고 테이블 바로 옆의 의자에 앉아 수프 접시를 자기 앞으로 끌어당겼다. "브로가르는 낮잠이라도 자는 모양이군요."

테이블에 여분의 접시가 있었으므로 그는 얌전하게 거기에다 수프를 떠서 먹고 술잔에 술을 따라 마셨다.

이때 마르그리트는 쇼블랑이 어떻게 나올 것인가 하고 생각했다. 정말 훌륭한 변장 차림이었으므로, 침착성을 되찾아 사람을 잘못 보았다고 고집을 부릴지도 모른다. 그러나 과연 쇼블랑답다. 그런 속이 뻔히 들여다보이는 거짓말이나 어린아이를 속이는 것 같은 흉내를 낼 만큼 바보는 아니었던 것이다. 그는 손을 뻗치며 유쾌하게 말했다.

"뵙게 되어 영광입니다, 퍼시 경. 정말 실례했습니다…… 에헴…… 당신께선 해협 저쪽에 계시는 것으로만 알고 있었는데 갑자기 뵙게 되어 하마터면 숨이 멎을 뻔했습니다그려."

"원, 저런……." 참으로 순진한 얼굴로 퍼시 경이 되받았다. "하마터면이 뭡니까, 완전히 멎었는데요. 아아, 그리고 성함이 쇼베르탱 씨였지요?"

"아, 제 이름은 쇼블랑입니다."

"아아, 이거 참 실례…… 죄송하군요. 그렇지요, 쇼블랑이었지요? 이거 참 외국 분들의 이름은 발음하기가 힘들어서……."

이런 누추한 여인숙에서 불구대천의 적과 저녁 식사를 함께 들기 위해 일부러 칼레까지 왔다는 듯이 반갑게 웃으면서 그는 유유히 수프를 먹고 있었다.

이때 마르그리트는 퍼시가 어째서 이 작은 프랑스 인을 일격에 쓰러뜨리지 않는가 하고 생각했다. 이와 똑같은 생각은 퍼시의 마음에도 떠올랐는지, 이따금 귀찮은 듯한 눈길이 쇼블랑의 빈약한 몸을 향할 때마다 기분 나쁘게 번쩍거리는 것 같았다. 쇼블랑은 이제 완전히 침착해져서 유유히 수프를 마시고 있었다.

그러나 그토록 대담한 계획을 수없이 세우고, 그것을 성공시켜 온 예민한 두뇌는, 과연 멀리까지 내다보는 힘도 있어 불필요한 위험을 저지를 만한 짓은 하지 않았다. 이 장소에도 스파이들이 우글거릴지도 모르는 일이고, 여인숙 주인이 쇼블랑에게 매수되지 않았다고도 말할 수 없는 일이다. 쇼블랑의 목소리 하나로 20명의 부하가 우르르 몰려들지도 모른다. 그렇게 되면 퍼시는 붙잡혀서 망명자를 구출하기는커녕 경고할 여유도 없이 올가미에 걸리고 만다. 그러나 이런 위험을 그가 저지를 리 없었다. 그로서는 다른 사람들을 돕고 그들을 무사히 탈출시킬 생각 하나뿐이었다. 망명자를 반드시 돕겠다고 맹세했고, 맹세한 이상 해내지 않을 수 없다. 이렇게 음식을 먹고 마시고 말을 하면서도 그의 두뇌는 골똘히 비책을 짜고 있을 것이다.

한편 다락방에서는 불쌍하게도 불안감에 떨고 있는 여자가, 어떻게 하면 좋을까 하고 필사적으로 온 지력을 쥐어짜고 있었다. 남편에게로 뛰어내려가고 싶은 마음을 꾹 누르고 있었다. 남편의 계획을 뒤엎어서는 안 된다고 생각했기 때문이었다.

"나는 몰랐군요, 당신이……또……성직에 계셨으리라곤……." 블레이크니는 명랑하게 말했다.

"나는……그……에헴……." 쇼블랑은 어물어물했다. 적의 침착한 대담성에, 천하의 그도 여느 때의 뻔뻔스러움을 잃고 만 것이었다.

"그렇지만, 여보시오! 당신이라면 어디를 가나 알 수 있지요." 퍼시 경은 또 한 잔 술을 따르면서 조용히 말을 이었다. "가발과 모자로 조금 모습이 변하기는 했소만."

"그런가요?"

"그럼요! 사람이 달라진 것처럼 보이는구려…… 그러나……아 참
…… 그렇군! 이런 말을 해도 괜찮겠소?……도무지 나도 모르게
말이 많아지곤 해서……괜찮겠지요?"

"아니, 뭐, 별로, 에헴! 부, 부인께선 안녕하신가요?"

쇼블랑이 당황하여 화제를 바꾸려고 했다.

블레이크니는 천천히 생각을 쫓아 수프를 먹고 술을 마시면서 한순
간 재빠르게 방 안을 둘러보았다고 마르그리트는 생각했다.

"아주 잘 있소. 참으로 고맙소."

가까스로 그는 퉁명스럽게 말했다.

그런 다음 침묵이 계속되었다. 그동안 마르그리트는 서로 상대의
마음을 살피고 있는 두 적대자를 뚫어지게 관찰하고 있었다. 어찌하
면 좋을지, 또 어떻게 생각해야 좋을지 알 수가 없어 마음이 천 갈래
만 갈래로 갈라지는 것을 느끼면서 웅크리고 있었다. 여기서 9미터도
떨어져 있지 않은 테이블에 앉아 음식을 먹고 있는 남편의 얼굴을 거
의 모두 볼 수 있었다. 한달음에 뛰어 내려가 남편 앞에 모습을 보여
주고 싶은 충동을 지금은 완전히 억눌러 버렸다. 지금 이토록 자기가
맡은 일을 문제없이 해낼 만한 힘이 있는 사람에게 새삼스레 주의하
라는 따위의 호소를 할 필요는 없었다.

마르그리트는 자기가 사랑하는 남편을 찬찬히 바라본다는, 마음씨
고운 여자라면 누구에게나 있을 그러한 기쁨에 잠겨 있었다. 너덜너
덜한 커튼 뒤에서 남편의 잘 다듬어진 얼굴을 가만히 지켜보고 있었
다. 귀찮은 듯한 파란 눈, 그 공허한 미소 깊숙이 '빨강 별꽃' 조직으
로부터 그토록 존경받고 신뢰받는 근원이 되어 있는 체력과 에너지와
임기응변의 지력이 숨어 있는 것을 똑똑히 볼 수 있었다.

앤드류 경이 말한 적이 있었다. "주인을 위해 기꺼이 목숨을 내던
질 동지가 19명 있습니다, 블레이크니 부인"이라고.

낮지만 뛰어나게 넓은 이마, 파랗고 조각해 놓은 듯한 열정이 담긴 눈, 조금도 빈틈없이 해내고 있는 희극 뒤에 굳세고 꺾이지 않는 에너지가 감추어져 있다. 거의 초인적이라고도 할 만한 의지력, 놀라운 두뇌, 그러한 것을 두루 갖춘 사람의 전모를 바라보는 동안에 남편이 그룹 사람들에게 미치는 매력을 똑똑하게 깨달을 수 있을 것 같았다. 더욱이 남편은 그녀 자신의 마음과 상상력에도 그 마력을 걸어 버린 것이나 아닐까?

쇼블랑은 천성적인 조심스러운 태도를 보이며 초조한 심정을 감추려고 했다. 그는 흘끔 시계를 보았다. 앞으로 2, 3분 뒤에는 이 대담한 영국인 놈이 쥬트레 대위의 심복 부하 6명에게 잡히고 말 것이다.

쇼블랑은 태연하게 물었다. "파리로 가시는 길인가요, 퍼시 경?"

"원, 천만에요." 상대는 웃으면서 대답했다. "기껏해야 리르에서 머물 거요. 파리는 내게 맞지 않소……정말 불쾌한 곳이더군요, 파리는. 지금의 나에게는 말이오. 저, 그리고 쇼베르탱 아니, 실례했소, 쇼블랑 씨였지요!"

쇼블랑도 짓궂은 말투로 "당신과 같은 영국분은 지금 파리에서 행해지고 있는 투쟁에 아무 관계도 갖고 있지 않으니까요"라고 말했다.

"정말입니다! 어찌 되었거나 나는 전혀 관계가 없으니까요. 게다가 우리 정부는 완전히 당신네들의 편을 들고 있소. 피트 영감도, 오리들에게 이놈 하고 말할 수조차 없는 겁쟁이여서요." 쇼블랑이 또 시계를 꺼내는 것을 보고 퍼시 경이 말했다. "바쁘신 것 같군요, 당신은. 약속이 있으신가 보죠. 부디 내게는 마음 쓰지 마십시오. 나는 내 편한 대로 하고 있으니까요."

퍼시 경은 테이블에서 일어서더니 의자를 난롯가로 끌고 갔다. 마르그리트는 또다시 그에게로 달려가고 싶은 생각에 몰렸다. 이미 시간이 절박하다. 드가가 언제 부하를 거느리고 돌아올는지 모른다. 퍼시는 그것을 전혀 알지 못하고 있다. 아아, 이 얼마나 무서운 일인가. 더구나 그녀로서는 전혀 길이 없다!

"나는 별로 서두를 일이 없습니다." 퍼시는 즐거운 듯이 이야기하고 있었다. "하지만 어떻소! 이런 지독한 구멍에는 더 이상 있고 싶지 않군요. 그렇지만 아니, 여보시오."

쇼블랑이 세 번째로 몰래 시계를 보자 그는 말했다. "아무리 자주 봐도 시계가 빨리 갈 리 없지요. 친구를 기다리시는군요. 그렇지요?"

"네, 친구올시다만!"

"설마 여성은 아닐 테지요. 어떻소, 신부님?" 블레이크니는 웃었다. "신성한 교회가 용납하지 않을 것이오, 네? 어떻소! 이 불 옆으로 가까이 오시지요. 날씨가 몹시 싸늘해지는데요."

퍼시 경은 장화 뒤꿈치로 불을 차서 옛날식 난로를 확 타오르게 했다. 얼른 나갈 것 같지는 않고 절박한 위험도 전혀 모르는 모양이었다. 또 하나의 의자를 불 옆으로 가까이 당겼다. 바야흐로 어떻게도 할 수 없이 조바심이 나기 시작한 쇼블랑도 난롯가로 와서 문이 잘 보일 만한 위치에 자리를 잡았다. 드가가 나간 지 그럭저럭 15분. 그가 되돌아오기만 한다면 쇼블랑은 망명자를 검거할 계획은 고스란히 내버리고 당장 이 대담한 '빨강 별꽃'을 체포할 생각이었다. 그것이 쿡쿡 쑤시기 시작한 마르그리트의 머리에 똑똑히 이해되었다.

"여보시오, 쇼블랑 씨" '빨강 별꽃'은 들뜬 말투로 말했다. "이야기 좀 해주시오. 친구분은 예쁜가요? 프랑스에는 이따금 눈부실 만큼 사랑스러운 분이 계시더군요. 어떠신가요? 뭐 여쭈어 볼 것도 없겠지요."

퍼시 경은 아무렇지도 않은 듯한 태도로 천천히 테이블로 되돌아갔다.

"그런 취미라면 교회 분들은 절대로 남에게 뒤떨어지지 않지요, 그렇지요?"

그러나 쇼블랑은 이야기를 들을 형편이 못되었다. 온 신경을 집중시켜 당장에라도 드가가 들어올 문으로 쏠고 있었다. 마르그리트의 생각도 그 한 점에 모여 있었다. 마침내 어둠을 깨뜨리고 많은 발소리가 보조를 맞추어 멀리서 다가오는 것이 들렸다.

드가와 그의 부하. 앞으로 2, 3분이면 이리로 온다! 앞으로 3분만 지나면 끔찍한 사건이 일어나고 만다.

용감한 독수리가 여우의 올가미에 걸리고 마는 것이다!

마르그리트는 이번에야말로 벌떡 일어나 소리치고 싶었다. 그러나 그렇게 하지 않았다. 병사들이 접근해 오는 소리에 귀를 기울이면서 남편의 일거일동을 지켜보고 있을 뿐이었다. 남편은 저녁 식사의 남은 음식이며 접시, 술잔, 스푼, 소금 그릇, 후추 그릇 따위가 흩어진 채 놓여 있는 테이블 곁에 서 있었다. 쇼블랑에게 등을 돌린 채, 거드름 피는 듯한 바보 같은 말투로 자꾸만 이야기를 계속한다. 그러면서 호주머니에서 코담뱃갑을 꺼내더니 눈 깜짝할 사이에 그 속에 후추 그릇 속에 든 것을 털어 넣었다.

그런 다음 얼빠진 웃음을 띠면서 쇼블랑에게로 다시 돌아섰다.

"네? 뭐라고 하셨던가요?"

쇼블랑은 가까이 다가오는 발소리에 정신을 빼앗겨 귀를 기울이고 있었으므로, 이 교묘한 적의 행동을 전혀 알아차리지 못했다. 바야흐로 완전히 태세를 갖추고 바로 가까이까지 와 있는 승리를 예기하면서 되도록 태연한 체하고 있었다.

"아니오," 쇼블랑은 곧 대답했다. "즉 당신께서 말씀하셨으므로……."

"내 이야기는," 하고 블레이크니는 난롯가의 쇼블랑에게로 가까이

다가가면서 말했다. "즉 피커딜리의 유대인이 일전에 이제까지 없었던 기막힌 코담배를 구해 주었다는 겁니다. 한 번 맛보지 않으시겠소, 신부님."

언제나 그 스스럼없는 호인다운 태도로 쇼블랑 바로 옆에 서서 강적에게 코담배를 내밀어 주었다. 쇼블랑은 전에 마르그리트에게 이야기했듯이, 전성 시대에 사람을 속이는 트릭 한두 가지는 모르는 바도 아니었다. 그러나 이런 수법은 꿈에도 생각지 못했다.

한쪽 귀로 자꾸자꾸 다가오는 발소리를 들으며, 한쪽 눈은 드가와 부하가 나타날 문을 향하고 있었다. 그리하여 이 대담한 영국인의 태도에 자기도 모르게 말려들어, 완전히 안심하고 말았다. 자기가 한 대 얻어맞게 되리라고는 조금도 의심해 보지 않았다.

코담배를 맡았다.

잘못하여 후춧가루를 기세 좋게 들여마신 일이 있는 사람이 아니면 얼마나 참담한 상태에 빠질 것인지 상상도 할 수 없을 것이다.

쇼블랑은 머리가 깨지는 듯싶었다. 연거푸 재채기가 튀어나왔다. 숨이 막힐 것 같았다. 눈도 보이지 않았다. 귀도 들리지 않았다. 말도 할 수 없었다. 그 사이에 블레이크니는 조용히, 조금도 허둥대지 않고 모자를 집어든 다음 호주머니에서 얼마쯤 돈을 꺼내어 테이블에 놓고 유유히 방에서 나갔다!

유대인

마르그리트의 산산이 흩어져 버린 감각이 다시 돌아오기에는 얼마
동안 시간이 걸렸다. 이 마지막 에피소드는 1분도 채 걸리지 않았으
며, 드가와 병사들은 '샤 글리'에서 180미터도 떨어지지 않은 곳에
있었던 것이다. 지금 무슨 일이 있었는가 하는 것을 이해했을 때, 기
쁨과 놀라움이 뒤섞인 기묘한 감정이 마르그리트의 가슴에 넘쳤다.
모든 일이 아주 묘했고 매우 독창적이었다. 쇼블랑은 아직도 전혀 무
력한 상태였다. 따귀를 세게 한 대 맞은 것보다도 훨씬 심한 타격이
었다. 그것은 즉 빈틈없는 적이 유유히 그의 손가락 사이를 슬쩍 빠
져나가는 것도 볼 수 없거니와 들을 수도, 이야기할 수도 없었기 때
문이었다.

블레이크니는 분명히 '블랑샤르 신부의 오두막'에 있는 망명자들과
비밀히 만나기 위해 간 것이다. 그런데도 쇼블랑은 어찌할 수가 없었
다. 지금 대담한 '빨강 별꽃'은 드가와 그 부하에게 잡히지 않았다.
그러나 모든 도로와 바닷가에 순찰대가 나가 있었다. 빈틈없이 감시
망을 펴고, 수상한 자는 한 사람도 남김없이 감시를 받고 있다. 호화

로운 옷차림으로 어디까지 들키지 않고 미행당하지도 않으며 당도할 수 있을 것인가.

이제야 마르그리트는 어째서 좀더 빨리 남편에게로 내려가 남편에게 주의해 주지 않았던가, 사랑의 말을 들려주지 않았던가 하고 후회했다. 남편에게는 그것이 필요했다. 쇼블랑이 그를 체포하라고 지시한 명령을 알 리도 없다. 지금 이 순간에도 어쩌면······.

그러나 이런 무서운 생각이 머릿속에서 뚜렷한 모양을 이루기도 전에 문 바로 밖에서 무기가 덜그럭거리는 소리가 나고, 드가가 부하를 향해 "멈춰서!"라고 외치는 소리가 들렸다.

쇼블랑은 얼마쯤 기운을 회복하고 있었다. 재채기도 전보다는 가라앉았다. 그는 비틀거리면서 일어섰다. 드가가 노크했을 때, 그는 마침 밖으로 나가려 하고 있었다.

쇼블랑은 문을 열었다. 부하가 무슨 말을 하기도 전에 먼저 재채기를 하고 나서 힘없는 목소리로 말했다.

"키 큰 외국인이다····· 빨강····· 누구 본 사람 없는가?"

"어디서 말입니까?" 드가가 깜짝 놀라 되물었다.

"여기야, 이봐! 저 문으로 나갔어! 아직 5분도 안 되었어."

"아무것도 못 보았는데요, 달도 아직 뜨지 않았고, 게다가······."

"게다가 꼭 5분이 늦었어, 자네는."

쇼블랑은 분노를 터뜨리며 소리쳤다.

"저어······저어······."

"명령대로 했다는 거겠지. 그것은 알고 있어. 하지만 퍽 오래 걸렸어. 다행히 별일은 없었지만, 그렇지 않았다면 자네는 큰일 날 뻔했어, 드가 동지."

드가는 조금 얼굴이 창백해졌다. 상관의 태도에서는 심한 증오와 노여움이 넘치고 있었다.

"키 큰 외국인입니까?" 드가는 우물우물 말했다.

"여기에 있었어, 이 방에. 바로 5분 전에 이 테이블에서 식사를 했지. 얼마나 대담한 놈인가 말이야! 나 혼자서 그와 맞서 싸우지 않은 이유는 분명하지. 브로가르는 멍텅구리이고 그 괘씸한 영국인은 황소 같은 힘을 갖고 있어. 더욱이 녀석은 자네들의 코끝을 살짝 빠져나갔어."

"그다지 멀리 가기 전에 발견되고 말 겁니다, 동지."

"뭐라고?"

"쥬트레 대위가 순찰 지원에 40명의 병사를 냈습니다. 20명은 해안으로 갔지요. 대위가 두 번이나 단언했는데, 감시는 하루 종일 계속하고 있으며 조금이라도 수상하게 여겨지는 자는 불심 검문을 당하지 않고 해안이나 배로 갈 수 없다는 겁니다."

"좋아, 병사들은 임무에 철저한가?"

"매우 정확한 명령을 받고 있습니다. 저도 출발할 때에 단단히 이야기해 두었습니다. 수상한 자, 특히 키가 크거나 그것을 속이기 위해 몸을 구부리고 있는 자는 될 수 있는 대로 은밀한 가운데 뒤를 밟게 되어 있습니다."

"어떤 경우에도 상대를 붙잡아서는 안 돼." 쇼블랑은 열심히 말했다. "그 뻔뻔스러운 '빨강 별꽃' 말이다. 실수한 자를 보기 좋게 속이고 빠져나가니까. 이제는 그를 '블랑샤르 신부의 오두막'으로 가게 하여 그곳을 포위하여 잡아 주는 거야."

"그 점은 모두 다 잘 알고 있습니다. 게다가 키 크고 수상한 사람을 발견하는 대로 뒤를 밟는 동시에 병사 한 명은 즉시 돌아와 보고하기로 정해져 있습니다."

"좋아!" 쇼블랑은 손을 맞대고 비비면서 의기양양한 얼굴로 말했다.

"좀더 드릴 보고가 있습니다."

"뭔가?"

"키 큰 영국인 한 사람이 45분쯤 전에 여기서 열 걸음도 떨어져 있지 않은 곳에서 루벤이라는 이름의 유대인과 오랫동안 말을 주고받았습니다."

"호오, 그래서?" 쇼블랑은 초조해하며 재빨리 물었다.

"이야기는 말 한 필과 마차에 관한 것뿐이었습니다. 그 키 큰 영국인이 쓰고 싶다고 했기 때문에 11시까지 준비해 놓기로 되어 있다고 합니다만."

"벌써 11시가 지났어. 그 루벤의 집은 어디인가?"

"이 집에서 걸어서 2, 3분 걸리는 곳입니다."

"그 수상한 녀석이 루벤의 마차를 타고 가 버렸는지 어떤지 당장 부하를 보내어 확인해 봐."

"네."

드가는 한 부하에게 명령하기 위해 나갔다. 마르그리트는 드가와 쇼블랑 사이에 오고간 대화를 한 마디도 빼놓지 않고 들을 수 있었다. 그 한 마디 한 마디가 무서운 불안과 어두운 예감이 되어 금방이라도 가슴이 터져 버릴 것만 같았다.

남편을 도우려는 크나큰 소망과 굳은 결의를 품고 멀리서 여기까지 찾아왔다. 더욱이 이제까지 걱정으로 찢어질 듯한 가슴을 누르면서 무서운 올가미가 용감한 '빨강 별꽃'의 신변에 차츰차츰 좁혀져 가는 것을 가만히 지켜보고 있을 수밖에 없었다.

이렇게 되면 그는 몇 걸음도 가기 전에 감시병에게 발견되어서 미행되고 보고된다. 그녀로서는 어떻게도 할 수 없는 무력감과 심한 절망이 덮쳐 왔다. 남편을 위해 아주 조금이나마 힘쓰는 일이 거의 불가능해졌다. 다만 한 가지 소망은 어떠한 최후라도 좋으니, 남편과 운명을 함께 하는 것을 용납받을 수 있을까 하는 것이었다.

지금으로서는 사랑하는 사람의 모습을 다시 한 번 볼 기회조차도 기대할 수 없게 되었다. 그래도 적의 행동을 끝까지 똑똑히 보아 두리라고 마음먹었다. 쇼블랑이 눈앞에 있는 동안에는 남편의 운명이 아직 결정되지 않았다는 희미한 희망이 가슴에 넘쳤다.

드가는 시무룩이 방 안을 돌아다니고 있는 쇼블랑에게서 떨어져, 밖으로 나가 루벤을 찾으러 보냈던 부하가 돌아오기를 기다렸다. 이리하여 몇 분이 지났다. 쇼블랑은 조바심 나는 심정을 풀길이 없는 것 같았다. 아무도 믿을 수 없는 듯했다. 바로 조금 전 대담한 '빨강 별꽃'의 속임수에 걸리고 나서 갑자기 불안감이 더했다. 자신이 직접 현장으로 가서 감시하고 지시하며 이 괘씸한 영국인의 체포를 독려하지 않으면 성공을 기대할 수 없을 것 같았다.

5분쯤 지났을 때 드가는 닳아 빠져 너덜너덜하고 기름이 밴 더러운 긴옷을 걸친 꽤 나이 먹은 유대인을 데리고 돌아왔다.

유대인은, 흰 머리가 많이 섞인 붉은 머리를, 폴랜드 계 유대인답게 모아 얼굴 양쪽으로 나선상(螺旋狀)으로 늘어뜨리고 있었다. 뺨이며 턱이 때투성이여서 특히 더 지저분하고 무참한 모습이었다.

그 유대인의 굽은 등은, 신앙의 자유와 평등의 여명이 찾아오기 이전의 과거 몇 세기에 걸쳐 유대 인종이 자신을 비하하는 것처럼 꾸미고 살아 온 것이 습성이 되어 몸에 익은 것이었다. 다리를 질질 끌듯이 하며 드가의 뒤를 이상한 걸음으로 따라왔는데, 이 걸음도 이제까지 유럽 대륙 유대 상인들의 특징으로 남아 있는 것이었다.

쇼블랑은 이 천한 민족에 대한 프랑스 인 특유의 편견을 갖고 있어, 그 남자가 자기 옆에 너무 가까이 오지 않도록 몸짓을 했다. 세 사람이 램프 아래에 한데 모여 있었으므로 마르그리트에게는 세 사람다 잘 보였다.

"이 사람인가?" 쇼블랑이 물었다.

"아닙니다." 드가는 대답했다. "루벤은 찾지 못했습니다. 틀림없이 수상한 녀석이 그의 마차를 타고 간 모양입니다. 여기에 있는 이 사람이 뭔가 알고 있는 것 같습니다. 그런데 돈을 좀 집어 주어야 입을 열 것 같습니다."

"흐음!" 쇼블랑은 눈앞에 선 사람의 불쾌한 모습이 메스꺼운지 얼굴을 돌렸다.

유대인은 그들의 독특한 강한 참을성으로 울퉁불퉁 옹이가 박힌 지팡이에 기대어 비굴한 태도로 서 있었다. 기름때가 꾀죄죄한 테 넓은 모자가 더러운 얼굴에 깊은 그림자를 떨구고 있었다. 지체 높은 분이 뭔가 물어 오기를 기다리고 있는 것이었다.

쇼블랑은 유대인을 향해 오만하게 말했다.

"지금 보고를 들으니, 자네는 내 친구로서 꼭 만나고 싶어하는 키 큰 영국인에 대해 뭔가 알고 있는 모양이더군……이봐! 가까이 오지 마." 유대인이 몹시 열성스러운 태도로 한 걸음 앞으로 나서자 쇼블랑은 당황해하며 말했다.

"넷, 각하." 유대인은 동쪽 출신이라는 것을 나타내는 똑똑하지 못한 혀 짧은 말투로 대답했다. "오늘 저녁때였습죠. 저와 루벤 골드슈타인은 바로 요 앞길에서 키 큰 영국인을 만났습니다."

"이야기를 했나?"

"그쪽에서 먼저 우리 두 사람에게 말을 걸어 왔습죠, 각하. 오늘 밤 무슨 일이 있더라도 생 마르탱 거리까지 가야만 하는데, 말 한 필과 마차를 마련할 수 없겠느냐고 묻더군요."

"자네는 뭐라고 말했나?"

"아무 말도 하지 않았습니다요." 유대인은 감정이 상한 표정으로 대답했다. "루벤 골드슈타인이 말입니다. 저 괘씸한 배신자 녀석이,

악마가 점지해 준 자식이……."

"그만둬." 쇼블랑이 거친 목소리로 가로막았다. "빨리 말을 계속해."

"헤헤헤, 제가 그 부자인 영국 나리에게 말과 마차를 빌려 드릴 테니 어디든 좋을 대로 쓰십시오 하고 말하려니까 말이죠. 그 루벤녀석이 냉큼 끼어들어서 자기의 비루먹은 말과 헐어 빠진 마차를 내주었지요."

"그 영국인은 어떻게 되었나?"

"루벤 골드슈타인에게서 말을 들었습죠, 각하. 그 자리에서 포켓에서 금화 한 움큼을 꺼내면서 말씀입죠. 그것을 그 악당에게 보이면서 말과 마차를 11시까지 준비해 놓으면 모두 주겠다고 하더랍니다."

"그렇다면 물론 말과 마차를 준비했겠지?"

유대인은 악의가 담긴 의미심장한 웃음을 띠면서 말했다.

"글쎄올시다! 그렇다고도 할 수 있겠습죠, 각하. 루벤의 비루먹은 말은 절름발이죠. 처음에는 좀처럼 움직이지도 않았습니다. 마구발길로 걷어차고, 때리고, 한참 동안 애를 먹인 끝에 가까스로 걷기 시작했습죠."

"그래서 출발했다는 말이로군?"

"헤헤헤, 5분쯤 되었습죠. 떠났습니다요. 그 손님의 어리석은 꼴에 그만 정나미가 떨어졌습니다요. 그것도 말입니다, 영국인쯤 되는 사람이…… 루벤의 비루먹은 말이 쓸모가 있겠는지 어떤지 알 만도 한데 말입니다."

"마음에 드는 것을 고를 수 없는 형편이라면……."

"아무리 그렇더라도 말입니다요, 각하." 유대인은 귀에 거슬리는 목소리로 신이 나서 말했다. "루벤의 비루먹은 말보다는 제 말과 마차가 얼마나 빠르고 얼마나 편한지 모른다고 몇 번이나 말했는지 모릅니다요. 그래도 듣지 않더군요. 루벤은 거짓말쟁이고, 남의 비위를 얼마나 잘 맞추는지 모릅니다요. 그 손님은 속은 것입죠. 만약 급히 서두르는 것이라면 내 마차를 쓰는 편이 같은 돈을 쓰더라도 얼마나 나을지 모르는데 말입니다요."

"그렇다면 자네도 말과 마차를 갖고 있다는 말이로군?" 쇼블랑이 오만하게 물었다. "아암요, 갖고 있습죠, 각하. 만일 각하께서 타시겠다면……."

"루벤의 마차가 어느 쪽으로 갔는지 알고 있나?"

유대인은 그것 보라는 듯한 얼굴로 더러운 턱에 손가락을 가져갔다. 마르그리트의 가슴은 터질 것처럼 심하게 고동쳤다. 쇼블랑의 오만한 질문을 들었기 때문이었다. 겁먹은 마음으로 유대인 쪽을 보았으나 테 없는 넓은 모자에 가려져 얼굴빛은 알 수 없었다. 이 유대인이 그 가늘고 긴 더러운 손아귀에 남편의 운명을 쥐고 있다. 그녀는 그런 것을 걷잡을 수 없이 생각했다.

오랜 침묵이 계속된다. 쇼블랑은 자기 앞에 있는 사나이의 구부정한 모습을 초조한 마음으로 노려보고 있었다. 마침내 유대인은 윗주머니에 천천히 손을 넣더니 깊숙한 바닥에서 여러 닢의 은화를 꺼냈다. 이윽고 조용히 말했다.

"이것은 그 키 큰 분이 루벤과 함께 마차를 타고 떠나가기 전에, 자기에 대한 것과 자기의 행동을 아무에게도 말하지 말라고 입막음으로 주신 돈입지요."

쇼블랑은 답답한 듯이 어깨를 으쓱 추켜올렸다.

"대체 얼마인가?"

"20플라스입니다요, 각하. 아무튼 저는 손톱만큼도 거짓말을 못하는 남자입죠, 네."

쇼블랑은 아무 말도 하지 않고 자기의 포켓에서 여러 닢의 금화를 꺼내더니, 손바닥 위에 놓고 유대인에게로 내밀어 보이며 짤랑거렸다.

"내 손바닥의 금화가 몇 닢인가?" 조용히 물었다.

유대인을 놀라게 하려는 생각은 아니었다. 목적을 위해서 환심을 사려는 것이었다. 왜냐하면 유대인의 태도는 쾌활하고 조용했으므로, 길로틴에 올려놓겠다고 을러대거나 그 밖에 같은 종류의 협박으로 사실을 실토하게 하려 들면 이 늙다리의 머리는 혼란하게만 될 뿐이기 때문이었다. 죽음으로 위협하는 것보다 물욕을 만족시켜 주는 편이 도움이 된다고 보았던 것이다.

유대인의 눈은 상대의 손 안에 있는 금화를 재빠르고 날카롭게 알아보았다.

"적어도 다섯 닢은 되겠군요, 각하." 그는 비굴하게 대답했다.

"이것이면 자네의 정직한 혓바닥을 늦추기에는 충분하겠지?"

"각하께선 어떤 것을 알고 싶으시지요?"

"루벤 골드슈타인의 마차를 타고 간 내 친구가 있는 곳으로 자네의 말과 마차로 안내해 줄 수 있는지 어떤지 하는 거야."

"바라신다면 말과 마차로 각하를 그곳까지 모셔다 드릴 수 있구말구요."

"'블랑샤르 신부의 오두막'이라고 불려지는 그 장소에?"

"그걸 각하께서 아십니까?" 유대인은 깜짝 놀라 소리쳤다.

"그 장소는 알 테지?"

"알구말굽쇼, 각하."

"어느 도로로 가면 되는가?"

"생 마르탱 가도입죠, 각하. 거기서부터 벼랑까지 오솔길이 나 있습니다요."

"그 가도를 안단 말이지?" 쇼블랑은 거칠게 다짐했다.

"암요, 돌멩이 하나, 풀 한 포기까지 압죠, 각하."

유대인은 조용히 말했다.

쇼블랑은 아무 말없이 다섯 닢의 금화를 한 닢씩, 무릎을 꿇고 있는 유대인 앞으로 내던졌다. 유대인은 네 발로 엎드려 정신없이 그것을 긁어모았다. 한 닢이 떼굴떼굴 굴러가서 잘 잡히지 않았다. 선반 밑으로 굴러들어갔기 때문이다. 노인이 금화를 찾기 위해 바닥을 기어 돌아다니는 동안 쇼블랑은 가만히 기다리고 있었다.

가까스로 유대인이 일어서자 쇼블랑이 말했다.

"말과 마차는 시간이 얼마나 걸리면 준비되겠나?"

"이미 준비가 다 되어 있습니다요, 각하."

"어디에?"

"여기서 네, 10미터도 채 떨어지지 않은 곳입지요. 가 보시겠습니까?"

"아니, 보고 싶지 않아, 그런 것은. 어디까지 태우고 갈 텐가?"

"'블랑샤르 신부의 오두막'까지입죠, 각하. 그것도 루벤의 비루먹은 말이 각하의 친구분을 모시고 간 곳보다 훨씬 더 앞까지입죠. 뭘요, 여기서 10킬로미터도 채 가기 전에 그 교활한 루벤 놈과 그녀석의 형편없는 말새끼, 그리고 키 큰 손님이 한길 한복판에 깜짝 놀라 나자빠지는 것과 부딪칠 것입니다요."

"여기서 가장 가까운 마을까지는?"

"그 영국 손님이 가신 길이라면 미켈론이 가장 가까운 마을입죠. 여기서부터 10킬로미터도 못됩니다요."

"거기서 다른 마차를 얻을 수 있다는 말이로군. 좀더 앞으로 가는 경우는 어떤가?"

"헤에헤, 거기까지만 가면."

"갈 수 있겠나?"

유대인이 간단하게 말했다.

"각하께서 가 보시겠습니까?"

"나도 그럴 생각이다." 쇼블랑은 매우 조용하게 말했다. "그러나 잘 알아 둬. 만약 나를 속였다가는 가장 뚝심 센 병사들에게 일러 너를 때려눕히겠다. 때려눕힌 다음, 너의 더러운 몸이 숨통이 멎도록 해주겠다. 그러나 만약 내 친구인 키 큰 영국인을 가는 길 도중이나 '블랑샤르 신부의 오두막'이나 어디서건 만날 수만 있다면 별도로 금화 열 닢을 더 주겠다. 이 흥정이 어떤가?"

유대인은 또다시 깊이 생각에 잠기는 듯 턱을 쓰다듬었다. 손바닥의 금화를 흘끔흘끔 바라보고 위세 당당한 이야기 상대를 바라본 다음 그 사이 줄곧 잠자코 뒤에 서 있는 드가를 흘끔 돌아다보았다. 조금 뒤에 천천히 말했다.

"잘 알겠습니다요."

"그럼, 밖에서 기다리고 있어. 약속은 잊지 마라. 그렇지 않으면 알겠나? 이쪽은 이쪽대로 약속을 지켜 줄 테니!"

비열하게 굽실굽실 절을 하고 유대인은 다리를 질질 끌면서 방을 나갔다.

쇼블랑은 이 접견이 마음에 들었는지 저 악의에 찬 만족스러운 빛을 띠면서 두 손을 마주 비비고 있었다.

"웃옷과 장화를 가져와." 마침내 쇼블랑은 드가에게 명령했다.

드가는 문으로 다가가서 필요한 명령을 내린 듯, 즉시 한 병사가 쇼블랑의 웃옷과 장화와 모자를 들고 들어왔다.

쇼블랑은 신부 옷을 벗어던졌다. 그는 그 아래에 착 달라붙는 바지와 웨스트코트를 입고 있었다. 옷을 갈아입기 시작했다.

"자네는 되도록 빨리 쥬트레 대위에게로 돌아가 12명만 병사를 더

돌려 달라고 부탁하고, 생 마르탱 가도까지 그들과 함께 가게. 거기서 내가 타고 있는 유대인 마차를 따라잡을 수 있을 테니까. 내가 잘못 본 것이 아니라면 '블랑샤르 신부의 오두막'에서 격전이 벌어질 걸세. 그 장소로 몰아넣어 줄 테니, 반드시…….

그 까닭은 이 괘씸한 '빨강 별꽃'은 대담하다고 할까——아니면 바보라고 해야 할지 도무지 알 수 없지만——맨 처음의 계획을 굽히려 하지 않기 때문이다. 녀석은 드 튀르네와 생 제스트 및 그 밖의 반역자들을 만나러 갔지만, 처음에는 아마도 그렇게 할 생각이 없었으리라고 여겨지는군. 발견만 되는 날에는 놈들은 몰리어 필사적으로 저항할 걸세. 우리 편도 몇 명인가 당하겠지. 저 왕당파들은 뛰어난 검객들인데다 이 영국놈은 기막히게 두뇌가 명석하고 힘도 굉장한 자이니까.

그러나 아무리 그렇더라도, 적 한 사람에 적어도 우리는 다섯 명꼴이 되지. 자네는 부하와 함께 미켈론에서 생 마르탱 가도를 내가 탄 마차 바로 뒤로 바싹 따라올 것. 영국인은 우리의 앞을 가고 있으니 뒤를 돌아보는 일은 없겠지."

퉁명스럽지만 결단성 있고 요령 있게 명령내리는 동안 옷을 다 갈아입었다. 신부 옷은 치워지고 또다시 여느 때의 몸에 딱 맞는 검은 옷차림으로 되돌아왔다. 마지막으로 모자를 반듯하게 썼다.

"자네에게 색다른 죄수를 넘겨주게 되겠군."

쇼블랑은 소리 내어 웃으면서 전에 없이 천한 모습으로 드가의 팔을 잡고 현관까지 걸어갔다.

"당장 해치우지 않도록 하게, 알겠나, 드가 동지? '블랑샤르 신부의 오두막'은 아마도 바닷가에 한 채만 외로이 서 있을 걸세. 우리는 다루기 힘든 여우를 상대로 통쾌한 사냥을 즐기게 되네. 부하를 잘 골라 두게, 드가 동지……그러한 사람 사냥을 재미있어하는 이

들을 말일세. 이봐! 그 '빨강 별꽃'이란 녀석을 조금은 쩔쩔매도록
해 주세나…… 알았나? 꽁무니를 빼며 덜덜 떨게 해주겠다고?
그거 참, 좋군. 그래서 마지막으로…… "

그가 의미 있는 동작으로 낮고 독기 서린 웃음을 지었으므로, 마르
그리트는 정신이 아뜩했다.

"부하를 잘 골라 두게, 드가 동지. "

그는 또 한 번 그렇게 말한 다음 앞장을 서서 나갔다.

추적

　마르그리트 블레이크니는 한순간도 머뭇거리지 않았다. '샤 글리' 밖에서 마지막 소리가 어둠 속으로 사라져 가고, 드가가 부하에게 명령을 내리며 12명의 응원병을 더 보내 달라고 하기 위해 성채를 향해 떠나는 소리도 들려왔다. 용기와 억셈 이상으로 한층 더 위험하고 그 바닥을 알 수 없는 지력을 갖춘 기책 종횡(奇策縱橫)의 영국인을 잡기 위해 9명으로는 모자랐던 것이다.

　이윽고 5, 6분 지나 그 유대인이 말에게 마구 고함치는 쉬어 터진 목소리가 들리는가 싶더니 이어서 마차 바퀴가 삐걱거리고, 헐어빠진 마차가 울퉁불퉁한 길을 소리 내어 가는 소리가 들렸다.

　여인숙 안은 쥐 죽은 듯이 조용했다. 브로가르 부부는 쇼블랑이 무서워, 살아 있다는 기색도 보이지 않았다. 둘 다 제발 잊어 주었으면 좋겠고, 아무튼 이대로 내버려 두어 주었으면 하고 바랄 뿐이었다. 쉴 새 없이 퍼부어 대던 욕설도 들리지 않았다.

　그 뒤 한참이 지난 다음 마르그리트는 망가진 계단을 살그머니 내려왔다. 그러고는 어둡고 거무스레한 코트에 온몸을 싸고 몰래 여인숙을 빠져나왔다.

밖은 제법 어두워졌기 때문에 그녀의 모습은 완전히 어둠에 묻혀 버렸다. 한편 그녀의 날카로운 귀는 앞쪽을 가는 마차 소리를 똑똑히 알아들을 수 있었다. 길을 따라 이어진 도랑의 그림자에 일단 섞여 들어가면 드가의 부하가 찾아오거나 또는 아직도 임무에 임하고 있는 순찰대가 온다 해도 발견되지 않을 것이다.

이렇게 하여 그녀는 혼자 밤의 어둠 속을 걸어서 고달픈 나그네 길 의 마지막 여정에 올랐다. 미켈론까지 10킬로미터, 게다가 거기서부 터 '블랑샤르 신부의 오두막'까지……마지막 운명의 장소가 될지도 모르는 오두막까지, 험한 길이었다. 그러나 이미 그런 일 따위에는 마음을 쓰지 않았다.

유대인의 여윈 말은 도무지 빨리 뛰지 못했다. 그러므로 정신적인 피로와 신경의 긴장으로 지칠 대로 지쳐서 녹초가 되어 있었지만 어렵지 않게 따라붙을 수 있다는 것을 알았다. 제대로 먹이를 얻어먹지 도 못했을 것이 틀림없는 이 불쌍한 동물은 언덕 같은 길을 몇 번이나 한참씩 쉬지 않고서는 앞으로 나아갈 수 없었던 것이다.

바다에서 꽤 떨어져 있는 가도는 양쪽에 빈약한 잎이 달린 관목과 구부러진 나무들이 드문드문 가로수를 이루어, 한결같이 남쪽으로 향한 나뭇가지가 희미하니 어둠 속에서 딱딱하게 굳은 유령과도 같은 머리카락을 끊임없이 불어오는 바람에 나부끼고 있는 것 같았다.

다행히 달이 구름 사이에서 얼굴을 내밀려고 하지 않아, 낮은 관목 가로수를 따라 걸음을 옮기는 마르그리트의 모습이 눈에 띌 걱정은 없었다. 주위는 오로지 고요하기만 했다. 다만 멀리 아득한 곳에서 길고 가냘픈 신음 소리처럼 바다의 물결 소리가 전해 올 뿐이었다.

밤공기는 상쾌하고 소금기가 감돌았다. 악취가 가득 찬 좁고 더러운 여인숙에서 가만히 숨을 죽이고 지낸 뒤였던만큼, 마르그리트에게는 이 가을밤의 달콤한 내음과 먼 곳에서 들려오는 그리움에 찬 파도 소리가 얼마나 즐거운 것이었는지 모른다. 인적이 끊긴 고요한 밤, 저쪽 하늘을 나는 갈매기가 이따금 내는 높고 날카로운 서글픈 울음 소리, 조금 앞쪽의 길을 가고 있는 마차의 삐거덕거리는 소리, 그 밖 에는 아무 소리도 들리지 않는 이 고요가 얼마나 고마운 것이었는지 …… 이 부근의 쓸쓸한 해안의 냉랭한 대기, 평화롭고 넓고 큰 자연 에 얼마나 깊은 애정을 느꼈을까. 그러나 그녀는 기분 나쁜 예상과 한없이 귀중한 존재가 된 한 남성을 위해 다만 마음을 앓고, 깊은 그 리움에 가슴이 꽉 차 있었다.

풀이 무성한 둑에 발이 미끄러졌다. 길 한복판을 걷지 않는 편이 안전하다고 생각했기 때문이었지만 둑의 진창길을 급히 걷는 것도 역 시 어려웠다. 마차 곁에 너무 가까이 접근하지 않는 편이 안전할 것 이다. 모든 것이 물을 끼얹은 듯 조용하기 때문에 마차의 바퀴 구르 는 소리만으로도 확실한 길 안내가 되었다.

이 쓸쓸함은 절대적인 것이었다. 이미 칼레의 불빛이 두서너 개 희 미하게 번지면서 아득히 멀어져 갔다. 이 가도에는 인가인 듯한 집은 한 채도 없었다. 가까이에 어부며 나무꾼의 오두막 하나 보이지 않았 다.

아득히 먼 앞쪽의 오른편은 절벽이었다. 그 밑은 바위와 돌이 많은 바닷가였으며, 파도가 밀려오는 소리가 끊임없이 먼 속삭임이 되어 전해져 왔다. 그리고 앞쪽의 마차 바퀴 구르는 소리는 집념이 강한 적을 싣고 승리의 개가를 향해 나아갔다.

지금 이 순간 퍼시는 이 쓸쓸한 바닷가의 어느 곳에 있는 것일까? 마르그리트는 줄곧 생각해 보았다. 틀림없이 그다지 멀지 않은 곳일 것이다. 왜냐하면 겨우 15분쯤 쇼블랑보다 앞섰으니까. 이 서늘하고 바닷물 내음이 강한 프랑스 해안 한구석에 수많은 첩보 부원이 그물을 치고 있다가, 큰 키의 남편을 발견하면 곧장 아무것도 모르는 친구들이 기다리는 곳까지 뒤를 밟아 가서, 거기서 일망타진하려고 단단히 벼르고 있다. 그것을 남편은 알고 있을까?

앞을 가는 쇼블랑은 유대인의 마차에 덜컹덜컹 흔들리면서 유쾌한 생각을 즐기고 있었다. 자기가 둘러쳐 놓은 그물에서는 그토록 신출귀몰하고 대담무쌍한 영국인도 이미 도망칠 재간이 없다는 만족스러운 생각에 그저 기쁠 뿐이었다.

시간이 흘렀다. 늙다리 유대인은 어두운 가도를 천천히, 그러나 위험한 기색 없이 말을 몰고 갔다. 그 동안에도 수수께끼의 '빨강 별꽃'을 쫓는 흥분에 찬 마지막 장면이 안타깝게 기다려지는 것이었다.

방약무인한 그 책략가를 체포하는 것은 쇼블랑의 혁혁한 공훈 가운데서도 가장 훌륭한 게 될 것이다. 프랑스 공화국의 반역자를 돕고 있는 현장에서 현행범으로 검거되었다는 데야 아무리 영국인이라 할지라도 자기 나라 정부로부터 아무런 보호를 받을 수 없을 것이다. 쇼블랑은 사정이야 어떻든 간에, 외부로부터의 교섭은 모두 때가 늦은 뒤였었다고 말하리라고 굳게 마음먹고 있었다.

자기 자신도 모르는 사이에 남편을 배신하게 된 불행한 아내가, 남편을 얼마나 무서운 입장으로 몰아넣었는가 하는 것에 대해서는 단 한순간도 생각해 보지 않았으며 손톱만큼의 후회도 없었다. 실제로 쇼블랑은 마르그리트의 생각 따위는 전혀 하지도 않았다. 그 여자는 쓸모있는 도구였다. 다만 그것뿐이었던 것이다.

유대인의 말은 사람의 걸음걸이와 별로 다를 바가 없었다. 느린 걸음으로 따각따각 걸어갔으며, 몇 번이나 긴 휴식을 주어야만 했다.

"미켈론까지 아직 멀었나?" 쇼블랑이 이따금 물었다. "그다지 멀지 않습니다, 각하." 어김없이 침착한 대답이 되돌아왔다.

"자네 친구와 내 친구가 깜짝 놀라 나자빠지는 것을 아직 못 보겠군. " 쇼블랑이 빈정거리듯이 말했다.

"조금만 더 참으십쇼, 각하. " 유대 나라 모세의 손자가 대답했다.

"그들은 우리보다 앞장서 가고 있습니다요. 그 배신자가 몰고 있는 마차 바퀴 자국이 뚜렷이 나 있군요. "

"길은 틀림없겠지 ? "

"각하의 호주머니에 금화 열 닢이 들어 있는 정도로 틀림없습죠. 오래지 않아 그 금화는 제 것이 되고 말 겁니다요. "

"내가 키다리 외국인과 악수를 할 때면 곧 자네 것이 될 거야, 틀림없이. "

"아니 ? 저게 뭡니까요 ? " 갑자기 유대인이 말했다.

갑자기 아무 소리도 들리지 않던 고요함 속에서, 진창길 이쪽으로 접근해 오는 말발굽 소리가 똑똑히 들려왔다.

"군인들입니다요. " 유대인은 두려운 듯이 소리를 낮추어 말했다.

"잠깐만 멈추어라. 물어 볼 일이 있다. " 쇼블랑이 말했다.

마르그리트도 앞쪽의 마차와 자기를 향해 다가오고 있는 말발굽 소리를 들을 수 있었다. 드가와 그의 부하가 머지않아 이 마차를 따라 붙을 것이라고 긴장하고 있었으나, 아무래도 반대 방향인 미켈론에서 오는 것 같았다. 그녀는 어둠 속에 모습을 숨기고 있었다. 마르그리트는 마차가 멎는 것을 보고 세심한 주의를 기울여 발소리를 죽여 가면서 조금 가까이까지 살며시 다가갔다.

가슴이 소리높이 고동치고, 온몸에 전율이 달렸다. 이 말 탄 기마병들이 어떤 뉴스를 가지고 왔을지는 쉽게 상상할 수 있었다. "이 가도와 해안선을 지나는 수상한 자는 하나도 남김없이 뒤를 밟으라. 특히 키 큰 자, 큰 키를 속이려고 하는 자는 반드시 뒤를 밟으라. 그런 자를 발견하면 기마병은 즉시 되돌아와 보고하라"는 것이 쇼블랑의 명령이었다. 그렇다면 키가 큰 남자가 발견된 것일까 ? 그리하여 기마병한테 몰리던 토끼가 마침내 올가미에 걸렸다는 기막힌 뉴스를 가지고 온 것일까?

마르그리트는 마차가 멎은 것을 알고 캄캄한 어둠 속에서 조금 더 바싹 다가갔다. 목소리를 알아들을 수 있는 데까지 가서, 연락원의 보고를 듣기 위해 더욱 접근했다.

누구냐고 묻는 재빠른 신호.

"자유, 사랑, 평등."

이어서 쇼블랑이 재빠른 말투로 신문하기 시작했다.

"정보는?"

두 기마병이 마차 옆에 멈췄다.

그 모습이 이슥한 밤하늘을 배경으로 실루엣이 되어 서 있는 것이 마르그리트에게 보였다. 그들의 목소리, 말의 거친 콧김, 게다가 이번에는 얼마쯤 떨어져 뒤에서 이리로 향해 오는 일대의 규칙 바른 보조, 드가와 그 부하들이었다.

쇼블랑이 병사들에게 관등과 이름을 확인시키고 있는지 잠시 침묵이 계속되다가 이윽고 신문과 응답이 계속적으로 오갔다.

"외국인을 보았는가?" 쇼블랑이 열심히 물었다.

"못 보았습니다. 우리는 키 큰 외국인은 보지 못했습니다. 벼랑 가장자리를 지나왔으니까요."

"그래서?"

"미켈론의 앞, 1킬로미터도 채 가지 못한 장소에서 우연히 초라한 목조 건물을 발견했는데, 아마도 어부가 도구며 그물을 놓아두는 오두막인 것 같았습니다. 맨 처음 발견했을 때, 아무도 없는 것 같았으므로 그다지 이상스러운 점은 없다고 생각했었지요. 그런데 옆의 틈 사이로 불빛이 새어나오는 것을 발견했습니다. 저는 말에서 내려 살그머니 다가갔습니다. 동료와 의논하여 그들의 눈에 띄지 않도록 포위하고, 저는 감시를 계속하기로 했습니다."

"좋아! 그래, 무얼 보았는가?"

"30분쯤 지나자 이야기 소리가 들리더니 곧 사나이 둘이 벼랑가로 왔습니다. 둘 다 리르 가도로 온 모양이었습니다. 한 사람은 젊고, 또 한 사람은 아주 늙은 노인이었습니다. 열심히 쑤군쑤군 이야기를 나누었지만 내용은 알아들을 수 없었습니다."

한 사람은 젊고, 또 한 사람은 아주 늙은 노인이었다고 한다. 마르그리트의 아픈 가슴은 듣고 있는 동안 고동이 멎을 것 같았다. 젊은 쪽은 아르망일까? 오라버니 아르망? 늙은 사람은 드 튀르네 백작? 이 두 사람은 두려움을 모르는 숭고한 '빨강 별꽃'을 함정에 빠지게 하기 위해 자신으로는 깨닫지 못한 채 먹이 역할을 하고 말았다는 것인가?

"두 남자는 곧 오두막 안으로 들어갔습니다." 병사는 말을 계속했는데, 마르그리트의 쑤시는 신경에는 쇼블랑이 의기양양하게 껄껄거리는 소리 죽인 웃음까지 들리는 것 같았다. "그래서 저는 한 걸음 더 다가갔습니다. 오두막은 매우 허술하게 지어졌으므로 두 사람의 이야기 소리가 이따끔 끊기는 듯 들려 왔습니다."

"그런가…… 빨리 말하라!……무슨 이야기가 들리던가?"

"노인이 젊은이에게…… 이 장소임에 틀림없을 테지 하고 다짐하는 것이었습니다. '네, 염려 마십시오, 틀림없습니다' 하고 젊은이 쪽이 대답하며 갖고 있던 종이 한 장을 숯불 빛에 비춰 보였습니다. '이것이 런던을 출발하기 전에 받은 계획서입니다. 어디까지나 이 계획대로 진행되었습니다. 명령이 변경되지 않는 한 말입니다. 저는 명령의 변경을 받지 않았습니다. 여기가 우리가 온 길이며…… 아아, 여기가 갈림길이고…… 여기서부터 생 마르탱 가도로 나가…… 이것이 벼랑으로 나가는 길입니다.' 그때, 제가 잘못해서 조그만 소리를 낸 모양입니다. 젊은이 쪽이 오두막 입구까지 나와 걱정스럽게 주위를 살펴보았습니다. 그리고 다시 동료에게 되돌아갔는데, 두 사람 다 매우 낮은 목소리로 이야기했기 때문에 더 이상 아무것도 들을 수 없었습니다."

"그런가, 그래서?" 쇼블랑이 급히 물었다.

"우리 6명은 그 지역의 해안을 경계하고 있다가 협의하여 4명은 그대로 오두막을 감시하기로 하고, 저와 여기 있는 한 명이 즉시 되돌아와 보고를 드리기로 했던 것입니다."

"키 큰 외국인은 전혀 보지 못했나?"

"네, 전혀 보지 못했습니다."

"만약 그가 발견되면 어떻게 하기로 되어 있나?"

"단 한순간도 눈을 떼지 않고 있다가 만약 도망칠 기색이 보이거나 또는 보트가 와 있거나 할 경우에는 그 남자에게 접근하여 필요할 때 발포하기로 했습니다. 총소리로 보초 서고 있는 다른 병사들도 달려올 것이 틀림없다고 생각합니다. 어떠한 일이 있더라도 그 외국인을 놓치지 않을 생각입니다."

"좋다! 그러나 그 외국인에게 부상을 입히고 싶지 않아, 지금으로서는." 쇼블랑은 거칠게 신음하는 것처럼 말했다. "잘해 주었다, 고맙다. 이번에는 우리가 때를 놓치지 말아야겠는데……."

"우리는 조금 전, 몇 시간에 걸쳐 이 가도를 경계하는 6명의 병사를 만났습니다."

"그래서?"

"그들도 아직 수상한 자는 아무도 만나지 못했다고 말했습니다."

"그러나 이 앞 어디엔가 있을 것이다. 마차든, 혹은…… 이봐! 이제 단 1분도 우물쭈물하고 있을 수 없어. 그 오두막까지 여기서 얼마나 되나?"

"약 8킬로미터입니다."

"그곳은 금방 대번에 알 수 있나?"

"네, 한눈에 알 수 있습니다."

"벼랑으로 나가는 길도? 어둠 속에서도 말인가?"

"네, 오늘 밤은 그다지 캄캄하지 않으니까 길을 잘 알 수 있을 겁니다." 병사는 또렷한 말투로 대답했다.

"그렇다면 뒤를 따르라. 동료들은 너희들의 말을 끌고 칼레로 돌아가게 하고, 말은 필요하지 않을 테니까. 마차 곁에 붙어 유대인이 똑바로 갈 수 있도록 안내하라. 그리고 오솔길 1킬로미터 지점에서 멎게 할 것. 가장 가까운 지름길을 잡도록 주의하고."

쇼블랑이 이야기하는 동안 드가와 그 부하들이 점점 가까이 다가와, 바야흐로 100미터도 채 떨어지지 않은 곳에서 발소리가 들렸다. 마르그리트는 이대로 여기에 있다가는 위험하다고 생각했다. 이미 모든 것을 다 엿들었다. 이 이상 들을 것은 없으리라고 여겨졌다. 갑자기 모든 힘——고난을 견딜 힘까지도 몸에서 빠져나가 버린 것 같았다. 심장도, 신경도, 두뇌도 이제까지의 끊임없는 고뇌 때문에 이 무서운 절망에 빠진 지금 완전히 마비되어 버린 것 같았다.

이제 와서는 마침내 한 가닥의 희망조차도 사라졌다.

여기서 8킬로미터도 떨어지지 않은 곳에서 망명자들이 용감한 '빨강 별꽃'을 애타게 기다리고 있다. 그들의 구세주인 남편이 이 쓸쓸한 가도 어딘가를 가고 있다. 이윽고 모두들과 합쳐진다. 그때 교묘하게 둘러친 그물이 좁혀져서 악의에 찬 간사한 꾀와 흉악한 증오를 지닌 한 사람이 거느린 20명 남짓한 병사가 도망자들과 대담한 지도자의 작은 그룹을 에워싸리라.

그들은 모조리 체포되고 말 것이다. 아르망은 쇼블랑이 맹세한 말이 있으니까 살아날 수도 있을 터이지만, 남편 퍼시는——지금 이 순간에도 더욱 더 사랑과 숭배하는 마음이 깊어져 가는 그녀의 남편은 피도 눈물도 없는 적의 손에 떨어지고 말 것이다. 용감한 정신에 조금도 동정하지 않고, 숭고하고 씩씩한 영혼에 존경하는 마음도 갖지 않은, 오랫동안 자신을 놀림감으로 삼아 온 숙련된 솜씨를 지닌 상대에 대하여 오로지 증오 말고는 아무것도 느끼지 않는 적의 손에.

병사가 유대인을 보고 이것저것 간단히 지시하고 있는 소리가 들렸다. 그녀는 재빨리 길가에 몸을 숨기고 낮은 관목 그늘에 웅크리고 앉았다. 그 동안에도 드가와 부하들은 점점 가까이 다가오고 있었다.

모두들 소리 없이 마차 뒤에 따라붙어 천천히 어두운 길을 나아가기 시작했다. 그리하여 들리지 않는 곳까지 간 것을 확인한 다음, 마르그리트는 갑자기 더 캄캄해진 것 같은 어둠 속으로 소리도 없이 섞여 들어갔다.

블랑샤르 신부의 오두막

마치 꿈속을 걷는 것처럼 마르그리트는 뒤를 쫓았다. 지금까지보다 더욱 마음에 새겨진 사랑하는 사람의 신변에 올가미가 점점 더 단단히 쳐져 있다. 다시 한 번 남편을 만나고 싶다. 자기가 얼마나 괴로워해 왔는지, 얼마나 잘못했는지, 얼마나 남편을 이해하지 못했던가를 말해 주고 싶다. 그것만이 지금의 그녀에게 있어 오직 하나의 바람이었다.

남편을 구하려는 소망은 이미 모두 단념하고 있었다. 시시각각으로 사방에서 남편을 포위해 가고 있다. 다만 절망뿐이었다. 그녀는 주위의 어둠을 지켜보았다. 머지않아 남편이 어디선가 모습을 나타낼 것이다. 어디서 잔인한 적이 만들어 놓은 죽음의 올가미에 걸릴 것인지 몹시 걱정스러웠다.

아득히 먼 곳에서 들리는 파도 소리마저 지금의 그녀를 공포에 떨게 하였다. 이따금 들려오는 음울한 부엉이며 갈매기의 울음소리에 말할 수 없는 공포가 넘쳐흘렀다.

증오라는 식욕을 채우기 위해 사냥감을 기다렸다가 굶주린 이리처

럼 무참히 죽여서 뜯어먹는, 사람의 형태를 가진 굶주린 야수들을 생
각했다. 마르그리트는 어둠을 두려워하지는 않았다. 다만 앞을 가는
허술한 나무 마차에 떡 버티고 앉아 지옥의 귀신들까지도 기뻐서 빙
글빙글 웃을 정도로 복수하려는 생각을 가슴에 품고 있는 그 남자만
이 무서웠다.

다리가 쿡쿡 쑤셨다. 심한 피로로 무릎이 덜덜 떨렸다. 오늘까지
벌써 며칠 동안을 미쳐 버릴 것 같은 흥분 속에 지내 왔다. 꼬박 사
흘 밤을 제대로 자지도 못했다. 그러면서도 지금 미끄러져 쓰러질 것
같은 길을 2시간 가까이 계속 걷고 있건만, 그녀의 결심은 조금도 흔
들리지 않았다.

남편을 만나 모든 것을 고백하고, 전혀 아무것도 몰랐기 때문에 저
지른 죄를 남편이 용서해 주기만 한다면——그녀에게는 아직도 남편
곁에서 죽는다는 행복이 남아 있었던 것이다.

거의 몽유 상태로 걷고 있었다. 본능만이 그녀를 받쳐 주고 이끌어
주고 있었다. 그녀는 적의 바로 뒤를 밟고 있었다. 그러다가 갑자기
그와 똑같은 맹목적인 본능에 의해서 아무리 희미한 소리라도 알아듣
고야마는 그녀의 귀는 마차가 멎고, 병사도 걸음을 멈춘 것을 놓치지
않고 들을 수 있었다.

목적지에 도착한 모양이다. 틀림없이 오른편의 어딘가 바로 앞쪽에
오솔길이 있어 벼랑가의 오두막으로 이어져 있을 것이다. 그녀는 위
험을 돌보지 않고 쇼블랑이 한 무리의 병사들을 모아 놓고 서 있는
바로 가까이까지 살그머니 다가갔다. 쇼블랑은 마차에서 뛰어내려 부
하에게 무언가 명령을 내리고 있었다.

이것은 어떻게 해서라도 들어 두어야 한다. 지금, 아직도 남편을
위해 도움을 줄 기회가 아주 조금이라도 남아 있다고 한다면, 그것은
적의 계획을 한 마디도 빼놓지 않고 듣는 일이었다.

모두들 걸음을 멈춘 곳은 해안으로부터 약 800미터쯤 떨어진 곳이었다. 바다 소리도 멀리서 아주 희미하게 들려 올 뿐이었다. 쇼블랑과 드가는 병사들을 거느리고 길 왼쪽으로 꺾어 들어갔다. 분명히 이 오솔길은 벼랑으로 이어져 있었다. 유대인은 마차와 말과 함께 한길에 남아 있었다.

마르그리트도 필사적으로 조심하면서 납작 땅에 엎드려 왼쪽으로 꺾어들었다. 그녀는 듬성듬성한 낮은 관목 사이를 뚫고 지나 될 수 있는 대로 소리내지 않도록 하여 마른 가지에 얼굴이며 손을 긁히면서 적에게 들키지 않고 그들의 말을 몰래 엿들어야 한다는 생각만으로 나아갔다.

다행스럽게도——프랑스의 이 지방은 대개 어느 곳이나 다 그렇지만——오솔길이 낮고 듬성듬성한 생울타리로 경계를 이루고 있었으며 그 앞은 잡초가 무성한 물 없는 도랑으로 되어 있었다. 마르그리트는 이 도랑을 잘 더듬어 나갔다. 완전히 모습을 감추고, 게다가 쇼블랑이 부하에게 명령을 내리고 있는 곳에서부터 3미터도 못되는 곳까지 가까스로 접근할 수 있었다.

"그래, '블랑샤르 신부의 오두막'은 ? "

쇼블랑이 낮고 거친 목소리로 물었다.

"여기서부터 800미터쯤 오솔길을 걸어가서, 벼랑을 절반 가량 내려간 곳입니다." 이제까지 모두를 안내해 온 병사가 대답했다.

"좋아, 앞장서서 안내하라. 우리가 벼랑을 내려가기 전에 너는 되도록 은밀하게 오두막까지 내려가서 반역자들이 있는지 어떤지 확인하고 오는 거야, 알겠지 ? "

"네."

"그럼, 모두 잘 들어라." 쇼블랑은 머릿속에 차곡차곡 집어넣는 것처럼 병사 모두를 향해 훈시했다. "앞으로는 말할 기회가 없을는지도 모르니까 내가 하는 말을 한 마디도 잊지 말라. 너희들의 목숨이 걸려 있다. 아마도 그렇게 될 것이다. " 그는 싸늘하게 덧붙였다.

"네, 공화국 정부의 병사는 절대로 명령을 잊지 않습니다. "

드가가 말했다.

"자네는 오두막까지 몰래 가서 안을 들여다봐. 만약 영국인이 반역자들과 함께 있거든…… 굉장히 키가 큰 놈이거나 큰 키를 속이려 엉거주춤하게 구부린 놈이 있거든, 곧 날카롭게 휘파람을 불어 신호하게. " 그는 다시 모두들을 향해서 덧붙였다. "나머지는 모두 즉시 오두막을 포위한 다음 안으로 뛰어들라. 적이 튀어 달아나기 위한 도구에 손을 대기 전에 한 사람이 한 사람을 상대로 하여 잡아라. 난폭하게 구는 놈이 있거든 다리나 팔을 쏴라. 그러나 어떤 일이 있더라도 그 키 큰 놈을 죽여서는 안 된다. 알겠는가 ? "

"네. "

"유별나게 키가 큰 놈은 모르긴 해도 또한 유난히 힘이 셀 것이다. 놈을 잡는 데 적어도 너희들 4, 5명이 붙어야 한다. "

잠깐 말을 끊었으나 쇼블랑은 곧 말을 계속했다.

"만약 아직도 왕당파 반역자들만 있다면——틀림없이 그럴 터이겠지만——매복하고 있는 동료에게 알려, 모두 발소리를 죽여 오두막 주위의 바위나 돌 그늘에 몸을 숨기도록. 그런 다음 입을 꾹 다물고 키다리 영국인이 올 때까지 기다리는 거다. 놈이 아무 일 없이 오두막에 들어가는 것을 확인한 다음 모두 일제히 오두막으로 뛰어들라. 그러나 잊어서는 안 될 것은 모두들 양의 우리 주위를 서성거리는 밤의 이리처럼 잠자코 있어야 한다는 것이다. 왕당파 놈들에게 눈치채면 큰일이다. 놈들의 권총 한 발, 고함 소리 하나로 그 키다리는 벼랑으로나 오두막에서 도망치게 될 테니까. 알겠나 ? "

쇼블랑은 강한 목소리로 말을 이었다.

"오늘 밤, 너희들의 주요한 목표는 그 키다리 영국인이다!"

"절대 명령에 복종하겠습니다."

"좋아, 될 수 있는 대로 소리를 내지 말고 전진하라. 나도 뒤따라 가겠다."

소리 없는 그림자처럼 입을 꾹 다문 채 병사들이 한 사람씩 울퉁불퉁한 좁은 오솔길을 몰래 기어가는 것을 바라보면서 드가가 물었다.

"그 유대인은 어떻게 할까요?"

"아 참, 그렇군! 유대인을 까맣게 잊었었군." 쇼블랑은 그 유대인 쪽을 뒤돌아보고 거칠게 불렀다. "이봐⋯⋯아롱인지 모제인지 아브라함인지 뭔지 모르지만, 이리 와."

노인은 되도록 군인들에게서 떨어진 곳에 자리를 잡고 비루먹은 말 옆에 가만히 서 있었다.

"벤저민 로젠바움입니다요, 잘 부탁드립니다, 각하."

그는 공손히 대답했다.

"네 목소리를 듣는 것도 싫다. 그러나 너에게 명령하기는 좋다. 내 말대로 하는 편이 네 몸을 위하는 것이니까."

"고마우신 분부입니다요, 각하."

"일일이 이러쿵저러쿵 귀찮게 구는 놈이군. 여기서 기다리고 있어. 알겠나? 우리가 돌아올 때까지 마차 옆에 있어. 어떤 일이 있을지라도 소리를 내어선 안 돼. 숨을 쉬는 데도 조심해서 밖으로 새지 않도록 하라. 또 어떠한 이유가 있을지라도 내 명령이 있을 때까지 지금 위치에서 움직여서는 안 된다, 알겠는가?"

"그렇지만, 각하⋯⋯." 유대인은 매우 기가 죽어 말했다.

"'그렇지만'이고 뭐고가 어디 있어?" 고함치는 쇼블랑의 험악한 기세에 겁 많은 노인은 머리끝에서부터 발끝까지 겁에 질렸다.

"내가 돌아왔을 때 네가 여기에 없다면 어디로 달아나더라도 꼭 찾아낼 테다. 이것만은 약속해 두겠다. 아무리 싫더라도 당장 무서운 벌이 언제고 틀림없이 너에게 닥친다. 듣고 있나?"

"그렇지만……."

"듣고 있느냐고 했다!"

병사들은 모두 사라져 가 버렸다. 어둡고 쓸쓸한 길에는 남자가 셋서 있을 뿐이었다. 마르그리트는 그 생울타리 뒤에서 자신의 사형 선고를 듣는 듯한 심정으로 쇼블랑의 명령을 귀담아 듣고 있었다.

"들었습니다요, 각하." 유대인은 쇼블랑 쪽으로 다가서면서 또 말하기 시작했다. "아브라함, 이삭, 야곱의 이름에 맹세코 각하께 절대 복종하겠습니다요. 각하께서 다시 그 거룩하신 모습을 천한 하인에게 보여 주실 때까지, 어떻게 이 자리를 움직일 수 있겠습니까? 그렇지만 각하, 잊지 말아 주십시오. 저는, 네, 불쌍한 늙은이입니다요. 저는 젊은 병사들처럼 신경이 강하지 못하죠. 만일 이 한밤중에 강도라도 나오는 날엔 너무나도 무서워 사람 살리라고 하며 달아날지도 모릅니다! 그래서 네, 이런 어쩔 수 없는 사정이라도 제 목숨은 없어지는 겁니까? 이 불쌍한 늙은이의 머리 위에 무서운 벌이 내리는 것입니까? 네, 각하."

유대인은 진정으로 몹시 근심하고 있는 것처럼 보였다. 머리끝에서부터 발끝까지 떨고 있었다. 아무리 보아도 이런 쓸쓸한 한길에 혼자 남겨 둘 만한 인물이 못 되었다. 과연 이런 사정이라면 어쩔 수 없다. 이자가 완전히 겁에 질려 고함이라도 쳐 보라, 그 날카로운 '빨강 별꽃'이 경계하는 계기가 될지도 모른다.

쇼블랑은 잠깐 생각해 보더니 말했다.

"말과 마차는 여기에 두어도 괜찮겠나?"

우락부락한 말투였다.

"제 생각으로는, " 드가가 말참견을 했다. "말이든 마차든 간에, 이런 더러운 겁쟁이 유대인 따위는 함께 있지 않는 편이 오히려 안전하다고 생각됩니다. 자칫 무서운 일이라도 만나게 되는 날에는 이자는 날 살리라고 도망치거나 큰소리로 고래고래 고함칠 것이 뻔하니까요. "

"그렇지만 이 짐승을 어떻게 한다? "

"칼레로 돌려보내시는 것이 어떻겠습니까? "

"아니, 나중에 부상자를 태워 돌려보낼 때 이자가 필요해. "

쇼블랑은 뜻있는 것처럼 불쾌한 태도로 말했다.

또다시 침묵이 이어졌다. 드가는 상관이 마음을 결정하기를 기다리고 있었다. 유대인 노인은 비루먹은 말 옆에서 자신의 불운함을 투덜거리고 있었다.

"좋아, 이 게으름쟁이 늙다리 녀석, 겁쟁이 놈아. " 마침내 쇼블랑이 입을 열었다. "너는 우리 뒤에서 느릿느릿 따라와. 이봐, 드가, 이 손수건으로 이자의 입에 재갈을 물려. "

쇼블랑에게서 수건을 받아 드가는 진지한 표정으로 유대인의 입에 갖다댔다. 벤저민 로젠바움은 얌전하게 재갈을 물린 채로 가만히 있었다. 이런 어두운 생 마르탱 가도에 혼자 남게 되는 것보다는 아무리 형편이 나쁘더라도 이편이 좋은 모양이었다. 이윽고 세 사람은 한 줄이 되어 걷기 시작했다.

"빨리! 이미 귀중한 시간을 헛되이 하고 말았다. "

쇼블랑은 안타까운 듯이 낮게 소리쳤다.

쇼블랑과 드가의 굳센 발소리, 유대 노인이 다리를 질질 끌면서 걸어가는 발소리가 이윽고 오솔길 저쪽으로 사라졌다.

마르그리트는 쇼블랑의 명령을 한 마디도 빼놓지 않고 다 들었다. 그녀의 모든 신경은 우선 지금의 상황을 파악하는 데 집중되었다. 그리고 일찍이 유럽의 으뜸가는 예민한 두뇌라는 말을 들었을 뿐 아니라, 지금은 그것만이 의지가 되어 있는 지력에 호소하려고 마지막 힘을 쥐어짰다.

정세는 이미 의심할 나위 없는 최악의 상태였다. 아무것도 모르는 아주 적은 수의 남자들이 올가미가 둘러쳐진 것을 전혀 모르는 구출자가 도착하기를 숨을 죽여 기다리고 있다. 이 올가미가 깊은 밤 사람의 발길이 끊어진 바닷가에서——아무것도 모르고 여기까지 꾀임에 빠져 오게 될——몇몇 사람의 주위에 마치 원을 그리듯이 조금씩 조금씩 죄어들고 있다는 것은 얼마나 무서운 일인가. 그 가운데 한 사람은 자신이 숭배하여 마지않는 남편, 또 한 사람은 사랑하는 오라버니.

마르그리트는 벼랑에 있는 큰 바위 뒤에 죽음이 몰래 숨어 있는 것 같은 지금 이 순간, 숨소리를 죽이고 '빨강 별꽃'을 애타게 기다리는 다른 사람들은 누구일까 하고 멍하니 생각해 보았다.

지금은 우선 병사들과 쇼블랑의 뒤를 쫓는 수밖에 어쩔 도리가 없었다. 길을 잃어버리는 날에는 큰일이다. 길만 잃지 않는다면 곧장 달려 나가 목조로 된 오두막을 찾아내어 도망자들이며 그 용감한 구출자 '빨강 별꽃'에게 경고할 만한 시간이 있을지도 모르는 것이다.

문득 쇼블랑이 무서워하고 있는 일, 즉 밤공기를 찢는 듯한 외침소리를 내어, '빨강 별꽃'과 그 동료들에게 신호를 보내면 어떨까——하는 생각이 그녀의 가슴 속을 스쳤다. 그렇게 하면 모든 사람이 알아들을 것이고, 아직 달아날 만한 여유가 생길는지도 모르는 것이다.

미친 생각 같은 희망이었다.

그리고 지금 있는 곳에서 얼마만큼의 거리가 있는지 모른다. 그녀가 외치는 소리가 죽음이 선고된 사람들에게 들릴는지 어떤지, 그렇게 해서 경고한다 하더라도 타이밍이 너무 일렀다면 어찌 될 것인가. 다시 한 번 되풀이한다는 것은 절대로 불가능하다. 그녀도 저 유대인 과 똑같이 단단히 재갈이 물리고 쇼블랑의 부하에게 붙잡혀 꼼짝도 할 수 없는 포로가 되고 말 것이다.

마르그리트는 생울타리 뒤를 유령처럼 소리도 없이 나아갔다. 구두 는 벗어던져 버렸다. 양말이 찢겨져 있었다. 아픔도 없었다. 피로도 느끼지 않게 되었다. 어떤 역경, 어떠한 적의 간사한 지혜와 싸운다 해도, 끝까지 남편에게로 가려고 하는 의지가 육체적인 고통을 모조 리 억눌러 버리고, 그 대신 본능적인 직각력을 갑절이나 예민하게 해 주었다.

남편의 적이 조용히 보조를 맞추어 걸어가는 소리 말고는 아무것도 귀에 들어오지 않았다. 보이는 것이라고는——그 마음의 눈에—— 목조 오두막과 그녀의 남편이 아무것도 보지 못하고 운명의 죽음으로 돌진해 가는 모습뿐이었다.

별안간 그와 똑같은 예민한 본능이 활동하여 정신없이 걸어가고 있 던 그녀는 걸음을 멈추고, 재빨리 생울타리 뒤에 웅크리고 앉았다. 지금까지 구름에 가려져 그녀를 편들어 주던 달이 바야흐로 초가을 밤에 교교한 광채를 나타내어, 한순간 기분 나쁜 황량한 풍경에 휘황 한 빛이 가득 찼다.

200미터도 못되는 앞쪽에 절벽이 있고, 그 아래는 아득히 멀리 자 유롭고 행복한 영국으로 이어진 바다가 잔잔하고 평화롭게 물결치고 있었다.

한순간 마르그리트의 눈길은 이 휘황하게 빛나는 백은(白銀)의 바 다에 빨려 들어갔다. 뚫어지게 바라보고 있는 동안에 여러 시간이나 고통으로 마비되어 있던 가슴이 부드럽게 풀려 눈에 뜨거운 눈물이 넘쳐흘렀다.

보라, 5킬로미터도 떨어지지 않은 곳에 흰 돛을 단 아름다운 범선이 때를 놓칠세라 대기하고 있지 않은가.

마르그리트는 그 배를 확인했다기보다는 차라리 짐작했던 것이다. 이것이야말로 퍼시가 사랑하고 있는 '백일몽'호로, 선장인 늙은 브릭스를 비롯하여 영국인 승무원들이 기다리고 있는 것이다.

달빛에 빛나는 흰 돛은 아직 손이 닿지 않은 것으로 생각되는 기쁨과 희망을 마르그리트에게 전하고 있는 것 같았다.

지금 막 날아오르려는 아름다운 흰 새처럼, 그 주인을 기다리며 앞바다에 나가 있다. 그러나 그는 두 번 다시 돌아가지 못할 것이다. 다시는 반반한 갑판을 못 디딜 것이다. 다시는 자유와 희망의 나라인 영국의 저 하얀 바닷가를 보지 못할 것이다.

그 범선을 보자, 지칠 대로 지친 가엾은 여인은 거의 필사적이라고 해도 좋을 정도의 이상한 힘이 솟아나는 것 같았다.

그곳에 벼랑이 있고, 조금 아래에 오두막이 있다. 그곳에서 이제 곧 남편은 죽어 버리고 말 것이다. 그러나 달이 나왔으므로 지금은 가는 쪽을 환히 볼 수가 있었다. 멀리서도 오두막은 보일 것이다. 그렇다면 뛰어가서 모두에게 소리쳐 줄 테다. 독 안에 든 쥐처럼 맥없이 붙잡혀 버리기보다, 어떻게든 저항하여 당당히 목숨을 위해 싸우는 편이 좋다고 말해 줄 테다.

생울타리 뒤, 도랑의 낮고 무성한 잡초에 발이 걸렸다. 어지간히 서둘러 달린 듯, 쇼블랑과 드가를 앞질러 버린 것 같았다. 오래지 않아 벼랑 턱에 닿았을 때, 뒤쪽에서 분명한 그들의 발소리를 들었다. 그러나 불과 몇 미터밖에 떨어져 있지 않았다. 더구나 달빛을 받고 있었다. 그녀의 그림자는 은빛 바다를 배경으로 뚜렷이 떠올라 보였을 것이다.

그러나 그것도 한순간이었다. 눈 깜짝할 사이에 그녀는 몸을 구부린 동물처럼 웅크리고 앉았다. 크고 울퉁불퉁한 벼랑으로 아래를 내려다보았다. 벼랑은 그다지 험하지 않고 큰 바위가 충분히 발판이 될 것 같았다. 쉽게 내려갈 수 있을 것이다.

가만히 눈길을 모으고 있자 별안간 왼편의 조금 떨어진 부근 벼랑에서 중간쯤 되는 곳에 허술한 목조 오두막이 보였다. 그 벽의 틈 사이로 희미한 빨간 불빛이 신호처럼 켜졌다 꺼졌다 하고 있었다. 심장이 멎는 듯한 심정이었다. 너무나도 우연한 기쁨이었으므로 오히려 심한 괴로움과도 같은 느낌이었다.

오두막까지 얼마나 되는지 짐작할 수 없었지만 조금도 망설이지 않고 험한 벼랑을 내려가기 시작했다. 바위에서 바위를 기는 것처럼 하여 더듬어 갔다. 뒤에서 오고 있는 적도 잊고 있었다. 키가 큰 영국인이 아직 나타나지 않았으므로 그 부근의 여기저기에 몸을 숨기고 있는 복병도 잊어버리고.

서두르고 있었다. 뛰었다. 발부리가 걸려 발에 상처가 나고 눈도 잘 보이지 않았으나 더욱 앞으로 앞으로 계속 나아갔다. 그러자 별안간 바위 틈의 돌, 아니 미끌미끌한 바위에 미끄러져 땅에 떨어졌다.

그러나 가까스로 일어났다. 또 뛰기 시작했다. 망명자들에게 시간에 알맞게 주의를 주려고, 퍼시가 오기 전에. 퍼시, 제발 도망가 주세요. 퍼시에게 이 오두막에는 가까이 오지 않도록, 이 무서운 죽음의 함정에 접근하지 못하도록 전달하고 싶은 한마음으로, 그녀는 이때 자기보다도 더 빠른 발소리가 이미 바로 등 뒤에 다가와 있는 것을 깨달았다.

다음 순간, 누군가가 그녀의 치맛자락을 움켜쥐었으므로 넘어졌는가 싶자 순식간에 입을 틀어 막혀 소리를 지를 수 없게 되었다. 너무나도 심한 실망에 반 미친 상태가 되어서 안타까운 눈길을 주위에 던졌다. 그러자 주위에 자욱이 끼어 오는 안개 속에서 몸을 구부리고 뚫어지게 들여다보는 날카롭고 악의에 찬 두 개의 눈을 보았다. 그 눈은 그녀의 극도로 흥분한 머리로서는 이 세상의 것이라고는 생각되지 않았다. 야릇한 초록빛 빛을 뿜고 있는 것처럼 보였다.

그녀는 큼직한 바위 뒤에 쓰러져 있었다. 쇼블랑은 그녀의 얼굴이 보이지 않아 여윈 흰 손으로 그녀의 얼굴을 쓰다듬었다.

"아, 여자다!" 그는 낮고 짓눌린 듯한 목소리로 말했다. "이게 대체 어찌 된 일이지?" "이 여자를 놓쳐서는 안 되겠는걸. 그것은 확실해." 낮은 목소리로 혼잣말을 중얼거렸다. "그러나 이게 어찌 된 일이란 말인가? 이거 참……."

문득 그는 입을 다물었다. 죽음을 생각하게 하는 몇 초 동안의 침묵. 문득 길고 낮은 기묘한 웃음이 떠올랐다. 그러자 또다시 여윈 손가락 끝이 얼굴을, 젖가슴께를, 어깨를 두루 쓰다듬기 시작했다. 마르그리트는 분한 생각에 부르르 몸서리를 쳤다.

"아니, 이거 참! 참으로 생각지도 못했던 기쁨인데요." 쇼블랑은 특별히 정중하고 낮은 목소리로 말했다. 그리고 마르그리트는 자유를 잃어버린 자의 손에 쇼블랑의 얄팍하게 비웃음을 띤 입술이 닿는 것을 느꼈다.

이러한 입장은 만약 끔찍할 만큼 비극적인 상황이 아니었다면 매우 그로테스크했을 것이다. 비참하게도 힘이 다하고, 마음이 산산이 부서져, 실망한 나머지 반쯤 미쳐 있는 여자가 어이없게도 몸의 자유를 빼앗긴 채 무서운 적으로부터 의례적인 인사를 받는다는 것은.

정신이 아득해지는 것 같았다. 입을 틀어막는 재갈이 너무나도 단단하여 제대로 숨도 쉬지 못하고, 몸을 움직이기는커녕 조그마한 소리를 낼 힘도 없었다. 이제까지 그녀의 화사한 몸을 지탱해 온 감정의 흥분이 한꺼번에 힘을 잃고, 공허한 절망감이 머리며 신경을 완전히 마비시키고 만 것 같았다.

허탈한 상태에 놓여져 있어 잘 알아들을 수 없었지만, 쇼블랑이 뭐라고 명령을 내린 모양으로 몸이 안아 올려지는 것을 느꼈다. 재갈이 한층 더 단단히 죄어졌다. 억센 팔이 그녀를 안아 올려, 조금 전에는 신호하는 불빛 같기도 하고 마지막 희망의 엷은 빛으로도 보인 그 반짝반짝하는 빨간 불빛을 향해 나아갔다.

계략

얼마 동안이나 그렇게 안긴 채 나아갔는지 그녀는 알 수 없었다. 시간과 공간의 관념이 전혀 없어지고, 잠시 동안 자비롭게도 '자연'이 그녀의 의식을 빼앗았던 것이다.

다시 정신을 차렸을 때, 남자의 코트를 깔고 등을 작은 바위에 기대도록 하여 웬만큼 편한 상태로 눕혀져 있는 것을 깨달았다.

달은 다시 구름 사이에 숨어 버려서 어둠은 전보다 훨씬 짙어져 있었다. 바다는 5, 60미터쯤 아래에서 소리를 내고 있었고, 주위를 둘러보니 그 희미한 빨간 불빛이 이미 흔적도 없었다.

여로의 끝이었다. 귓가에서 남모르게 주고받는 재빠른 말투의 질문과 응답으로 알 수 있었다.

"저기에 네 사람이 있습니다, 동지. 불 옆에 앉아 있는데 조용히 기다리고 있는 것 같습니다."

"시간은?"

"2시 가깝습니다."

"바닷물은?"

"자꾸만 올라오고 있습니다."

"범선은?"

"틀림없이 영국의 배인 듯한데 3킬로미터쯤 앞바다에 있습니다. 그러나 보트는 보이지 않습니다."

"복병은?"

"염려없습니다, 동지."

"실수하지 않도록 하라."

"키 큰 영국인이 올 때까지는 꼼짝도 하지 않습니다. 오기만 하면 포위하여 저 4명을 깡그리 잡겠습니다."

"좋아, 여자는?"

"아직도 정신이 들지 않은 것 같습니다. 바로 옆에 있습니다, 동지."

"유대인은?"

"재갈을 물리고 발을 묶어 놓았습니다. 움직일 수도 없고 소리를 지를 수도 없습니다."

"좋아. 그럼, 총을 준비하라. 필요할 때 쓸 수 있도록. 오두막에 바싹 가까이 가라. 이 여자는 내가 지키고 있겠다."

드가는 명령에 따른 모양으로, 돌투성이의 벼랑길을 남모르게 걸어 내려 가는 발소리가 들렸다. 그러자 마르그리트는 자신의 두 손이 미지근하고 여윈 사나운 짐승의 발톱과도 같은 손이 강철처럼 세게 움켜쥐는 것을 느꼈다.

쇼블랑이 귓가에서 소곤거렸다.

"이 손수건을 당신의 사랑스러운 입에서 떼기 전에, 조금 주의를 해 드리는 편이 좋을 것 같습니다, 부인. 이토록 화려하고 아름다우신 여인이 저 같은 것의 동반자로서 해협을 어떻게 건너셨는지 물론 이해할 수 없는 바지만, 제 생각이 잘못된 게 아니라면 이 고

마우신 친절은 제가 우쭐해도 좋을 만한 것은 못되는 것 같습니다. 게다가 이렇게 추측해도 좋습니다만, 이 잔혹한 재갈이 벗겨지기만 하면 당신의 사랑스러운 입술에서 나오는 첫 목소리는 제가 이토록 쓰라린 고생을 되풀이하며 뒤쫓은 저 교활한 여우에 대한 경고가 됩니다."

한순간 말이 멎었다. 강철처럼 움켜쥐는 손은 더욱 힘주어 그녀의 손목을 죄었다. 이윽고 그는 아까와 같은 재빠른 소곤거림으로 말을 이었다. "저 오두막 안에는, 이 역시 제가 잘못 생각한 것이 아니라면 오라버니이신 아르망 생 제스트와 반역자 드 튀르네, 그리고 당신이 알지 못하는 두 남자가 수수께끼의 구출자가 오기를 애타게 기다리고 있습니다. 그 인물의 정체야말로 우리 공안위원회를 계속 괴롭혀 온 저 방약무인의 '빨강 별꽃'입니다. 만약 소리를 지르거나, 여기서 격투를 벌이거나 총소리가 나면, 멀리 이곳까지 찾아온 '빨강 별꽃'의 긴 다리는 순식간에 어딘지 안전한 곳으로 도망칠 수 있습니다. 그렇게 되면 멀리까지 찾아온 저의 수고가 물거품으로 돌아가고 맙니다. 한편 당신의 오라버니 아르망이, 바라신다면 오늘 밤 당신과 함께 영국이건 또는 다른 안전한 곳으로 자유로이 갈 수 있을 것인가 어떤가는 모두 당신에게 달려 있습니다."

마르그리트는 손수건으로 입을 단단히 틀어 막혔기 때문에 목소리를 낼 수 없었으나, 쇼블랑은 어둠 속에서 그녀의 얼굴을 바싹 들여다보고 있었다. 지금 제안한 일에 대한 대답의 신호로서 그녀가 손짓을 했는지 그는 이야기를 계속했다.

"아르망의 안전을 보증하기 위해 당신께 부탁하고 싶은 매우 간단한 일이 있습니다, 부인."

"뭐지요?" 마르그리트의 손이 그의 손에 묻고 있는 것 같았다.

"가만히 있을 것, 여기서 제가 허락할 때까지 소리를 내지 않을 것. 아아! 제가 말씀드린 대로 하시겠지요 ? "

이 명령에 반항하여 마르그리트의 온몸이 굳어지는 것을 보고 그는 기묘하고 메마른 웃음소리를 내면서 덧붙였다.

"다시 말해서 당신이 고함을 치거나, 아니 조금이라도 소리를 내거나 여기서 움직이려고 한다면, 저의 부하들이…… 이 부근에 30명쯤 배치해 두었는데…… 생 제스트와 드 튀르네와 다른 두 사람을 체포하여 당장 그 자리에서 총살할 것입니다. 제 명령으로…… 당신이 보시는 앞에서. "

마르그리트는 집요한 적의 말을 갈수록 더해지는 두려운 마음으로 듣고 있었다. 고통 때문에 마비되어 있기는 했지만 그가 다그치는 무서운 '이것이냐 저것이냐'의 처참함을 이해할 만한 기력은 남아 있었다. 무도회 밤에 제안보다도 몇 십 배나 무서운 '이것이냐 저것이냐'의 양자택일이었다.

이번에는 다만 가만히 앉아서 숭배하는 남편을 아무것도 모르는 채 죽음으로 가게 할 수밖에 없다. 그렇지 않고 남편을 향해 조심하라고 소리친다 해도 그것은 헛된 일로 끝날 것이고, 그녀의 오라버니——아니, 오라버니뿐만 아니라 아무런 사정도 모르는 다른 세 사람들에 대한 죽음의 신호가 되고 말 것이다.

쇼블랑의 모습은 보이지 않았다. 그러나 날카로운 담황색 눈이 이미 꼼짝도 할 수 없는 그녀의 몸을 악의에 차서 뚫어지게 보고 있는 것이 역력히 느껴졌다. 그의 재빠른 속삭임은 자신에게 남겨진 마지막 희미한 희망을 날려 버리는 조종처럼 들렸다.

"그러나 부인, " 쇼블랑은 공손한 말투로 말을 이었다. "당신은 오라버니 말고는 아무에게도 관심이 없으실 것입니다. 그러니까 오라버니의 무사하심을 바라신다면 다만 이대로 가만히 계시면 됩니다. 저의 부하는 어떠한 경우에도 오라버니에게는 손을 대지 않도록 엄한 명령을 받고 있습니다. 저 기괴한 '빨강 별꽃'이 대체 당신과 무슨 관계가 있다는 겁니까? 아시겠습니까? 당신이 아무리 경고하는 소리를 친다 해도 그를 구할 수는 없습니다. 그럼, 부인, 사랑스러운 입을 불편하게 한 이 불쾌한 재갈을 벗겨 드리겠습니다. 아시겠지요? 어느 쪽이거나 마음에 드시는 쪽을 완전히 자유롭게 선택하십시오."

무수한 생각이 소용돌이치고, 관자놀이가 욱신욱신하고, 신경은 마비되고, 육체 그 자체가 고통으로 무감각해져 있었다. 마치 관을 덮은 천처럼 주위를 완전히 묻어 버린 어둠 속에서 마르그리트는 몸을 일으키고 있었다. 앉아 있는 곳에서는 바다가 보이지 않았다. 그러나 끝도 없는 바닷물의 처절한 파도 소리가 들리고, 그것은 묻혀 버린 희망, 잃어버린 사랑, 자기 스스로의 손으로 배신하여 죽음으로 몰아보낸 남편의 일을 말하고 있는 것 같았다.

쇼블랑은 입에서 수건을 벗겼다. 그녀는 소리 지르지 않았다. 그 순간, 몸을 가까스로 버티고, 흐트러지는 생각을 정리하려는 것이 고작이었다. 아아, 아아! 어떻게 해야 할지 생각해 봐야만 한다! 생각하는 거야! 생각해야 해! 시간이 나는 듯 흘러가 버린다. 이 무서운 정적 속에서 시간이 빨리 지나가고 있는지, 느릿느릿 가고 있는지 잘 알 수가 없었다. 귀에는 아무것도 들리지 않는다. 눈에는 아무것도 보이지 않는다. 바닷물 내음이 강한, 약하고 멋없는 가을의 대기도 느껴지지 않는다. 희미한 파도 소리, 이따금 어딘지 가파른 언덕에서 미끄러져 떨어지는 듯한 돌멩이 소리, 그것들도 이미 들리지 않았다.

생각하면 할수록 이 상황 자체가 거짓말같이 여겨졌다. 다른 사람 아닌 바로 그녀 자신이, 런던 사교계의 여왕 마르그리트 블레이크니가 하필이면 이런 쓸쓸한 밤에 흉악한 적과 어째서 나란히 바닷가에 앉아 있어야 한단 말인가.

더구나 아아! 그녀가 있는 곳에서 아마 몇 십 미터도 떨어지지 않은 곳에——그녀가 일찍이 업신여겼던 사람, 그러나 지금은 무시무시한 악몽과도 같은 인생의 순간순간마다 더욱더 그리움과 사랑이 깊어져 가는 사람——그러한 그가 아무것도 모르고 지금 이 순간에도 죽음을 향해 걸어가고 있는데, 그녀는 그를 구하기 위해 아무것도 하지 못하고 있다. 그런 일은 있을 수 없는 일이었다.

어째서 나는 이 쓸쓸한 바닷가의 이쪽 끝에서 저쪽 끝까지 들릴 만한 이 세상 소리가 아닌 고함을 쳐서 남편에게 알리지 못한단 말인가? 다시 생각하고 되돌아가 주세요, 그대로 간다면 죽음이 기다릴 뿐이에요!

한두 번 그런 외침이 목구멍까지 치밀어 올라왔다. 완전히 본능적인 것이었다. 그러나 눈앞에 그 소름끼치는 양자택일의 조건이 떠올라 왔다. 오라버니와 다른 세 사람이 눈앞에서 실제로는 그녀의 명령으로 사살되고 만다. 그녀는 그 사람들의 살해자가 되는 것이다.

아아!

마르그리트 바로 곁에 있는 사람의 탈을 쓴 이 악마는 사람의——여자의 본성을 너무나 잘 알고 있는 것이다. 능숙한 음악가가 악기를 다루듯, 그녀의 감정을 마음 내키는 대로 농락하고 있다. 마음속까지도 정밀하게 계산해 놓고 있는 것이다.

그녀는 경고하는 외침을 지를 수 없었다. 약했기 때문에, 그리고 여자였기 때문에. 어떻게 아르망을 빤히 보는 눈앞에서 무참히 사살되게 하고, 사랑하는 오라버니의 피를 자신의 머리 위에 뿌리게 할수가 있겠는가. 오라버니는 틀림없이 그녀에 대한 저주를 퍼부으면서 죽어 갈 것이거늘. 그리고 사랑스러운 수잔의 아버지도! 늙으신 그분도! 다른 사람들도! 아아, 너무나도 무서운 일이다.

기다려! 기다려야 해! 기다리는 거야! 언제까지? 날이 새기 전의 시간이 자꾸만 흘러갔다. 그러나 아직 새벽은 찾아오지 않았다. 바다는 끊임없이 비수를 속삭이고 가을의 산들바람은 밤 속에서 한숨을 쉬었다. 황량한 바닷가는 무덤처럼 묵묵히 입을 다물고 있었다.

갑자기 어디선가 그다지 멀지 않은 곳에서 유쾌하고 힘찬 노랫소리가 들려왔다.

"신이여, 국왕을 보호하옵소서!"

범선

마르그리트의 터질 듯한 심장은 딱 멈추어 버렸다. 감시하는 병사들이 전투 준비로 들어가는 듯한 소리를 들었다. 아니, 그렇다기보다 느꼈던 것이다. 모든 병사가 총을 들고 당장에라도 돌격할 태세를 웅크리고 있는 기색이 느껴졌다.

노랫소리가 점점 가까워졌다. 눈 아래에 바닷물 소리가 크게 울리는 바다를 두고 끝없이 펼쳐질 고립된 이 절벽에서는, 저 유쾌한 노래를 부르는 사람이 얼마나 멀리 떨어져 있는지 어느 방향에서 오고 있는 것인지 짐작할 수 없었다. 몸에 다가오는 위험도 모르고 신께 국왕을 지키라고 노래하면서 오는 것이었다. 처음에는 희미하더니 이윽고 점점 노랫소리가 커졌다. 이따금 발밑에서 돌멩이가 퉁겨지는지, 바위투성이 벼랑 아래에 펼쳐진 바다를 향해 소리 내어 굴러 떨어지는 소리가 들렸다.

마르그리트는 그것을 듣고, 자신의 목숨이 소리 내어 굴러 떨어지는 것 같이 느껴졌다. 그 목소리가 가까이 다가왔을 때, 노래하던 사람이 함정에 빠져……

바로 가까이에서 드가가 찰칵 하고 총알을 재는 소리가 똑똑히 들려 왔다.

아니다! 안 된다! 절대로 안 된다! 싫다! 아아! 하늘에 계신 신이여! 이런 일이 있어도 됩니까! 그렇다면 차라리 아르망의 피를 이 머리에 뿌리게 하겠습니다! 오라버니를 죽인 낙인이 찍히더라도! 사랑하는 남편으로부터 그 때문에 멸시받고 혐오를 받더라도 좋습니다. 다만 신이여! 아아, 신이여! 무슨 일이 있더라도 남편을 살려 주십시오!

마르그리트는 미친 듯이 소리를 지르며 뛰쳐나가, 이제까지 웅크리고 있던 바위 뒤에서 뛰기 시작했다. 오두막 틈 사이로 조그마한 빨강 불빛이 보였다. 뛰어가, 나무 벽에 부딪치며 움켜쥔 주먹으로 미친 듯이 마구 두드리면서 계속 소리쳤다.

"아르망! 아르망! 제발 쏘아요! '빨강 별꽃'이 바로 저기 와 있어요! 이리로 와요! 아르망! 아르망! 쏴요, 부탁이에요! 어서요!"

마르그리트는 단단히 뒤로 두 팔이 묶이어 땅바닥에 내던져졌다. 신음했다. 상처를 입었다. 그래도 아랑곳없이 흐느껴 울면서 비명을 질러댔다.

"퍼시, 여보, 제발 도망가세요! 아르망! 아르망! 왜 쏘지 않아요?"

"그 여자의 입을 막아라!" 쇼블랑은 부드득 이를 갈면서 마르그리트를 때려눕힐 것 같은 기세로 소리쳤다.

무엇인지 얼굴에 씌워져서 숨이 막혔다. 하는 수 없이 입을 다물 수밖에 없었다.

대담하게 노래를 부르던 사람도 마르그리트의 미친 듯한 외침으로 신변의 절박한 위험을 알았던지 소리를 내지 않았다. 병사들은 일제히 뛰어나왔다. 이 이상 숨을 죽이고 있을 필요가 없어진 것이다. 가 없는, 비탄에 잠긴 여자의 외침 소리가 메아리쳐서 벼랑까지 가서 소리치기 시작한 것 같았다.

쇼블랑은 가장 중대한 계획을 뒤엎은 여자에 대하여 분노에 찬 욕지거리를 퍼부으면서 긴급 명령을 내렸다.

"덤벼라! 저 오두막에서 한 사람도 살려 보내지 말라!"

달이 또다시 구름 사이로 얼굴을 내밀었다. 절벽의 어둠이 바뀌어 또다시 밝은 은빛 같은 빛이 넘쳤다. 몇 명의 병사가 오두막의 허술한 나무문을 향해 물밀 듯이 달려갔다. 병사 하나가 마르그리트를 감시하고 있었다.

문이 절반쯤 열려 있었다. 병사 하나가 그것을 홱 밀어 열었다. 안은 캄캄하고, 오두막 맨 구석에 숯불이 훤하게 붉은 빛을 뿜고 있었다.

병사는 자기도 모르게 문에 우뚝 멈춰 섰다. 다음 명령을 기다리며, 기계처럼.

쇼블랑은 안으로부터의 맹렬한 공격과, 어둠을 틈타고 네 망명자가 처절한 저항을 하리라고 예상하고 있었다. 그런데 병사들이 보초병처럼 부동자세로 서 있고, 게다가 오두막에서는 전혀 아무런 소리도 나지 않는 것을 알고는 너무나도 놀란 나머지 한동안 아연한 표정이었다. 쇼블랑은 야릇하게 마음이 설레는 것을 느꼈다. 그는 오두막 문까지 걸어가서 어둠 속을 통해 안을 들여다보면서 급히 물었다.

"대체 어떻게 된 거야?"

"네, 아무도 없는 것 같습니다." 한 병사가 침착하게 대답했다.

"네 사람을 놓친 것은 아닐 테지?" 쇼블랑은 위협하듯 소리쳤다.

"어느 한 놈이고 살려 보내서는 안 된다! 명령이다! 서둘러라. 놈들의 뒤를 쫓는 거다. 모두! 빨리 흩어져!"

병사들은 기계처럼 얌전하게 벼랑의 비탈을 일제히 뛰어내려, 물가 쪽으로, 오른쪽 왼쪽으로, 각자 걸음이 이어지는 한 전속력으로 흩어져 갔다.

"너와 부하는 이 실패의 벌충으로 사형이다, 상사."

쇼블랑은 병사의 책임자인 상사를 보고 무시무시하게 말했다.

그리고 다시 태도를 바꾸어 드가에게 욕을 하면서 덧붙였다.

"그리고 너도 마찬가지다. 명령에 따르지 않았으니까."

상사는 화가 치민 목소리로 말했다.

"키 큰 영국인이 와서 오두막의 네 사람과 합류할 때까지 꼼짝 말고 대기하라는 명령이었습니다. 아무도 오지 않았습니다."

"그러나 나는 바로 지금 명령했다! 저 여자가 고함쳤을 때, 한 사람도 놓치지 않도록 쳐들어가라고!"

"그렇습니다만, 아까까지 있던 네 사람은 조금 전에 떠난 줄로 압니다……."

"떠난 줄로 알아? 아니?……." 쇼블랑은 치미는 분노에 숨이 막힐 것처럼 되어 소리쳤다. "그래서 놓쳤단 말인가?"

상사는 기를 쓰고 항변했다.

"대기하라, 목숨을 걸고 명령을 엄수하라고 하셨습니다. 저희들은 대기하고 있었을 뿐입니다."

쇼블랑이 아직 분노로 말도 하지 못하는 것을 보고 상사는 덧붙였다.

"저희들이 매복하고 얼마 되지 않아 저 여자가 소리치기보다 훨씬 전에, 저 오두막에서 놈들이 몰래 살금살금 나가는 소리를 들었습니다."

"쉬잇!" 갑자기 드가가 말했다.

멀리서 총소리가 연달아 일어났다. 쇼블랑은 아래의 물가를 살펴보았다. 그러나 운 좋게 변덕스러운 달이 또다시 구름 뒤에 빛을 감추었기 때문에 아무것도 보이지 않았다.

"누구든 이 오, 오, 오두막에 들어가 부, 부, 불을 켜라!"

그는 더듬거리며 말했다.

상사는 느릿느릿 명령에 따랐다. 숯불이 있는 곳으로 가서 허리의 벨트에 매달고 있던 각등에 불을 붙였다. 오두막 안이 텅 비어 있는 것은 한눈에도 뚜렷이 알 수 있었다.

"놈들은 어느 쪽으로 달아났나?" 쇼블랑이 물었다. "모르겠습니다." 상사가 대답했다. "우선 벼랑을 똑바로 내려갔는데, 그 다음은 바위 뒤로 들어가 보이지 않게 되었으니까요."

"쉿! 저건 뭔가?"

셋 다 귀를 기울였다. 저만큼 멀리서 6개의 노가 빠르고 날카롭게 물을 때리는 소리가 희미하게 울려 왔다. 점점 작아져 가고 있었다. 쇼블랑은 손수건을 꺼내어 얼굴의 땀을 닦았다.

"범선의 보트다!" 쇼블랑이 헐떡이는 것처럼 말했다.

분명히 아르망 생 제스트와 다른 세 명은 절벽의 비탈을 교묘히 타고 내려가 도망친 것이었다. 그러나 병사들은 훈련이 잘 되어 있는 혁명군 가운데서도 우수한 병사답게 맹목적으로, 더욱이 자기들의 목숨을 아끼는 나머지 쇼블랑의 명령에 절대 복종한 것이었다. 즉 키 큰 영국인을 기다릴 것, 그야말로 중대한 목표다 라는 것을.

망명자들은 틀림없이 이 해안 군데군데에 있는 바다로 쑥 내민 물굽이 어딘가로 나갔을 것이다. 그 뒤에 '백일몽'호의 보트가 기다리고 있었던 것이다. 지금쯤은 무사히 저 영국의 범선에 옮겨 탔을 것이다.

이 상상을 확인하는 것처럼 둔한 총소리가 바다 위에서 들려왔다.

"범선이……." 드가가 조용히 말했다. "출범하는군요."

여기서 노여움을 터뜨려 아무 소용없는 추태를 드러내지 않으려고 쇼블랑은 안간힘을 썼다. 이렇게 되고 보니, 또다시 그 괘씸한 영국인의 두뇌가 보기 좋게 그를 놀려 댄 것임을 의심할 여지가 없었다. 이곳을 지키고 있는 30명 병사 가운데 아무에게도 눈에 띄지 않고 어떻게 오두막에 당도했는지 쇼블랑으로서는 상상조차 할 수 없었다.

　30명의 병사가 벼랑에 닿기 전에 그가 오두막에 도착했던 것은 물론 거의 확실하였다. 그러나 루벤 골드슈타인의 마차를 타고 멀리 칼레로부터의 도정에서 요소요소를 지키고 있는 보초병들에게 어떻게 들키지 않고 왔는지는 설명할 도리가 없었다. 전지전능하신 신이 저 대담한 '빨강 별꽃'을 지켜 주고 있다고 생각할 수밖에 없었다. 정평 있는 쇼블랑도 험하게 솟아 있는 절벽과 마을에서 뚝 떨어진 외딴 바닷가를 둘러보면서, 거의 미신에 가까운 전율이 온몸을 달리는 것을 느끼지 않을 수 없었다.

　그러나 이것은 실로 현실인 것이다! 그리고 1792년인 것이다! 천마파순(天魔波旬─천마는 사람의 지혜를 둔하게 하는 마왕이고 파순은 정법수행을 방해하는 악마)이 이 부근에 있을 수 있단 말인가.

　쇼블랑과 그의 부하 30명은 오두막 주위에 숨어 있은 지 10분쯤 뒤에 그 괘씸한 목소리가 영국의 국가를 부르는 것을 들었던 것이다. 그때에는 틀림없이 네 도망자가 물굽이로 달아나 보트에 옮겨 타고 있었을 것이다. 그러나 가장 가까운 물굽이라 할지라도 오두막에서 1천 5백 미터 이상이나 된다.

　저 대담무쌍한 노래를 하던 놈은 어디로 가 버렸을까?

　악마의 날개라도 빌리지 않는 한, 이런 바위투성이 벼랑은 기껏해야 2분 동안에 1천 5백 미터 이상 갈 수 없을 것이다. 게다가 그가 노래를 부르기 시작한 때부터 바다로 저어 나가는 보트 소리가 들린 때까지 겨우 2분밖에 되지 않았다.

그 녀석은 아직 이곳에 남아 있을 것이다. 아마도 지금쯤 벼랑턱 어디엔가 납작 붙어 있을 테지. 순찰대도 아직 이 부근에 있다. 뭐, 이제부터라도 발견할 수 있겠지. 쇼블랑은 다시 희망을 되찾은 듯한 마음이 들었다.

망명자들의 뒤를 쫓아간 병사 두어 명이 이때 느릿느릿 절벽을 올라 되돌아왔다. 그 가운데 하나가 쇼블랑 가까이에 왔을 때, 이러한 희망이 이 뛰어난 외교관의 가슴에 떠올랐던 것이다.

"이미 늦었습니다, 동지. 저 구름에 달이 가려지기 직전 물가에 나갔습니다. 보트는 분명히 1천 5백 미터 앞쪽의 첫 번째 물굽이 뒤에서 기다리고 있었는데, 우리가 물가로 나갔을 때에는 바로 조금 전에 저어 나가기 시작하여 벌써 앞바다로 꽤 나가 있었습니다. 보트를 향해 총을 쏘아 보았습니다만 물론 헛일이었습니다. 똑바로 범선을 향해 보트를 급히 저어 가고 있었습니다. 달빛으로 똑똑히 확인할 수 있었습니다."

"과연." 쇼블랑은 굉장히 흥분해 있었다. "보트는 조금 전에 저어 나가기 시작했다고 했지? 가장 가까운 물굽이라고 해도 여기서부터 1천 5백 미터나 된다."

"네, 동지. 저는 물가까지 한달음에 뛰어갔습니다. 물론 보트는 어느 물굽이 가까이에서 기다리고 있을 것이라고 생각했습니다. 바닷물은 그곳에 가장 빨리 차 들어오니까요. 보트는 저 여자가 고함치기 몇 분 전에 이미 저어 나가기 시작했던 것이 틀림없습니다."

저 여자가 고함을 지르기 몇 분 전에! 역시 쇼블랑은 자신의 희망을 배신당하지는 않았다. '빨강 별꽃'은 망명자들을 먼저 보트로 도망치게 해주는 데까지는 일을 진행시켰지만 그 자신은 늦었던 것이다. 아직 놈은 육지에 있다. 더구나 도로에는 곳곳마다 감시병이 서 있다.

어찌 되었거나 모든 것이 실패한 것은 아니다. 저 오만불손한 영국인이 아직도 프랑스의 땅을 밟고 있는 한, 아직도 실패하지는 않은 것이다.

"여기에 불을 가져오라!"

다시 오두막으로 들어가면서 쇼블랑은 엄하게 명령했다.

상사가 각등을 갖고 와서 둘이 함께 그 좁은 오두막을 살펴보았다. 꺼져 가는 숯불이 든 큰 가마솥이 움푹 들어간 창문 밑에 놓여 있었다. 갑자기 떠나느라고 허둥댄 듯 뒤집혀 있는 두 개의 걸상, 그리고 고기잡이 도구와 그물이 구석에 묶여져 있고 그 곁에 무언가 조그맣고 흰 것이 떨어져 있었다.

"그것을 주워서 이리 가져와." 쇼블랑은 흰 것을 손가락으로 가리키면서 상사에게 명령했다.

꾸깃꾸깃해진 종이쪽지로, 망명자들이 탈출할 때 당황한 나머지 없애 버리는 걸 잊은 것일까? 상사는 쇼블랑의 분노와 초조함에 겁먹고 있었으므로 종이를 집어 들자 공손히 내밀었다.

"읽어 봐, 상사." 쇼블랑이 낙심한 듯이 말했다.

"거의 읽을 수가 없습니다……굉장히 갈겨쓴 글씨이기 때문에……."

"읽으라지 않나?" 쇼블랑은 심술 사납게 되풀이했다.

상사는 각등의 불빛으로 급히 갈겨쓴 문장을 더듬었다.

내가 여러분에게로 가는 것은 오히려 여러분의 생명을 위험하게 하고 구출하기 곤란하게 만드오. 이 편지를 받거든 2분 동안만 기다리시오. 그 다음 두 사람씩 오두막에서 몰래 빠져나가 왼편으로 꺾여 조심스럽게 절벽을 내려가도록 하시오. 줄곧 왼쪽을 따라 바다로 쑥 내민 첫 번째 바위까지 가면, 그 바위 뒤의 물굽이에서 보트가 여러분을 기다리고 있을 것이오.

길게 날카로운 휘파람을 불면 보트가 다가갈 것이니 올라타시오. 내 부하가 여러분을 범선까지 태워 갈 것이오. 그리고 영국······ 안전한 나라로 데려갈 것이오.

'백일몽'호에 타거든 곧 보트를 나에게로 돌려보내시오. 나는 칼레 부근의 '샤 글리' 맞은편 물굽이에 있겠다고 부하에게 전해 주기 바라오. 장소는 그들이 알고 있소. 이쪽에서도 되도록 빨리 그곳에 가 있겠소. 부하는 평소와 같은 신호를 들을 때까지는 해안의 안전한 거리에서 나를 기다리도록. 우물거려서는 안 되오. 이 지령에 절대 복종하시오.

"그 다음에 서명이 있습니다." 상사는 말을 덧붙이고 그 종이를 쇼블랑에게 건네주었다.

그러나 쇼블랑은 한순간도 방심하지 않았다. 이 갈겨쓴 글의 중요한 한 구절이 귀에 남았다. '칼레 부근의 '샤 글리' 맞은편 물굽이에 있겠다'는 구절이었다. 이것이야말로 쇼블랑에게 있어 아직 승리를 의미하는 것이 아닌가.

"너희들 가운데 누가 이 해안에 대해 가장 자세히 알고 있나?"

아무것도 발견하지 못하여 뒤쫓기를 그만두고 한 사람씩 되돌아와 오두막에 모여든 병사들을 향해 쇼블랑은 소리쳤다.

"저입니다." 한 병사가 대답했다. "저는 칼레 출신입니다. 이 벼랑의 돌 한 개까지도 잘 알고 있습니다."

"'샤 글리' 맞은편에 물굽이가 있는가?"

"네, 있습니다."

"영국인 놈, 그 물굽이로 갈 작정이다. 아무리 그 녀석이라 하더라도 이 벼랑의 돌 한 개까지도 알고 있는 것은 아닐 테니까 멀리 돌아서 가겠지. 틀림없이 순찰대가 두려워 조심스럽게 갈 것이다. 아무튼 아직 그를 체포할 기회는 있다. 다리가 긴 영국인보다도 먼저 물굽이에 도착한 자에게는 각각 1천 프랑씩 상금을 주겠다."

"저는 벼랑을 따라 나 있는 지름길을 알고 있습니다." 아까의 그 병사는 그렇게 말했는가 싶더니, 곧 환성을 지르며 뒤도 돌아보지 않고 뛰기 시작했다. 동료 병사도 곧 뒤를 따랐다.

몇 분 안에 병사들이 질주해 가는 발소리가 아득히 저쪽으로 사라졌다. 쇼블랑은 잠시 그것을 듣고 있었다. 상금이 혁명 정부 병사들의 기운에 박차를 가한 것이었다. 증오와 승리를 예상한 표정이 다시 그의 얼굴에 역력히 떠올랐다.

그의 곁에 드가가 의연히 무표정하게 침묵을 지키고 선 채, 다음 명령을 기다리고 있었다. 병사 두 명이 누워 있는 마르그리트 곁에 한쪽 무릎을 꿇고 있었다.

쇼블랑은 흘끔 비서에게로 심술 사나운 눈길을 보냈다. 모처럼 교묘하게 꾸민 계획이 실패하고 말았다. 성과도 마음 놓을 수 없다. 이제는 '빨강 별꽃'이 보기 좋게 탈출할 것도 크게 생각된다. 그 때문에 쇼블랑은 배짱 있는 사람에게 흔히 있는 일이지만 이유도 없이 분노가 치밀어 누군가에게 그 분통을 터뜨리고 싶어 견딜 수가 없었다.

가엾게도 꼼짝할 수 없는 마르그리트를 병사들은 땅바닥에 계속 누르고 있었다. 마르그리트는 온몸의 힘을 다 써 버렸기 때문에 마침내 완전히 체력이 다하여 죽은 듯이 정신을 잃고 쓰러져 있었다. 눈 가장자리에 짙은 보랏빛 그늘이 떠올라 오래 잠을 이루지 못한 밤이 계속되었음을 말해 주고 있었다. 머리카락이 이마에 찰싹 눌어붙어 있다. 날카롭게 일그러진 채 벌려진 입술은 육체의 고통을 말해 주고 있었다.

유럽에서 으뜸가는 재녀. 그 아름다움, 기지, 호사스러움으로 런던 사교계를 현혹했던 아름답고 유행의 첨단을 걷는 블레이크니 부인도 지칠 대로 지치고 고생을 할 대로 한 여자의 처절한 모습을 드러내고 있었다. 그 모습은 어느 누구의 마음도 감동시키고야 말 듯 했다. 그녀 때문에 속아 넘어간 적의 냉혹하고도 무참하며 복수에 불타는 마음은 별도로 하고,

"멀쩡한 남자를 다섯이나 놓치면서 다 죽어 가는 여자의 감시병 노릇을 하는 놈이 어디 있어?" 쇼블랑은 두 병사에게 욕을 퍼부었다.

병사들은 얌전하게 일어섰다.

"그보다도 저 오솔길을 살펴보고 와. 한길에 두고 온 그 낡아 빠진 마차를 찾아라."

그러자 갑자기 뭔가 기막힌 생각이 그의 머리를 스친 것 같았다.

"아아! 그렇다! 그 유대인 놈은 어디에 있나?"

"바로 가까이에 있습니다. 명령대로 재갈을 물리고 두 다리를 묶어 두었습니다." 드가가 대답했다. 바로 엎드리면 코 닿을 만한 곳에서 비참한 신음 소리가 쇼블랑의 귀에 들렸다. 드가의 뒤를 따라 오두막 반대쪽으로 돌아가 보니, 두 손을 단단히 묶이고 입에 재갈이 물려 살아 있는 것 같지도 않은 모습으로 불운한 유대인이 나뒹굴어 있었다.

은빛 달빛을 받은 얼굴은 너무나도 두려운 나머지 죽은 사람처럼 핏기를 잃어 창백해졌고, 눈은 커다랗게 부릅떠 유리알 같았으며, 온몸은 학질에 걸린 것처럼 와들와들 떨고 있고, 불쌍한 울음소리가 핏기 없는 입술에서 새어나오고 있었다.

처음에 어깨와 팔에 감겼던 밧줄이 느슨해진 모양이었다. 몸 주위에 얽혀 걸려 있을 뿐이었다. 유대인은 그것을 전혀 깨닫지 못하는 모양으로 드가에게 끌려온 장소에서 조금도 움직이려고 하지 않았다. 마치 테이블 위에 백묵으로 선을 긋거나, 또는 자유로이 운동할 수

없게 되는 밧줄이 놓인 걸 보고——그것을 보기만 하고도 꼼짝할 수 없게 되는 닭과도 같았다.

"저 겁쟁이를 이리 끌어와." 쇼블랑이 명령했다.

그는 극도로 냉혹한 기분이 되어 있었다. 자신의 명령에 병사들이 일일이 빈틈없이 따르기 때문에 부글부글 끓는 기분을 터뜨릴 적당한 상대가 없었다. 그래서 이 천한 민족의 자손이야말로 안성맞춤의 상대라고 생각했던 것이다.

몇 세기를 지나 지금에 이르기까지 남아 있는 유대인에 대한 프랑스 인의 철저한 모멸감을 갖고 있어 그 곁으로 가까이 가지도 않고, 두 명의 병사에 의해 달빛 아래로 끌려와 앉혀진 비참한 늙은이를 보고 찌르는 듯한 빈정거림을 담아 퍼부었다.

"네놈은 유대인이니까, 거래에 대한 것은 잘 기억하고 있을 테지?" 유대인이 너무나도 무서워 입술만 떨 뿐 제대로 말하지 못하는 것을 보고, 쇼블랑은 메어붙이는 것처럼 말했다. "대답하라!"

"네, 넷, 가, 각하." 가엾은 노인은 더듬으면서 말했다.

"기억하고 있겠지, 너와 칼레에서 약속한 것을? 루벤 골드슈타인과 놈의 비루먹은 말과 내 친구인 키다리 외국인을 앞지르겠다고 했겠다, 어떠냐?"

"그……그……그렇습니다……각하……."

"그렇습니다고 뭐고가 어디 있어? 기억하고 있느냐고 묻고 있다."

"네……네……네, 네, 네……각하!"

"어떤 결정이었지?"

죽음과도 같은 침묵. 불운한 남자는 커다란 절벽을 보기도 하고, 머리 위의 달을 올려다보기도 하고, 무표정한 병사의 얼굴이며 바로 가까이에 정신을 잃고 쓰러져 있는 가엾은 여자에게까지 눈길을 주었지만, 그러나 아무 말도 하지 않았다.

"말하지 않을 텐가?"

쇼블랑은 악의를 담아 벼락치는 소리를 냈다.

유대인은 말을 하려고 했지만 도무지 목소리가 나오지 않는 것 같았다. 그러나 자기 앞에 있는 냉엄한 인물에게서 무엇을 예기했는지 각오는 하고 있는 모양이었다.

"각하⋯⋯." 그는 애원하는 것처럼 입을 우물거렸다.

"너는 무서워 혓바닥이 마비된 모양이니 내가 생각나게 해줄까? 이런 결정이었다. 즉 내 친구인 키다리 외국인이 이곳에 도착하기 전에 따라붙으면 너는 금화 열 닢을 받을 수 있었을 것이다."

쇼블랑은 비웃는 것처럼 말했다.

유대인의 떨리는 입술에서 낮은 신음 소리가 새어나왔다.

"그러나," 쇼블랑은 천천히 한 마디 한 마디에 힘을 주어 계속해서 말했다. "만약 약속이 틀리면 거짓말을 해서는 안 되는 것을 가르쳐 주기 위해, 너를 늘씬하게 때려눕히기로 했었다."

"거짓말을 할 리가 있습니까, 각하. 맹세해도 좋습니다, 아브라함 의 거룩하신⋯⋯."

"그리고 선조님이라는 모든 선조님의 거룩하신 이름으로라는 말이 렷다. 그런 높으신 이름은 아직 지옥에 떨어진 채다. 그렇기 때문에 네 어려운 곤경을 구하기에는 아무래도 도움이 될 것 같지 않구나. 그런데 너는 약속을 지키지 않았으니, 나는 지금 내가 할 일을 해주 겠다." 그는 병사들 쪽을 보았다. "이봐, 너희들 두 사람, 가죽 혁대 로 이 유대인 짐승놈을 귀여워해 주어라."

병사들이 명령대로 무거운 가죽 혁대를 벗기자, 유대인은 비명을 질렀다. 그 목소리는 지옥으로부터, 이 세상 끝으로부터 유대 민족의 선조님을 모조리 불러내어 그 자손들이 프랑스 관리의 비인간적 행동 으로부터 보호하게 하지 않고는 못 배기게 할 만큼 비통한 것이었다.

"너희들이라면 의지가 되겠군." 쇼블랑은 심술궂게 웃으며 냉혹하게 덧붙였다. "이 늙다리 거짓말쟁이를 난생 처음일 만큼 호되게 때려 줘라. 그러나 죽여선 안 돼."

"네." 병사들은 여전히 태연하게 대답했다.

쇼블랑은 자신의 명령이 실행되는 것을 가만히 기다렸다가 확인하지 않아도 되었다. 조금 전에 호통을 맞은 만큼, 이 병사들이 제3자를 마음이 풀리도록 때려도 좋다는 말을 듣고 힘을 아껴 적당히 할 리가 없다는 것을 알고 있었다.

"그 겁쟁이 누더기 영감에게 벌을 준 다음 병사들을 마차가 있는 데까지 데려 가도록 하라." 쇼블랑이 드가에게 말했다. "한 사람이 칼레까지 우리를 마차에 태우고 간다. 그동안 유대 공(公)과 여자는 사이좋게 지내도록 해 두어라." 그는 거칠게 덧붙였다. "아침이 되거든 누구든 맞으러 보내겠다. 지금 상태로는 그다지 멀리 달아날 수 없어. 당장은 이자들을 내버려 두어도 돼."

쇼블랑은 희망을 완전히 버리지 않았다. 부하가 상금이 탐나서 활기를 띠고 있는 것을 훤히 알고 있었다. 아무리 대담무쌍한 '빨강 별꽃'이라 하더라도, 30명이나 되는 병사들의 추적을 받으면 아무래도 끝까지 달아날 수는 없을 것이다.

그러나 지금은 그다지 자신이 있는 것도 아니었다. 저 대담한 영국인에게 보기 좋게 속았고, 병사들의 어리석음과 여자가 방해를 했기 때문에 모처럼 쥐고 있던 결정적인 수단이 허사가 되고 말았다. 만약 마르그리트가 방해하지 않았다면, 만약 부하들이 하다못해 조금만 더 영리했다면, 만약……정말 어디까지나 계속되는 만약의 연속이었다. 쇼블랑은 꼼짝도 하지 않고 서서 30여 명의 병사들에게 닥치는 대로 언제까지나 굉장한 저주의 말을 퍼붓고 있었다.

시(詩)와도 같은 묵묵히 말이 없고 향기로운 대자연, 교교한 달빛,

물결도 고요한 은빛 바다는 아름다움과 평화로움을 말해 주고 있다. 그러나 쇼블랑은 대자연을 저주하고, 남자도 여자도 저주했다. 특히 다리가 길고 남의 일에 참견 잘하는 수수께끼의 영국인을 닥치는 대로 무턱대고 저주하고 또 해도 흡족하지 않았다.

뒤에서는 유대인이 고문받으며 처절한 비명을 지르고 있었다. 그것이 복수에 불타고 악의에 차서 허덕이는 그의 마음을 위로하는 산들바람을 보내왔다. 쇼블랑은 빙그레 웃었다. 적어도 자기 이외에도, 인간에 대해 마음 편히 있을 수 없는 자가 또 한 사람 있다. 그렇게 생각하자 얼마쯤 마음이 가라앉았다.

뒤돌아 쓸쓸한 바닷가를 다시 보았으나, 인민 공안위원회의 최고 간부가 일생일대의 큰 실패를 한 무대인 그 목조 오두막이 달빛을 가득히 받고 서 있을 뿐이었다.

의식을 잃은 마르그리트 블레이크니가 바위에 기댄 자세로 딱딱한 돌 위에 몸을 뉘고 있었다. 그 몇 걸음 앞에서 불운한 유대인이 억센 혁명 정부 병사 두 명의 무자비한 팔이 내려치는 튼튼한 가죽 혁대로 등을 맞고 있었다. 벤저민 로젠바움의 비명은 죽은 사람이라도 무덤에서 일어날 만큼 처절한 것이었다. 그 외침으로 바다의 갈매기도 잠이 깨어 사람이 하는 짓을 재미있어하며 와자지껄 구경하고 있을 것이다.

"그만 하면 됐다. 죽여서는 안 돼." 유대인의 신음 소리가 차츰 약해져서, 가엾은 노인이 기절할 것 같았으므로 쇼블랑이 말했다.

병사들은 명령하는 대로 가죽 혁대를 맸으나 한 사람은 잔인하게 유대인을 걷어찼다.

"거기에 내버려 둬." 쇼블랑이 말했다. "빨리 마차 있는 데까지 가 있거라. 나도 곧 가겠다."

쇼블랑은 쓰러져 있는 마르그리트에게로 다가가 그 얼굴을 가만히 들여다보았다. 의식이 되살아났는지 가냘프게 일어서려 하고 있었다. 크고 파란 눈동자는 겁먹은 모습으로 주위의 달빛이 넘치는 풍경을 바라보고 있었다. 두려움과 가련함이 섞인 빛을 담고서 유대인을 보았는데, 의식을 되찾았을 때 그녀는 유대인이 불운한 운명에 놓여 있다는 것을 그 처절한 비명으로 깨달을 수 있었던 것이다.

그런 다음 요 몇 시간에 걸쳐 어지러울 정도로 사건이 연속되었음에도 불구하고, 구김살 하나 보이지 않는 검정 옷을 빈틈없이 입고 있는 쇼블랑의 모습을 보았다. 비웃는 듯한 미소를 띤 담황색 눈은 격렬한 악의를 담고 뚫어지게 그녀를 들여다보고 있었다.

일부러 공손하게 몸을 숙이고 얼음처럼 싸늘한 그녀의 손에 입술을 댔는데, 그 때문에 마르그리트의 지칠 대로 지친 온몸에 형용하기 어려운 혐오의 전율이 달렸다.

"정말로 죄송하게 되었습니다, 부인." 그는 더없이 은근한 말투로 말을 하기 시작했다. "부득이한 사정에 의해 부인께선 잠시 이곳에 머물러 주셔야겠습니다. 그러나 혼자 위험하게 두고 가 버리는 것은 아닙니다. 여기에 있는 친구 벤저민은 지금 얼마쯤 지쳐 있기는 합니다만, 오래지 않아 아름다우신 몸의 용감한 수호자가 될 것으로 믿습니다. 날이 밝으면 호위할 사람을 보내 드리지요. 그때까지는 좀 우둔하고 미련하긴 하지만 이 친구가 틀림없이 부인께 헌신적으로 봉사하리라고 생각합니다."

마르그리트는 얼굴을 돌리는 것이 고작이었다. 마음은 심한 오뇌로 산산이 부서져 있었다. 점차로 또렷해지는 의식을 따라 어떤 무서운 생각이 되살아 왔다.

'퍼시는 어떻게 되었을까? 아르망은 또 어떻게 되었을까?'

죽음의 신호라고 생각한 그 영국 국가의 쾌활한 노랫소리를 들은 뒤, 어떤 일이 일어났는지 전혀 알 수가 없었다.

쇼블랑이 마지막으로 말했다.

"진정으로 유감스럽지만, 저도 이것으로 실례합니다. 훗날 또 뵙겠습니다, 부인. 머지않아 런던에서 얼굴을 뵐 기회를 얻고 싶은데요, 황태자 전하의 원유회에서 뵙기로 할까요? 안 될까요?⋯⋯ 그러십니까? 그렇다면 안녕히! 부디 퍼시 블레이크니 경에게 안부나 전해 주십시오."

쇼블랑은 짓궂은 미소를 띠고 머리를 숙이자, 또다시 그녀의 손을 잡고 키스하고 나서 병사들의 뒤를 따라 오솔길 저쪽으로 모습을 감추었다. 드가도 지나치리만큼 침착한 태도로 쇼블랑의 뒤를 따랐다.

탈출

마르그리트는 아직도 얼마쯤 머리가 또렷하지 못한 상태로 네 남자들이 서둘러 사라져 가는 확실한 발소리를 듣고 있었다.

대자연은 매우 조용하여, 땅바닥에 귀를 대고 누워 있는 그녀에게는 네 사람이 마지막으로 가도에 나설 때까지 똑똑히 그 발소리를 더듬을 수가 있었다. 이윽고 낡은 마차의 바퀴 구르는 희미한 울림, 비루먹은 말이 절룩거리면서 걸어가는 소리 등으로 적이 1킬로미터쯤 떨어져 간 것을 알 수 있었다.

얼마나 누워 있었던가. 시간에 대한 관념이 완전히 없어져 있었다. 꿈을 꾸듯이 달빛이 가득한 하늘을 우러르며 밀려왔다가는 되돌아가는 단조로운 물결 소리에 귀를 기울이고 있었다.

상쾌한 물가의 향기는 지칠 대로 지친 몸에 맛있는 술과도 같았다. 막힘없이 펼쳐져 있는 사람 모습 없는 벼랑길은 정적에 싸여 꿈과도 흡사했다.

그녀의 머리만이 끊임없이 견딜 수 없는 불안에 시달리고 있을 뿐이었다. 그녀는 알지 못했다!

퍼시가 지금 이 순간 혁명 정부 병사의 손아귀에 떨어져 악의에 찬 적으로부터 형편없이 농락되고 시달리는지 어떤지조차 알지 못한다. 그녀 자신도 그런 꼴을 당했지만.

그리고 아르망의 시체가 저 오두막에 뒹굴고 있는지 어떤지도, 퍼시는 가까스로 달아났다 하더라도 자기 아내가 사람의 탈을 쓴 경찰견을 이끌고 와 아르망과 친구들을 죽게 만들었다는 사실을 듣는 운명이 되었는지 어떤지도 알지 못했다.

몸을 가눌 수 없을 만큼 지쳐 있었다. 몸의 통증도 말할 수 없이 심했다. 이 며칠 동안의 그 복잡한 사태, 그 정념, 그 음모에서 재빨리 빠져나온 지금, 여기서 맑게 갠 하늘 아래 파도 소리를 들으며 마지막 자장가를 속삭이는 바람 향긋한 가을에 몸을 맡기고 녹초가 된 마음을 영원히 쉬게 하고 싶었다.

모든 것이 너무나도 쓸쓸하고 조용하여 마치 꿈나라와도 같았다. 먼 곳으로 사라져 가는 마차의 마지막 희미한 울림조차도 이미 저쪽으로 사라지고 있었다.

문득……소리가……이 프랑스의 쓸쓸한 벼랑길에서 일찍이 들어 본 일이 없는 기괴한 소리가 물가의 쥐 죽은 듯이 조용한 장엄함을 깨뜨렸다.

너무나도 이상한 목소리로, 정다운 미풍까지도 속삭임을 멈추고 작은 돌멩이도 가파른 언덕을 미끄러 떨어지기를 멈추었다! 매우 기괴하여, 마르그리트는 녹초가 되어 있었음에도 불구하고 죽음에 앞서 찾아오는 자비로운 무의식 상태가 자기 자신의 잠재의식에 무언가 기분 나쁘고 걷잡을 수 없는 일이라도 꾸미고 있는 것이 아닌가 하고 생각했을 정도였다.

그것은 어디까지나 또렷하고 확실한 영국인의 "제기랄!" 하는 소리였다.

갈매기가 잠자리에서 잠을 깨어 깜짝 놀라 주위를 둘러보았다. 아득한 저쪽의 외톨박이 부엉이는 한밤중의 노래를 흥얼거리고, 하늘로 치솟은 절벽은 이 기묘하고 낯선 욕지거리를 엄한 표정으로 내려다보고 있었다.

마르그리트는 자신의 귀를 믿지 않았다. 두 손을 짚고 윗몸을 일으켜, 온 신경을 집중하여서 이 매우 현실적인 목소리의 의미를 보든지 듣든지 알려고 했다.

몇 초 동안, 또다시 모든 공간이 조용해졌다. 본디대로의 고요함이 또다시 이 넓고 외딴 해안에 펼쳐졌다.

이윽고 마르그리트는 이제까지 정신을 잃은 채로 듣고 있었으므로, 저 서늘하고 졸음을 가져오는 것 같은 달빛을 받으면서 꿈을 꾸고 있었음에 틀림없다고 생각되었다. 그러나 그 목소리는 또다시 들려왔던 것이다.

이번에는 심장이 멎을 정도로 놀라서, 귀에만 의지할 수 없을 것 같아 커다랗게 눈을 뜨고 주위를 둘러보았다.

"좀 지나치군 그래! 이토록 심하게 때리지 않아도 될 텐데!"

이제는 잘못 들었을 리가 없었다. 순수한 영국인, 더욱이 특정한 사람의 입술에서 나오는 것이 아니라면 이처럼 졸립고 귀찮은 듯한 거만한 말투를 쓸 리가 없었다.

"빌어먹을!" 똑같은 영국인의 입술이 힘주어 거듭 말했다. "이거 당했는걸! 나는 완전히 못쓰게 되고 말았군그래!"

눈 깜짝할 사이에 마르그리트는 벌떡 일어서 있었다.

꿈을 꾸는 것일까? 저 돌멩이투성이인 벼랑은 천국으로 통하는 길이었더란 말인가? 이 향기로운 미풍의 숨결은 갑자기 천사의 날갯짓으로 이 세상 것이 아닌 저승의 봄을 가져다 준 것일까? 아니면 너무나도 약해져서 허무하기 이를 데 없는 망상에 빠져 있는 것일까?

또 귀를 기울였다.

그러자 또다시 천국의 속삭임이며 천사의 날갯짓 따위와는 너무나도 인연이 먼 매우 현실적인 명랑하고 순수한 영어가 들렸다.

치솟은 절벽, 조용한 오두막, 끝없이 뻗쳐 있는 바위투성이 물가로 머뭇머뭇 눈길을 보냈다. 위인가, 아래인가. 둥그런 돌 뒤인가, 바위 틈 속인가. 그러나 그녀의 갈망에 찬 열띤 눈에 보이지 않게 그 목소리의 주인이 있을 것이 틀림없다. 일찍이 자기를 조바심나게 했지만, 지금은 그 있는 곳을 찾아낼 수만 있다면 유럽에서 가장 행복한 여자가 될 수 있는 목소리의 주인공이.

"퍼시! 퍼시!" 마르그리트는 의혹과 희망 사이에서 괴로워하며 히스테릭하게 소리쳤다. "여기 있어요! 나오세요! 어디에 계세요? 퍼시!"

"불러 주는 것은 고맙지만 말이오, 여보!" 졸린 듯하고 나른한 목소리가 대답했다. "하지만, 제기랄, 당신에게로 갈 수가 없구려. 저 개구리를 먹는 프랑스 인 녀석이, 나를 통닭구이 통 속의 통닭처럼 꽁꽁 묶어서⋯⋯쥐새끼처럼 비틀비틀한다오⋯⋯ 빠져나갈 수가 있어야지."

그래도 아직 마르그리트는 이해할 수가 없었다. 아직 10초쯤은——어디에서 저 나른한 듯한 그리운, 그러나 아아, 극도로 약해져서 괴로운 듯한 이상한 목소리가 나오는지 알 수가 없었다. 이리저리 둘러보았으나 아무 데도 사람의 모습이 없었다. 다만 저 바위 있는 곳에——아니, 하느님!——저 유대인이! 내가 미쳐 버린 것일까, 아니면 꿈을 꾸는 것일까?

유대인은 파란 달빛을 등지고 엉거주춤 몸을 굽힌 채 단단히 묶여 있는 두 팔로 일어나려 하고 있었으나 잘 되지 않는 것 같았다.

마르그리트는 뛰어갔다. 두 손으로 그 머리를 끌어안았다——. 그리고 기분 나쁘게 일그러진 유대인의 얼굴 분장 뒤에 호인답게 우스워 견딜 수 없을 것 같은 파란 눈이 내다보고 있는 것을 뚫어지게 보았다.

"퍼시! 퍼시!……여보!" 너무 기뻐서 어쩔 줄 몰라하며 마르그리트는 헐떡이듯이 말했다. "하느님! 고맙습니다! 감사합니다! 오오, 하느님!"

"여보!" 남편은 기분 좋은 듯이 말했다. "그런 인사말은 나중에 하기로 합시다. 그보다도 이 괘씸한 밧줄을 풀어 이런 보기 흉한 몰골에서 구해 내 주구려."

칼은 갖고 있지 않다. 손가락은 여위어 힘이 없었다. 그러나 이빨로 물어뜯었다. 굵은 눈물이 눈에서 넘쳐흘러 불쌍하게 묶인 손에 후드득후드득 방울져 떨어졌다.

"후유, 이제야 살아났군." 아내가 필사적으로 애쓴 덕분에, 마침내 그토록 단단하게 묶였던 밧줄이 풀어지려 하자 남편이 말했다. "그러나 적어도 영국 신사가 맥없이 외국 녀석에게 발길질을 당한 채, 몸에 받은 만큼의 보복을 하려고도 하지 않는다는 것은 일찍이 들어 본 일이 없는걸."

남편은 심한 육체의 고통에 약해질 대로 약해져 있는 것이 확실했다. 간신히 밧줄이 풀리자 바위에 쓰러지려고 했다.

마르그리트는 어떻게도 할 수 없이 막막해져서 주위를 둘러보았다.

"아아! 이 무서운 바닷가에 하다못해 물 한 방울이라도 있다면!" 그녀는 남편이 또 정신을 잃으려 하는 것을 보고 몸부림치면서 소리쳤다.

"아니오, 여보. 나로서는 프랑스의 고급 브랜디 한 방울이 더 기쁘겠구려! 이 더러운 누더기 옷의 주머니를 찾아보오. 술병이 들어 있을 거요. 빌어먹을, 움직일 수가 없군."

그는 브랜디를 조금 마시고 이번에는 마르그리트에게도 권했다.

"아아! 이젠 훨씬 편해졌소! 여보!" 퍼시 경은 만족한 듯이 한숨을 쉬었다. "이거 참! 퍼시 블레이크니 종남작쯤 되는 사람이 영부인에게 꼼짝없이 들킨 모습치고는 정말 꼴좋군. 이크, 이런!" 그는 턱을 쓰다듬으면서 덧붙였다. "그럭저럭 스무 시간이나 수염을 깎지 못했군. 정말 볼품사나운 모습이겠는걸. 이런 가발까지 쓰고……."

그는 웃으면서 변장한 가발을 벗어 버렸다. 오랫동안 몸을 구부려 거북했던 긴 팔다리를 주욱 폈다. 그런 다음 몸을 앞으로 내미는 듯이 하며 뚫어지게 살피듯이 아내의 파란 눈을 들여다보았다.

"퍼시!" 하고 마르그리트는 속삭였다. 짙은 분홍빛이 아름다운 뺨과 목덜미를 물들었다. "만약 아시게 된다면……."

"알고 있소, 여보, 뭐든지 다……."

퍼시는 한없는 애정을 담아서 말했다.

"용서해 주시겠어요?"

"용서하고 말고가 어디 있겠소. 당신의 용감성, 헌신, 아아! 나는 그것을 받을 만한 가치도 없지만, 그 무도회에서의 불행한 에피소드를 보상하고도 남소."

"그럼, 알고 계셨군요, 오래 전부터?"

그녀는 목소리를 죽여 말했다.

"으음!" 남편은 정답게 대답했다. "알고 있었소…… 오래 전부터……그러나 이게 무슨 일이람! 당신이 이토록 숭고한 마음을 갖고 있는 줄 알았다면! 정말로 믿을 만한 아내였기 때문에 당신을 믿고 있었는데 말이오. 그렇게 했다면 내 뒤를 쫓아 이 몇 시간에 걸친 말할 수 없는 고생을 하지 않아도 되었을 것을. 나야말로 어떻게 용서를 빌어야 할지 모르겠소."

두 사람은 바위에 기댄 채 서로 바싹 붙어 앉아, 남편은 쿡쿡 쑤시는 머리를 아내의 어깨에 올려놓고 있었다. 지금이야말로 그녀는 '유럽 제일의 행복한 여자'라고 불릴만 했다.

"장님이 절름발이의 손을 이끌어 주는 식이로군." 남편은 본디대로의 호인다운 미소를 띠면서 말했다. "아앗! 그렇지만 어느 쪽이 아픈 거지? 내 어깨인가, 아니면 당신의 조그마한 발인가?"

그는 몸을 구부려 아내의 발에 입술을 눌러댔다. 찢어진 양말에서 발가락이 비죽이 나온, 보기에도 아파 보이는 발은 아내의 인내와 헌신을 말해 주고 있었다.

"그렇지만 아르망은……." 예리한 쾌감이 온몸을 꿰뚫는 것을 느끼면서 그녀는 갑자기 공포와 후회에 사로잡혀 말했다. 그토록 무거운 죄를 저지른 것도 사랑하는 오라버니를 생각하기 때문이었는데……그 오라버니의 모습이 문득 마음에 떠올랐다.

"아아! 아르망에 대해선 걱정하지 마오, 여보." 남편은 다정하게 말했다. "반드시 무사하도록 애쓰겠다고 맹세하지 않았소? 아르망은 드 튀르네 백작 그리고 그 밖의 사람들과 이미 '백일몽'호에 타고 있소."

"하지만 어떻게요? 전 도무지 모르겠어요."

아내는 가쁜 숨을 내쉬었다.

"뭘, 아주 간단한 일이오." 퍼시는 그 기묘하며 반쯤 내성적이고 반쯤 얼빠진 웃음을 지었다. "여보! 쇼블랑이란 녀석이 개구리처럼 내게 착 달라붙어서 떨어지지 않을 생각이라는 것을 알았소. 그 녀석을 뿌리쳐 버릴 수 없는 이상, 가장 좋은 것은 그를 함께 데리고 가는 일이라고 생각했소.

어떻게든지 하여 아르망이 있는 곳으로 가야만 했소. 그러나 길이란 길은 모두 굳게 지켜지고 있었소. 어느 누구나 다 당신의 천한 하인을 눈에 불을 켜고 감시하고 있었단 말이오. '샤 글리'에서 쇼블랑의 손아귀를 빠져나왔을 때, 어느 길을 택하거나 그가 여기서 기다릴 것이라는 것을 알고 있었소. 나는 그가 어떻게 나오는가를 감시하고 싶었소. 어떻든 어떤 때라도 영국인은 프랑스 인의 머리에 지지 않소."

실제로 비교도 할 수 없을 만큼 우수하다는 것을 알았다. 쇼블랑의 코끝을 스쳐 망명자들을 빼앗아 간 대담한 행동을 계속 이야기하는 것을 듣고 마르그리트의 마음은 기쁨과 놀라움으로 넘쳤다.

"더러운 늙다리 유대인으로 변장한다면 아무도 모를 것이라고 생각했소." 남편은 명랑하게 말했다. "저녁에, 그전에 칼레에서 루벤 골드슈타인을 만나보았소. 대여섯 닢의 금화로 이런 옷차림을 갖추어 주더군. 루벤 자신은 아무의 눈에도 띄지 않도록 모습을 감추어 줄 것을 승낙하고, 나에게 마차와 비루먹은 말을 빌려 준 것이오."

"하지만 만약 쇼블랑에게 들키기라도 한다면……." 마르그리트는 치미는 흥분으로 숨이 가빴다. "변장은 아주 잘 되었어요…… 하지만 무섭게 눈이 밝잖아요, 그 사람."

"아니오!" 남편은 조용히 대답했다. "그렇게 되었다면 모든 것이 끝장났겠지. 나로서는 되고 안 되는 것은 하늘에 맡기고 해보는 수밖에 없었소. 지금은 인간의 본성에 대해 상당히 잘 알게 되었소." 퍼시 경은 쾌활하고 젊음이 넘치는 목소리에 어쩐지 슬픈 울림을 깃들이면서 덧붙여 말했다. "특히 프랑스 인에 대해서는 모든 것을 다 알았소. 유대인을 아주 싫어하여 2미터보다 더 가까이는 절대로 접근하지 못하게 하고 있지. 그래서, 옳지 됐다! 하고 될 수 있는 대로 싫어하는 유대인으로 보이도록 해주려고 한껏 노력해 보았던 것이오."

마르그리트는 열심히 물었다.

"그래서 어떻게 되었지요?"

"그런 다음 약간의 계획에 착수했소. 다시 말해서 처음에는 어디까지나 운을 하늘에 맡기려고 생각했을 뿐이었소. 그런데 쇼블랑이 병사들에게 명령하는 것을 듣고, 역시 운명은 내 편을 들어 주는구나 하고 생각했소.

병사들의 맹목적인 복종이라는 것도 계산에 넣었소. 쇼블랑은 키다리 영국인이 올 때까지는 꼼짝도 하지 말라, 움직이면 사형이다 하고 명령을 내리더군.

드가는 오두막 바로 가까이에 나를 뒹굴려 두었소. 병사들은 쇼블랑 각하를 여기까지 모시고 온 유대인 따위에게는 전혀 주의를 돌리지 않았소.

나는 그 짐승이 꽁꽁 묶은 밧줄에서 가까스로 두 손을 뽑았소. 어디에 가든지 언제나 연필과 종이를 가지고 다니기 때문에 종이쪽지에 두서너 가지 중요한 지령을 갈겨쓰고 둘레를 둘러보았소.

병사들 코 앞을 지나 오두막까지 기어갔지만 녀석들은 쇼블랑의 명령대로 꼼짝도 하지 않고 몸을 숨기고 있더군. 그래서 나는 벽틈으로 오두막 안에 그 작은 메모를 집어넣고 가만히 기다렸소.

이 메모에는 망명자들이 오두막에서 살그머니 소리 나지 않도록 나와 벼랑을 타고 내려가서 맨 첫 번째 물굽이에 닿을 때까지 왼쪽 길을 가도록 하라, 거기서 어떤 신호를 하면 앞바다의 그다지 멀지 않은 곳에 대기하고 있는 '백일몽'호의 보트가 모두를 태워 갈 것이다, 라고 씌어 있었소.

모두들 그대로 해 주었소. 그들에게나 나에게나 행운이었지. 병사들은 그들의 모습을 보았지만 역시 쇼블랑의 명령에 충실했소. 꼼짝달싹하지 않았던 거요! 나는 30분 가까이 기다리고 있었소. 이제는 망명자들도 걱정 없겠구나 판단하고 신호를 했더니, 그런 요란한 소동이 되고 만 거요."

이것이 일의 진상이었다. 매우 간단하게 보였지만, 이 대담한 계획을 생각해 내어 실행에 옮기게 할 만큼의 놀라운 교묘함과 깊이를 알 수 없는 용기와 담력에 마르그리트는 감탄하여 눈을 휘둥그렇게 뜰 뿐이었다.

"하지만 저 짐승들이 당신을 그토록 처참하게 때려눕히다니!"

마르그리트는 그 끔찍스러운 모욕을 역력히 상기하고 두려운 나머지 숨이 가빠졌다.

"뭘! 그 정도는 하는 수 없지." 남편은 정답게 말했다. "내 사랑스러운 부인의 운명이 어찌 되는지 알 수 없었기 때문에 가까이에 있어야 했소." 그는 명랑하게 덧붙였다. "걱정하지 않아도 되오! 잠시 기다려 주어야겠지만 쇼블랑에게 손해는 보지 않을 거요. 그리하여 그 녀석이 영국으로 다시 돌아올 때까지 기다리겠소! 맞은 매에는 이자를 붙여 갚아 주지. 무슨 일이 있더라도 반드시."

마르그리트는 웃었다. 남편의 곁에서 그 쾌활한 목소리를 듣고, 남편이 파란 눈을 상쾌하게 빛내며 두 팔을 쑥 내밀어 머지않아 적과 마주쳤을 때 호되게 해주려고 생각하는 남편의 모습을 물끄러미 지켜보고 있는 것은 더없이 행복한 일이었다.

그런데 갑자기 그녀는 가슴이 철렁했다. 행복한 발그레한 빛이 뺨에서 사라지고 기쁨의 빛이 눈에서 사라졌다. 머리 위에서 소리 죽인 발소리가 들리고 돌이 하나 벼랑 위에서 아래의 물가로 굴러 떨어졌다.

"뭐지요?" 그녀는 깜짝 놀라 경계하는 것처럼 낮게 소곤거렸다.

"아니, 아무것도 아니오, 여보," 남편은 즐거운 듯 웃었다. "당신이 잊어버린 일……우리의 친구 포크스요……."

"앤드류 경!" 그녀는 가쁜 숨을 내쉬었다.

사실 이 헌신적인 친구, 함께 따라와 준 사람, 그 고민과 괴로움의 몇 시간 동안 줄곧 자신을 믿어 주고 자신의 편이 되어 주었던 이 사람을 까맣게 잊어버리고 있었다. 이제야 겨우 생각해 내고는 커다란 후회를 느꼈다.

"아니! 그에 대한 것을 잊고 있었군. 그렇지?" 퍼시 경은 우습다는 듯이 말했다. "다행히 우리 친구 쇼블랑과 그 재미있는 만찬회를 하기 전에 '샤 글리'에서 그다지 멀지 않은 곳에서 그를 만났다오…… 그 젊은 신사에게 빚을 졌군! 그렇지만 뜻밖에 만나자 나는 굉장히 멀리 돌아가는 길을 가르쳐 주었소. 쇼블랑의 부하 따위는 생각한 일도 없는 멀리 돌아서 가는 길인데, 마침 이쪽의 준비가 다 되었을 무렵 여기에 닿도록 해 둔 것이오, 여보."

"그래서 그분이 그 말씀대로 하신 것인가요?"

마르그리트는 깜짝 놀라 물었다.

"이러니저러니 되묻지 않고 그대로 했지. 아아, 왔소. 내가 그를 필요로 하지 않을 때는 방해를 하지 않았소. 그리고 지금 마침 좋을 때에 어김없이 찾아온 거요. 아아! 그라면 그 사랑스러운 수잔에게도 진정 훌륭하고 빈틈없는 남편이 되겠지?"

한편 앤드류 포크스 경은 조심조심 벼랑을 기는 것처럼 내려왔다. 한두 번 걸음을 멈추고 쑤군쑤군 말을 주고받는 말소리에 귀를 기울이고 있었는데, 그것에 의지하여 블레이크니가 잠복하고 있는 곳에 당도한 것이었다.

"블레이크니!" 주위에 조심하면서 그는 나직이 소리를 내었다.

"블레이크니! 거기 계시오?"

다음 순간, 퍼시 경 부부가 서로 기대앉아 있는 바위로 돌아온 그는 긴 유대인 옷을 입고 있는 기분 나쁜 사람을 보고 깜짝 놀란 듯이 걸음을 멈추었다.

그러나 이때는 이미 블레이크니도 비틀비틀 일어나 있었다.

"여기 있네, 여보게. 멀쩡하게 살아 있어! 이 멋진 옷차림 덕분에 좀 허수아비 같아 보이지만."

그 이상야릇하고, 얼빠진 듯한 웃음을 띠면서 퍼시는 말했다. 그것이 자신의 지도자임을 알고 너무나도 놀라 앤드류 경은 자기도 모르게 큰소리를 질렀다.

"이건 또, 하필이면……."

청년은 마르그리트를 깨달았다. 그렇기 때문에 이런 기분 나쁜 더러운 옷을 몸에 걸친 멋쟁이 퍼시의 모습을 보고 저도 모르게 입에 담으려고 했던 욕설을 가까스로 삼켰다.

"흐음!" 블레이크니는 침착한 말투로 말했다. "하필이면……흥! …… 이봐, 여보게! 자네들은 런던에 남아 있으라고 말했는데, 프랑스에서 무엇을 하고 있는 건지 아직 물을 겨를이 없었군. 명령 위반이야! 어찌 된 건가? 어깨의 통증이 가라앉을 때까지 좀 기다려. 아야얏! 틀림없이 호된 상을 주겠네."

"아아! 그래도 참겠습니다." 앤드류 경은 기쁜 듯이 웃으면서 말했다. "당신이 살아 계시고, 상을 주실 수도 있다는 것을 알았으니까요…… 하지만 블레이크니 부인을 혼자 여행하게 하는 것을 제가 용납할 수 있겠습니까? 그건 그렇고, 대체 어디서 이런 굉장한 옷을 구하셨습니까?"

"자, 보게! 좀 색다르지, 안 그런가?"

퍼시 경은 들뜬 말투로 웃었으나, 갑자기 진지하고 엄숙한 태도로 돌아갔다.

"이제 자네도 와 주었으니 포크스, 꾸물거릴 수 없네. 그 쇼블랑이 우리를 처치하려 누군가를 보낼 것일세."

마르그리트는 남편의 이야기를 듣고, 꼬리를 이어 질문을 퍼부으며 더없이 행복했기 때문에 언제까지나 여기에 남아 있고 싶었다. 그러나 쇼블랑의 이름을 듣자, 자기가 목숨을 내던져서라도 구해야겠다고 생각한 남편의 목숨이 또다시 위험에 직면하고 있는가 하고 몹시 놀랐다.

"되돌아갈 수 있을까요?" 그녀는 헐떡이듯이 말했다. "여기서 칼레까지의 가도는 완전히 수배되어 있고, 게다가……."

"칼레로 돌아가는 것이 아니오. 글리네 곶 건너편으로, 여기서 2킬로미터도 채 떨어져 있지 않은 곳까지 가면 되오. 거기에 '백일몽'호의 보트가 마중 나와 있소."

"'백일몽'호의 보트가요?"

"응!" 남편은 즐거운 듯이 웃었다. "이것도 좀 장난을 한 것이오. 아까 이야기했더라면 좋았겠지만, 실은 그 메모를 오두막에 살그머니 넣었을 때, 그것을 일부러 거기에 남겨 두도록 또 한 장 따로 아르망에게 쓴 메모를 덧붙여 두었소. 쇼블랑과 부하가 내 뒤를 쫓아 곧장 '샤 글리'까지 되돌아가도록 일부러 써 준 거요.

그런데 처음의 작은 메모에는 진짜 지령이 씌어 있었는데, 거기에는 브릭스에게 쓴 지령이 덧붙여져 있었소. 그에게는 좀더 앞바다로 나갔다가 서쪽으로 배를 돌리도록 하라고 명령해 두었소.

칼레에서 전혀 보이지 않는 곳까지 가거든, 글리네 곶 바로 건너편이 되는 두 사람 다 잘 알고 있는 작은 물굽이로 배를 돌리기로 되어 있소. 선원들이 나를 기다리고 있을 거요. 우리에게는 미리 정해 둔 신호가 있어 무사히 배를 탈 수 있는데, 그동안 쇼블랑과 그 부하는 나란히 목을 늘이고 '샤 글리' 건너편 물굽이를 감시하고 계시는 셈이지."

"글리네 곶 건너편인가요? 하지만 전 도저히 못 걷겠어요, 퍼시."

지친 다리로 어떻게든 일어나려고 했으나 아무래도 일어날 수가 없자 그녀는 희망을 잃고 비탄에 잠겼다.

"내가 안고 가리다." 남편은 아무렇지도 않게 말했다. "장님이 앉은뱅이를 안고 가듯!"

앤드류 경도 곧 이 귀한 짐을 운반하려고 했으나, 퍼시 경은 사랑하는 아내를 다른 사람의 팔에 맡기려고 하지 않았다.

그는 젊은 친구를 보고 말했다.

"자네와 마르그리트가 둘 다 무사히 '백일몽'호를 타고, 영국에서 마드모아젤 수잔의 미움을 받지 않게 되는 것을 알고 난 다음 나도 마음 느긋하게 쉬기로 하겠네."

피로와 고통에 지지 않고 아직도 늠름한 남편의 팔은 가련하게 지친 마르그리트의 몸을 마치 한 개의 깃털처럼 가볍게 안아 올렸다.

앤드류 경이 마음을 써서 목소리가 들리지 않을 만한 위치에서 따라왔으므로 두 사람은 여러 가지 이야기를 나누었다라기보다 오히려 소곤거렸다. 그것은 살랑거리는 가을의 산들바람에도 들리지 않을 정도였다. 바람은 벌써 잠들어 있었으므로.

그는 피로도 완전히 잊고 있었다. 병사들에게 호되게 맞아 어깨가 아팠을 것이다. 그러나 이 남자의 근육은 강철로 만들어져 있는 것 같았고, 에너지는 거의 초인적이었다.

벼랑의 돌멩이투성이인 기슭을 2킬로미터나 걸어가는 것은 쉬운 일이 아니었지만, 단 한순간일지라도 용기가 약해지는 법이 없었으며, 근육은 피로에 굴하지 않았다. 오로지 줄기차게 걷기를 계속할 뿐이었다. 힘찬 걸음걸이. 늠름한 팔에 약하디 약한 짐을 꼬옥 끌어안고…….

그녀는 남몰래 잠잠히 행복에 잠기면서 때로는 스르르 졸음이 오고, 때로는 벌써 밝아가는 아침 햇빛을 통해 남편의 밝은 얼굴——언제나 쾌활하고 명랑한 미소에 빛나고 있는 나른하고 조금 부은 듯한 파란 눈을 가만히 들여다보면서 갖가지 일을 소곤거렸는데, 그것이 피로를 더하게 하는 여정을 짧게 하고 쿡쿡 쑤시는 근육을 부드럽히는 진통제가 되기도 했다.

갖가지 색을 머금은 새벽빛이 동쪽 하늘에 떠오르기 시작할 무렵, 마침내 세 사람은 글리네 곶 건너편 물굽이에 도착했다. 배가 기다리고 있었다. 퍼시가 보낸 신호로 배가 가까이 다가왔다. 두 사람의 튼튼한 영국 선원이 부인을 배로 옮기는 명예를 받았다.

30분 뒤 모두 다 '백일몽'호에 올라탔다. 선원들은 당연히 주인의 비밀을 알고 있었고 몸과 마음을 그에게 바치고 있었으므로, 그가 그처럼 기묘한 옷차림으로 올라탔어도 별로 놀라지 않았다.

아르망 생 제스트를 비롯하여 망명자들은 자기들을 구출해 준 용감한 사람이 도착하기를 이제나저제나 하고 기다리고 있었다. 그들이 저마다 입을 모아서 감사의 말을 하는 것을 들으려고도 하지 않고 퍼시는 곧장 자신의 선실로 들어갔다. 뒤에는 마르그리트가 오라버니의 팔에 안겨 서로 되찾은 행복을 기뻐하고 있었다.

'백일몽'호에 갖추어져 있는 것은 모두 퍼시 블레이크니 경이 좋아하는, 특히 골라 낸 사치스러운 물건들뿐이었다. 모두들 도버에 상륙할 때까지 그는 배에 마련해 놓은 마음에 드는 호화스러운 옷으로 갈아입었다.

다만 곤란하게도 마르그리트가 신을 신발이 없었지만 견습 선원 소년의 고급 구두가 발에 맞았으므로 영부인이 영국에 상륙했을 때 이 소년은 기뻐 어쩔 줄 몰라하며 깡충깡충 뛰는 것이었다.

그 다음은 침묵뿐(셰익스피어의 《햄릿》 종막의 햄릿이 마지막 말). 굉장한 괴로움을 견디면서 하나의 크나크고 영원한 행복을 발견한 사람들을 위한 침묵과 기쁨.

그러나 그 뒷일에 대해서는 기록에 남아 있다. 다시 말해서 종남작 앤드류 포크스 경과 마드모아젤 수잔 드 튀르네 드 파슬리브의 화려한 결혼식이 거행되었다고, 여기에는 황태자 프린스 오브 웨일즈가 참석했고, 사교계의 모든 인기 있는 인사들이 모인 축전이었으며, 그 가운데서 가장 아름다운 여성은 말할 것도 없이 마르그리트 블레이크니였다. 한편 퍼시 블레이크니 경의 그날 의상은 런던의 부유한 집 아들들 사이에서 여러 날을 두고 화제가 되었다.

또한 프랑스 혁명 정부의 전권 대사 쇼블랑이 글렌빌 외상의 무도회에서의 그 기념할 만한 밤 이래, 이 결혼을 비롯하여 그 밖의 런던에서의 갖가지 의식이며 연회에 출석하는 일이 없어진 것도 사실이다.

독서의 즐거움, 불멸의 걸작

오르치 남작 부인은 이 작품《빨강 별꽃》과《구석의 노인》시리즈와 함께 불멸의 이름으로 살아 있다.

매우 드문 예지만, 어떤 종류의 작품은 그것이 씌어진 순간부터 고전이라는 운명을 짊어지고 나타난다. 이를테면 대중문학의 명작《젠다 성의 포로》나《노랑방의 수수께끼》등이 그러하며,《빨강 별꽃》 또한 그 예에서 빠지지 않는다. 이러한 작품은 되풀이 번역되어 줄곧 계속 읽혀지기 마련인데, 어느 시대에나 독자의 기대에 새로운 과제를 준다. 그야말로 독자의 독서 체험 가운데서 그것을 읽지 않으면 하나의 세계를 알지 못하고 마는 것 같은 진지한 매력이 넘쳐 흐르는 작품이다. 그러나 그것은 이른바 인생파(人生派)의 작품처럼 '어떻게 살 것인가' 하는 교훈을 주는 것도 아니고, 문학으로서 말의 고혹에 넘친 작품도 아니다. 그렇다고 단순한 통속소설에 불과한 것도 아니다. 모든 이의 즐거움을 위한 문학이라 할 수 있을 것이다.

《빨강 별꽃》을 번역하기로 결정했을 때, 나는 오랜 고전으로서 지루한 작품이 아닐까 걱정했었다. 물론 젊은날 재미있게 읽은 기억은 남아 있다. 그러나 일찍이 자기가 사랑했던 여자를 뒷날 다시금 만나게 되었을 때 완전히 변해 버린 그 모습에 환멸을 느끼게 되지나 않을까 걱정스러웠던 것이다.

그러나 실제로 번역을 시작하자 이 작품이 지금까지도 스토리의 흥미로움과 이야기 실마리의 매력을 조금도 잃지 않고 있음을 깨달았다. 역시 고전이라고 해도 훌륭한 작품이었던 것이다.

오르치(Emmuska Baroness Orczy, 1865~1947)의 대표적인 작품 《구석의 노인》 시리즈와 《빨강 별꽃》은 수많은 미스터리 작가들의 작품에 많은 영향을 주었다고 볼 수 있다. 무엇보다도 프랑스 혁명을 배경으로 하여 《빨강 별꽃》의 활약을 그린 전기소설로서의 성격이 중시될 것이다. 그러나 나는 이 작품을 읽는 한 가지 방법으로서 하나의 사랑의 손상과 그 회복을 주제로 한 로맨스로 읽을 수 있으리라 생각한다. 하나의 사랑은 어떻게 시작되며, 불행하게도 모든 사랑이 그렇지만 어떻게 끝나는 것일까? 이것은 모든 연애소설이 계속 이야기해 온 주제이다. 남자와 여자 사이에 사랑이 생기고, 사랑에 심신을 불태우는 두 사람은 그것이 영원히 연결되는 인연이라고 생각한다. 그러나 반드시 거기에 무엇인가가 나타난다, 차디찬 무엇인가. 사랑이 끝났을 때, 두 사람에게 남는 것은 다만 영원한 상처뿐이 아니겠는가.

미스터리 내지는 서스펜스 소설로서의 《빨강 별꽃》은 구성은 단순하지만, 그렇다고 작품 자체가 단순한 것은 아니다. 단순한 구성임에도 불구하고 작품은 아무리 파고들어도 바닥을 드러내지 않는 수수께끼가 남아 있어서, 단순한 전기(傳奇)소설이라거나 로맨스라고는 단정지을 수 없다. 뒤쫓는(Pursuit) 서스펜스는 실로 일류라 해도 좋으며, 그 서스펜스의 주도면밀함이 이 작품의 본질인 것이다. 또 그 설정에서 생겨나는 불안한 사태의 양상에 사로잡히면 이 작품의 매력에

푹 빠져들게 된다.

《빨강 별꽃》한 편으로도 오르치의 이름은 영원히 기억될 것이다. 그것은 역설 같지만, 이 작품의 훌륭함이 이른바 작가의 불행에 의해 성립되고 있음을 말해주고 있다.

《젠다 성의 포로》의 작가는 말할 것도 없이 앤서니 호프이지만, 그 밖에 그의 작품이 현재 읽혀지고 있을까? 가스똥 르루는 《노랑방의 수수께끼》이외에 읽혀지고 있는가. 같은 의미로 오르치 남작 부인은 《빨강 별꽃》말고는 거의 읽혀지지 않게 되고 말았다. 이것은 작가에게 있어 불행한 일이지만, 반대로 《빨강 별꽃》에 불멸의 고전성을 부여한다고 하겠다.

그녀는 이 《빨강 별꽃》의 성공에 의해, 프랑스 혁명을 배경으로 한 〈빨강 별꽃〉과 그의 부하들의 활약을 그린 장편 8편을 계속해서 썼다.

그것을 열거하면 다음과 같다.

《황금향(Eldorado)》

《복수는 내 손으로(I will Repay)》

《토니 경의 부인(Lord Tony's Wife)》

《빨강 별꽃 이기고 돌아오다(The Triumph of the Scarlet Pimpernel)》

《퍼시 경의 반격(Sir Percy Hits Back)》

《빨강 별꽃의 길(The Way of the Scarlet Pimpernel)》

《퍼시 경 조직을 거느리다(Sir Percy Leads the Band)》

《맘젤 길로틴(Mam'zelle Guilotine)》

이 가운데 토니 경의 부인이 '수잔'임은 말할 것도 없다. 확언할 수는 없지만, 요컨대 《빨강 별꽃》의 성공에 의해 작가는 시리즈에 착수한 것이 아닌가 생각한다. 그러나 이러한 작품은 끝내 《빨강 별꽃》에 미치지 못했다.

남편 퍼스토는 삽화가로서 성공하고, 오르치 부인은 왕립 미술원의 전람회에 작품을 내곤 하다가, 애서가인 남편의 도움을 얻어 문학에도 손을 대게 되었다.

그리하여 처음으로 성공한 것이 《빨강 별꽃》인데, 본디 희곡인 이 작품은 1903년에 런던에서 상연되어 굉장한 갈채를 받았다. 그리하여 그녀는 1905년에 이 작품을 소설로 만들고 그 뒤 20년 동안에 걸쳐 앞서 말한 〈빨강 별꽃 시리즈〉를 써내었던 것이다. 이 통쾌한 시리즈의 영향을 받아 뒷날 존스턴 매칼레의 《쾌걸 조로》 및 그 밖의 모방자가 많이 나왔다고 한다.

오르치 부인은 미스터리소설·희곡·역사소설 등 여러 방면에 걸쳐 작가로서의 재능을 발휘하였는데, 그 재능은 《구석의 노인》과 스코틀랜드야드(런던 경시청)의 여자 형사부장인 몰리 부인의 활약담을 담은 《런던 경시청의 몰리 부인》에 특히 잘 나타나 있다. 오르치 부인이 이런 작품을 써낼 수 있었던 것은 남편과 더불어 열렬한 미스터리소설 팬이었던 탓인지도 모른다. 런던 변두리 어느 카페 구석자리에 앉아 복잡하게 얽힌 경찰의 미궁 사건을 해결해 나가는 《구석의 노인》은 오늘날에 이르러서는 무척 옛스러운 느낌을 주지만, '안락의자 탐정'의 첫 출현이라는 의미 말고도 읽으면 실로 유쾌한 탐정 시리즈이다.

오르치는 제2차 세계대전이 일어나자 그 많은 나이에도 불구하고 부상자 구호 사업에 분주하게 종사하다가 전쟁이 끝난 지 얼마 안 되는 1947년 82살의 나이로 몬테카를로에서 세상을 떠났다.